KB046663

코마키·나가쿠테小牧長久手 전투(1584) 병풍도 앞부분.
오다 노부오·도쿠가와 이에야스 연합군과
도요토미 히데요시 군의 전투 장면.

도쿠가와 이에야스

德川家康

2부 승자와 패자

17 아미타불의 빛

德川家康

도쿠가와 이에야스

2부 승자와 패자

17 아미타불의 빛

야마오카 소하치 대하소설
이길진 옮김

솔

승승장구

1

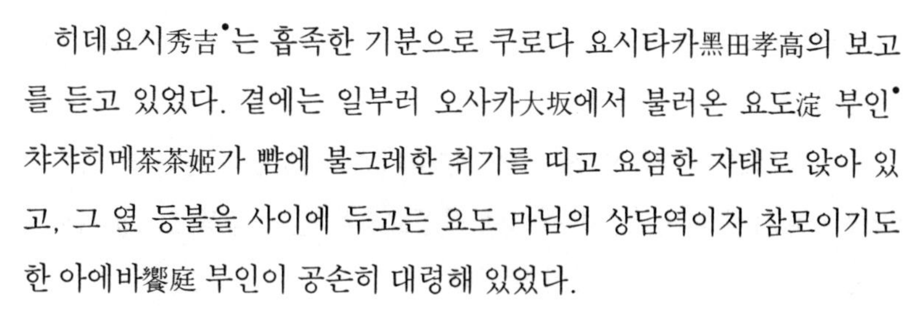

히데요시秀吉•는 흡족한 기분으로 쿠로다 요시타카黑田孝高의 보고를 듣고 있었다. 곁에는 일부러 오사카大坂에서 불러온 요도淀 부인• 챠챠히메茶茶姬가 뺨에 불그레한 취기를 띠고 요염한 자태로 앉아 있고, 그 옆 등불을 사이에 두고는 요도 마님의 상담역이자 참모이기도 한 아에바饗庭 부인이 공손히 대령해 있었다.

"으음, 우지마사氏政 녀석이 그런 폭언을 하더란 말이지."

히데요시는 7월 11일, 곧 오늘 오다와라小田原 성곽 안자이安栖 저택에서 동생 우지테루氏輝와 함께 할복한 우지마사가 마지막에 한 말을 대수롭지 않다는 듯이 웃어넘겼다.

7월 5일, 히데요시의 요구대로 우지마사, 우지테루, 노리히데憲秀, 마사시게政繁 등 네 명의 할복을 조건으로 오다와라의 항복이 결정되었다. 그리고 그 이튿날 이에야스家康•가 군사를 거느리고 입성하여 성을 인수받았다.

7일 농성하던 장수들은 이에야스의 진지로 들어왔고, 이에야스 자신이 오다와라 성을 순시한 것은 10일이었다.

이에야스가 순시할 때 우지나오氏直 등 목숨을 구한 일족은 이미 타키가와 카츠토시瀧川雄利의 진지에 있었고, 성안에 있던 우지마사, 우지테루는 그대로 의사 안자이의 저택으로 옮겨가 11일, 할복했다.

할복할 때 우지마사—

"머지않아 히데요시도 내가 가는 이 길을 밟게 될 것이야."

전혀 후회하는 기색을 보이지 않고, 오히려 큰소리를 쳤다.

"인생이란 한때의 꿈. 좋은 꿈도 있고 나쁜 꿈도 있지. 그러나 어차피 꿈은 꿈…… 결국 그 모든 것을 버리고 갈 길은 하나뿐."

쿠로다 요시타카는 이 일을 짓궂을 정도로 히데요시에게 자세히 보고했다. 그러면서 히데요시가 어떤 반응을 보였으면 하고 기대하는 듯한 기색이었다.

"그건 끌려가는 자의 노래일 뿐이야, 좋은 꿈을 꾸지 못하는 자의. 그렇지, 요도?"

히데요시는 대수롭지 않게 웃어넘겼다. 그리고는 지금부터 카마쿠라鎌倉에 가서 하치만八幡 신사에 무운武運을 빌고 곧장 오슈奧州까지 정벌해야겠다고 즐거운 듯이 말했다.

그렇게 말하는 히데요시의 마음은 결코 겉으로 나타난 것처럼 유쾌하지만은 않았다. 무어라 말할 수 없는 인생의 덧없음이 마음속 깊이 자리잡는 것을 어쩔 수 없었다. 시바타 카츠이에柴田勝家의 자폭을 알았을 때도, 오다 노부타카織田信孝가 자결했다는 말을 들었을 때도 느끼지 못했던 기분이었다.

우지마사가 할복하는 모습이, 히데요시에게 지금까지 생각하지 못했던 하나의 기괴한 연상을 강요해왔다. 아름답게 차려입은 한 젊은 무사가 뒤집어놓은 다다미疊° 위에 앉아 자기 배를 찌른 단검을 무섭게 노려보는 환상이었다.

그 얼굴은 우츠미內海의 노마野間 사당에서 히데요시에게 원한을 품고 죽은 노부타카 같기도 하고, 아직은 어린 츠루마츠마루鶴松丸의 성장한 모습으로도 보였다.

'이 히데요시 정도나 되는 사람에게 우지마사 같은 최후는 말도 안 돼……'

이런 자신감에는 전혀 흔들림이 없었다. 다만, 자신이 사랑하는 아이가 자기와 똑같은 역량을 가지고 태어났다고는 할 수 없다는 불안인 듯했다. 그 불안을 숨기려고 할 때마다 한층 더 쾌활한 체하는 면이 없지 않았다.

이러한 히데요시의 기분을 쿠로다 요시타카는 아는 듯.

"그런데, 전하……"

요시타카가 말했다.

"오다와라의 일은 마무리되었습니다마는 또 하나, 전하에게 무례하기 짝이 없는 폭언을 퍼부은 스루가駿河 님의 가신 혼다 사쿠자에몬本多作左衛門은 어떻게 처분하시렵니까?"

2

히데요시는 흠칫 놀란 듯 요시타카를 바라보았다.

'칸베에官兵衛 녀석, 또 쓸데없는 소리를……'

이렇게 생각했으나 물어보는 말에 그냥 있을 수는 없었다.

"혼다 사쿠자에몬이라…… 무슨 일을 한 자였지?"

요시타카는 히죽 웃으려다 얼른 표정을 굳혔다.

"스루가 님의 중신으로, 앞서 오만도코로大政所 님을 불태워 죽이려고 전각 주위에 장작을 쌓았던 자입니다."

"아, 그렇군. 그자를 까맣게 잊고 있었네."

"그러시겠지요. 배포가 큰 전하이시니까…… 그러나 일본의 다이묘大名°들로부터 아시가루足輕°에 이르기까지 모두 그 일을 잊지 않고 있습니다."

"허어, 그래?"

"그렇습니다. 어쨌든 일본에 전하의 위광을 방귀만큼도 여기지 않는 자가 하나 있습니다. 오만도코로 님을 태워 죽이겠다고 위협하는가 하면, 슨푸 성駿府城에서 전하와 스루가 님을 싸잡아 꾸짖질 않나…… 그야말로 유례없는 강경파……"

"칸베에."

"왜 그러십니까?"

"그대는 내 마음에 불을 지르고 있나, 아니면 야유하고 있나?"

"당치도 않으신 말씀입니다. 일본 무사들이 모두 그 결과를 기다리기 때문에 어떻게 될 것인지 알고 싶어 말씀 드렸습니다."

"이번 전투에서도 이에야스는 계속 그를 중용했겠지?"

"예. 어쨌거나 무용武勇에도 작전에도 모두 뛰어난 자여서, 시모다下田 공격 때는 해상海上에서 아군을 지휘하여 발군의 공을 세운 것 같습니다."

"그렇다면, 나더러 그를 불러 상을 주라는 말인가?"

"글쎄요…… 전하의 생각에 달린 일…… 하지만 그렇게 하시면 칸파쿠關白° 전하도 사쿠자에몬에게는 당하지 못한다……고 밑에 있는 자들이 지껄여댈지 모릅니다."

히데요시는 혀를 찼다.

'이 녀석, 역시 나를 야유할 생각이었군……'

확실히 요시타카의 말은 옳다. 자신의 아량을 보이기 위해 일부러 사쿠자에몬을 불러 상을 내린다면 그런 소문이 돌게 될 것이다.

"그래? 나에게는 아무 생각도 없어. 잊어버리고 있었을 정도니까. 그러나 말을 꺼낸 자네에게는 어떤 생각이 있을 것 아닌가, 그대로 둘 수 없는 이유가? 그것을 말해보게, 칸베에."

"하하하……"

요시타카는 웃었다.

"전하는 너무 교활하십니다. 다만 저는 전하께서 어떤 말씀이 없으시면 스루가 님이 난처해하시리라 생각하고 말씀 드렸습니다만."

"이에야스가 어째서 난처해한다는 말인가?"

"칸토關東의 새로운 영지는 광대합니다. 사쿠자에몬에게는 오카자키 성岡崎城까지 맡길 정도였습니다. 새로운 영지에서도 상응하는 다이묘로 등용하지 않으면 안 될 것입니다."

"그야 그렇겠지?"

"그렇게 되면 사쿠자에몬은 오사카에도 종종 문안을 드리러 오지 않겠습니까?"

"그게 나쁘다는 말인가?"

"여러 다이묘들 앞에서 다시 실례되는 일을 하게 되면. 하하하…… 무슨 짓을 할지 모르는 인물…… 아니, 당대에는 보기 드문 아주 진기한 인간이기 때문에 약간 걱정스러워서. 하하하……"

요시타카는 웃으면서, 그 눈은 히데요시를 향해 짓궂게 빛났다.

3

히데요시는 괘씸하다는 듯 혀를 찼다.

"어떻게 하시렵니까?"

요시타카는 자신의 의견을 말하려 한 것이 아니었다. 히데요시가 사쿠자에몬에게 어떤 벌을 내릴 것인지를 보면서 즐기려고 한 말이었다. 이것을 안 이상 히데요시 또한 순순히 요시타카만을 기쁘게 해줄 인물은 아니었다.

"으음."

히데요시는 진지한 얼굴로 고개를 갸웃했다.

"솔직히 말해 사쿠자에몬에게 미카와三河를 주는 게 좋지 않을까 싶었는데, 좀더 생각해볼 문제인 것 같군."

"그러시면, 철회하고 할복을 명하시겠습니까?"

"영지냐, 할복이냐? 과연 사쿠자에몬은 당대의 희귀한 존재일세. 칸베에, 자네라면 어떻게 하겠나? 자네는 타케나카 한베에竹中半兵衛가 죽은 뒤로는 당대에서 가장 지혜가 뛰어나다고 은근히 자랑하고 있다는데, 그 지혜를 좀 빌려주게."

"당치도 않습니다. 저의 지혜 따위는 전하에 비하면 태양과 반딧불만큼이나 차이가 있습니다."

"그렇지 않아. 칸베에는 히데요시 이상이다, 운이 좋았다면 천하를 손에 넣을 그릇이라는 평판이 있어. 지나치게 겸손해하지 말고 자네 생각을 말하게."

"하하하……"

요시타카는 큰 소리로 웃었다.

"시험하려다 도리어 시험당하게 되었군요. 역시 지혜로는 전하의 발밑에도 미치지 못하겠습니다."

"그러면 칸베에, 이렇게 하세. 자네가 내일 성에 가서 내 뜻을 이에야스에게 그대로 전하고 오게."

"알겠습니다. 무어라 전할까요?"

"내가 생각하는 것쯤이야 칸베에 정도라면 꿰뚫어보았을 터. 자네가 꿰뚫어본 그대로를 전하고 오게. 그러면 돼. 좋아, 이제 사쿠자에몬에 대해서는 결정된 거야."

"아……"

요시타카는 기묘한 소리를 지르며 머리를 긁적였다.

히데요시를 야유하려 했던 쿠로다 요시타카 쪽이 보기 좋게 역습을 당했다. 그런 말을 들은 이상, 어쨌든 사쿠자에몬에 관한 문제로 나중에 분규가 일어나지 않도록 방법을 강구하지 않으면 안 된다. 물론 복안이 전혀 없는 것은 아니었으나, 공연한 말을 꺼냈다가 도리어 지나친 부담을 안게 된 것도 사실이었다.

"여보게, 칸베에."

히데요시는 의기양양하게 요도 마님의 잔을 받으면서 슬쩍 화제를 바꾸었다.

"카마쿠라까지 도로는 완성되었겠지?"

"예, 분부대로 완성했습니다."

"십오일쯤에 이 요도를 서쪽으로 보내고, 나도 여기서 출발하겠어."

"만반의 준비를 했습니다."

"아니, 아직 미비한 것이 한 가지 있어."

"무슨 말씀이신지요?"

"이에야스는 카마쿠라에 바쿠후幕府°를 연 요리토모頼朝°에 대해 여러 가지로 조사하고 있는 모양일세. 『아즈마카가미吾妻鏡』°라는 일기책을 가지고."

"저도 알고 있습니다."

"이에야스는 그 책을 우지나오로부터도 얻었고 자네한테서도 받았다고 하더군. 자네는 그 책을 무슨 생각으로 이에야스에게 주었나? 설마 이에야스를 요리토모로 만들려는 것은 아니겠지?"

히데요시의 말은 부드럽고 가벼웠으나 이 역시 엄한 질책이었다. 보통 일에는 끄떡도 하지 않는 요시타카였다. 그러나 이 말에는 대번에 안색이 변했다.

4

요시타카는 히데요시가 표면적으로는 그렇지 않으나, 내심으로는 이에야스에 대해 아직도 대립의식이 강하다는 사실을 잘 알고 있었다. 그런 만큼 히데요시가 자신을 이에야스에게 호의가 있는 자로 생각하게 된다면 더할 나위 없이 불리할 터. 경계를 요하는 일이라고 주의하고 있었다.

"말씀 드리겠습니다."

요시타카는 얼른 웃는 얼굴로 돌아와 말했다.

"무슨 일에나 충성……이라고 확신했기 때문에 『아즈마카가미』를 도쿠가와 님에게 드렸습니다. 도쿠가와 님을 요리토모로 만들려 하다니 당치도 않습니다."

"허어, 『아즈마카가미』를 이에야스에게 주는 것이 나에 대한 충성이라고? 나는 도무지 이해가 되지 않아. 어째서 그런 묘한 이치가 성립된다는 말인가?"

"무슨 말씀이십니까! 도쿠가와 님은 전하와는 비교가 되지 않는다고는 하나 다이묘 중에서는 군계일학群鷄一鶴입니다."

"그럴 테지. 노부오 님과는 비교도 되지 않아."

"바로 그래서 저에게 칸토 여덟 주로 영지를 옮긴 뒤에는 누구에게 아이즈會津를 맡길 것인가 하고 자주 물어왔습니다."

"허어."

히데요시는 짐짓 시치미를 뗀 얼굴로 요시타카에게 잔을 건네었다.

"대군사大軍師의 말이 의표를 찌르는군. 그래, 내가 가모蒲生를 보낼 것이라고 대답했나?"

"예, 그렇게 말했습니다. 그리고 그것은 결코 도쿠가와 님이나 우에스기上杉 님을 경계해서가 아니다, 방심할 수 없는 다테伊達를 견제하기 위한 일…… 그러므로 『아즈마카가미』를 보시고 특히 칸토의 사정을 조사한 뒤 가모 님과 더불어 북쪽에 대비하라고 말했습니다."

"하하하…… 칸베에에게는 못 당하겠군. 역시 군사軍師야. 아니, 대단한 책략가라고나 할까?"

"황송합니다. 이 모든 것이 다 전하의 천하를 태평하게 하려는 저의 작은 뜻에 지나지 않습니다."

"칸베에."

"예."

"아직 땀을 씻기에는 일러. 다테를 견제한다는 자네 말 때문에 떠오른 생각이네만, 자네는 지금 일본에서 가장 경계할 사람이 누구라고 보는가?"

"그것은……"

요시타카는 히데요시의 뜻을 미처 읽지 못하고 신중히 고개를 기울여 촛대의 불을 바라보았다.

"……역시 도쿠가와 님이 아닐까 생각합니다."

"그 다음은?"

"다테 마사무네伊達政宗일 것입니다. 다테에게는 소동을 일으킬 요소가 많습니다. 계속 무언가를 꾀하지 않으면 사는 보람을 느끼지 못하는, 그런 자가 세상에 한두 사람은 있게 마련이어서."

"한두 사람…… 그렇다면 나머지 한 사람은 누구일까?"

"다음으로 방심할 수 없는 자는 큐슈九州의 시마즈島津."

"칸베에, 나는 그렇게 생각하지 않네. 바로 여기에 자네와 나의 차이가 있는 것 같군."

"그러시면 츄고쿠中國의 모리毛利나 토도藤堂라는 말씀입니까?"

"틀렸어."

"……"

"그 다음은 쿠로다 카게유 요시타카黑田勘解由孝高일세."

"그 무슨 농담의 말씀을!"

"세상에는 계속 무언가를 꾀하지 않으면 사는 보람을 느끼지 못하는 자가 있다. 칸베에, 자네 말대로 그렇지 않은가?"

그때까지 잠자코 두 사람의 말을 듣고만 있던 챠챠히메가 갑자기 자지러지게 웃기 시작했다.

"호호호…… 이것으로 승부가 났어요! 전하의 승리입니다."

5

오다와라의 거리는 오늘 밤 귀신의 통곡으로 가득할 터. 노리히데와 마사시게 두 중신에 대한 처분은 아직 끝나지 않았으나, 우지마사와 우지테루는 이미 할복했다.

한 가문의 멸망에 즈음하여 두 사람만 죽는 것으로 끝날 시대가 아니었다. 누군가가 반드시 그들의 뒤를 따라 할복할 터. 할복까지는 하지 않더라도 의리 때문에 거취를 정하지 못하고 고민하며 갈팡질팡하는 사람이 무수히 많을 터였다.

그러나 이곳에는 어두운 그림자는 하나도 없었다. 히데요시도 챠챠히메도 요시타카도, 뒤좇듯이 몰려온 그 밖의 코쇼小姓°들이나 오토기슈お伽衆° 등도 모두 환한 얼굴로 히데요시를 쳐다보고 있었다.

히데요시는 챠챠히메의 말에 배를 끌어안고 웃기 시작했다.

"농담일세, 칸베에. 자네의 말이 하도 조리에 닿아 내가 그만 야유를 했던 것일세."

"듣기 거북한 농담이십니다. 나가마사長政를 어릴 때부터 측근에 들여놓고 부자 이 대의 운명을 맡겨놓은 이 칸베에를……"

"하하하…… 아니, 이제 그만두세. 자네는 그 좋은 재능을 나를 위해 모두 사용했어. 자네 자신을 위해 쓸 틈이 없었을 것일세."

"그런 줄 아시면서…… 그러면, 이만 땀을 닦아도 되겠군요."

히데요시는, 아라키荒木 무라시게 성村重城에 갇혀 있는 동안 부스럼이 생겨 군데군데 동전만한 흉터가 생긴 요시타카의 머리를 바라보는 순간 더욱 웃음이 치솟았다. 노부나가는 자기한테 털 빠진 쥐라는 별명을 붙였으나, 쿠로다 요시타카의 그것은 얼룩쥐라 불러야 할 정도로 가관이었다.

"칸베에, 또 하나 자네에게 지혜를 빌려야 할 일이 있네."

"이번에는 듣기 거북한 농담이 아니시겠지요?"

"아니, 진지한 이야기야. 다름이 아니라 자식에 관한 일일세."

"그러니까 츠루마츠마루 님의 일 말씀입니까?"

"그래. 츠루마츠마루는 지금 오사카에서 키타노만도코로北の政所• 를 몹시 따른다는 거야."

"으음……"

"만도코로를 만 엄마, 만 엄마 하고 부른다더군."

"만 엄마…… 아주 재미있게 부르시는군요."

"그런데 말이지, 요도는 돌아가면 다시 불러 자기가 기르겠다고 하는 것일세. 그러나 만도코로도 정이 들어 내놓으려 하지 않을 거야. 바로 그 점이 문제일세."

"그러시면, 요도 성으로 모셔올 방법을 제게 물으시는 것입니까?"

"무슨 좋은 방법이 없을까, 칸베에? 지혜를 빌려달라는 것은 바로 그 일 때문이야."

요시타카는 내심 지겨웠다. 그 말이 나오지 않을까 은근히 경계하고 있었다. 그 말이 나오기 전에 이야기를 끝내고, 이 문제에 대해서는 깊이 개입하지 않으려 했는데 결국 물러갈 기회를 놓치고 말았다.

그러나 이야기는 나오고 말았다. 일단 말이 나온 이상 방법이 없다고는 할 수 없었다. 그런 의미에서 요시타카는 확실히 노련한 책사인지도 몰랐다.

"제게 맡겨주십시오."

요시타카는 무릎을 탁 치고 말했다.

"전하는 가만히 계십시오. 요도 마님이 성에 도착하실 때까지 제가 책임지고 도련님을 동석시키도록 하겠습니다."

아직 대책이 있는 것은 아니었다. 그러나 이렇게 말하고 어서 그 자리에서 물러나오고 싶었다.

챠챠히메는 일어서는 요시타카에게 요염하게 웃어 보였다.

6

히데요시가 요도 마님, 즉 챠챠히메를 서쪽으로 보내고 나서 자신도 동쪽을 향해 오다와라를 떠난 것은 7월 16일이었다.

그 이틀 전에 이치야 성一夜城을 나온 챠챠히메는 15일, 산마이바시三枚橋(누마즈沼津)에 묵고 있었다.

히데요시가 모리의 부장部將 코바야카와 타카카게小早川隆景와 킷카와 히로이에吉川廣家에게 명해 준비시켰던 짐 싣는 말 30필과 일꾼 600명, 여기에 경호하는 병사가 배치되었기 때문에 이 행렬만 해도 연도에 나와 구경하는 사람들의 눈을 놀라게 하기에 충분했다. 그러나 히데요시의 행렬에 비하면 아무것도 아니었다.

이 텐쇼天正 18년(1590) 7월부터 이듬해 8월…… 그렇게도 사랑했던 츠루마츠마루가 병사할 때까지의 1년 동안이 백전백승하는 칸파쿠 히데요시에게는 생애를 통틀어 최고의 전성기였고 운명의 절정기가 아니었을까……

그런 의미에서 인생은 그야말로 모든 사람에게 길흉을 때의 흐름에 따라 공평하게 나누어준다고 할 수 있다.

지금 히데요시는 1년 후 사랑하는 아들에게 죽음이 닥치리라는 것을 알 리 없다. 일본 전체를 평정한 자로서, 또 젊은 소실과 어린 후계자를 얻은 더할 나위 없는 행운아로서, 카마쿠라를 향해 오다와라를 떠나는 히데요시의 마음은 그야말로 잔뜩 부풀어오른 고무풍선과도 같았다.

도로는 이미 카마쿠라까지 승리자의 통행을 예상하고 깨끗이 정리되어 있었다. 가는 곳마다 다이묘들이 나와 그 앞에 머리를 조아렸다. 지금은 전혀 그에게 항거하는 자가 있을 것 같지 않았다.

이에야스를 에도江戶로 옮기고 가모 우지사토蒲生氏鄕를 아이즈에 배치한다. 또 자기 명을 듣지 않고 출병하지 않았던 리쿠젠陸前의 오사키 요시타카大崎義隆와 오사키 카사이 하루노부大崎葛西晴信, 이와키磐城의 이시카와 아키미츠石川昭光, 시라카와白河의 유키 요시치카結城義親 등은 각각 영지를 몰수하고 추방할 작정이었다.

난부 노부나오南部信直에게는 난부南部 7개 군郡을 주고, 사타케 요시시게佐竹義重와 요시노부義宣에게는 그대로 현재의 영지를 유지케 하며, 다테 마사무네는 요네자와米澤로 옮겨, 각각 힘의 균형을 이루게 함으로써 누구도 자의대로 행동하지 못하게 한다…… 이런 구상을 하면서 말을 몰고 가는 히데요시 — 오른쪽에 드넓게 펼쳐진 바다도 왼쪽에 높이 솟은 산맥도 모두 자신을 위해 존재하고 자신에게 충성을 바치는 것처럼 생각되었다.

도로변에서 머리를 조아리고 환영하는 백성들은 물론 하늘도 대지도 바람도 초목도…… 아니 태양까지도 환성을 올리며 그를 맞이하는 느낌이었다.

후지사와藤澤에서 카타세片瀨로 나와 요리토모, 요시츠네義經 형제의 비극을 간직한 코시고에腰越에 접어들었을 때는 마치 히데요시 자신이 이야기 속에 나오는 위대한 주인공이 된 듯한 기분이었다.

히데요시는 옆에 있던 우키타 히데이에宇喜多秀家를 손짓으로 불러 말을 걸었다.

"요리토모도 별로 대단한 사람은 아니었던 모양이야."

히데이에는 너무 갑작스런 말이어서 하늘을 쳐다보았다.

"예, 여행하시기에는 아주 좋은 날씨입니다. 이 모든 것이 전하의 덕망 때문인 줄 압니다."

"하하하…… 내가 무슨 말을 했다고 생각하나, 히데이에. 내가 여행할 때 날씨가 좋은 것은 이미 널리 알려진 일일세."

"예? 그러시면……"

"나는 원래 태양의 아들 아닌가. 아들의 여행을 축복하지 않을 아비는 없을 게야."

"그러면…… 무언가 다른 말씀을 하셨습니까?"

"아니, 됐네. 나는 요리토모가 어째서 동생 하나 제대로 다루지 못했는지 그게 답답하다고 생각했네. 나의 동생들을 보게. 아니, 동생들만이 아니라, 자형도 매제도 모두 나에게 심복하고 있지 않은가."

자형이란 히데츠구의 아버지, 매제라고 한 것은 물론 이에야스를 가리키는 말이었다.

히데이에는 히데요시에게 다시 절을 하고는 새삼스럽게 고개를 갸웃거리면서 말을 몰아갔다.

7

말 위에서 황홀한 듯 바다를 바라보고 산을 쳐다본 히데요시는 때때로 괴상한 소리를 질러 누군가를 불렀다. 그리고 그때마다 엉뚱한 말을 해서 상대를 어리둥절하게 만들었다.

"하치만타로八幡太郎°는 어떠했는가?"

이런 말을 하기도 했다.

"타이라노 키요모리平清盛°도 대단한 자가 아니야."

그런가 하면 느닷없이 이렇게 말했기 때문에 대답하기가 어려웠다. 히데요시도 별로 대답을 기대하는 것 같지는 않았다.

상대에게 말이 통하지 않는다는 것을 알았을 때는—

"아니, 됐어."

대뜸 이렇게 털어버리고 다시 혼자만의 황홀감에 빠져들었다.

불행의 밑바닥에 빠진 자들 가운데 흔히 이처럼 도취한 듯이 방심하게 되는 경우가 있다. 그런데 인간은 충족감이 절정에 달했을 때도 그와 마찬가지로 행동하는 모양이었다.

히데요시의 행렬은 하치만 신사에 도착하여 신관의 안내로 참배를 끝마쳤다. 이어 시라하타白旗 신사로 가 신주로서 안치되어 있는 요리토모 목상木像 앞에 섰을 때였다. 히데요시를 따라온 사람들은 모두 가슴이 섬뜩했다.

신관이 공손히 신사의 유래를 설명하는 동안 히데요시는 성큼성큼 목상 곁으로 걸어갔다.

"이봐, 요리토모."

살아 있는 사람을 대하는 것과 같은 목소리, 동작으로 툭 어깨를 치고 목상에 기대었다.

'혹시 실성하신 것은!'

사람들은 온몸을 굳히고 숨을 죽였다.

신관은 당황하여 기성을 발하고, 공물을 바치던 여자 신관은 하마터면 그것을 떨어뜨릴 뻔했다.

"염려하지 말게."

히데요시가 말했다.

"하도 그리워 잠깐 말을 걸어본 것일세. 그렇지, 요리토모?"

히데요시는 다시 한 번 크게 목상의 어깨를 두드렸다.

"이 천하를 말이지, 주먹 하나로 손에 넣은 자는 자네와 나밖에 없어. 하하하……"

물론 목상이 대답할 리 없었다. 히데요시의 그 큰 웃음소리만이 오싹하게 일동의 고막을 때렸다.

"그러나 자네는 왕가 출신으로 조상 중에는 이요노카미 요리타카伊豫守賴隆가 있고 하치만타로 요시이에八幡太郎義家가 있지 않은가. 하지만 나는 문자 그대로 필부에서 이렇게까지 됐어. 어떤가, 그 점에서는 이 히데요시를 당하지 못할 거야. 아니, 그것은 그렇다 치고, 자네와 나는 다 같은 천하인이니 사이 좋게 지내세. 와하하하……"

히데요시가 말하는 동안 근시들은 다시 그의 허풍이 시작되었다는 것을 알았으나, 신관과 여자 신관은 부들부들 떨고 있었다.

"와하하하, 그럼 다시 만나세. 잘 있게."

그뿐 히데요시는 손뼉을 치지도 않고, 절도 하지 않은 채 목상에게 홱 등을 돌렸다. 별로 흥분한 것 같지는 않았지만 정상적인 사람이라고는 할 수 없었다. 그야말로 도취되어 몽유병에 걸린 사람의 행동처럼 보였다.

에도에 들어갈 무렵 히데요시는 다시 예리한 관찰자이고 위풍당당한 지휘자로 돌아와 있었다.

에도에서는 북쪽 성곽 히라카와平川 어귀에 있는 니치렌 종日蓮宗에

속하는 호온 사法恩寺에 묵으면서 큰소리를 치고 있었다.

"이에야스도 같이 왔더라면 성 쌓는 법을 가르쳐주었을 텐데."

8

히데요시가 에도……라고는 해도 당시에는 외진 마을이었던 히라카와 어귀의 호온 사에서 일박한 다음날인 20일.

코야산高野山으로 쫓겨가는 호죠 우지나오北條氏直 일행은 오다와라에서 서쪽을 향해 출발했다. 우지쿠니氏邦, 우지후사氏房, 우지노리氏規 일족 외에 히다 나오노리檜田直憲, 다이도지 나오시게大道寺直繁 등 약 300명이 동행했다.

코야산의 절에서 근신하고 있으면 11월 말까지는 산기슭에 내려와 주거를 마련할 수 있게 주선하겠다는 히데요시의 뜻을 쿠로다 요시타카와 이에야스로부터 전달받은 상태였다. 일행도 차츰 관대한 히데요시의 아량에 감사해했고, 어떻게 될까 걱정하던 백성들 사이에도 안도하는 분위기가 감돌기 시작했다.

"과연 칸파쿠 전하야. 만약 칸파쿠가 노부나가 공과 같은 대장이었다면 어떻게 되었을지."

"정말이지 여간 도량이 넓지 않아. 영주님도 코야산에서 녹봉을 받으실 수 있게 되었다고 해."

"그렇겠지. 그렇지 않다면 삼백 명이나 되는 인원을 부양할 수 없지. 뿐만 아니라, 잠시 근신하고 계시면 다시 다이묘로 등용할 예정이란 말도 들었어."

"그럴지도 몰라. 어쨌든 이제야 마음이 놓이는군. 더구나 도쿠가와님이 대신 들어오신다고 하니 우리 마을은 결코 망하지 않을 거야."

이러한 풍문이 도는 가운데 더욱 사람들을 안심하게 만든 것은 이에야스가 우지나오와 주종관계가 끊어진 유신들을 속속 받아들이고 있다는 소문이었다.

혼자 에도로 나온 히데요시는 물론 이러한 것을 세밀히 계산에 넣고 있었다. 뒤처리를 이에야스에게 맡기는 형식을 취하고 당당하게 오슈로 들어가는 편이 히데요시를 위해서도 얼마나 더 위광을 더하는 결과가 되는지 모를 일이었다.

히데요시는 에도 성과 그 주변의 지리를 대강 둘러보았을 뿐 곧장 우츠노미야宇都宮로 향했다. 이곳의 말썽꾸러기 다테 마사무네와 모가미 요시아키最上義光 등을 불러 엄격하게 동부 일본에 대한 새로운 배치를 실시하지 않으면 안 되었다.

사타케 요시시게와 그의 아들 요시노부가 왔을 때 그들에게 원래의 영지를 그대로 인정하는 증서를 주고, 또 요시시게는 연로하다는 이유로 요시노부를 히타치常陸의 통솔자로 임명했다.

"오다와라 출진에 불응한 무례는 천부당만부당하다!"

오사키 요시타카, 카사이 하루노부, 시라카와 요시치카白河義親, 이시카와 아키미츠 등의 영지를 몰수한 것도 우츠노미야에서였다.

히데요시가 완벽하게 준비를 갖춘 아이즈의 쿠로카와 성黑川城에 들어간 것은 8월 9일. 그때는 사실상 동부 정벌의 목적이 완전히 달성되었다고 해도 과언이 아니었다.

쿠로카와 성에 들어간 히데요시는 즉시 오사키 요시타카, 카사이 하루노부의 영지를 동행해온 키무라 이세노카미 요시키요木村伊勢守吉淸와 그 아들 하루히사晴久에게 주고, 가모 츄사부로 우지사토蒲生忠三郎氏鄕에게는 아이즈, 이와세岩瀨, 아사카安積 등을 주었다.

한편 모가미 요시아키와 다테 마사무네에게는 조속히 처자를 인질로 쿄토京都에 보내도록 명한 뒤 8월 12일, 아이즈에서 귀로에 올랐다.

일부러 자신이 여기까지 왔다면서 아사노 나가마사淺野長政, 오타니 요시츠구大谷吉繼, 이시다 미츠나리石田三成, 키무라 시게코레木村重玆 등에게 오슈의 토지조사•를 명하고 말머리를 돌렸을 때 히데요시의 마음은 이미 이 땅에서 멀리 떠나 있었다.

히데요시의 마음에는 요도 부인과 츠루마츠마루에 대한 일도 있었다. 그러나 그보다는 츠루마츠마루를 얻어 젊음을 되찾은 그 자신의 사업으로 마침내 조선朝鮮과 명明나라로 경륜을 펴려는 꿈이 컸다. 이런 꿈을 품고 히데요시는 다시 결연하게 승승장구한 칸파쿠로 돌아와 당당하게 서쪽을 향해 길을 떠났다……

에도의 본심

1

이에야스가 자기 후반생의 운명을 결정할 에도에 처음 발을 들여놓은 것은 텐쇼 18년(1590) 8월 1일이었다.

이에야스보다 이틀 먼저 사카키바라 야스마사榊原康政가 선발대로 에도 성에 들어갔다. 8월 1일은 히데요시가 우츠노미야에 있으면서 히타치의 사타케 요시시게와 요시노부에게 원래의 영지를 그대로 인정한다는 증서를 준 날이었다.

속칭 칸토 8주라 부르는 땅에는 물론 히타치도 포함되어 있었다. 그러나 히데요시가 이곳만은 사타케에게 할애하고 그 대신 이즈伊豆를 이에야스의 영지에 넣어 8개 주州로 했다. 도쿠가와의 가신들 중에는 이것만으로도 불만을 품은 자가 많았다. 그들은, 이즈는 물론이고 카이甲斐와 히타치는 당연히 소유해야 한다는 의견이었으나 이에야스는 이를 제지했다.

"좀더 강하게 나가셔도 되지 않습니까?"

혼다 사도노카미本多佐渡守까지도 이런 말을 했다.

이에야스는 엄한 표정으로 가로막았다.

"사도, 자네도 조심해야겠어."

"제가 지나쳤다는 말씀입니까?"

"이보게 사도, 칸파쿠는 천하 제일의 재주를 가진 사람이라고 자부하고 있네."

"그것은 저도 잘 압니다."

"재주와 재주가 맞부딪치면 어떻게 될 것 같나? 상대는 재주 겨루기에서 우리를 눌렀다고 생각할 것일세. 이쪽은 무능, 오로지 성실 일변도로 나가야만 충돌을 피할 수 있네."

혼다 사도노카미는 더 이상 아무 말도 하지 않았다. 끝까지 히데요시와는 충돌을 피하기 위해 인내하고 있다…… 이런 생각이 들면서 이에야스의 고충을 알 것 같아 침묵하는 수밖에 없었다.

마침내 이에야스 일행이 에도에 들어갔을 때, 오다와라에서 소집된 사카이 타다츠구酒井忠次 등의 노신들은 여간 불만이 아니었다.

"듣자 하니 칸파쿠는 칸토 여덟 주도 내심으로는 호리 히데마사堀秀政에게 주고 우리 주군을 오슈로 쫓아낼 생각이었다고 하더군요. 마침 호리가 죽었기에 망정이지…… 코마키小牧 전투에서 승리한 주군이 어째서 이처럼 그의 비위를 맞추어야 한다는 말입니까?"

이런 불만에 대해 이에야스는 굳이 대답하려 하지 않았다. 그의 마음은 벌써 에도를 중심으로 칸토 8주를 어떻게 경영해나갈 것인가에 향해 있었다. 지금까지의 일은 모두 계산이 끝난 과거의 일이었다. 아니, 이에야스는 만일 지금 그가 불만의 기색을 보인다면, 히데요시는 더욱더 그의 주변에 심술궂은 포석의 수를 늘려나갈 뿐……이라 내다보고 있었다.

히타치의 사타케는 그렇다 치더라도, 히데요시는 코후甲府에는 결국 그의 심복인 아사노 나가마사를 배치할 기색이었고, 하마마츠浜松에는 호리오 요시하루堀尾吉晴, 슨푸에는 나카무라 카즈우지中村一氏, 아이즈에는 가모 우지사토, 에치고越後에는 호리堀, 시나노信濃에는 쿄고쿠京極 등 말하자면 이에야스의 주위에 자기 수족을 배치하여 감시망을 구축할 심산이라 보고 있었다.

이에야스의 새 영지가 될 이즈를 포함한 여덟 주의 곡물 생산량은 약 256만 석. 그러나 이것은 주변에 있는 히데요시의 심복이 한 사람도 문제를 일으키지 않고 원만히 협의되어야만 얻을 수 있는 수입일 뿐이었다. 일단 분쟁이 일어나면 즉시 전영지에 대한 통치는 단절되어 모든 것이 교란당할 우려가 있었다.

이런 상황에서 이에야스가 에도 성에 들어온 7월 28일 밤— 오다와라 성으로 중신들을 소집한 이에야스의 표정에는 심상치 않은 결의가 감돌고 있었다.

2

에도 성은 원래 카마쿠라 시대에 오기가야츠扇谷에 살던 우에스기 가문의 집사執事 오타 모치스케太田持資가 쵸로쿠長祿 원년(1457)에 축성을 끝낸 성이었다.

그 후 분메이文明 18년(1486), 모치스케는 주군 사다마사定正에게 살해되고 몇 차례의 변천을 거쳐 최근에는 호죠北條 가문의 성주 대리로 토야마 사에몬노스케 카게마사遠山左衛門佐景政가 그 성을 맡고 있었다. 카게마사는 오다와라 성에서 농성하고 있었기 때문에, 성을 지키고 있던 그의 동생 카와무라 효부노타유 시게마사河村兵部大輔重政와 우시고메 쿠나이쇼 카츠유키牛込宮內少輔勝行 등 두 사람을 사나다 아와노카미 마사유키眞田安房守昌幸의 동생 노부마사信昌로 하여금 설득케

하여, 4월 21일 이미 도쿠가와 군 토다 사부로에몬 타다츠구戶田三郎右衛門忠次의 손에 넘어간 상태였다.

이어 이에야스의 칸토 이전이 결정된 뒤, 나이토 슈리노스케 키요나리內藤修理亮淸成가 이에야스의 명을 받고 오타니 쇼베에大谷庄兵衛, 무라타 효에몬村田兵右衛門 등과 함께 정식으로 성을 접수했다.

이 에도 성으로 마침내 이에야스가 들어가려 하고 있었다.

이에야스는 나란히 켜놓은 촛대 밑에 에도 성과 그 주변 도면을 펼쳐 놓고, 에도에서 온 토다 사부로에몬에게 성에 관한 설명을 명했다.

“사부로에몬, 에도 성이 어떤 성인지, 자네가 본 그대로를 말하게. 말을 꾸밀 필요는 없어.”

“알겠습니다.”

토다 사부로에몬은 갑옷을 입었던 자국이 남아 있는 옷소매를 걷어 올리고 부채로 동쪽 성문을 가리키면서 전혀 엉뚱한 말을 했다.

“대체로 에도 성은 아무렇게나 쌓은 성이어서, 동남쪽은 바로 밑에까지 파도에 씻기고 동쪽에서 북쪽에 걸쳐 온통 잡목림, 서북쪽은 썩은 물이 고인 연못이어서 이대로는 도저히 사용할 수 없는 들짐승의 소굴이 되어 있습니다.”

중신들은 일제히 도면을 들여다보고 신음했으나 이에야스는 묵묵히 눈을 감은 채 있었다.

“오타 모치스케…… 즉 도칸道灌의 노래에 나오는 후지산富士山 높은 봉우리는 분명히 처마 밑에서 볼 수 있습니다마는, 이 처마가 썩어 빠진 갈대로 이은 것이어서…… 후지산도 보이지만 억새풀이 거꾸로 자란 듯한 풍경입니다. 또 정면의 현관은 배 밑바닥에 깐 널빤지처럼 형편없습니다.”

“뭣이, 정면 현관이 배 밑바닥에 깐 널빤지 같다고!”

이렇게 말한 것은 사카이 타다츠구였다.

"적어도 우리 주군은 다이나곤大納言°이야. 배 밑바닥에 깐 널빤지 같은 데서 거처하실 수 있다는 말인가?"

사부로에몬은 그런 경악의 말이 나오리라 예상했던 모양인지 얼른 설명을 덧붙였다.

"솔직히 말씀 드리면 미카와 부근의 낡은 촌장 집 정도라 생각하시면 틀림없을 것입니다. 그 대신 성문에서 약간 서남쪽으로 가면 고기잡이가 가능하고 성안에서는 매사냥도 자유롭게 할 수 있습니다. 서쪽에서 북쪽, 북쪽에서 동쪽으로 파내려간 해자垓子에는 지금쯤 오리와 물새들이 떼지어 몰려와 있을 것입니다. 그러다 보면 아마 기러기와 학도 날아오게 되겠지요."

"이보게, 농담할 때가 아니야…… 이런 때 농담을 하다니."

다시 타다츠구가 급하게 말했다.

"칸토 여덟 주를 다스릴 수 있는 곳이 되겠느냐고 물었어."

"알고 있습니다. 그러기에 이대로는 안 된다고 말씀 드리는 것입니다. 배후의 히라카와 어귀…… 그 앞에 코우지國府路(코우지麴町)가 있어 점점이 인가가 보이는 외에는 집다운 집이 없기 때문에 칸파쿠 전하도 할 수 없이 절에서 숙박하셨습니다. 우선 이들 산을 개간하여 매립하지 않으면 도시를 건설할 땅이 없습니다. 그건 문자 그대로 새로 건설하는 일과 같아서……"

이에야스는 여전히 바위처럼 움직이지 않았다.

3

사람들은 서로 마주 바라보며 한결같이 탄식했다. 이에야스의 각오는 모두들 이미 지나칠 만큼 잘 알고 있었다. 그뿐 아니라, 비록 에도가 사람이 살 수 없는 땅이라 해도, 벌써 여러 장수들의 가족까지 고향을 떠났거나 출발하려 하고 있을 것이었다.

이에야스가 정식으로 칸토로 옮기게 된 것은 7월 20일.

이에야스는 여러 장수들을 오다와라로 불러, 각각 자신의 영지로 돌아가 이전 준비를 하라고 명령했다. 물론 아직 오다와라의 잔당도 많을 것이므로 장수들은 모두 자기 영지에 가서 준비를 끝내고 서둘러 다시 되돌아왔다. 그들 중에는 이미 점령한 일선 지역의 성에 들어간 사람도 있었다.

오늘 여기 모인 사람들은 8월 1일을 기하여 이에야스와 함께 에도로 갈 사람들이었다.

"제가 입성하기 전에 들은 이야기에 따르면……"

토다 사부로에몬이 다시 입을 열었다.

"에도 성은 본성과 둘째 성, 셋째 성이 갖추어져 있어 난공불락의 튼튼한 성이라는 것이었습니다. 그러나 이 말은 백 년 전의 일로 현재는 본성이니 둘째 성, 셋째 성이니 할 것도 못 됩니다. 그 사이에는 아무 쓸모도 없는 빈 해자에 잡초가 우거졌을 뿐이어서 왕래도 자유롭지 못한데다 마루조차 깔리지 않은 흙바닥의 낡은 집…… 비가 새고 그을음 투성이인데다 부엌 등은 바닥이 모조리 썩었습니다. 하기야 그런 곳이어서 칸파쿠 전하도 절을 숙소로 삼았을 것입니다마는……"

지금까지 잠자코 있던 오쿠보 타다요大久保忠世가 상체를 앞으로 내밀고, 일동의 질문을 대표하는 투로 입을 열었다.

"그럼, 자네는 우선 성을 수리하는 일이 선결 문제라는 말인가?"

"아니, 그것은 주군의 생각에 달리신 일. 저는 다만 명령에 따라 실상을 그대로 말씀 드렸을 뿐입니다."

"오쿠다이라奧平 님, 어떻게 생각하오?"

혼다 타다카츠本多忠勝가 불쑥 말했다.

"이미 여러 가족들은 고향의 성을 떠나 절에 들어가 있을지도 모르오. 성급한 사람은 벌써 출발해 이리로 오고 있을 것이오. 전하의 온정으로 이전 비용은 충분해요. 그러나 목적지가 에도이고 보니 여자들이 도착해도 머물 곳도 없을 것이오. 그렇지 않소?"

"글쎄, 형편이 나아질 때까지 이 오다와라에 머무는 것도……"

이에야스의 사위 오쿠다이라 노부마사奧平信昌가 말하다 말고 얼버무렸다. 혼다 사도노카미가 그 말을 받았다.

"그런 걱정은 할 필요가 없습니다. 아무튼 시급한 일, 충분하다고는 할 수 없으나 사카키바라 님이 먼저 가 계시니 숙소 문제는 해결하셨을 겁니다."

"해결하셨을 것……이라고 하셨지만, 그런 갈대밭에서야 어쩔 수 없지 않겠소?"

"아니, 성 바로 옆은 아니지만 사찰도 몇 군데 있고, 사방에 민가도 없지는 않아요. 그것을 임시숙소로 삼아 곧 도시 건설에 착수할 것입니다. 중신들의 가족이 각자의 영지로 돌아간다면, 성도 진지도 있을 것이니 굳이 에도에 살아야 할 필요는 없지요. 중요한 것은 그 황폐한 에도 땅에 누구보다도 먼저 주군이 들어가신다……는 그 각오입니다."

그때 사카이 타다츠구가 백발을 흔들면서 입을 열었다.

"사도, 그대에게 질문한 사람은 아무도 없네. 말을 삼가게!"

4

아마도 사카이 타다츠구는 노신의 우두머리로서 언제까지나 침묵하고 있는 이에야스의 태도가 불만스러운 모양이었다. 물론 타다츠구의 그러한 불만에는 다른 이유도 있었다. 벌써 여러 장수들의 가족까지 옮겨오고 있는데도 이에야스는 아직 가신들의 영지와 정착할 곳을 발표하지 않았다. 따라서 가신들 사이에서는 여러 가지 풍문이 나돌고 있었다.

"이번에는 뜻밖의 조처를 생각하고 계신다더군."

"뜻밖의 조처라고?"

"응, 그래. 지금까지 명문 출신임을 내세우던 노신들도 도움이 되지 않는다고 여겨지면 모두 물러나게 하고 능력 있는 사람들을 중용할 방침이시라는 거야."

"허어, 그럼 그 상담역은 사도노카미 님인가?"

"사도노카미 님이라면 부정이라도 생긴다는 말인가?"

"아니, 그렇지는 않지만, 그에 따른 결정을 중신들이 쉽게 받아들일지 모르겠어."

"받아들이건 아니건, 낯선 곳에 가게 되었는데 명령을 따르지 않으면 어떻게 되겠나. 이번에는 마츠다이라松平 일족 중에서도 공이 적은 사람은 대대로 섬겨온 가신들보다 영지도 적고 성도 작아질 것이다, 그처럼 엄하게 하지 않으면 칸토 여덟 주를 다스릴 수 없다는 결심이신 것 같아."

이런 소문이 나도는 가운데 유일하게 결정된 것은 오다와라 성에는 오쿠보 타다요를 들여놓게 된다는 사실뿐이었다. 오다와라 성을 맡긴다면 최소한 4만 석은 되었다.

이로써 오쿠보 타다요의 실력에 대해서는 평가가 내려졌는데, 다른 중신들은 아직 고려 중이었다. 그런 분위기 속에서 노신의 우두머리 격인 사카이 타다츠구 같은 사람은 그 일로 인해 적지 않게 초조해하고 있었다.

"주군!"

드디어 타다츠구는 이에야스 쪽으로 돌아앉았다.

"지금 토다의 말에 따르면 앞으로 난관이 보통 아닐 것 같은데, 물론 주군은 자신이 있으시겠지요?"

이에야스는 눈을 감은 채 고개를 끄덕였다.

"나에게 확실하게 백만 석 이상을 수확할 수 있는 땅만 있다면 언제든지 유사시에는 쿄토를 공격할 자신이 있네. 염려하지 말게."

"모두 들었겠지. 이 얼마나 믿음직한 말씀이신가! 그러나 주군, 주군의 힘을 유감없이 발휘하기 위해서는 가신들의 마음도 빨리 안정되도록 서둘러 조치를 취하셔야 합니다."

"그렇다면…… 영지 배치를 서두르란 말인가?"

"그렇습니다……"

"이미 니라야마韮山에는 나이토 산자에몬內藤三左衛門을 남기고 왔어. 오다와라에는 타다요, 그 다음은 에도에서 결정하겠네. 중간에 변동이 생기면 도리어 백성과 영주에게 폐가 될 것일세."

"그러나 가족들의 정착지도 결정하시기 전에 이전하게 되면 여러 가지로 혼란스러워지지는 않을까 하고……"

"타다츠구!"

이에야스는 비로소 눈을 번쩍 떴다.

"내가 배치할 결심을 서두르지 않는 이유는 은상으로 낚은 천하가 얼마나 취약한지 역사를 통해 배웠기 때문일세. 아시카가足利의 천하가 어째서 그토록 빨리 혼란에 빠지고, 어째서 그와 같은 하극상의 전국戰國으로 돌입했는지 자네는 알고 있나?"

"글쎄요, 그것은……"

"알지 못할 것일세. 모르겠거든 잠자코 있게. 아시카가는 중신들까지 은상으로 낚아 처음부터 물욕物慾에 빠진 무리들의 집단을 만든 것이야. 알겠나, 칸파쿠도 그것을 깨닫지 못하고 마구 은상을 내리고 있네. 그러나 이에야스는 달라. 이 이에야스는 은상이 없이는 움직이지 않는 가신 따위는 한 사람도 필요치 않다고 결심했네. 이것이 칸토 여덟 주에 들어가는 나의 각오일세. 잘 기억해두도록 하게!"

5

이에야스는 결코 이 말을 타다츠구 한 사람에게만 한 것은 아니었다. 그러나 타다츠구는 자기를 꾸짖은 줄로 알았던 모양인지, 씁쓸한 표정으로 타다카츠를 돌아보았다.

"그런 기백, 그런 각오라면 별일 없겠지."

그리고는 입을 다물었다.

"모두들 잘 듣게."

그제서야 이에야스는 음성을 부드럽게 하고 말문을 열었다.

"신념 없는 행동처럼 세상을 그르치는 것은 없네. 요리토모는 철저한 신념으로 일관했어. 비록 혈육 사이에 불행한 문제가 있었으나, 그가 개설한 바쿠후는 백육십 년이란 오랜 세월을 존속하면서 카마쿠라 무사의 유풍遺風과 업적을 남겼어. 그런데 그 후 일어난 아시카가에게는 그것이 없었어. 단지 천하를 손에 넣으려고 서두른 나머지 인간의 욕심에 의존했어. 이익을 미끼로 가신들을 낚아 그 위에 군림하려고 했던 것일세. 그리고 욕심의 발호 때문에 하극상의 난세를 초래해 자기 자리를 빼앗기고 도리어 유명무실한 존재로 전락했어. 이에야스는 철저한 사람일세. 은상은 내리지 않겠어. 그러나 능력 있는 자에게는 그 능력을 펼 수 있는 무대를 만들어주겠어. 에도에 들어가거든 모두 능력을 발휘해보게. 할 일은 무한히 많아. 모두가 능력을 충분히 발휘하면 새로운 영지는 이백오십육만 석에 달할 것일세."

순간 좌중은 물을 끼얹은 듯 조용해졌다.

만일 이 자리에 혼다 사쿠자에몬이 있었다면 아마도 빙긋이 미소지었을 것이다. 그가 자기를 버리고 슨푸에서 한 간언은 훌륭하게 이에야스의 각오 속에 살아 있었다.

그때까지 한마디도 하지 않고 묵묵히 앉아 있던 코리키 키요나가高力淸長가 가만히 부채를 앞에 놓았다.

"주군."

그리고는 이에야스를 부를 때까지 사람들은 회의가 끝났다는 착각에 사로잡혀 있었다.

"회의를 계속해주십시오. 저희들은 아직 가장 중요한 말씀을 듣지 못했습니다."

"그게 무슨 말이오, 가장 중요한 것이라니……?"

이에야스는 잠자코 있었고, 그를 대신하듯 혼다 사도노카미가 입을 열었다.

"우리에게 가장 중요한 것은 무無에 가까운 에도 땅에 들어가는 마음가짐……이라는 말씀을 들었는데요."

"아니, 내가 여쭙고 싶은 것은…… 그와 같은 고난의 땅으로 이전하는 일을 어째서 주군께서 승낙하셨는가 하는 문제에 대해서요. 아직 그 말씀을 듣지 못했지 않소?"

"그렇소!"

혼다 타다카츠가 무릎을 치면서 맞장구를 쳤다.

"코리키 님의 말이 옳아요! 백만 석이 있으면 언제든지 공격할 수 있다고 하셨소. 그 정도의 기백이 있으신 주군이 어째서 이런 무리한 이전을 승낙하셨는지, 우리도 여러모로 상상은 했으나 주군께 직접 진심을 듣지 못했소. 그 말씀을 들으면 없던 힘도 치솟을 것이오. 그렇지요, 오쿠다이라 님?"

"그렇소. 아주 중요한 말씀을 아직 듣지 못했소. 단지 칸파쿠가 두렵다는 이유만으로 승낙하실 주군이 아닙니다. 주군께는 주군의 생각이…… 이렇게 상상하는 것만으로는 힘이 솟지 않습니다. 주군! 반드시 이 자리에서 주군께 직접 말씀을 들어야겠습니다."

이에야스는 난처한 듯 옆에 있는 사도노카미를 돌아보고 쓴웃음을 지었다. 이 자리에서는 별로 말하고 싶지 않은 듯한 표정이었다. 그러나 가신들에게는, 백만 석이 있으면…… 하는 주군의 기백에 대한 확인 이상으로 묻고 싶은 일, 듣고 싶은 말이었다. 아마도 그에 대한 대답 한마디로 가신들은 영지 배치에 대한 불만 따위를 잊어버리게 될 것이 틀림없다.

이에야스는 한숨을 쉬었다.

6

"주군, 어서 말씀하십시오. 여기 모인 사람들은 모두 주군의 손과 발입니다."

토리이 모토타다鳥居元忠까지 이렇게 말했다. 이에야스는 다시 한 번 혼다 사도노카미를 돌아보고 나서 일동을 둘러보았다.

'무언가 아주 중요한 말을 하지 않고 있는 것이 분명하다……'

오가사와라 히데마사小笠原秀政도, 이나 쿠마조伊奈熊藏도, 그리고 나가이 덴파치로永井傳八郎도 서로 얼굴을 마주보며 고개를 끄덕였다. 그들은 나이 많은 중신들보다도 더욱 이에야스에 심취해 있는 중견으로 이 자리에서는 겸손하게 입을 다물고 있었다.

"백만 석이 있다면……"

그러나 내심으로는 이에야스로부터 이러한 발언 이상을 기대하며 가슴을 설레고 있었다.

"사도, 말해야만 할까?"

이에야스가 물었다.

"말씀하십시오. 앞으로의 결속에 밑거름이 될 것입니다."

다시 토리이 모토타다가 재촉했다.

"좋아, 사도, 자네가 먼저 말하게."

이에야스는 이렇게 말했다. 그리고는 문득 시선을 다른 데로 돌리고 사방침을 끌어당겼다.

이에야스의 말에도 사도노카미는 당장에는 입을 열지 않았다. 말했다가 오해라도 받게 되면 큰일…… 이렇게 생각하는 것 같기도 하고, 어디서부터 말해야 할지 망설이는 것 같기도 했다.

"요컨대 신불神佛의 계시입니다."

잠시 후 사도노카미가 입을 열었을 때 일동은 모두 한숨을 내쉬고 말았다.

'아니, 겨우 그런 말을……'

이런 실망을 역력히 느낄 수 있었다.

"아시다시피 사이고西鄕 마님이 돌아가실 때, 부디 칸파쿠와 다투지 마시고 동쪽으로 난을 피하시도록…… 이런 유언을 남기신…… 그것이 이미 계시의 예고였습니다."

혼다 사도노카미는 갑자기 말을 멈추고 고개를 갸웃거리며 생각하다가 다시 이었다.

"그 후…… 제반 정세를 살펴볼 때 바로 이런 점이 모두 적중했기 때문에……"

"바로 이런 점이란 무슨 뜻인가?"

사카이 타다츠구가 혀를 차며 불평스럽게 말했다.

"이런 때 그대가 설명하는 것은 옳지 않아. 아무리 주군이 명하셨다고는 하나 사양하는 것이 측근에서 모시는 사람의 예의일세."

“그러나……”

“그렇다면 좀더 정확히 말하게. 그 후의 제반 정세…… 어떤 정세라는 말인가? 어물어물 넘기려는 말투는 도리어 여러 사람을 당황하게 만드는 법, 단도직입적으로 말하게.”

타다츠구가 몰아붙였을 때였다.

“그만!”

이에야스가 무겁게 말하면서 크게 고개를 끄덕였다.

“그래, 사도에게 말하도록 한 것은 내 잘못이었네. 내 입으로 분명히 말하겠어.”

좌중은 다시 조용해졌다.

촛대에서 심지 타는 소리만 생생하게 들려왔다.

“이제부터 하는 말을 입 밖에 내는 자는 용서하지 않겠네.”

“예.”

“이것은 말일세, 천하를 손에 넣기 위한 준비……가 될지도 모른다는 생각에 칸파쿠의 말대로 옮기기로 한 것일세.”

“예?”

이번에는 모두가 숨을 죽였다. 그들이 가장 알고 싶었던 것을 이에야스가 정식으로 언급하고 있었다……

7

이에야스의 눈은 번쩍번쩍 빛나고 있었고, 이를 지켜보는 일동의 눈 역시 그에 못잖게 섬광 같은 불길이 타올랐다.

‘언젠가 한번은 천하에 대한 언급을……’

모든 사람의 마음에 진작부터 싹터 있는 일이었으나, 아직 이에야스의 입에서 그 말을 들은 적은 없었다.

이에야스는 주저하고 망설이던 끝에 드디어 그 말을 입에 올렸다. 이 경우의 주저함은 일의 중요성을 배가시키는 데 도움이 되었을 뿐, 재촉하는 바람에 마음에도 없는 말을 하는 경우와는 전적으로 반대되는 효과가 있었다.

"모두 알고 있듯이 지금까지의 일은 나 자신이 시도한 것은 아닐세. 모든 것을 칸파쿠가 하라는 대로 했을 뿐……"

"그렇습니다."

토리이 모토타다가 맞장구를 쳤다.

"이렇게 만든 것은 분명히 칸파쿠입니다."

"바로 그래서 사도는 신불의 계시라고 한 것인데, 실은 그 이전에 이 이에야스 역시 이렇게 되기를 은근히 바라고 있었네."

"허어……"

사카이 타다츠구였다.

"저를 비롯하여 야스마사, 나오마사, 타다카츠 등이 모두 불만으로 여기고 있었습니다마는."

"그 이유를 말하겠네. 모두들 잘 듣게, 그건 칸파쿠의 사람됨에서 비롯된다고 해야겠지……"

이에야스는 다시 한 번 좌중을 둘러보고 옆에 있는 토리이 신타로鳥居新太郎에게 눈짓을 했다. 신타로는 그 의미를 알아차리고 재빨리 복도로 나가 망을 보기 시작했다.

"칸파쿠는 천하를 통일하면 반드시 조선에 출병할 것이야…… 그렇게 하지 않을 수 없다고 나는 내다보고 있네."

"으음."

"그러나 칸파쿠가 조선으로 출병하면 어째서 주군이 동쪽으로 옮기는 것이 이익이 될까요?"

코리키 키요나가가 물었다. 그는 과묵한 사람이었으나 질문은 언제나 정곡을 찔렀다.

좌중은 모두 귀에 온 신경을 집중시켰다.

"내가 조사한 바에 의하면 조선의 배후에는 명나라가 있어. 이 전쟁은 칸파쿠의 뜻대로 승리를 거두지 못해. 그 점에 대해서는 사카이堺의 원로들도 모두 우려하는 형편일세."

"……"

"물론 그들의 의견에 귀를 기울일 칸파쿠는 아닐세. 아니, 간언하면 도리어 고집을 부릴 분이지. 이런 말을 하면 실례가 되겠지만, 출신이 미천해 비뚤어진 면이 강해. 가까운 장래에 리큐利休* 거사와도 다투게 될 것이라는 정보까지 들어왔을 정도일세…… 알겠나, 우리가 만일 서쪽에 있었다면 조선과의 전쟁에 맨 먼저 참가하지 않을 수 없을 것일세……"

이에야스는 약간 떨어져 있는 마츠다이라 야스모토松平康元를 손짓으로 부르면서 목소리를 낮추었다.

"이것이 중요한 대목이야. 칸파쿠가 외국에서 패하고, 내가 선봉을 섰다가 그곳에서 시체로 변한다면 누가 천하를 다스리겠나. 그야말로 국내는 다시 난마처럼 얽히게 될 것일세. 그래서 나는 기꺼이 동쪽으로 피했어. 에도가 황폐하다는 것을 오히려 신의 뜻으로 알고 감사히 여기고 있네. 여기에 거리를 만들고 성을 쌓아야 하네. 그뿐 아니라 오다와라 잔당을 소탕하여 폭동이 일어나지 않도록 해야만 해. 정말 바빠! 잠시도 손을 뗄 수가 없어…… 칸파쿠가 이런 곳에 나를 보낸 것이 얼마나 다행인지 몰라. 칸파쿠 자신이 나에게 조선 출병을 강요하지 못할 입장을 만들어주었어…… 알겠나, 그러한 이번의 에도 입성이어서 성에 관한 일은 맨 나중으로 미루었네. 아직 준비가 덜 되었다, 덜 되었다고 미루지 않으면 안 돼, 이것은 술책이 아니야! 칸파쿠 자신이 택해준

나의 운일세."

넓은 천장에서 쥐가 살금살금 기어다니고 있었다.

8

이에야스는 이 말만은 가슴속에 묻어두고 싶었을지도 모른다.

"천하를 감시한다."

이렇게 말하는 것만으로 히데요시에 대한 가신들의 반감을 무마할 수 있었다면 결코 이런 말은 하지 않았을 터. 만일 이 말이 누군가의 입을 통해 히데요시의 귀에 들어간다면 이에야스와의 사이에는 무너뜨릴 수 없는 벽이 생길 터였다. 그러나 중신들의 재촉에 못 이겨 입 밖에 낸 이상 충분히 이를 활용해야 했다.

이에야스는 조용해진 좌중을 무서운 눈으로 둘러보고 다시 말을 이어나갔다.

"알겠나, 도면에도 있듯이 에도 땅은 황폐한 벽지지만, 그 위치와 지형으로 보아 노력하기에 따라서는 무한히 개간할 수 있는 옥토의 중심이 될 수 있네."

이 말에 좌중의 눈은 다시 바다에 인접해 있는 에도 성과 그 주변의 도면으로 빨려들어갔다.

"무엇보다도 바다로 흘러드는 몇 줄기의 강이 그것을 증명해주고 있어. 시모츠케下野, 코즈케上野, 무사시武藏로부터 시모우사下總, 카즈사上總를 강으로 연결하면 부富는 쉽게 이룰 수 있고, 이 구부러진 해변을 메워 종횡으로 해자를 파면 오사카에 필적하는 도시를 만들 수 있어. 그뿐인가, 서쪽과는 이 하코네箱根의 험준한 산으로 차단되어 있고, 바다는 세계로 이어져 있어. 그러나……"

이에야스는 다시 시선을 들고 새삼스럽게 좌중을 둘러보았다.

"다만 문제는…… 이러한 희망을 모두의 희망으로 삼아 상하가 다 같이 결속할 수 있을까 하는 데 있네."

"그것은 말씀하실 필요도 없습니다."

타다요가 말했다.

"그래, 지금 새삼스럽게 다짐을 둔다면 오히려 우스운 일이지."

"오카자키 때부터 섬겨온 저희들입니다. 주군의 본심을 알게 된 이상 누가 뒷걸음질 치겠습니까?"

타다츠구와 타다카츠는 입을 모아 말하고 가슴을 떡 폈다.

"그럼, 이 이에야스도 이십 년 전의 젊음으로 돌아가겠네. 다시 한 번 미카타가하라三方ヶ原 전투에 임했던 기백을 살려 천하를 목표로 칸파쿠가 묶어놓은 쇠고리 안으로 뛰어들겠네."

"모두 그 정신으로 뒤따르겠습니다."

"말은 그렇게 해도, 겪어야 할 고통은 여간 심하지 않을 것이야."

"물론 각오하고 있습니다. 그렇지 않소, 여러분?"

"그렇습니다. 천하와 가까워지는 동으로의 길이라면."

"좋아, 그 말을 듣고 안도했네. 알겠나, 이에야스의 배치에 아무도 불만을 품으면 안 돼."

"여부가 있겠습니까!"

"사토미里見를 제압하고, 사타케를 제압하고, 하코네를 제압하고, 카이를 제압하고, 북쪽을 제압하고, 시나노를 제압하고…… 이 이에야스의 뜻대로 집행할 것일세. 그때 불평하면 용서하지 않겠어."

"천하를 지향하는 길에서, 주군이 슨푸에 인질로 계셨을 때의 고난을 다시 한 번 상기하겠습니다."

토리이 모토타다가 서슴없이 말했다.

"그렇소, 그렇소."

모두 마치 어린아이처럼 호응했다.

이에야스는 손뼉을 쳐서 신타로를 불렀다.

"이제 됐다. 내일 출발해야 할 것이니 술상을 준비하라."

이렇게 명하면서 이에야스는 가슴이 뜨거워졌다.

'말하지 않아야 할 것을 입 밖에 내었으나, 그래도 무의미하지는 않았던 것 같다……'

안도감과 함께 천진난만에 가까운 가신들의 마음이 참을 수 없을 정도로 고마웠다.

'히데요시에게는 이러한 가신이 과연 몇 사람이나 있을까?'

은상으로는 낚을 수 없는 이 보배가…… 이런 생각에 이에야스도 가신들 이상으로 격앙되었다.

이에야스는 당황하여 얼굴을 돌리면서 치밀어오르는 감동의 눈물을 소리내어 웃는 것으로 얼버무렸다.

불길한 가을

1

쿄토에는 조용히 가을이 찾아왔다.

히데요시도 오슈 문제를 매듭짓고 곧 쿄토로 돌아올 예정이었다.

한발 먼저 오다와라에서 쥬라쿠聚樂 저택 안에 있는 자기 집에 돌아온 리큐. 지금 그는 그때까지 수많은 다이묘와 다인茶人들을 맞이하고 배웅했던, 다다미 네 장 반짜리의, 세상에서 말하는 '리큐의 객실'에 혼자 묵묵히 앉아 있었다. 좌선坐禪을 하는 것도 아니고, 그렇다고 자세를 무너뜨리고 편히 앉아 있는 것도 아니었다.

'마침내 찾아온 거야……'

자신에게 닥친 불안과 맞서면서, 그는 앞으로의 일을 깊이 생각하고 있었다.

이번 오다와라 출전에 동행했던 리큐는 그만 히데요시의 비위를 상하게 만들고 말았다. 그 직접적인 원인은 다테 마사무네에 대한 두 사람의 의견 차이에 있었다.

히데요시는 마사무네를 평범한 무장으로는 보지 않았으나 그 이상이라고도 생각지 않았다. 자신의 낙천적인 성격대로 마사무네쯤이야 하고 대수롭지 않게 여기고 있었다.

리큐는 히데요시의 잘못을 지적했다.

마사무네가 오다와라 정벌을 위한 출전을 주저했다는 사실에 히데요시는 화를 내고는, 아이즈의 40만 석을 가모 우지사토에게 주고 마사무네는 요네자와의 30만 석만으로 녹봉을 깎겠다고 했다.

리큐는 언제나 그랬듯이 이번에도 말을 꾸미지 않았다. 아첨한다는 말을 듣는 것이 무엇보다도 그의 자존심을 상하게 하기 때문이었다.

"전하께서는 다테 님이 순순히 받아들일 인물이라 생각하십니까?"

"받아들이지 않다니, 그럼 다테가 내 명령에 복종하지 않을 것이란 말인가?"

"아니, 표면적으로는 복종할 것입니다. 그러나 이 리큐가 보기에 다테 님은 가모 님과는 그릇이 다릅니다."

"허어, 그렇다면 이 히데요시의 안목이 부족하다는 것인가?"

"황송합니다마는, 전하도 때로는 잘못 보시는 경우가 있을 것입니다."

이치야 성 공사 중에 있던 일로, 마사무네가 리큐에게 열심히 중재를 부탁하고 있을 때였다.

"그냥 들어넘기지 못할 말을 하는군. 리큐, 대관절 두 사람이 어떻게 다르다는 말인가?"

"전하께서는 가모 님 편을 들고 계십니다. 그래서 가모 님의 역량으로 다테 님을 견제할 수 있으리라 생각하시는 것 같습니다만, 저는 그렇게 보지 않습니다."

"그럼, 가모로는 마사무네를 견제할 수 없다는 말이군."

"그렇습니다. 새 영지에 간 가모 님은 그 지방에 익숙지 못하고 백성들의 기질을 모르기 때문에 혹시 다테 님에게 희롱당하지 않을까 염려

됩니다."

말하다 말고 리큐는 섬뜩했다. 여느 때 같으면 이 정도의 말에는 웃어넘겼을 히데요시였다. 그런데 그 얼굴이 소름 끼칠 만큼 험상궂게 일그러져 있었다.

"리큐!"

히데요시는 사방침을 탁 쳤다.

"그대는 언제부터 정치적인 말을 하게 됐나? 아니, 언제 내가 그런 말을 하도록 허락했나?"

"황송합니다. 마사무네가 어떻게 나올지 말하라고 하셔서……"

"닥쳐! 그러고 보니 소문이 사실이었군. 그대가 막대한 뇌물을 받고 마사무네를 위해 일을 꾸민다는 소문이 나돌고 있어."

이 말을 듣고 리큐도 그 강직한 성격에 가만히 있을 수 없었다.

2

리큐는 이때 자기도 히데요시 이상으로 격분했다는 생각이 들었다. 마음에 꺼릴 것이 없기 때문……이라기보다는, 때때로 자신을 굽히고 히데요시를 섬긴다……는 평소의 반성이 열등감으로 변하여 폭발한 것이라 할 수 있었다.

"전하, 차마 그냥 들을 수 없는 말씀을 하시는군요. 제가 언제 다테님으로부터 뇌물을 받았다는 말씀입니까?"

"닥쳐! 차마 그냥 들을 수 없는 것은 바로 나야. 고작 다인에 불과한 주제에 가모와 다테는 그릇이 다르다, 내 눈이 잘못되었다……는 등 그런 무엄한 말을 지껄여대다니."

"말씀을 돌리지 마십시오. 다테를 잘 살펴보라고 하신 것은 바로 전하입니다. 다테 님은 태어나면서부터 기질이 반항적인 분, 가모 님이 감당하기는 어렵습니다. 저는 다테 님을 칭찬하는 것이 아닙니다. 조심하십시오. 쌀 삼십만 석으로 만족할 분이 아닙니다…… 전하는 가모 님을 아이즈에 두시고 도쿠가와 님과 다테 님 양쪽을 견제하려 하시지만, 가모 님은 다테 님 한 사람에게도 우롱당할 분입니다. 그렇게 되면 잇따라 폭동이 일어나, 멀리 계신 전하가 고심하시게 될 것이라고……"

"뭣이, 닥치지 못할까!"

이날 히데요시는 사람이 완전히 달라진 것 같았다.

"그 따위 소리는 듣고 싶지 않다. 물러가라!"

"알겠습니다. 물러가라시면 물러가겠습니다. 그러나 한 말씀만 더. 이 리큐는 뇌물이나 받고 일을 꾸미는 그런 처량한 성품의 소유자가 아닙니다. 이 한 가지만은 가슴에 새겨두시기 바랍니다."

"에잇, 발칙한…… 나는 그 건방진 태도를 꾸짖는 거야. 내가 모르는 줄 알겠지만, 지난해 내가 다이토쿠 사大德寺의 코케이古溪를 하카타博多로 유배시키라고 명했을 때 너는 그 코케이를 쥬라쿠 저택에 초대하여 송별의 다회茶會을 열었던 일을 기억하고 있겠지?"

그 말을 듣고 리큐는 퍼뜩 생각이 났다.

누가 이런 말을 히데요시에게 고했을까?

'……소큐宗及인지도 모른다.'

이렇게 생각했을 때 다시 히데요시가 추궁했다.

"내 뜻을 어겨 유배시키려는 자를 쥬라쿠에 부른 것만도 무엄한 짓인데, 그때 너는 무엇을 벽에 걸어놓고 그에게 차를 대접했느냐?"

리큐는 더 이상 잠자코 있을 수 없었다.

다이토쿠 사의 코케이 선사는 그에게는 선禪의 스승. 더구나 코케이 선사가 유배당하게 된 것은 히데요시에게 죄를 지어서가 아니라, 사이가 좋지 않은 이시다 미츠나리의 모함 때문이라고 리큐는 확신하고 있었다.

그런 만큼 히데요시의 본의가 아니라는 뜻을 암시하기 위해, 히데요시가 맡겨둔 '천하 제일의 명물' 이란 이쿠시마 키도生島虛堂의 붓글씨를 벽에 걸고 차를 대접했다.

"그 일에 대해서는 분명히 기억하고 있습니다. 키도의 붓글씨를 걸고 차를 대접했습니다."

"키도의 붓글씨가 그대의 것이란 말이냐?"

"아닙니다. 전하가 맡기신 것입니다."

"뻔뻔스런 소릴 하는군. 내가 맡긴 것을 나의 죄인 앞에 걸어놓다니, 그래도 나를 무시한 것이 아니란 말이냐?"

히데요시가 분노한 원인에 리큐도 당장에는 대답할 말이 없었다.

3

문제의 코케이 선사는 리큐의 주선으로 이미 용서를 받고 하카타에서 쿄토로 돌아와 있었다. 이 자리에서 함부로 말했다가 다시 코케이 선사에게 누를 끼치면…… 이렇게 생각하고 리큐는 더 이상 히데요시와 다투지 않기로 했다.

"그 일에 대해서는 나중에 다시 말씀 드리겠습니다. 전하의 넓으신 도량…… 세속의 애증愛憎을 초월하여 다도에 몰입하신 넓은 마음을 선사에게 전하려 했던 것이지만…… 분명 주제넘은 짓이었는지도 모릅니다."

"주제넘은 정도가 아니라, 나를 무시한 거야. 어서 물러가라."

그 뒤 리큐는 한동안 유모토湯本에 있는 작은 암자에 파묻혀 세공품 따위를 만드는 일로 시간을 보내고 있었는데, 다른 때 같으면 금방 씻은 듯이 잊어버리고 근시를 보내 불러들였을 히데요시가 이번만은 좀처럼 화를 풀지 않고 있었다. 히데요시의 마음에 든 가모 우지사토를 다테 마사무네보다 못한 인물이라고 평한 것이 여간 비위에 거슬리지 않았던 모양이다.

그 후에도 리큐를 헐뜯은 자가 있었다. 누군가가 칩거 중에도 리큐는 돈벌이를 한 빈틈없는 자라고 히데요시에게 고자질했다는 말을 오다 우라쿠織田有樂로부터 들었다.

"돈벌이라니 어이가 없군요."

그때도 리큐는 굳이 변명하려 하지 않았다. 심심풀이로 니라야마 대나무로 만든 꽃꽂이 통을 여기저기 나누어준 것을 가리켜 하는 말일 것이다. 물론 그것은 히데요시에게도 바쳤다. 가장 마음에 드는 퉁소와 온죠 사園城寺°의 모형, 침실의 꽃꽂이 통 등을……

솔직히 리큐는 그 무렵까지도 히데요시의 성격을 거의 이해하지 못하고 있었다. 아니, 십중팔구는 알고 있었겠지만, 오직 하나 히데요시 성격의 가장 무서운 맹점을 간과하고 있었다.

히데요시는 솔직담백한 것처럼 행동하면서도 그 이면에는 보통사람으로서는 상상도 못할 집요한 성격의 소유자였다. 바꿔 말하면, 그 집요함에서 벗어나려는 생각이 도리어 그에게 표면적인 담백성을 위장하게 했는지도 몰랐다. 이 가공할 집요함은 히데요시의 '비할 데 없는 자부심'을 건드렸을 때 유감없이 발동되고는 했다.

미츠히데光秀가 히데요시를 '무식한 사나이'라고 평했던 탓으로 그의 집요한 공격 목표가 되어 결국은 파멸되었고, 시바타 카츠이에 역시 마찬가지였다.

"그 벼락출세한 자가……"

이렇게 무심결에 내뱉은 말 한마디로 복수를 당했다.

노부타카信孝도 히데요시를 '아버지의 짚신이나 들고 다니던 자' 라는 생각을 드러내 눈에 보이지 않는 증오의 대상이 되어 무서운 처분을 당했다.

노부오信雄는 히데요시로부터 이에야스의 옛 영지로 이전하라는 말을 들었을 때.

"칸파쿠도 아시다시피 오와리尾張와 이세伊勢는 우리 가문이 조상 대대로 이어받은 땅이므로……"

아무 생각 없이 이렇게 말했다가 즉시 추방되고 말았다. 물론 이 경우는 히데요시가 진작부터 생각하고 있던 함정이긴 했다. 그러나 이 역시 기회 있을 때마다 자기가 주인이라는 뜻을 풍겨 불세출의 영웅 히데요시의 '자부심' 을 건드렸던 게 더 큰 이유였다.

이렇게 생각할 때 리큐는 지금 히데요시에게 큰 잘못을 세 가지 이상 범하고 있었다.

마사무네와 우지사토 문제말고도 찻잔의 색깔 때문에 다툰 일, 코케이 선사에 관한 일, 예술의 길은 정치를 초월한다고 말한 일……

이미 리큐는 히데요시의 집요한 증오의 눈에서 벗어날 수 없게 되었는지도 모른다……

4

리큐는 다다미 네 장 반짜리 방에서 계속 생각에 잠겨 있었다.

히데요시도 기승스러웠지만, 리큐 역시 히데요시의 책망을 받고 파멸을 기다리고 있을 무력한 기질의 소유자는 아니었다.

지금 생각해보면, 히데요시는 찻잔의 색깔이 검어야 한다느니 붉어야 한다느니 하고 다투었을 때부터 이런 기회를 노리고 있었다고도 할 수 있다.

"리큐 녀석, 어디 두고 보자!"

이런 기분으로.

이와 같은 사실은 결코 히데요시의 그릇이 크고 작음과는 관계가 없다. 말하자면 인간의 성격이 갖는 맹점이었다. 그것을 모르고 리큐는 몇 번이나 그 맹점을 건드렸다.

그 밖에도 리큐에게는, 사카이 출신이어서 히데요시와 다투지 않을 수 없는 일이 있었다. 히데요시가 다음에 할 일로 생각하는 대륙 출병에 관한 만류가 바로 그것이다.

대륙 출병을 위해서는 사카이 사람들과 뜻을 같이하는 하카타의 시마이 소시츠島井宗室•가 이미 조선에 파견되어 군비軍備와 민심, 명나라와의 경제적 관계 등을 조사하고 있었다. 소시츠는 부하 사이타 덴에몬齋田傳右衛門, 모토야마 스케에몬本山助右衛門과 함께 사카이와 관련이 있는 사람에게 미곡, 술, 구리, 철 등을 싣게 하여 조선의 경상도, 강원도, 경기도, 황해도, 전라도 등 여러 지역을 상대로 장사하면서, 은밀히 정보를 모으고 있었다. 이들 정보에 근거해 조선 출병만은 히데요시에게 포기하도록 해야 한다는 결론이 나와 있었다.

명나라는 히데요시가 생각하는 것만큼 그렇게 좁지 않았다. 만일 명나라와 전쟁이 일어나 장기전이 된다면, 상대는 일본 인구를 모두 투입한다 해도 어디 있는지조차 알 수 없을 정도로 땅덩어리가 광대했다.

귀국하면 소시츠도 물론 그런 사실을 보고하겠지만, 리큐에게도 또한 히데요시의 측근으로서 출병에 반대하고 간언해야 할 중요한 역할이 있었다. 리큐가 자신의 역할에 충실할 경우 히데요시의 분노는 그의 머리 위에서 폭발하고, 두 사람의 관계는 완전히 파국을 맞을지도 몰랐다.

'내가 생각해도 너무 어리석었어……'

히데요시의 성격이 지닌 중요한 비밀 하나를 간과하고 그의 집요한 성질을 건드리고 만 이상, 리큐 자신은 이미 히데요시에게 아무 도움도 주지 못할 쓸모없는 사람이 되어버렸다……

'그런 의미에서 도쿠가와 님은 대단한 인물이야……'

코마키 전투 때 그토록 무섭게 히데요시에게 대항했으면서도 오다와라에서는 완전히 태도를 바꾸어 원한을 풀었다.

"아버님, 모즈야万代屋 누님이 오셨습니다."

그때 문득 출입문 너머로 양자 쇼안少庵의 목소리가 들려왔다.

"뭐, 오긴お吟이 왔어? 어서 안내하여라."

리큐는 혼자 끓고 있는 물을 보고서야 비로소 갈증을 느꼈다.

"아버님, 차를 들고 계셨던 것이 아니군요."

"오오, 잠시 생각을 하던 중이다. 그래, 아이들은 잘 있겠지?"

"예……"

쇼안은 그대로 물러가고 오긴 혼자 방으로 들어왔다.

"아버님, 난처한 일이 생겼습니다. 북을 가르치는 히구치 이와미樋口石見 님으로부터 들었습니다마는."

"난처한 일……이라니?"

"머지않아 칸파쿠 전하가 저를 소실로 부르시겠다는 말씀이 있었다고 합니다."

그렇게 말하는 오긴의 입술은 새파랗게 질려 있었다.

5

리큐는 당황하여 딸에게서 눈길을 돌렸다.

오긴은 무슨 말부터 꺼내야 할지 깊이 생각하고 왔을 터. 그래서 두

말 않고 핵심을 단도직입적으로 말했을 것이다.

리큐가 흠칫 놀라 대답을 하지 못하는 기색에 오긴도 더 이상 말을 잇지 못했다.

"히구치 이와미가 너를 찾아왔더냐?"

리큐는 놀라움을 감추고 짐짓 부드럽게 말했다.

"예. 그분은 칸파쿠 님보다 한발 앞서 돌아오셨다고…… 전하는 구월 일일 쿄토에 도착하실 예정이라고 했습니다."

북의 명인 히구치 이와미 역시 히데요시의 오토기슈로 오다와라에서는 리큐와 같이 있었다. 요도 마님도 이와미가 마음에 들었던지 자주 술자리에 불렀다. 그런 자리에서 이와미는 무언가 특별한 정보를 들었을 것이 틀림없다.

"으음, 구월 일일에 돌아오신다는 말이지……"

"아버님, 이와미 님은 이름까지는 말씀하시지 않았으나 누군가가 몹시 아버님을 헐뜯고 있다고……"

"나도 알고 있다."

리큐는 조용히 손을 내저었다.

"지금도 그 생각을 하고 있던 참이다. 누가 뭐라 하지 않아도…… 나와 전하의 관계는 이제 끝날 것 같다."

"끝나다니, 무슨 이유로?"

"내가 좀 고집을 부렸던 모양이야. 그건 그렇고…… 이와미 님이 무어라 하더냐? 전하가 너를 소실로 원하신다고 하더냐?"

"아니, 그보다도 더 마음에 걸리는 게 있습니다."

오긴은 화로 너머로 몸을 내밀듯이 하고 말했다.

"전하는 아버님이 오만한 자라며 분노하셨다 합니다."

"허허허, 오만하다고 말이냐? 그럴 수도 있겠지."

"그래서 함께 계시던 분들이 그럴 리 없습니다, 전하가 계셔야 거사도 있는 것…… 거사는 전하께 친밀감을 가지고 있었기 때문에 그랬을 것이라고 중재하셨다고 합니다."

"반갑지 않은 중재로구나. 전하가 있어야 거사도 있다는 말은 전하가 있어야 다도茶道도 있다는 말처럼 들려. 나의 다도는 히데요시가 없이는 존재하지 못하는 그런 하찮은 것이 아니야."

"아니, 분위기를 부드럽게 하려고 그런 말이 나왔을 거예요. 그런데 그때 묘한 꾀를 내놓은 사람이 있었다고 합니다."

"허어, 전하께 꾀를 내놓았다고?"

"예. 그토록 거사를 의심하신다면, 전하께서 거사에게 무언가를 요구해보시면 어떠신가 하고."

"무언가…… 그것이 너였다는 말이냐?"

"예. 물건이라면 어떤 명품이라도 선뜻 내놓을 것이다, 그보다는 살아 있는 것, 오긴을 요구해보시면 어떻겠느냐고."

오긴은 말을 끊고 잠시 호흡을 가다듬었다.

"전하는 무릎을 탁 치면서, 그거 재미있군! 하고 고개를 끄덕이셨다고 합니다. 그렇다, 리큐에게 다른 마음이 있다면 그의 기질로 보아 단호히 거절할 것이라고 하시면서."

"허어."

"쿄토에 돌아가는 즉시 다회를 열어 그 자리에서 리큐에게 말하겠다, 그때까지 비밀로 하라…… 이것이 이와미 님의 말씀이셨습니다."

리큐는 다시 눈을 감고 조용히 물 끓는 소리에 귀를 기울였다.

6

리큐의 마음을 시험하기 위해 오긴을 소실로 내놓으라고 한다……

여느 때 같으면 크게 당황했을 리큐, 그렇지만 지금 그는 자기가 생각해도 이상할 정도로 마음이 가라앉아 있었다.

'있을 법한 일……'

이런 생각을 했기 때문만은 아니었다. 오히려 그보다는 어떤 형태로든 파국으로 가는 수레바퀴는 굴러가고 있다……는 예상이 점점 확실해지기 때문이었다.

그뿐 아니라 '오긴을 내놓으라'는 요구 이면에는 또 다른 음모가 도사리고 있다는 생각이 들기도 했다. 요즘의 키타노만도코로……라기보다 마츠노마루松の丸와 요도 부인 사이에 싹트는 대항의 기운이 실을 당기고 있는 것 같기도 했다.

마츠노마루는 미모에서 요도 부인을 능가했다. 히데요시의 총애는 요도 부인이 등장할 때까지는 당연히 마츠노마루의 것이었다. 더구나 요도 부인과는 같은 오미近江 지역의 명문인 쿄고쿠 가문, 문벌로도 요도 부인에게 뒤지지 않는 마츠노마루였다.

마츠노마루는 표면적으로는 요도 부인의 편인 체하면서도 실은 격렬한 질투로 대항하고 있었다.

마츠노마루의 대항 의식은 일단 키타노만도코로에게 맡겨졌던 츠루마츠마루가 다시 요도 부인의 품으로 돌아옴으로써 더욱 불이 붙었다. 요도 부인에게 츠루마츠마루가 있는 한 소실로서의 마츠노마루는 요도 부인 밑에 있지 않으면 안 된다.

최근 마츠노마루는 갑자기 키타노만도코로에게 접근하여 요도 부인을 반대하는 세력을 집결시키고 있었다. 그런 의미에서 볼 때 오긴이 히데요시의 소실로 들어간다는 것은 요도 부인에 대항하여 키타노만도코로와 마츠노마루 쪽에 또 하나의 유력한 동지를 덧붙인다는 계산을 해볼 수도 있었다.

오긴은 요도 부인과는 친하지 않았지만 키타노만도코로와는 어려서부터 다회에 같이 참가하고 있었다. 더구나 오긴은 리큐의 딸이라는 유리한 조건을 가지고 있었고, 친아버지는 천하에 이름을 떨친 마츠나가 히사히데松永久秀. 혈통으로 보아도 결코 다른 소실에 비해 기세가 눌리지 않을 것이었다.

"아버님, 이미 칸파쿠 전하의 도착은 눈앞에 다가와 있습니다. 이야기가 나오면 어떻게 해야 할까요?"

"으음, 어떻게 하면 좋을까."

"아버님이 거절하시면 전하는 어떤 가혹한 조치를 취하실지도 모르는 분위기……라는 것이 이와미 님의 말씀이었습니다."

"허어……"

"돌아오시면 첫번째 다회에 아버님을 부르실 것이다, 그때 말씀이 계실 것이라고……"

리큐는 다시 얼마 동안 물 끓는 소리를 듣고 있었다.

"오긴, 이것은 네 문제다."

그리고는 그 자세를 허물어뜨리지 않은 채 가볍게 말했다.

"너는 갈 생각이 있느냐?"

오긴은 창백한 표정으로 원망스럽다는 듯 아버지를 바라보았다. 오긴 자신의 문제라니 얼마나 아버지다운 강력한 말인가. 오긴은 그것이 아버지의 장래와 관계된 중요한 일이어서 어젯밤을 거의 뜬눈으로 새웠을 정도였는데……

"어떠냐, 네 마음은……? 혹시 네가 가면 키타노만도코로가 기뻐할지도 모르기는 하지만……"

"아버님…… 저는 아버님 생각을 알고 싶습니다. 아버님과 관계되는 중요한 일이라 여기고 달려왔는데, 갈 생각이 있느냐고 하시다니 좀 심하시네요."

"그렇기는 하다마는……"

리큐는 여전히 눈을 감은 채 대답했다.

7

“그럼, 이 아비가 전하께 부당한 미움은 받고 싶지 않다, 이대로 무사히 있고 싶다고 한다면 너는 자신의 감정을 죽이고 소실로 가겠다는 말이로구나.”

리큐의 목소리는 여전히 담담했다. 그러나 이에 대답하는 오긴의 목소리는 단호했다.

“그렇습니다! 고희古稀가 넘으신 아버님께 만일의 경우가 생긴다면 저는 차마 그냥 있을 수 없습니다.”

“으음, 알겠다.”

“무엇을…… 무엇을 아신다는 말씀입니까?”

“네 마음을 잘 알았어.”

“저는 아버님의 마음을 아직, 아직…… 여쭈어보지 않았습니다.”

“오긴.”

“말씀해주십시오! 아버님 말씀을 듣고 마음을 정하겠습니다.”

“서두를 것 없다. 아까 너는 칸파쿠 전하가 없으면 리큐도 없다는 말을 누가 했다고 했지?”

“예, 아마 그 자리의 분위기 때문에……”

“그 다음 말은 하지 않아도 좋아. 그 한마디가 내 각오를 정하게 할 것 같다.”

“아버님의 각오를……?”

“그래. 그건 몹시 마음에 걸리는 말…… 그러나 유감스럽게도 어느 정도는 사실이야.”

"저는 모르겠습니다, 아버님이 무슨 말씀을 하시려는지."

"오긴, 그래서 서두르지 말고 내 말을 들으라고 한 것이다. 알겠느냐, 내가 이대로 칸파쿠의 다도를 지도하다가 죽는다면 분명히 그 말은 옳다고 해야겠지. 히데요시라는 위대한 대장에 리큐라는 아첨꾼이 있었다고."

"……?"

"단지 그것만이야. 하지만 오긴, 그렇게 끝나서는 안 돼…… 다도를 위해서는."

"다도를 위해서는……?"

"그래. 다도는 히데요시가 있건 없건…… 앞으로도 계속 일본 사람들에게 살아 있어야만 한다. 그렇지 못할 경우 칸파쿠가 있어야 리큐도 있다는 말이 옳아…… 그러나 다도를 중심으로 생각하면 칸파쿠는 한 때의 손님에 지나지 않아. 칸파쿠 히데요시도 다도를 배운 사람 중의 하나일 뿐이다."

"어머……!"

"다도를 중시할 것인가, 한때의 권력을 중시할 것인가."

"그럼, 아버님은……?"

"점점 내 각오는 확실해지는 것 같구나. 그렇다면 이쯤에서 다도를 위해 칸파쿠 전하와 크게 전쟁을 벌여보는 것도 좋다는 생각이다."

리큐는 이렇게 말하고 비로소 눈을 크게 뜨고 오긴을 바라보며 빙긋이 웃었다.

"칸파쿠 전하를 상대로 싸우셔도……"

"권력에는 지겠지. 그러나 이길 수 있어! 다도에서는 내가 히데요시의 스승이야."

"어머나."

"오긴, 나는 네 문제에 대해 칸파쿠에게 거절하겠어. 너를 소실로 보낸다…… 비록 네가 진심으로 원하고 있다고 해도 이것은 다도를 더럽히는 일. 리큐 녀석은 딸을 칸파쿠의 소실로 보내고 출세를 도모한다…… 사실이 어떻든 그런 소문은 나게 마련이야. 그렇게 되면 나는 무사하더라도 다도는 죽는다. 다도를 떠난 리큐란 있을 수 없어. 리큐는 죽더라도 다도를 살리는 것이 곧 나를 살리는 길이다."

어느 틈에 리큐의 눈에는 싱싱한 정열의 불길이 당겨지고, 그 불길이 당장 오긴의 가슴을 태울 것 같았다……

8

오긴은 새삼스럽게 아버지 리큐를 우러러보는 기분이었다.

리큐의 말은 앞뒤가 분명하고 정연했으며, 생각을 이어가는 데서도 푸념이나 노인 특유의 집착을 보이지 않았다. 히데요시가 천하를 노리는 이상으로 리큐는 다도를 깊고 예리하게 바라보고 있었다.

'……코케이 선사도 바로 저런 아버님을 존경하시는 것이야.'

그러나 오긴은 딸이었다. 아버지의 우러러보이는 태도에 존경하는 마음으로 뿌듯해할 수만은 없었다.

상대는 세상의 일이라면 뜻대로 되지 않는 것이 없다고 확신하는 히데요시. 자기야말로 진리이고 선善이며 정의라 믿는 인간처럼 다루기 힘든 것도 없다.

물론 히데요시도 때로는 인간으로서 훌륭한 면을 보여왔다. 그러나 그것은 어디까지나 그의 자아에 근거한 것이다. 그와 충돌하는 입장에 선 자에게는 용서 없이 칼을 들었다. 그가 베려고 했지만 벨 수 없었던 사람은 도쿠가와 이에야스 단 한 명이었지 않을까.

이러한 히데요시에게 맞서려는 아버지의 결심은 그대로 피비린내로 가득했다. 화가 치밀면 상대는 오직 —

"저자의 목을 쳐라!"

이 한마디로 끝난다는 것을 아는 오긴은 아버지에 대한 존경과 사랑을 별도로 생각하지 않으면 안 되었다.

"아버님, 아버님 심정은 잘 알겠습니다마는……"

오긴은 불이 붙은 화약을 다루듯이 신중하게 말을 꺼냈다.

"전하와 전쟁도 피하고 자기를 굽히지도 않는…… 그것이 높은 지혜가 아닐까요?"

"뭐, 전쟁도 피하고 자기를 굽히지도 않는……?"

"예. 그런 방법이 반드시 있을 것만 같은 생각이……"

리큐는 애처로운 눈으로 미소를 지었을 뿐이었다.

"오긴, 그건 잘못 생각한 거야. 자기를 굽히지 않고 살아간다…… 이것이 최상의 생활신조라면 싸워야 할 때는 싸워야 한다."

"칸파쿠 전하도 같은 생각으로 아버님을 베라고 명하실 거예요."

"그래! 그렇겠지…… 어느 쪽도 양보하지 않는다. 그 경우에는 내가 이긴다, 오긴."

리큐는 다시 허공으로 눈길을 보내며 말했다.

"상대는 권력을 가지고 있으나 나는 무력해. 그 무력한 내가 도전한다. 상대가 나의 도전에 응했을 때는 이미 패하고 있는 거야. 오긴, 오늘부터 나는 저 붓글씨의 경지에 들어가려 한다."

이 말을 듣고 오긴이 바라본 벽에는 리큐가 즐겨 읊는 지친慈鎭 대사의 노래가 걸려 있었다.

더럽히지 않으려는 불법佛法이
자칫
세상을 건너는 다리 되니

슬프도다

다도삼매茶道三昧에 들기를 염원하면서도 그 차茶로써 살아가야만 하는 자의 비애가 차분히 묘사되어 있었다.

리큐는 그 노래에서 한 걸음 더 나가려 한다. 생계의 수단으로 삼던 차에서 유有와 무無의 대비를 떠난 '물개자득物皆自得', 곧 사물 그 자체가 지닌 본성의 다도로 매진하려 한다.

'일단 결심하시면 마음을 움직일 아버지가 아니다……'

오긴은 당황했다. 당황할 때만은 오긴 역시 여자였다.

"아버님, 그것은 너무……"

비참한 일이라고 말하려 했으나, 소리가 되어 나오지 않았다.

'도리어 피냄새를 풍기게 하고야 말았다……'

오긴은 그만 몸을 내던지고 소리 없이 오열했다.

증오

1

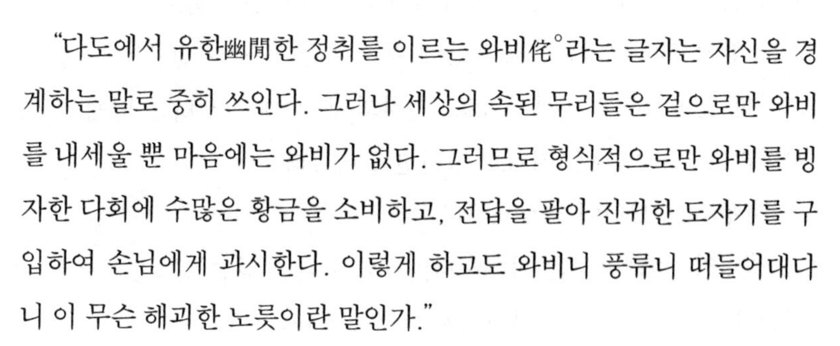

"다도에서 유한幽閑한 정취를 이르는 와비侘°라는 글자는 자신을 경계하는 말로 중히 쓰인다. 그러나 세상의 속된 무리들은 겉으로만 와비를 내세울 뿐 마음에는 와비가 없다. 그러므로 형식적으로만 와비를 빙자한 다회에 수많은 황금을 소비하고, 전답을 팔아 진귀한 도자기를 구입하여 손님에게 과시한다. 이렇게 하고도 와비니 풍류니 떠들어대다니 이 무슨 해괴한 노릇이란 말인가."

『젠챠로쿠禪茶錄』에 나오는 이 한 구절은 히데요시의 다회를 그대로 풍자하는 것 같았다.

리큐도 이를 못마땅하게 여겼을 것이지만, 그와는 전혀 다른 입장에서 이맛살을 찌푸리는 사람이 이시다 미츠나리였다.

미츠나리는 히데요시의 성격을 '새로 대지에 양기陽氣를 뿌리는 사나이'로서 완성시키고 싶었다. 이 불세출의 영웅은 아무리 사치를 한다 해도 무방하다. 어디까지나 새롭고 어디까지나 화려해야만 난세를 구하는 태양의 아들로서 세상을 개척할 수 있다.

이와 같은 미츠나리의 안목으로는 리큐와 그 배후에 있는 사카이 사람들이 더할 나위 없이 교활한 무리로 보이는 것은 어쩔 수 없었다. 그들은 히데요시의 화려함에 '와비' 라는 연기에 그슬린 은銀으로 대립을 시도하고 있었다. 무조건 히데요시의 화려함 속에 녹아들어가는 것이 아니라, 그 화려함을 배경으로 하여 —

"그보다도 훨씬 더 가치 있는 내면생활."

이렇게 내세운다. 곧, 표면적으로는 히데요시를 섬기면서, 실은 끊임없이 히데요시를 배반함으로써 자신의 존재를 확대시켜 이것을 장사의 수단으로 삼고 있다.

히데요시의 화려함이 있기 때문에 비로소 와비의 경지는 존재하고, 히데요시가 중용했기 때문에 비로소 리큐의 이름도 천하에 알려지게 되었다. 그러므로 리큐는 히데요시의 은혜에 무릎을 꿇어야 할 텐데도 다도 앞에서는 히데요시도 안중에 두지 않는 방자한 말을 하고 있다. 그러한 안목으로는 리큐야말로 '사자의 몸 속에 기생하는 벌레' 의 우두머리로 보이는 것은 지극히 당연한 일이었다.

"지부治部, 드디어 쿄토로구나."

9월 1일, 히데요시는 야마시나山科까지 마중 나온 공경公卿들의 긴 행렬을 바라보면서 미츠나리에게 고개를 돌렸다.

오늘도 히데요시는 출발할 때에 못지않은 기묘한 차림이었다. 그러나 이미 아무도 웃지 않고 기이하게 생각하는 자도 없었다. '히데요시풍風' 은 이미 새로운 시대의 주인공이 되어 있었다.

"그렇습니다. 도련님이 기다리고 계실 것입니다."

"많이 자랐을 거야. 어서 보고 싶지만 그렇다고 요도 성에 먼저 들어갈 수는 없지 않은가. 세상의 눈이란 여간 거추장스럽지가 않아."

말하다 말고 히데요시는 무슨 생각을 했는지 혀를 찼다.

"가모가 잘 처리해주었으면 좋겠는데."

미츠나리는 잠자코 있었다.

"서투르게 처리하면 나는 리큐에게 웃음거리가 될 거야."

"전하, 리큐 거사에 대해서는 그다지 염두에 두시지 않아도 된다고 생각합니다."

"하지만, 리큐는 나름대로 그릇이 커. 아무래도 나는 오슈에 다테와 가모를 가까이 있게 해서 분쟁의 씨를 뿌리고 온 것만 같아."

"전하는……"

미츠나리는 문득 맑게 갠 하늘을 쳐다보고 천연덕스럽게 말했다.

"거사를 지나치게 감싸고 계십니다. 거사는 용서치 못할 무엄한 짓을 저질렀습니다."

2

용서치 못할 무엄한 짓이라는 말은 예사롭지 않았다. 그러나 히데요시는 곧바로 질문하지 않고 그대로 말을 몰았다. 뒤쪽으로는 마중 행렬이 길게 이어져 있었다. 이런 곳에서 복잡한 이야기는 할 수 없고 하고 싶지도 않았다.

행렬이 산죠三條의 큰 다리에 도착할 무렵, 양쪽에는 수많은 구경꾼들이 맑은 가을 하늘 아래 구름처럼 모여 있었다. 기온祇園 신사의 제례에 필적하는 대혼잡이었다. 이들 모두는 히데요시 한 사람의 개선을 구경하기 위해 북적댔다.

히데요시는 때때로 손을 들어 군중에게 인사했으나, 마음속으로는 미츠나리의 말을 털어버리지 못하고 있었다. 쥬라쿠 저택에 도착한 뒤에도 잠시 동안은 공경들의 축하인사를 받기에 바빴다.

히데요시가 다시 미츠나리를 불러 그 이야기를 꺼낸 것은 목욕탕에

서 나와 등잔불 앞에 앉았을 때였다.

"그런데 지부, 리큐가 용서받지 못할 무엄한 짓을 저질렀다고?"

"예……?"

미츠나리는 이미 그 일에 대해서는 잊었다는 듯한 표정으로 고개를 갸웃했다.

"나는 오는 팔일 낮에 리큐더러 다회를 열라고 할 생각이야. 그날 리큐에게 한 가지 청할 일이 있어. 그건 그렇고, 자네가 말한 그 무엄한 짓이란 무엇인가?"

미츠나리는 그제야 생각났다는 듯이 고개를 끄덕였다.

"실은 마에다 겐이前田玄以 님도 종종 말씀하시듯이, 요즘에는 거사가 총애를 믿고 약간 오만해진 것 같습니다."

"하하하…… 거사가 오만해졌다고 해도 나는 파리가 앉은 것만큼도 생각지 않아. 그러나 용서치 못할 무엄한 짓이라니 그냥 흘려들을 수 없는 말이군."

"황송합니다. 혹시 제가 경솔했는지 모르겠습니다. 제가 직접 목격한 것은 아닙니다만, 다이토쿠 사 경내…… 그 렌가連歌° 선생인 소쵸宗長가 기증한 킨모카쿠金毛閣 말씀입니다."

"음, 제법 웅장하게 지었다고?"

"거사가 그 절 누각 위에 설화雪靴 차림의 자기 목상木像을 안치했다고 하는데, 혹시 전하는 듣지 못했습니까?"

"뭣이, 리큐가 자신의 목상을……?"

"예, 설화를 신고 지팡이를 짚고 있는 목상입니다."

"허어, 리큐는 다이토쿠 사 승려들과는 각별히 친한 모양이야."

"사이가 좋다는 것은 바람직한 일로 전혀 상관할 바 없습니다마는, 코케이 선사를 송별할 때 이쿠시마 키도의 붓글씨를 허락 없이 걸었던 일도 있고…… 겸허한 마음이 약간 부족한 듯합니다."

"으음."

"다이토쿠 사가 격이 낮은 보통 절이라면 웃어넘길 수도 있습니다. 그러나 오 대 사찰 중 하나로 종종 칙사도 들르고 전하께서도 다녀가십니다. 그런 절의 경내에 리큐 따위의, 그것도 흙 묻은 짚신을 신은 목상을 들여놓았다면 분명 웃어넘길 일은 아닙니다."

미츠나리는 애써 부드럽게, 그러나 선동하는 기색을 감추려 하지도 않고 나직한 소리로 말했다.

"으음."

히데요시는 다시 한 번 신음했다. 온당치 못하다는 생각은 들었으나, 그렇다고 격노할 정도의 큰일은 아니라고 생각했다.

"악의가 있어서 그런 것은 아닐 테지."

"악의나 선의의 문제가 아닙니다. 이런 일 때문에 조정에서 전하의 마음을 의심하게 되는 경우가 생길지도 모릅니다. 저는 그것을 걱정하고 있습니다."

3

"뭣이, 조정에서 이 히데요시를 의심한다고?"

히데요시는 아직도 이해할 수 없다는 표정이었다.

"과연 그럴까?"

이렇게 말하고 히데요시는 얼른 코쇼와 여자들을 서원書院에서 물러가게 했다.

"중요한 이야기다. 모두 물러가 있거라."

미츠나리는 단정한 자세 그대로 단둘이 남게 될 때를 기다렸다.

"지부, 우리 두 사람뿐일세. 자네 의견을 말해보게."

"말씀 드리겠습니다."

미츠나리는 새삼스럽게 얼굴과 목소리에 노기를 띠고 무릎걸음으로 한 걸음 앞으로 나왔다.

"벌써 시중에는 용서치 못할 소문이 나돌고 있습니다."

"어떤 소문인가?"

"황송합니다. 칸파쿠 전하는 출신이 미천하므로 황실을 공경하면서도 그 존귀함을 모른다, 만일 주상主上께서 다이토쿠 사에 납시는 경우 어떻게 하실 생각인가. 흙 묻은 신을 신은 리큐의 발밑으로 주상을 지나가게 해도 괜찮다고 생각하시느냐고……"

"뭣이, 출신이 미천하다고……?"

히데요시의 얼굴에서는 대번에 핏기가 가셨다.

이렇게 말하면 틀림없이 히데요시는 격노할 것이다, 미츠나리는 이런 계산을 하고 가만히 상대의 말을 기다리고 있었다.

이러한 기도는 미츠나리의 경우 결코 하찮은 질투 때문도, 잔재주를 부리는 것도 아니었다. 리큐는 히데요시의 위광을 빼앗는 용서할 수 없는 사나이라는 확신에서 나온 정정당당한 공격이었다. 이대로 두었다가 히데요시의 천황을 공경하는 마음이 의심받게 될 것을 미츠나리는 우려하고 있었다.

갑자기 히데요시가 웃기 시작했다.

"와하하하…… 정말 웃기는군."

"전하, 그렇게 웃으실 일이 아닙니다. 가신들의 행위는 전하의 책임. 소문이 너무 퍼지기 전에 조치하시는 것이 현명한 일이라 이 지부는 생각합니다마는."

"지부…… 그렇게 눈에 쌍심지를 켜지 말게. 리큐도 그렇고 다이토쿠 사의 슌오쿠春屋, 코케이, 교쿠호玉甫 등의 승려도 모두 황실이 존귀하다는 것을 잘 알고 있어. 걱정하지 말게. 단지 킨모카쿠를 잘 꾸며보려 했던 게지, 차를 즐기는 자들이 다도에 흠뻑 빠졌을 뿐이야. 알겠네, 내가 조용히 처리할 것이니 일을 크게 벌이지 말게."

"전하!"

미츠나리는 일단 말을 시작하면 도중에 감정을 억제하지 못하는 일면이 있었다.

"지금 전하는 이루어질 수 없는 일이 이루어지고 있다는 것을 잊으시면 안 됩니다."

"알고 있어, 염려하지 말게."

"전하는 마침내 천하를 통일하셨습니다. 그러나…… 어딘가 허점을 찾아내려는 것이 인간의 심리. 각별히 세심하게 처리하시는 것이 중요합니다."

"그야 물론일세. 지부, 바로 그래서 내가 조용히 처리하겠다고 하지 않는가."

"조용히 처리하시면 안 됩니다."

"허어, 지부…… 자넨 또 무척 흥분하는군."

"이 모두는 전하의 치적을 완벽한 것으로 만들기 위한 간절한 희망 때문입니다. 이번 일은 일단 세상에 소문이 난 것이므로 세상사람들이 납득할 수 있는 조치가 있어야 할 것입니다."

"지부!"

"예."

"자네는 리큐에 대한 처리를 자신에게 맡겨달라는 것일 테지. 하지만 그것은 절대 안 돼! 알겠나, 다도는 이 히데요시가 허락한 내 정치의 일부야. 자네 지시는 받지 않겠어. 지부, 염려하지 말라는 내 말을 듣지 못했는가."

미츠나리의 안색이 변했다. 이번에는 무섭게 눈을 빛내면서 다시 무릎걸음으로 한 발 사방침 앞으로 다가앉았다.

4

“지부, 더 이상 아무 말도 말게.”

히데요시가 다시 가로막았다.

“자네는 앞으로 내 오른팔이 되어 일해야 할 사람인데, 자네 손으로 리큐를 처리하면 어떻게 될 것 같은가? 세상사람들이 무어라 할 것 같은가? 리큐와 지부가 총애를 다투어 서로 헐뜯었다고 할 것일세. 그렇게 되면 아무도 자네에게 진실을 말하지 않을 거야. 그러면 자네는 일을 하지 못해. 가령……”

갑자기 히데요시는 목소리를 떨구었다.

“자네 의견을 내가 받아들인다고 해도 그것은 어디까지나 나의 재량에 달린 일. 자네는 모른 척하는 것이 후일을 위해 도움이 된다고 생각지 않나?”

히데요시의 말에 미츠나리도 그 이상 할말이 없었다.

‘이 정도면 히데요시도 충분히 알아들었을 터……’

그는 두뇌회전이 빠르기로 측근 중에서 첫째, 그런 만큼 오늘 저녁에는 이 정도로 끝내는 것이 좋겠다고 계산했다.

“황송합니다.”

“알겠지, 내 말 잘 알 수 있겠지?”

“깊이 명심하겠습니다.”

“리큐만이 아니야. 자네는 누구와도 심하게 다투면 안 돼.”

“그러나 리큐의 다도에는 전하까지도 훈계하려는 오만함이 있다는 것만은……”

“알고 있어. 그래서 나도 팔일 낮에 다회를 주최하도록 하여 시험해 보려는 것일세. 하하하…… 그런 일에 아직 허점을 보일 정도의 히데요시는 아니야. 자네는 조용히 지켜보면서 배우도록 하게.”

미츠나리는 다시 한 번 공손히 고개를 숙였다.

"황송합니다."

그러나 이번 경우는 황송하다고 한 미츠나리의 승리였다. 그 증거로, 히데요시는 점점 더 리큐의 존재가 마음에 걸렸다. 그래서 요도 성에 가거나 입궐해서도 리큐의 문제가 마음 어딘가에 개운치 않은 여운을 남기고 있었다.

8일 낮 다회는 서원에서 열렸다.

손님은 큐슈자球主座와 소탄宗湛으로, 상단의 오시이타押し板°에 천신天神의 이름을 써서 세우고, 청자 향로, 구리쇠 꽃병, 그 옆에 탁자가 마련되었다. 그리고 쇠붙이 풍로, 무쇠 솥, 쇠 주전자, 손잡이가 달린 쇠 국자, 대나무 후타오키蓋置° 등이 놓여 있었다.

구리쇠 꽃병에는 도깨비부채 한 송이가 꽂혀 있고, 처음에는 검은 찻잔만이 놓여 있었다. 그러나 히데요시가 검을 것은 싫다고 하여 나중에 세토瀨戶의 찻잔으로 교체했다.

처음부터 히데요시는 흉허물 없이 리큐에게 말을 걸었다. 그러면서도 실제로는 좀처럼 마음을 비울 수 없었다.

히데요시는 미츠나리에게 그런 말을 듣기 전까지는 이날의 다회에 대해 즐거운 공상으로 가득했다…… 아직 노여움을 품고 있는 줄 알고 있을 리큐를 아무 내색도 않고 불러서 그의 딸 오긴을 키타노北野 다회 때 보고 첫눈에 반했다고 말할 생각이었다.

'갑자기 그런 말을 들으면, 점잔 떠는 다석茶席의 리큐가 얼마나 당황할 것인가……?'

장난을 즐기는 히데요시로서는 더할 나위 없이 재미있는 공상이고 또 계획이었다. 그런데 미츠나리에게 그런 말을 들었기 때문인지 도무지 그 감흥이 되살아날 것 같지 않았다.

"그런데, 거사."

다석에서 술잔을 손에 들고 굳이 무심하게 입을 연 히데요시의 목소리는 자신의 귀에도 거슬릴 정도로 딱딱하고 어색했다.

5

리큐는 가만히 고개를 들었다. 히데요시를 바라보는 그의 눈은 평소와 다름없이 조용하고 맑았다…… 그렇게 느끼는 순간 히데요시는 더욱 어색해져 목소리가 엉겼다.

"나는 말일세…… 오늘 그대에게 특별히…… 청할 일이 있네."

"뜻하지 않은 말씀을 하시는군요, 어떤 청이십니까?"

오늘 리큐는 오랜만에 히데요시의 심기가 풀렸기 때문에 좀더 마음이 들떠도 좋으련만, 그런 기색은 전혀 없고 평소와 다름없이 침착하기만 했다.

'역시 리큐는 다도의 달인達人인 모양이다.'

히데요시는 거북한 듯이 소탄을 돌아보았다.

"모두들 내 말을 좀 들어보게. 실은 이 히데요시가 나잇값도 못하고 말일세……"

이렇게 말하며 웃었다. 그러나 그만 지어낸 웃음이 되어, 이 때문에 도리어 얼굴이 붉어졌다.

"말씀하십시오. 전하께서 거사에게 소망하시는 물건이라면 상당한 명품일 것 같습니다마는."

소탄이 조용히 잔을 내려놓고 말했다.

"그런데, 차 도구는 아닐세."

히데요시는 당황하며 손을 내저었다.

"지난해 키타노에서 열린 다회 때……"

"예, 그때 무슨……?"

"내가 무심코 소안宗安의 다석 앞에 섰을 때 말일세."

"아, 이제야 생각납니다, 모즈야 님의 자리가. 격자무늬 문에 선술집 취향으로 꾸민 다석을 말씀하시는군요. 그리고 슈코珠光의 그 유명한 차 주머니를 장식하고……"

"지금 난 그런 것을 말하는 게 아니야. 그 따위는 전혀 내 눈에 들어오지 않았어……"

소탄의 재치 있는 말에 이끌려 마침내 히데요시의 혀도 매끄럽게 움직이기 시작했다.

"그렇다면 소안 님이 가엾게 되었군요. 그 중국의 차 주머니가 만일 전하의 눈에 드신다면 진상하겠다고 말하고 있었습니다마는."

"아니, 명기名器 정도는 얼마든지 나도 가지고 있어. 그러나 갖지 못한 것이 그 자리에 있었거든."

"그것이…… 무엇일까요, 거사님?"

"글쎄, 나는 전혀 짐작이 가지 않는군."

리큐는 담담하게 말하고 다시 젓가락을 집어들었다.

"거사, 그것이 실은 소안의 동생인 소젠宗全의 미망인일세."

"아니, 그러면 오긴 님 말씀입니까?"

소탄의 눈이 휘둥그레졌다. 당연히 리큐도 놀라야 할 것이었다. 그러나 리큐는 전혀 자세도 표정도 무너뜨리지 않았다.

"참으로 이상한 일이야. 색色이란 생각과는 전혀 다른 것이라고는 하지만, 그때 오긴은 공손히 두 손을 짚고 흘끗 나를 쳐다본 것뿐인데도, 그때부터 도무지 그 모습이 내 눈에서 떠나지 않는 것이었어. 나는 요도와 마츠노마루를 비롯하여 많은 여자를 거느리고 있네. 이들도 모두 나름대로의 명기임에는 틀림없어. 그러나 오긴은 그들과는 다른 매력이 있거든. 타다오키忠興의 아내 오타마お珠와도 달리 부드럽고 따

뜻하고, 강하고 우아하며, 화사하고 소박한 면이 있었어. 그런 명품이 가까이 있는 것을 미처 모르고 있었네…… 오다와라의 일로 바빠 지금까지 말을 꺼내지 못했는데, 이제는 천하도 평정되었고 하니 용기를 내서 자네에게 청하는 것일세. 오긴을 내 소실로 보내주게."

말을 하면서 히데요시는 자기가 정말 오긴을 동경하는 듯한 착각에 빠졌다.

6

진심으로 오긴을 원한다면 무슨 수를 써서라도 손에 넣을 텐데…… 하는 생각에 히데요시의 처음 계획 ―

'리큐의 마음을 시험해보겠다.'

이러한 중요한 속셈은 애매해졌다.

만일 리큐가 한마디로 거절한다면 히데요시의 체면은 어떻게 될까?

말하는 동안 히데요시는 어떻게 해서라도 리큐에게 승낙을 받아야겠다는 생각이 들었다.

"농담이 아닐세!"

이렇게 말하는 히데요시의 눈은 진지하게 빛났다.

"나는 이 나이가 되어서야 비로소 동경이라는 말을 알게 되었어. 그래서 소안에게도 슬쩍 마음을 떠보았지. 그랬더니 오긴은 이미 모즈야와는 인연이 끊어졌다고 하더군. 세상에서는 모즈야의 미망인이라 부르지만, 인연이 끊어졌으면 리큐의 딸…… 이야기는 그쪽과 하라는 것이었어. 거사, 이 히데요시의 청일세. 오긴을 나에게 주게."

리큐는 처음부터 각오하고 있던 일, 놀랄 리가 없었다.

"이것 참, 요즘에는 황송한 말씀을 많이 듣게 되는군요."

“황송해하지 말고, 오긴을 주게.”

“알겠습니다. 제가 돌아가서 곧 그 뜻을 딸에게 전하겠습니다.”

“그러니까, 승낙한다는 말이지?”

“예, 저로서는 이의가 없습니다.”

“좋아, 이것으로 결정이 났어. 나도 오늘부터는 잠을 잘 수 있겠군.”

“전하.”

“내일 당장 보내라는 말은 아닐세. 본인의 희망도 있을 것이고, 거처도 마련해야 할 테니까.”

“전하, 제가 승낙했을 뿐 아직 결정되었다고는 할 수 없습니다.”

“뭣이! 자네 혼자서는 결정할 수 없다는 말인가?”

“예. 아시다시피 그 아이는 제 친딸이 아닙니다. 아내 소온宗恩과 마츠나가 단죠松永彈正 사이에서 태어난 자식입니다.”

“이전에는 어쨌거나 지금은 자네 딸 아닌가?”

“그런데, 오긴은 아비 말을 순순히 들을 여자가 아닙니다.”

“허어, 딸과 상의한 뒤에야 확실히 답할 수 있다는 말인가?”

“워낙 혈통이 혈통이라 약간 마음에 걸리는 점이……”

“그러니까, 오긴이 싫다고 할 것이다…… 이런 말인가?”

“만일 그렇게 되도 이해해주십시오.”

“리큐, 나를 기만하려는가!”

“예?”

“그렇다면, 리큐. 이의 없다고 한 자네 말은 나를 야유하는 거짓말이 아닌가?”

“당치도 않습니다. 다만 오긴에게는 다도를 좀 지나치게 가르친 점이 없지 않습니다…… 그렇지 않다면 아비의 말에 순순히 따를 것입니다마는, 다도를 배웠기 때문에 혹시 거절할지도 모른다……고 걱정하는 것입니다.”

"리큐, 자네는 그냥 들어넘길 수 없는 말을 했어. 다도를 가르쳤기 때문에 내 청을 거절한다는 말인가?"

"예. 다도는 올바른 우주 본연의 자세를 마음의 거울로 삼고 있습니다. 올바른 우주 본연의 자세는 곧 신불, 신불은 올바른 우주의 자세 그 자체…… 다도를 닦는다는 아비가 딸을 소실로 보내 출세를 도모했다…… 세상에 이런 소문이 나면 다도를 더럽히는 일…… 그러므로 거절해주십시오, 이렇게 말한다면 이 리큐도 더 이상 설득할 길이 없습니다. 제가 걱정하는 것은 바로 그 점입니다."

7

히데요시는 숨을 죽였다.

리큐가 무슨 말을 하려는지 그 특유의 민감한 감각으로 순간적으로 알아내려는 긴장된 표정이었다.

'어쩐지 처음부터 침착하다 했더니……'

다도를 지나치게 가르쳤기 때문에 거절할지도 모른다니 이 얼마나 통렬한 비아냥인가. 더구나 딸을 소실로 들여보내 출세를 도모했다는 오해를 받으면 다도를 더럽히는 일…… 이 한마디에는 한치의 빈틈도 없었다.

리큐는 히데요시가 미처 대꾸를 못하는 순간을 교묘히 포착해 말을 계속했다.

"딸의 기질을 잘 알아 하는 염려입니다마는, 만일 그런 말이 나왔을 때 어떻게 설득해야 할지 방법이 있으시다면 말씀해주십시오."

히데요시는 차를 마시는 자리가 아니었다면 격분했을 터였다. 이런 자리에서 침착한 리큐가 가증스럽기까지 했다. 처음부터 리큐를 시험하기 위해 파놓은 함정에, 도리어 히데요시 자신이 빠지게 되었다.

다도는 올바른 우주 본연의 자세를 마음의 거울로 삼는 것이므로 신불과 동격이라니 이 얼마나 오만한 리큐의 사고방식이란 말인가. 이 사고방식에 따르면 히데요시를 무시하는 것쯤은 당연히 있을 수 있는 일, 다이토쿠 사 경내에 자기 목상도 태연히 세울 수 있을 터였다.

히데요시는 필사적으로 그 자리에서는 분노의 폭발을 참았다. 분노하면 할수록 자기가 상처받는다는 것을 직감적으로 깨달았다. 아니, 그밖에 또 하나, 리큐에 대한 신뢰감을 버릴 수 없는 면이 있기 때문이기도 했다.

'설마 나에게 반항할 사람은……'

어쩌면 이것은 히데요시의 자존심이라고 해석하는 편이 적절할지도 몰랐다. 아무튼 아직 딸의 대답은 듣지 않았다. 몹시 화를 냈기 때문에 딸이 마지못해 승낙했다…… 이렇게 된다면 더욱 자신의 체면이 깎이게 된다.

'그렇다, 오긴의 대답을 들은 뒤에라도 늦지 않다……'

이런 결론에 도달한 히데요시는 씁쓸히 웃었다.

"리큐, 세상에는 이런 말도 있지 않은가. 동경하게 되면 지혜도 생각도 떠오르지 않는다고 말일세. 알겠어, 나도 좀더 생각해보겠네. 자네도 딸을 잘 설득해보게."

그날은 히데요시가 양보하는 선에서 표면상 다회는 무사히 끝났다. 그러나 리큐에 대한 히데요시의 응어리가 더욱 깊어진 것만은 사실이었다. 다이토쿠 사에 대한 일까지 알게 된 히데요시, 이번 다회로 리큐에게 오긴의 대답을 끈질기게 독촉하게 되었다.

"좀더 생각할 수 있는 시간을 달라고 합니다. 딸아이도 두 아이의 어머니라 쉽게 대답할 수는……"

리큐는 히데요시로부터 독촉을 받을 때마다 교묘하게 시일을 끌고 있었다. 그동안 오슈의 사정은 리큐의 예상처럼 되어가고 있었다.

다테 마사무네가 뒤에서 영지의 백성들을 선동하여 가모 우지사토의 영내에서 잇따라 폭동이 일어났다. 이 때문에 우지사토와 마사무네 사이는 나날이 험악해지고 있었다.

이러한 가운데 마침내 텐쇼 18년(1590) 겨울이 다가왔다.

히데요시에게는 결코 유쾌한 겨울이 아니었다. 거의 매일 만나는 리큐가 늘 자기를 비웃는 것만 같아 참을 수 없이 불쾌한 나날이었다.

8

해가 바뀌어 그 이상 오슈를 방치해둘 수 없게 되었을 때였다. 문득 히데요시는 점점 더 심해지는 리큐에 대한 증오를 반성의 거울에 비쳐볼 생각을 하게 되었다.

그 무렵 카사이 오사키葛西大崎의 난, 쿠노헤九戶의 폭동 등이 잇따라 일어났다. 오슈 지방의 토지조사를 위해 남기고 온 아사노 단죠쇼히츠 나가마사淺野彈正少弼長政와 호소카와 타다오키細川忠興 등의 군사까지도 니혼마츠二本松에서 해를 넘기며 가모 우지사토와 함께 그 진압에 나서고 있었다. 니혼마츠와 아이즈 사이의 통로는 끊기고, 그와 함께 그들 폭도의 배후에 다테 마사무네가 있다는 사실이 확실하게 알려졌다.

쿄토의 올겨울은 비교적 따뜻했다. 샘물 곁 녹색 복수초福壽草의 꽃봉오리가 차차 노랗게 변해가고 있었고, 한가로운 오후 햇살이 문에 비치고 있었다.

"전하께 은밀히 드릴 말씀이 있습니다."

옆에 사람이 별로 없는 기회를 틈타 리큐가 이렇게 말했다.

'드디어 오긴에 대한 말을 하려는가 보다.'

히데요시는 이렇게 생각하고 사람들에게 물러가라고 지시했다.

"새삼스럽게 무슨 일인가, 리큐?"

"황송합니다마는 오슈의 일로 은밀히 말씀 드리려고 합니다."

"뭐, 오슈의 일? 오슈의 일이라니, 그게 자네가 맡아보는 다실과 무슨 관계라도 있다는 말인가?"

"예. 오슈에는 제 다도의 제자인 호소카와 가문의 마츠이 사도松井佐渡 님, 후루타 오리베노쇼古田織部正를 비롯하여 여러 사람이 아직 눈 속에 남아 있으므로 자주 소식이 오고 있습니다."

리큐의 이 말이 히데요시의 비위에 몹시 거슬렸다.

다도의 제자라면 후루타 오리베나 마츠이 야스유키松井康之만이 아니었다. 니혼마츠에 갇혀 있는 아사노 나가마사도, 가모나 다테도 모두 그렇다는 말처럼 들렸다.

"그래서 어떻다는 말인가? 리큐, 내가 하는 일에 간섭하는 무례는 용서할 수 없어."

"뜻밖의 말씀을 하시는군요. 평소에 제가 적과 아군을 가리지 않고 다도를 통해 교유하는 것은 모두 이런 때 도움을 드리고자 하는 마음에서였습니다."

"으음, 그러면 다도에는 적도 동지도 없으니, 자네 말을 들으라는 것인가?"

"받아들이시느냐의 여부와는 관계없이 말씀 드려야 한다고……"

"알겠네, 어서 말하게! 다만 이 자리에서 마사무네를 변호라도 한다면 용서하지 않겠어."

"전하! 저는 지금까지 한 번도 다테 님을 변호한 일이 없습니다. 다도를 하는 사람의 눈으로 볼 때, 다테 마사무네는 가모 님으로는 제압할 수 없으니 방심하지 말라고 말씀 드렸을 뿐입니다."

"그, 그래서…… 어서 그 뒤를 말하게!"

"이대로 두면 그곳 소요는 점점 더 커질 것입니다. 그러므로 속히 키요스清洲의 츄나곤中納言° 히데츠구秀次 님, 에도의 다이나곤 이에야스 님에게 출진을 명하시는 것이 어떨까 합니다. 그것도 단지 두 분만의 출진이 아니라, 눈이 녹기를 기다렸다가 삼월에는 전하께서도 정벌에 나설 것이다…… 이런 전제로 두 분을 출진케 하시면…… 아무리 다테 마사무네라도 겁을 먹고 뒤에서 선동하는 일은 삼가리라고 생각합니다마는."

히데요시는 오싹 소름이 끼쳤다.

'리큐 녀석은 벌써 내 마음을 읽고 있구나……'

리큐의 말은 순간 히데요시에게 반성과 동시에 리큐에게 묘한 도전의식을 도발케 했다.

'증오란 도대체 무엇일까?'

9

히데요시가 리큐를 괘씸한 녀석이라고 증오하고 있었기 때문에, 리큐의 마음에도 분명 히데요시의 그러한 감정은 느껴졌을 터. 그런데도 리큐는 태연히 자기에게 책략을 제시하고 있다. 더구나 그 책략은 히데요시의 생각과도 완전히 부합한다.

히데요시 역시 이대로는 진정되지 않을 것이라 판단하고 이에야스에게 누군가를 딸려 파견할 생각을 하던 참이었다.

가능하면 동생 히데나가秀長를 딸려 보내고 싶었다. 그러면 에도로 옮긴 직후여서 여간 바쁘지 않을 이에야스도 불평하지 못할 것이고, 다테 마사무네도 인해전술 앞에서 꼼짝 못할 것이었다.

그런데 동생 히데나가는 지난해 가을부터 병상에 누워 아직까지 회복이 어려울 만큼 중태였다.

'히데나가가 가지 못한다면 누가 좋을 것인가?'

아직 결정하지 못해 말을 꺼내지 못하고 있는데 리큐가 앞질러 히데츠구를 지명했다.

증오하는 자와 증오를 받는 자가 오슈의 일로는 완전히 의견이 일치했다. 아니, 그것도 리큐가 쿠로다 요시타카나 이에야스 같은 숙련된 무장이라면 또 모르지만, 겨우 다인에 지나지 않는 자가 견식見識으로는 히데요시를 앞지르려 하고 있다.

무엇보다도 괘씸한 것은, 리큐가 다도를 통해 나름대로 광범위한 정보망과 연락망을 가지고 있다는 사실이었다.

가증스럽다! 가증스럽지만 리큐는 천하에 대해서는 잊지 않고 있다. 히데요시를 위해 끊임없이 여러 가지 생각을 하고 있다고 말할 수도 있었다. 그러나 증오의 대립에는 세상의 상식과는 다른 일면이 있었다.

'어쩌면 이 감정은 부부간의 말다툼 같은 것인지도 모른다……'

양쪽 모두 상대를 높이 평가하고 있고, 마음속으로는 사랑하기까지 한다. 그런데도 서로 용납하지 못하는 것은, 상대가 보다 완벽해지기를 원하면서도 충족되지 않아 초조해진 것은 아닐까?

문득 이런 반성을 하면서 히데요시는 리큐를 더욱 강하게 의식하지 않으면 안 되었다.

"옳은 말일세. 나도 같은 생각이야."

물론 그때도 이렇게 솔직하게 인정하는 대신 냉소하면서 상대를 야유했다.

"자네는 대단한 군사軍師로군. 쿠로다 죠스이黑田如水도 맨발로 도망칠 정도야. 그러나 리큐, 지나치게 생각하는 것은 좋지 않아. 주름살만 늘 뿐이야."

그리고는 물러가게 했던 코쇼와 오토기슈를 불러 상대의 입을 봉해 버렸다.

얼마 후에 다시 두 가지 불쾌한 일이 히데요시에게 겹쳐 일어났다.

그 하나는 정월 22일에 오래 앓아 누워 있던 동생 히데나가가 죽은 일이었다.

다른 하나는 조선에서 돌아온 시마이 소시츠의 보고 때문이었다. 소시츠는 히데요시 앞에 나와 다이묘들이 열석한 자리에서 그곳 사정을 자세히 설명했다. 그리고 나서 당당하게 반대했다.

"대륙 출병은 중지하십시오."

히데요시는 불같이 진노했다.

"누가 그대에게 지시까지 내리라고 했느냐! 주제넘은 녀석, 그대는 가서 본 대로 보고만 하면 되는 거야. 물러가라! 어서 물러가!"

소시츠가 히데요시 앞에 나오기 전에 리큐와 잠시 후신안不審庵에서 밀담을 나누었다는 사실을 알고는 몇 번이나 자신에게 다짐했다.

'이제는 리큐를 더 이상 용서할 수 없다.'

10

텐쇼 19년(1591)은 윤년이었다. 두 번의 정월이 지나고 2월이 되자 날씨는 이미 완연한 봄이었다.

히데요시는 그 이후 눈코 뜰 사이도 없이 바빴다. 오슈에 대한 지시에서부터 히데나가의 장례, 다테와 가모에 대한 문제 처리 외에도 인도印度 부왕副王의 서신을 갖고 온 천주교 선교사와 유럽에서 파견된 사신 접견 등으로 얼마 동안은 다도를 즐길 겨를이 없었다.

히데요시는 오슈에 대해서는 화가 나기는 했으나 리큐의 말대로 할 수밖에 없었다.

하시바 히데츠구羽柴秀次와 도쿠가와 이에야스를 파견하여 다테 마사무네에게 상경하라는 엄명을 내렸다. 그리고 히데요시 자신도 교토를 출발하여 키요스 성으로 갔다. 거기서 무섭게 마사무네를 꾸짖은 뒤 회유하고 교토로 돌아온 것은 2월 3일이었다.

그러는 동안에도 히데요시는 절대로 리큐에 대한 것을 잊지 않았다. 언제나 마음속에 큰 응어리로 남아 있었다.

히데요시의 리큐에 대한 증오는 시간이 지나면서 차차 모양을 바꾸어가고 있었다.

'리큐 녀석, 끝까지 나와 겨룰 생각인 모양이다……'

리큐가 충성의 길이라 믿고 선승禪僧이 꾸짖는 듯한 태도로 상대해 온다면 이쪽에서도 단단히 혼을 내주지 않으면 안 된다. 히데요시나 되는 인간이 리큐와 맞먹는 입장에서 증오한다고 생각되는 것은 참을 수 없는 일이었다. 문제로 삼지 않는다……는 가벼운 태도로, 더구나 상대가 두말하지 못하도록 혼을 내주어야 한다……

이러한 감정은 그러나 아무리 생각해보아도 역시 '증오' 임에는 변함이 없었다. 다만 히데요시는 리큐와 서로 사랑하고 존경하면서도 어느 틈에 증오하게 되고, 이 증오를 다시 몇 번이나 변화시킨 듯 착각하고 있었다.

그 점에서는 리큐가 좀더 냉정했다. 리큐는 이미 히데요시와 자기 사이에 싹튼 '증오' 는 어쩔 수 없는 것이라고 간파하고 있었다. 인간의 불완전성을 리큐는 알고 있었다. '절대' 는 관념에서만 존재하고, 그것을 추구하는 데서 인간의 인간다운 서글픔을 떨쳐버릴 수 없음을 잘 알고 있었다.

히데요시는 행운 속에서 인간이 갖기 쉬운 오만 때문에 자신을 '절대' 라고 오인하고 있었다. 신사와 사찰은 계속 세우지만, 그 밑바닥에 신앙이 없었다. 어깨를 두드리며 담소는 하지만, 그것은 정복자의 수단이지 결코 진실의 동화同化가 아니었다.

다도에서 절대를 찾는 리큐와, 자기야말로 절대라고 자부하는 히데요시와는 맹렬하게 회전하면서 접근하는 두 개의 팽이와도 같았다. 머지않아 부딪치지 않을 수 없는. 그 두 개의 팽이는 드디어 부딪칠 때가 되었다.

히데요시는 물론 리큐와 같은 생각은 하고 있지 않았다.

'좀 한가해졌으니 리큐를 징계해야겠다.'

이런 마음이었다. 결국 이 승부는 서로 맞서는 두 사람 사이에 준비상 상당한 차이가 있다고 할 수 있었다. 리큐는 단단히 무장하고 진짜 칼을 들고 있는 데 비해, 히데요시는 아무 준비도 없이 죽도竹刀 하나만 들고 홀가분하게 도량道場에 나간 셈이었다.

텐쇼 19년(1591) 2월 12일 —

히데요시는 오슈 문제로 잘못한 일이 있는 키무라 요시키요木村吉淸 부자의 영지를 몰수하라고 명한 뒤 리큐를 거실로 불렀다.

"리큐, 그대는 여간 무례한 멍청이가 아니야!"

11

그 자리에 동석해 있는 사람은 이시다 미츠나리와 마에다 겐이였다. 양쪽 모두 리큐로서는 못마땅한 인물. 그런데도 히데요시는 일부러 곁에 앉혀놓고 그들 역시 자기와 마찬가지로 불만과 분노를 품고 있는 것처럼 보이게 하여 리큐를 위압할 작정이었다. 물론 정말 분노하고 있는 것은 아니었다. 점점 더 자기와 맞서려고 하는 리큐를 놀라게 하고 굴복시키기만 하면 되는 가벼운 기분이었다.

"무례하다……니요?"

리큐는 진지한 표정으로 고개를 갸웃했다.

"제가 또 무언가 심기를 거슬리는 일이라도……?"

"시치미 떼지 마라!"

히데요시는 다시 한 번 위압하듯 일갈했다.

"자네는 아직 오긴에 대해 감감 무소식이야. 오긴이 무어라고 대답하던가?"

"오긴에 대해…… 아니, 농담으로 하신 말씀이 아니었습니까?"

"뭣이, 농담…… 그때 자네는 무어라고 대답했나? 오긴이 승낙하면 자네는 기꺼이 바치겠다고 했을 것이야."

"만일 농담이 아니셨다면 이 자리에서 다시 말씀 드리겠습니다."

리큐는 기다렸다는 듯이 말했다.

"올해는 노부나가信長 공이 혼노 사本能寺에서 변을 당하신 지 햇수로 십 년째가 됩니다."

히데요시는 순간 멍한 표정이었다. 너무나 뜻밖의 말이 나왔기 때문에 당장에는 두뇌가 회전되지 않았다.

"뭐, 뭣이! 돌아가신 우다이진右大臣° 님과 오긴이 무슨 관계가 있다는 말인가? 말을 돌리지 말게."

"그렇지 않습니다. 아무리 좋은 운을 가지고 태어난 분이라도 십 년마다 이 년씩 불운의 해를 맞게 되는 것은 움직일 수 없는 우주의 이치입니다."

"그, 그래서 어쨌다는 거냐?"

반사적으로 내뱉기는 했으나 히데요시로서는 리큐가 무슨 말을 하려는지 전혀 짐작할 수 없었다. 미츠나리도 겐이도 깜짝 놀라 서로 얼굴을 마주보고 있었다.

이것은 미리 준비한 자와 그렇지 못한 자가 첫 대결에서 보이는 기세의 차이라 할 수 있었다.

예상치 못한 기습에 과연 히데요시도 그만 칼을 내리고 말았다.

리큐는 이에 대해 충분히 계산을 했던 모양인지 부드러운 목소리로 말을 이었다.

"우주의 이치는 그 누구도 막을 수 없습니다. 아침에 해가 떴다가 저녁에 지는 것과도 같은 것…… 사람의 일생에도 밤과 낮이 있습니다. 어리석게도 이 이치를 깨닫지 못하는 자는 십이 년 동안에 이 년씩 돌아오는 암흑 속에 발버둥치다가 몸을 망칩니다. 미츠히데도 카츠이에도 그들이 멸망했을 때는 모두 밤의 운세, 운이 쇠할 때였습니다. 이와 반대로 전하께서는 진흙탕과도 같았던 츄고쿠 정벌의 이 년이 지나고 이윽고 날이 밝은 해…… 그 후 십 년 동안 전하께는 낮이 계속되었습니다. 그동안 하시는 일, 손 대시는 일이 모두 성공…… 그러나 금년부터 다시 밤이 시작됩니다. 다이나곤 히데나가 공의 별세가 그 증거입니다. 이런 해인데 그 많은 소실들에게 마음을 쓰시다 어쩌시려는 것입니까? 그보다 몸을 삼가시어 앞으로 다가올 낮에 대비하는 마음가짐이 중요합니다…… 지부 님도 쿠나이 호인宮內法印 님도 그렇게 아시고 전하 신변에 각별한 주의를 기울이십시오."

히데요시는 아연실색하여 잠시 동안 아무 대꾸도 하지 못했다.

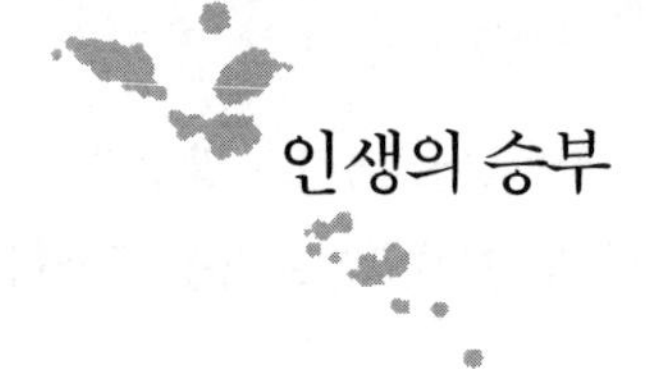

인생의 승부

1

리큐에게 그 정도의 준비가 되어 있을 줄은 히데요시도 미처 생각지 못하고 있었다. 그러나저러나 이 얼마나 엉뚱한 방향에서부터 공격해 오는 것일까. 히데요시만이 아니라 미츠나리도 겐이도 완전히 설교를 듣는 꼴이 되고 말았다.

히데요시가 리큐의 마음에서 심상치 않은 준비와 투지를 알아챈 것은 그때부터였다.

"리큐, 자네는 언제부터 다도를 그만두고 점쟁이가 되었나? 히데나가의 죽음 같은 것을 들고 나와 나의 슬픔을 비웃을 생각인가?"

히데요시의 말에 리큐는 지체 없이 대답했다.

"점점 더 놀라운 말씀을 하시는군요. 다른 사람이라면 몰라도 이 리큐는 전하께 말씀 드리지 않을 수 없습니다. 언제 제가 미신 같은 말씀을 드렸습니까. ……구성九星의 역법曆法에 분명하게 계산되어 있는 것, 아직 모르고 계셨다면 전하의 잘못이십니다. 무릇 그 사람의 일생에 닥칠 성쇠盛衰의 계산은 태어난 일시日時에 기초합니다. 그리고 아무리 행운의 별 밑에서 태어났다고 해도, 십이 년 중 이 년 동안은 이른바 인생의 밤이 찾아옵니다. 이 인생의 밤은 공망空亡, 이때 함부로 움직이면 파멸을 초래한다고 하여 예로부터 신중을 기하고 있습니다. 중국의 태공망太公望°은 이 공망을 알았기 때문에 삼 년 동안 묵묵히 낚시를 하면서 다가올 아침을 준비했습니다. 이와 반대 경우가 노부나가 공입니다. 돌아가시기 십일 년 전 에치젠越前의 카네가사키金ヶ崎에서 비참한 패배를 당하신 때가 바로 그 이전의 공망…… 그 이후 십 년 동안은 계속 성운盛運의 별을 타고 활동하시다가, 혼노 사로 가실 때는 다시 공망의 해가 닥쳤다는 것을 깜빡 잊으셨지요. 그때도 저는 왜 노부나가 공께 일깨워드리지 못했는가 후회했습니다…… 그래서 이번에는 당돌하게 전하께 말씀 드립니다. 전하께서는 앞으로 이 년 동안 심사숙고해야 할 공망에 들어가시게 되었습니다. 각별히 신상을 조심하시기 바랍니다."

리큐의 말을 듣는 동안 히데요시는 온몸이 근질거리기 시작했다. 태양의 아들임을 자부하는 자신에게 인생의 밤이 오다니 이 얼마나 저의가 의심스러운 협박이란 말인가. 더구나 태공망을 예로 들고 노부나가, 미츠히데, 카츠이에 등을 거론하는가 하면, 히데요시로서는 애석하기 짝이 없는 히데나가의 죽음까지 들먹일 줄이야……

이제 히데요시도 팔짱을 끼고 있을 수만은 없었다. 상대가 신무기를 가지고 공격해오는 이상 이쪽에서도 이에 필적할 날카로운 전술을 선보이지 않으면 체면이 서지 않을 터였다.

"하하하…… 리큐, 잘 알겠네."

히데요시는 한발 물러서서 자세를 고쳤다.

"자네는 내가 공망을 모르는 줄 아는 모양이군. 하지만 알고 있네, 알고 있어. 아니, 모른다고 해도 인간이 십 년 동안 마음껏 뜻을 폈으면 이 년 정도는 말고삐를 놓고 휴양할 필요가 있지. 굳이 역법을 들먹이며 설명하지 않아도 그 정도는 상식으로 아는 것."

"그러시면, 전하도 알고 계십니까?"

"암, 잘 알고 있으니 앞으로 이 년 동안은 유유자적, 눈과 달과 꽃의 변화를 바라보며 생각을 정리할까 하네. 나는 그 상대로 오긴을 택했어. 어떤가, 오긴은 언제쯤이면 올 수 있을까? 오긴이 온다면 계절도 좋은 때니 꽃 아래서 다도를 즐겨보기로 하세. 어떤가, 리큐……"

2

히데요시는 겨우 화제를 오긴으로 되돌리고 빙긋 엷은 웃음을 떠올렸다. 이것으로 리큐도 당연히 한발 물러서리라 생각했다.

그러나 리큐는 끄떡도 하지 않았다. 만일 냉정하게 두 사람을 관찰한 자가 있다면, 리큐가 희미하게 웃었다는 것을 깨달았을지 모른다. 아마도 리큐는 히데요시의 이 반격을 처음부터 예상하고 있었던 듯.

"전하……"

리큐는 목소리를 떨구고 한숨을 쉬었다.

"또 오긴에 관한 말씀을 하시는군요."

"그래. 오긴에 대한 것을 물으려고 일부러 자네를 불렀으니까."

"그 말씀을 하시지 않도록 저는 일부러 공망에 대한 말을 꺼내 주의하시도록 청을 드렸습니다마는…… 도리가 없군요. 말씀 드리겠습니다. 오긴은 제가 염려했던 것처럼 아비인 저를 꾸짖었습니다."

"아니, 오긴이 자네를 꾸짖었다고?"

"예. 모처럼 전하의 발탁을 받아 전하의 은혜로 다도에서는 천하 제일이라는 이름을 얻었으면서도, 그 은혜를 저버리는 망령된 생각을 한다고 꾸짖음을 당했습니다."

"허어, 망령된 생각이라니 너무 지나친 꾸짖음이군."

"예. 그 말을 듣고 보니 과연 그런 것 같았습니다…… 오긴을 전하께 바치면, 전하가 다도에 전념하시는 듯이 보이지만 그것은 거짓, 목적은 오긴에게 있었다는 오해를 받게 됩니다. 이 리큐는 양녀를 전하께 바쳐 출세를 도모한 속물 중의 속물로 전락하며, 그렇게 되면 다도 따위는 아무 가치도 없는 것이라고 조롱받게 됩니다. 오긴 역시 마츠나가 단죠의 자식으로 태어나 리큐의 손에 양육되었으면서도 은혜도 도리도 모르는 여자가 되고, 키타노만도코로 님에게 받은 은혜를 배반하고 요도 마님이나 도련님의 마음까지 어지럽히게 됩니다…… 그야말로 사방이 막혀 꼼짝도 못할 공망 중의 대공망입니다."

히데요시의 눈에서 확 불길이 타올랐다가 사라졌다.

양쪽의 칼이 불꽃을 튀기며 다음 태세로 옮겨갔다.

"과연 그 말을 듣고 보니 함부로 오긴을 탐내면 안 되겠군."

"이해해주시니 한시름 놓았습니다."

"그럼, 나는 오긴을 단념해야 할까?"

"그러시기 바랍니다."

"으음, 이 일 하나가 다도를 더럽힌다는 말이군…… 다도는 자네에게나 나에게도, 또 천하에도 더없이 소중한 것이지."

히데요시는 깊이 숨을 들이마셨다.

"리큐."

"예."

"그 더없이 소중한 다도를 더럽히는 자가 있다면 자네도 용서할 수 없을 테지?"

"그렇습니다. 다도를 옳게 지켜나가는 것이 전하의 은혜에 대한 저의 유일한 보답이라고 이 리큐는 마음에 새기고 있습니다."

"닥치지 못할까, 리큐!"

"예?"

"그대도 쵸지로長次郎나 세토의 찻잔 등을 비싼 값으로 팔아 다도를 더럽힌 용서받지 못할 땡추중이 있다는 건 알고 있을 테지!"

리큐도 이번에는 확실하게 입술을 일그러뜨리고 웃었다.

3

리큐는 이와 같은 히데요시의 반격을 예측하고 있었던 듯, 알아듣지 못하겠다는 표정으로 짐짓 고개를 갸웃거리며 오히려 물었다.

"그러면, 그 땡추중은 쵸지로가 내버린 찻잔, 못 쓰는 세토의 찻잔 등을 비싸게 팔았다는 말씀입니까? 그렇다면 용서할 수 없습니다. 대관절 그 자가 누굽니까?"

리큐의 반문이 끝난 것과 히데요시의 분노가 폭발한 것은 동시의 일이었다.

"그자는 바로 그대야! 리큐라는 이름의 땡추중이야."

"예? 무어라고 하셨습니까?"

"그자는 바로 그대라고 말했어."

"정말 뜻밖의 말씀을 듣게 되는군요. 쵸지로는 현재 전하로부터 천하 제일이라는 칭찬을 듣고 있으나, 그 작품에 명품만 있는 것은 아닙니다. 세토 도공陶工들 역시 마찬가지. 나쁜 것은 남기지 마라, 잘못 만들어진 작품은 깨뜨려 땅에 묻어라, 그런 것을 남기면 그대들의 훌륭한 작품까지도 후세의 조롱거리가 된다고 입이 마르도록 충고한 것이 바로 이 리큐였습니다. 이런 리큐가 어째서 그들의 못 쓸 작품들을 팔러 다니겠습니까. 만일 저한테 구입한 것 중에서 그런 것이 단 하나라도 있다면 지체 없이 보여주십시오."

"리큐!"

"보여주시겠습니까? 그러면 리큐의 이름을 사칭하는 그 못된 자를 당장 붙잡아 끌고 오겠습니다."

히데요시는 그만 말문이 막혔다. 하지만 그 역시 교묘히 위기를 벗어나는 데는 남다른 재능이 있는 인물이었다.

"나도 그렇다고 믿어왔네. 자네가 내 뜻을 어기고 돈벌이를 꾀할 사나이라고는 생각지 않았어. 그렇다면 자네는 지금까지 중국과 조선에서 건너온 명기名器보다 쵸지로나 세토가 더 뛰어난 작품을 만들기 시작했다는 건가?"

"그렇습니다. 아직까지 더 훌륭하다고는 할 수 없으나, 우리 풍토의 특질을 살리고 그 솜씨에서도 손색없는 것이 계속 만들어지고 있습니다. 이 모두 전하께서 적극적으로 장려하신 결과…… 그러므로 마음에 드는 것만 남겨라, 마음에 들지 않는 것은 남기지 말라고……"

리큐는 여기까지 말하고 드디어 빙긋이 웃었다.

"그리고 값을 정할 때도 중국이나 조선의 것에 구애받아 결코 싸게 매기면 안 된다, 그대들이 훌륭하다고 믿는다면 당당하게 비싼 값으로 팔아라. 이 방면에 눈이 어두운 자들은 작품을 아름다움으로 판단하지 않고 값이 싸기 때문에 가치가 떨어진다고 착각하게 된다, 그렇게 되면 전하가 장려하시는 뜻을 어기는 것, 비싸다 해도 작품을 볼 줄 아는 자가 아니면 팔지 말라고 엄히 타이르고 있습니다. 그런데도 격이 떨어지는 것을 비싸게 팔고, 더구나 이 리큐의 이름을 사칭하는 자가 있다면 용서할 수 없는 일입니다."

히데요시는 또다시 터져나오는 분노를 참았다.

'내가 너무 경솔했다. 이자는 벌써 모든 경우를 예상하고 대비하고 있구나.'

이쯤에서 히데요시도 전법을 바꾸지 않을 수 없었다.

"그래, 그럴 것일세. 그러니까 자네는 좋은 작품을 비싸게 판 것이로군. 이제 그 의심은 풀렸네…… 그런데, 리큐."

히데요시는 갑자기 웃는 얼굴로 목소리를 낮추었다.

4

일찍이 누구하고도 논쟁을 벌여 진 적이 없는 히데요시. 강하게 나오면 부드럽게, 부드럽게 나오면 강하게, 화를 내면 웃고, 울면 위로하여 반드시 상대를 자기 뜻대로 조종할 수 있다고 자부해온 히데요시였다. 그런데 이번에는 계속 리큐에게 당하기만 했다. 아니, 당하기만 한 것이라면 그냥 웃어넘겨 도량이 넓다는 인상을 줌으로써 이기는 방법도 있었다. 그러나 오늘의 상대는 충분히 자신의 승리를 의식하고 대화하는 동안 불손한 미소까지 떠올리고 있었다.

혹시 리큐는 히데요시를 굻려주었다고 쾌재를 부르고 있을지도 모른다. 이렇게 되면 그대로 용서할 히데요시가 아니었다.

히데요시는 드디어 토끼를 노리는 사자로 변했다. 그러나 표면적으로는 어디까지나 온순한 양을 가장하고—

"리큐, 아마 자네도 짐작하고 있을 테지만…… 실은 난처한 일이 생겼네."

"전하께 난처한 일이…… 과연 그런 일이 있을 수 있겠습니까?"

"그래서 세상에 나도는 소문에 대해 이것저것 자네에게 물어보았네. 그리고 그 모두에 대해서는 이 히데요시도 납득할 수 있게 되었네."

"고마우신 말씀입니다."

"아니, 우러러보지 않을 수 없네. 과연 리큐일세, 거사란 말일세. 그러나 이 모두는 자네와 나 사이의 양해일 뿐, 아직 세상에서 납득한 것이라고는 할 수 없어."

"그럴 것입니다."

"그래서 참고 삼아 자네에게 묻겠는데, 다이토쿠 사 킨모카쿠 누대 위에 자네 목상이 안치되었다는 것을 알고 있나?"

리큐의 표정이 대번에 긴장되었다.

'드디어 나오는구나.'

이런 심정으로 천천히 히데요시의 물음에 긍정했다.

"알고 있습니다마는……"

"누가 세웠나?"

"황송합니다마는, 전에 코케이 선사가 큐슈로 유배가게 되었을 때 제가 전하께 청하여 용서받도록 한 일이 있습니다."

"그래, 그런 일이 있었지."

"그때의 일을 코케이 선사를 비롯하여 슌오쿠, 교쿠호 등의 원로가 고맙게 여겨 제 목상을 만들어 장식했던 모양입니다."

"원로들은 그 일을 자네에게 말하여 허락받았는가?"

"예…… 그런 말이 나오기는 했습니다마는……"

"분명하게 허락한 것은 아니란 말이지?"

"글쎄요……"

이번에는 리큐의 말문이 막혔다.

히데요시의 속셈은 이미 꿰뚫고 있었다. 어떻게 해서든지 자신을 벌하려 하고 있었다. 섣불리 대답하면 다이토쿠 사 원로들까지 말려들게 될지도 몰랐다. 이 점에 대해 히데요시는 어떤 생각을 하고 있는지, 그것을 당장에는 알 수 없었다.

"어떤가, 확실히 허락하지 않았는데도 세웠다는 말인가, 아니면 허락했다는 말인가? 이것이 중요한 점이야."

"저어…… 그래도 좋다고 이 리큐가 분명히 승낙했습니다."

"으음, 자네가 승낙했기 때문에 세운 것이 틀림없다는 말이지?"
히데요시의 목소리가 기분 나쁠 정도로 조용해졌다.

5

"지부도 쿠나이 호인도 거사의 말을 들었겠지? 다이토쿠 사 원로들이 리큐의 은혜를 생각하고 목상을 세웠다는군. 그것을 경내 누대 위에 장식하라고 리큐도 허락했어…… 그렇다면 사정은 분명해졌어."
히데요시는 이렇게 말하고 다시 리큐를 향했다.
"실은 그 일 때문에 공경들이 들고일어났다는 보고를 들었네."
리큐는 묵묵히 히데요시를 쳐다보았다.
그것을 '불손' 하다거나 '오만' 한 일이라 하여 꾸짖는다면 대번에 반격할 생각이었다. 그러나 히데요시는 아직 그런 말은 하지 않았다.
사원의 목상이나 조각은 일종의 장식에 지나지 않는다. 사람들이 지나다니는 난간에는 짐승과 벌레가 새겨져 있다. 다도를 지향하는 리큐의 모습이 그러한 것들과 함께 장식되었다고 해도 전혀 이상할 게 없다. 이 때문에 문제가 생긴다면 곧 없애겠다고 말할 작정이었다.
그런데 히데요시도 리큐가 예상했던 대로는 공격해오지 않았다.
"이유는 새삼스럽게 설명하지 않아도 알겠지. 흙 묻은 자네의 발밑으로 칙사를 지나가게 할 생각이었냐는 것일세."
"그 점에 대해서는……"
"잠깐 기다리게. 자네 마음은 잘 알고 있네. 나는 이해할 수 있어. 그런데 세상에서는 자네의 죄라기보다 나의 죄라고 말하고 있네. 칸파쿠가 리큐를 감싸는 것이 원인, 리큐의 그런 무례를 눈감아줄 정도라면 오래지 않아 히데요시도 키요모리 뉴도淸盛入道나 호죠 가문처럼 황실을 뒤엎으려 할지도 모르니 내버려둘 수 없다는 말이 나오고 있어. 그렇지 않은가, 쿠나이 호인?"

"그렇습니다."

마에다 겐이가 대답했다.

"여기까지 말하면 이미 자네도 알아들었을 것일세. 좋아, 지금부터 내가 그대들에게 하는 말을 명심하게."

"예."

이번에는 이시다 미츠나리가 대답했다.

"리큐!"

히데요시는 갑자기 어조를 바꾸고 가슴을 떡 폈다.

"예."

"다이토쿠 사 경내 누대 위에 설화를 신고 지팡이를 짚은 그대 목상을 장식하게 한 것은 신분을 망각한 불손하기 짝이 없는 일. 따라서 이 히데요시가 맡긴 다실을 회수할 것이니, 그대는 내일 십삼일 안으로 쿄토를 떠나 사카이에서 칩거하며 다음 명령을 기다리도록."

마침내 히데요시는 권력의 칼을 뽑았다.

순간 리큐는 빙긋이 웃었다.

"알겠나, 리큐?"

"예."

"그 다음, 미츠나리!"

"예."

"문제의 목상을 즉시 킨모카쿠에서 끌어내어 쥬라쿠 저택의 대문 앞 모도리바시戻橋에서 처형하라."

"예, 분부대로 하겠습니다."

"다음, 쿠나이 호인!"

"예."

"그대는 다이토쿠 사에 가서 이 일에 관련된 원로들에게 근신을 명하고 다음 명령을 기다리게 하라. 그리고 이번의 내 조치를 있는 그대로 조정에 보고하도록 하라. 그렇지 않으면 나의 충성에 큰 오점이 남을 것이야."

리큐는 잠자코 히데요시를 노려보고 있었다.

6

리큐가 예상했던 대로 두 사람의 증오는 마침내 막다른 곳에 몰리고 말았다. 칼날과 칼날의 대결 앞에 미츠나리도 마에다 겐이도 그만 얼굴만 마주본 채 할말을 찾을 틈도 없었다.

"알겠나, 리큐?"

히데요시가 엄한 표정으로 말했다.

"모든 것은 그대가 들은 대로 처리할 터. 그대는 즉시 사카이로 가서 근신하도록 하라."

"알겠습니다."

리큐는 뜻밖이라 할 정도로 침착하게 머리를 숙였다.

"그럼, 이만 물러가겠습니다."

"아……"

짧게 신음한 것은 미츠나리였다. 그만큼 일어나는 리큐의 모습은 자연스럽고 오만했다. 보기에 따라서는 '히데요시 까짓것이!' 이러한 투지를 가슴에 묻은 채 조금도 동요하지 않았다.

"전하."

리큐의 모습이 보이지 않게 되었을 때 겐이가 먼저 입을 열었다.

"거사는 일언반구 사과의 말도 없이 물러갔습니다……"

"하하하…… 염려하지 말게."

그러나 히데요시도 창백한 표정이었다.

"그대로 근신하고 있으면 구해줄 방법도 있을 거야."

"지금 같아서는 온몸에 반항심이 가득한 것 같습니다."

"하하하…… 리큐가 나하고 싸울 것이란 말인가? 그런 짓을 하면 어떻게 될지 모를 정도로 어리석은 자가 아닐세. 자네들은 내가 말한 대로 목상을 처형하고 일을 종결시키도록 하게."

"그러나……"

이번에는 미츠나리가 말했다.

"거사에게 마음을 두고 있는 다이묘들도 많기 때문에 만에 하나라도 소동이 일어나면……"

"그렇게 될 때는 자네들이 알아서 처리하면 될 것이야. 염려하지 말라고 하지 않았는가."

히데요시는 문득 목소리를 낮추어 물었다.

"자네들의 눈에도 내가 정말 노한 것으로 보였나?"

"그야 물론……"

"당치도 않아. 이 히데요시가 리큐 따위를 상대로 정말 화를 냈을 것 같은가? 그 오만한 콧대를 꺾어놓았을 뿐일세. 앞으로 내가 불같이 노했다고 소문을 퍼뜨리도록 하게. 상대가 할복이냐 처형이냐 겁을 먹고 있을 때 구원의 손을 내밀어주면 효과는 충분할 게야."

"저어, 그럼 마지막에는……?"

"죽인들 무얼 하겠나. 그렇게 하면 도리어 나의 다도에 손해가 될 것일세. 염려하지 말게, 방법은 있으니까."

미츠나리는 그 말을 듣고 안도하는 것 같았다. 그 역시 리큐를 실각시키고 싶은 생각은 있었으나 그 이상의 것은 원하지 않았다.

"베어라!"

선불리 화를 내어 이렇게 명하기라도 한다면 상처를 입는 것은 히데요시 쪽이었다.

"그 말씀 듣고 안심했습니다. 그럼, 즉시 목상을 처형하겠습니다."

"하하하…… 목상을 처형했다면 쿄토 사람들이 깜짝 놀랄 것일세. 아니, 쿄토 사람보다도 다이토쿠 사 원로들이 숙연해질 것이고, 잘난 체하는 사카이 상인들도 내 정책에 반대하는 등 큰소리를 치지 못할 것일세. 그런 의미에서 리큐는 제법 쓸모가 있었어."

이렇게 말하고 히데요시는 생각났다는 듯이 사타구니를 붙잡고 변소로 갔다.

7

리큐는 침울한 얼굴로 요시야마치葭屋町의 자기 집으로 돌아왔다. 그리고 미리 연락해둔 도안道安, 쇼안, 오긴을 거실로 불러들였다.

"우선 객실을 정리하여라."

그런 뒤 곧 준비된 화로에 차를 끓여 세 사람에게 돌리고 자기도 맛있게 한 잔 마셨다.

차를 다 마실 때까지 아무도 입을 열지 않았다. 이미 리큐의 각오는 알고 있었고, 섣불리 말을 꺼내 아버지의 마음을 흐트러지게 해서는 안 된다는 조심성 때문이기도 했다.

"아, 발소리가 들리는구나. 누가 집 주위 경계를 명령받고 왔는지 정중히 물어보고 오너라."

리큐의 말에 세 사람은 비로소 많은 인마人馬가 이미 집 주위를 둘러싸고 있다는 것을 깨달았다. 오긴이 고개를 끄덕이고 나갔다가 곧바로 돌아와 아버지에게 보고했다.

"우에스기 카게카츠上杉景勝 님의 부하 치사카 효부千坂兵部 님이라는 대장입니다."

"허어, 치사카 님이로구나. 인원은 얼마나 되더냐?"

"칠팔백 명쯤 되는 것 같습니다."

이 말에 리큐는 빙긋이 웃으면서 나직하게 말했다.

"내가 이겼어."

"이기시다니요?"

"전하보다 내 근성이 더 뛰어났다는 의미야. 좋아, 객실로 가겠다."

"어느 분과 약속이라도 하셨습니까?"

쇼안이 의아하다는 듯이 물었다.

"쇼안, 너는 준비가 부족한 것 같구나. 그래서는 길에 물 뿌리는 일을 잊어버린 것과도 같아."

"예……?"

"하하하…… 아직 모르겠느냐? 그러나 곧 알게 될 것이다. 오래지 않아 사자가 도착하여 정식으로 추방을 명하게 될 거야."

"그러시면, 사자를 기다리시는 것입니까?"

"응, 그래. 다인에게는 다인 나름의 예의범절이라는 것이 있어. 거기서 사자를 맞아 차를 올릴 생각이다. 너희들은 사자가 도착하거든 현관에 나가 맞도록 하라."

이 또한 리큐의 계산 대로였다. 치사카 효부의 군사가 앞뒤 출입문을 봉쇄하는 것과 동시에, 히데요시의 사자로 토미타 사콘노쇼겐 토모노부富田左近將監知信와 츠게 사쿄노스케柘植左京亮 두 사람이 말을 타고 왔다.

모두 리큐와는 안면이 있는 사이였다. 그러나 세상사람들이 이시다 지부 쪽 사람이라고 보는 인사들, 리큐와는 친하게 교제하지 않았다.

세 사람의 마중을 받고 객실에 들어섰을 때, 방안에 넘치는 소나무가지에 부는 조용한 바람소리 같은 물 끓는 소리에 두 사람 모두 깜짝 놀란 모양이었다.

"수고가 많으십니다. 잘 아시다시피 이 리큐는 무사가 아니라 다도에 정진하는 사람입니다. 다도에 따라 차를 한잔 대접하고 나서 전하의 뜻을 여쭙기로 하겠습니다."

"아니, 사자의 말을 듣기도 전에 차를 대접하겠다는 것이오?"

당치도 않다는 듯이 츠게 사쿄노스케가 토미타 사콘노쇼겐을 돌아보았다. 사콘노쇼겐은 눈짓으로 사쿄노스케를 제지했다.

"참으로 고마운 호의, 그러면 한잔 마신 뒤에……"

이렇게 말하며, 사쿄노스케를 재촉하여 나란히 상좌에 앉았다.

8

"거사."

차를 마시고 나서 사콘노쇼겐은 가만히 찻잔을 내려놓았다.

"다이나곤(히데나가) 님이 돌아가셔서 크게 낙담했을 것이오."

사콘노쇼겐은 리큐를 위로할 생각이었다. 히데나가가 살아 있었다면 이렇게까지는 되지 않았을 것이고, 이시다 미츠나리도 이토록 히데요시에게 가혹한 조치를 내리도록 하지 않았을 것이라는 의미였다.

리큐는 촛대 밑에서 찻잔을 거두며 조용히 미소를 떠올렸다.

"운명이라고는 하지만 애석한 일입니다."

"거사는 에도의 다이나곤 님이 도착하셨다는 것을 아시오?"

"도쿠가와 님이……? 아니, 아직 모르고 있습니다마는."

"호소카와 님도 계시고 에도의 다이나곤 님도 계시기 때문에……"

그들이 히데요시를 잘 설득해줄 것이라는 의미인 듯. 그러나 리큐는 알아듣지 못한 체했다.

"전하도 드디어 액운의 해에 접어드셨습니다. 앞으로 일이 년 동안에는 좋은 일이 없을 것입니다."

조용하지만 대담한 말이었다.

"조심하시도록 여러분이 간곡히 부탁을 드려야 할 것입니다."

"이것 보시오! 아직 명령도 전하기 전에 함부로 입을 열다니 무엄하오. 삼가도록 하시오."

츠게 사쿄노스케가 꾸짖으면서 벌떡 일어났다.

"명령을 전하겠소."

"겸허하게 듣겠습니다."

"큰 잘못을 범했으므로 그대를 쿄토에서 추방하여 사카이에서 칩거할 것을 명한다."

사쿄노스케가 명령서를 읽고 난 뒤 사콘노쇼겐이 덧붙였다.

"가재도구와 기타 쿄토에 있는 것에는 손 대지 마시오."

"입은 옷 그대로 사카이에 가면 되겠군요. 잘 알아들었습니다."

"거사."

"예."

"인간 세상에는 여러 가지 풍파가 있게 마련이오. 그러나 칸파쿠 전하는 마음이 자애로운 분이어서……"

"사자께 말씀 드립니다."

엄숙한 목소리였다. 사콘노쇼겐은 깜짝 놀라 하던 말을 끊었다.

"왜 그러시오, 거사? 희망을 잃지 말고 근신함이 좋을 것이라고."

"이 리큐는 할복을 명하실 줄 알았는데 칩거라니 너무 뜻밖입니다."

"그래서 자애로우신 분이라고 했소."

"원망하더라고 전해주십시오."

"뭐, 뭣이…… 그게 무슨 말이오?"

"리큐는 전하의 은혜에 보답하기 위해 반드시 말씀 드려야 할 말을 했다가 죄를 얻었습니다. 다이나곤 히데나가 님의 별세에 뒤이어 전하께 두번째로 올 쇠운衰運의 징조. 이 징조는 마음을 가다듬지 않는 한 제삼, 제사의 징조로 이어질 것입니다."

"거사! 혹시 실성한 것은 아니오? 토미타 님의 말씀을 어떻게 알고 그런 말을 하는 거요?"

"실성은커녕 보시다시피 조금도 흐트러지지 않았습니다. 이 리큐는 오늘날까지 전하를 아부하며 섬긴 기억이 없습니다. 어떤 경우라도 목숨을 걸고 다도를 지키면서 섬겼습니다. 그런 자에게 칩거를 명하여 산 채로 수치를 주시다니 뜻밖입니다! 진노했다면 어째서 할복을 명하시지 않는 것입니까…… 다시는 이승에서 전하를 뵐 수 없을 테니 이 뜻을 사자께서 전하께 말씀 드려주시기를……"

마치 두 사람을 야유하는 듯한 싸늘하고 날카로운 대꾸였다.

9

"그렇다면, 거사는 전하의 자비 따위는 받고 싶지 않다는 말이오?"

사콘노쇼겐의 말을 리큐는 담담하게 받아넘겼다.

"그런 일로 기뻐할 리큐로 보셨다면…… 정말로 뜻밖입니다."

"허어……"

사콘노쇼겐은 나직하게 신음하고 사쿄노스케를 바라보았다.

"그렇다면 거사야말로 진정한 충신, 그런 분을 잃는다면 천하의 손실이겠군요."

"말로는 다하지 못할 오만이오!"

사쿄노스케는 칼집을 두드렸다.

"좋소, 그렇게까지 원한다면 즉시 돌아가 새로 지시를 받고 오겠소. 꼼짝 말고 기다리시오."

"하하하…… 움직이려 해도 집이 포위되었으니 꼼짝할 수가 없지요. 어서 새로운 지시를 가지고 오시오."

"에잇, 방자한 늙으니 같으니라구!"

"아니, 츠게 님, 잠깐 기다리시오."

"그렇다고 이런 무례를 그대로 내버려둘 수야……"

"좀 기다리시오. 냉정한 것 같지만 실은 거사도 이성을 잃고 있소. 그렇지 않습니까, 거사?"

리큐는 조용히 앉은 채 아직 미소를 지우지 않았다.

"이 리큐가 이성을 잃었는지 아닌지는 전하가 알고 계실 것이오."

"전하는 그대를 죽이라고는 하시지 않았소. 그것을 알면서도 허튼소리를 하는 거요?"

"허튼소리인지 아닌지 그 정도의 일은 아실 전하라고, 아직도 이 리큐는 믿고 있어요."

"그럼, 사자로 온 우리 두 사람의 역량이 부족하여 거사의 바른말을 이해하지 못한다는 말이오?"

"토미타 님, 이 리큐는 예나 지금이나 생명보다도 소중한 다도를 통해 봉사해왔을 뿐입니다. 전하가 진노하셨다 해도 나의 봉사에는 조금도 그릇됨이 없어요. 일단 죄를 지은 자를 또다시 조롱하는 것은 결코 전하의 정치를 빛내는 일이 못 됩니다. 지혜놀음은 그만두시도록…… 목숨을 걸고 살아가는 자가 얼마나 강한가 하는 점에 부디 눈을 뜨시도록…… 아니, 언젠가는 눈을 뜨실 분이라 믿는 이 리큐의 충심衷心을 잘 말씀 드려주시기 바랍니다."

사콘노쇼겐은 숨을 죽였다. 분명히 리큐는 실성한 것도 이성을 잃은 것도 아니었다. 히데요시에게 냉정히 충고하고 있든지, 아니면 목숨을 걸고 도전하고 있든지 두 가지 중 하나였다.

더 이상 머물러 있는 것은 불리하다고 사콘노쇼겐은 깨달았다.

"알겠소."

그는 크게 고개를 끄덕이고 사쿄노스케를 돌아보았다.

"거사는 죽기를 원하고 있소. 죽기를 바라는데 죽게 한다면 이것은 바로 거사의 뜻대로 해주는 일, 이대로 사카이에 칩거하게 하는 것이 가장 괴로운 형벌. 자, 그만 돌아갑시다."

"허튼소리하는 자를 그대로 두고 돌아가자는 말이오?"

"그래야만 함정에 빠지지 않아요."

사콘노쇼겐은 웃으면서 리큐를 향해 다짐하듯 말했다.

"잘 들으시오. 가재도구의 반출은 절대로 안 됩니다. 맨몸으로 내일 아침 일찍 사카이로 떠나시오. 분명히 전했소."

그리고는 얼른 일어나 밖으로 나갔다.

리큐는 조용히 앉은 채 그 모습을 바라보았다.

세 명의 자식이 황급히 뛰어들어온 것은 사자가 탄 말이 문을 나서는 것과 동시의 일이었다.

10

"아버님, 밖에서 들었습니다. 말씀이 좀 지나치셨습니다."

오긴이 입을 열었다. 리큐는 대답하지 않았다. 선방禪房 같은 정적과 엄숙함을 그대로 담은 표정으로 가늘게 눈을 뜬 채 장지문을 응시하고 있었다.

잠시 후 리큐가 도안에게 말했다.

"방안이 어둡구나. 심지의 불똥을 떼어내라."

"예."

그리고 방안이 다시 밝아졌을 때.

"나는 크게 분노를 느꼈어."

불쑥 이렇게 말하고 리큐는 세 사람을 둘러보았다.

"전하의 처사에 대해서…… 말씀입니까?"

오긴의 물음에 리큐는 강하게 고개를 저었다.

"나 자신에게 말이다!"

"어째서입니까? 저는 잘 모르겠습니다."

"나는 자신을 좀더 용기 있는 사람인 줄 알고 있었어. 그런데 사자 앞에서 말을 꾸미다니…… 겁쟁이야, 비겁해! 이래서야 어떻게 사람들 앞에서 다도를 말할 수 있겠느냐."

"아니, 그토록 심한 말씀을 하시고도 아직 부족하십니까?"

"부족해!"

리큐는 부르르 몸을 떨었다.

"나는 전하를 미워하고 있어. 미워하면서도 아직 믿고 있다고 말을 꾸몄어. 나의 충성은 조금도 어긋남이 없다고 거짓말을 했어……"

아무래도 리큐는 자신을 꾸짖는 것 같았다.

이런 면은 리큐에게만 있는 게 아니었다. 타카야마 우콘高山右近에게도, 혼아미 코에츠本阿彌光悅에게도 있었다. 스스로를 일깨우기 위해 무섭게 상대를 몰아치다 어느 틈에 그 칼끝을 자신에게 돌렸다.

오긴은 오싹했다. 아버지가 당장 이 자리에서 할복하겠다는 말을 할 것 같았기 때문이다.

리큐는 다시 눈을 가늘게 떴다. 가늘게 떴을 뿐 감지는 않았다.

'눈을 감고 생각하지 않으려는 데 아버지의 무서움이 숨어 있다.'

오긴은 자신의 경솔한 말 때문이라는 생각이 들어 견딜 수 없었다.

'내가 소실로 가는 것을 거절하지만 않았더라면……'

그러나 지금에 와서는 어쩔 수 없는 일이었다. 이미 아버지는 히데요시의 사자까지 꾸짖어 돌려보냈다.

'아버지를 도우려면…… 어떤 길이 있을까……?'

이런 생각을 했을 때 리큐가 두 아들의 이름을 불렀다.

"쇼안, 도안."

도안은 리큐의 친아들, 쇼안은 오긴과 마찬가지로 마츠나가 단죠의 아들이었다.

"너희들은 생명과 도道의 매듭을 정확히 판단하고 살아가야 한다."

"생명과 도의 매듭 말씀입니까?"

"그래. 그 판단이 부족하면 참다운 용기가 생기지 않아. 무릇 인간의 생명이란 우주의 생명 그 자체의 일부야. 따라서 인간의 생명도 우주의 이법理法, 우주의 인연에서 벗어나지는 못해."

두 사람은 눈을 똑바로 뜨고 아버지를 바라보았다.

"세 살의 어린아이로 죽는 것도 백 살의 장수를 누리는 것도 모두 이 우주와의 인연이 깊으냐 얕으냐에 달려 있는 것. 무엇보다도 먼저 자기 생명을 잊어버려야만 한다."

오긴도 숨을 죽이고 무릎걸음으로 한발 다가앉았다.

11

"이 아비가 비겁했던 건 이 점을 깊이 터득하지 못했기 때문이다."

리큐는 여전히 시선을 멀리 둔 채 독백하듯 말을 이었다.

"아비는 도道를 성취하기 위해서는 오래 살아야만 하는 것으로 착각하고 있었어…… 알겠느냐, 그렇게 되면 도보다도 생명을 더 중히 여기는, 전혀 다른 인생을 살게 되는 게야."

"알 수 있을 것 같은…… 생각이 듭니다."

쇼안이 대답했다.

"그렇게 되면 백 살 장수는 누릴 수 있어도 도는 남기지 못해. 도를 위에 놓고 생명을 잊고 도에 몰두해야만 비로소 도가 남는 것이야."

"……"

"그것을 조금 전에야 깨달았어. 사자들이 쓸쓸하게 돌아가는 모습. 머지않아 다시 우주의 생명 속으로 사라질 자신의 운명을 깨닫지 못하고 전하의 눈치만 살피며 살아가는 사자들의 가련함…… 그 가련한 사자들과 다툰 이 리큐도 어리석었다는 것을…… 알겠느냐, 이런 사실을 깨닫지 못하고 도를 운운하면 안 돼."

"예…… 예."

도의 계승자 두 사람이 대답했으나, 양쪽 모두 확실히 깨달은 얼굴은 아니라고 오긴은 생각했다. 그런 점에서는 여자 특유의 날카로운 감수성을 지닌 오긴 쪽이 더 아버지가 하려는 말을 확실하게 알아들었는지도 모른다.

'아버지는 이미 전하와의 싸움에 초탈하고, 도를 위해 돌아가실 결심이시다……'

이것은 같은 일인 듯하지만 근본적으로는 큰 차이가 있었다.

히데요시와 싸우다 사사로운 원한을 품고 죽는 것은 쓸쓸하다. 그러나 도에 생명을 묻고 죽는 것은 순교자의 죽음처럼 숭고하다.

오긴이 안도했을 때는 아버지의 시선이 자기를 향해 있었다.

"오카메阿龜(오긴의 아명)에게는 특별히 남길 말도 없으니…… 찻숟가락이나 하나 남기고 가겠다. 벼루를 가져오너라."

"예…… 저어, 벼루 말씀입니까?"

"거기에 곁들여 글을 하나 적어줄 테니, 여자와 남자가 다르다는 것을 망각하게 될 때면 그 글을 바라보며 차를 마셔라."

"예."

오긴이 얼른 붓통과 종이를 가져왔다.

리큐는 종이 위에 붓을 달렸다. 쿄카狂歌°였다.

> 리큐는 그런 대로 훌륭한 보답을 받는가 보다
> 칸쇼죠菅丞相°가 되리라 생각하니

그 종이에 자기가 만든 찻숟가락 하나를 둘둘 말아, 그 위에 '오카메에게 주노라. 리큐' 라고 써서 건넸다. 그때 이미 아버지는 침착한 미소를 되찾고 평소와 같은 자애로운 얼굴로 돌아와 있었다.

"여자의 역할은 남자와는 다른 거야."

"예…… 예."

"세상이 아무리 탁하다 해도, 탁하지 않은 자식을 낳아 키우는 것이 여자의 역할이다. 낳아 기른다…… 그 마음은 우주의 아름다움이 결정結晶된 모습…… 이것을 망각하면 여자라 할 수 없어. 여자로 살아야 한다, 너는."

오긴은 갑자기 가슴이 뻐근했다. 자신을 사사로운 원한의 소용돌이에 빠뜨리지 않게 하기 위해 자신의 업보業報를 읊은 쿄카의 의미가 뭉클 가슴에 와닿아 한꺼번에 눈물이 쏟아졌다.

"저는…… 저는…… 끝까지 여자로 살겠습니다……"

꽃의 화면畵面

1

리큐가 추방되었다는 소문은 순식간에 온 쿄토 안에 퍼져나갔다. 이시다 지부쇼유石田治部少輔의 지시로 요시야마치 저택을 우에스기 카게카츠의 부하가 포위했기 때문에 소문이 나는 것도 무리가 아니었다. 그러나 이것은 쿄토 사람들이 전혀 예상치 못했던 아닌 밤중에 홍두깨 같은 사건이었다.

리큐 거사라고 하면 히데요시의 둘도 없는 총신으로, 공식적인 일은 동생 히데나가, 사적인 일은 리큐에게 부탁하면 안 되는 일이 없다고까지 여겨지던 인물이었다. 이러한 그가 히데요시의 비위를 건드려 하룻밤 사이에 쥬라쿠 저택의 후신안에서 쫓겨나 집을 몰수당하고 추방되기에 이르렀으니, 소문이 무성할 수밖에 없었다.

"아니, 무엇 때문에 칸파쿠 전하가 그토록 노하셨을까?"

"그야 뻔한 일이지. 오긴 님을 전하가 원했는데도 거사가 한마디로 거절했기 때문이야."

"그럴 리가 없어. 그런 사소한 문제로 배포가 크기로 유명한 전하가 노하셨을 리는 없어."

"그럼, 자네는 무언가 다른 이유를 알고 있다는 말인가?"

"이것은 말일세…… 크게 떠들어댈 말은 아니지만, 측근들의 세력다툼이야."

"아니, 그렇다면 누가 모함이라도 했다는 말인가?"

"지금까지는 오사카나 쥬라쿠 저택에 관한 일을 모두 리큐 거사와 야마토 다이나곤 히데나가大和大納言秀長 두 사람이 처리해왔기 때문에, 이시다 지부 님과 츠다 소큐津田宗及 님이 질투를 했던 거야. 그런데 이번에 히데나가 님이 세상을 떠나는 바람에 홀로 남은 거사가 지부쇼유와 소큐 두 사람에게 밀려나게 된 것일세."

"아니, 내가 들은 이야기는 그런 게 아니었어. 리큐 거사는 몹시 돈을 밝히는 양반이라, 최근에 만든 찻잔을 천하제후들에게 보물인 양 비싸게 팔았다는 것이었어. 그 정도라면 괜찮았을 텐데, 찻잔을 비싸게 산 사람들에게 이런저런 측근의 비밀을 누설했다고 하더군. 거사로서는 단골손님이라 그럴 수도 있었겠지. 그런데 이게 탄로나 사이비 중놈이라면서 전하가 크게 진노하셨다는 거야."

"아니, 그런 이유에서도 아냐. 좀더 직접적인 원인이 있었다는군."

"그 밖에 또 다른 이유가 있다는 말인가?"

"그렇지 않다면 전하가 그토록 아끼시던 거사를 추방할 리 없지. 실은 말일세, 거사는 다이토쿠 사 경내에 자신이 흙 묻은 발로 서 있는 목상을 장식했다는 거야. 이것을 모르고 그 밑으로 칙사가 지나갔어. 알겠나, 거사 발밑으로 말일세. 그래서 조정에서는 무엄하다고 항의를 하게 됐어. 칙사가 지나는 문에 흙 묻은 발로 서 있는 중의 목상을 장식하다니 말이 되느냐고…… 때문에 전하도 눈물을 머금고 이번 조치를 내리셨다는 거야."

소문이란 어느 경우에나 어느 정도는 진실하지만, 역시 소문은 소문이었다. 더구나 이번 경우는 당사자인 히데요시도 리큐의 마음을 알지 못했고, 리큐 자신도 자기 고집의 방향을 망각한 듯한 사건이었기 때문에 무리가 아니었다.

이튿날인 13일, 리큐는 거의 해가 질 무렵이 되어 요시야마치의 집을 나섰다.

오긴은 우에스기 가문의 이와이 노부요시岩井信能가 마련한 가마에 올라, 왼손에는 작은 항아리, 오른손에는 차가 반쯤 들어 있는 주머니를 들고 떠나는 리큐의 모습에 그만 목놓아 울었다.

2

경비하는 무사들의 눈에 떠나는 리큐의 모습은 무심한 어린아이로 비쳤다.

가재도구의 반출이 금지된 채 겨우 작은 항아리와 차가 반쯤 든 주머니 하나를 들고 떠나는 리큐, 다도를 제외하고는 무엇에도 집착하지 않고 초탈한 듯한 느낌을 주었다. 그러나 오긴은 이러한 아버지가 아직도 무섭게 칼을 갈고 자기 자신과 투쟁하고 있는 도道의 권화權化임을 잘 알고 있었다.

표면적인 동심童心은 말하자면 하나의 연극이고 포즈였다. 아니, 좀 더 강렬하게 싸우는 자의 모습이라 해도 좋다. 신불의 눈으로 본다면, 중국식 투구와 비단 전투복에 가짜 수염을 단 히데요시와 큰 차이가 없는 아집의 모습으로 보였을지도 모른다.

'싸우지 않고는 못 견딜 정도로 외로우신 거야……'

이러한 생각이 드는 순간 오긴은 자기만이라도 아버지를 전송하지 않을 수 없었다.

쇼안이나 도안의 전송은 경비하는 자가 허락지 않을 터. 그러나 오긴은 여자였다. 딸이 불행한 아버지를 숨어서 전송하겠다고 하면 이마저 금하지는 않을 것이었다.

“부탁입니다. 도중까지라도 가마를 배웅할 수 있게 해주십시오.”

단단히 결심하고 오긴은 치사카 효부의 막하로 뛰어들며 하소연했다. 걸상에 앉아 가마가 떠나는 모습을 바라보고 있던 효부는 미소를 띠며 말했다.

“허락한다는 말은 할 수 없다. 그러나 여자 혼자 외출하는 것까지 금할 필요는 없겠지.”

“감사합니다, 그럼……”

그대로 울타리를 둘러친 문을 나왔을 때 이미 거리 양쪽에는 사람들이 가득 모여 있었다. 소문을 듣고 모여든 사람 가운데는 삿갓으로 얼굴을 감춘 몇몇 무사의 모습도 섞여 있었다.

가마의 발은 늘어진 채 있었고, 그 안에서 리큐는 계속 항아리와 차를 번갈아 바라보고 있었다.

‘가엾은 아버지!’

제발 아버지의 마음을 편안하게 해주십시오…… 오긴은 보이지 않는 무언가를 향해 이렇게 기도하면서 몰래 가마 뒤를 따랐다.

리큐가 타고 있는 가마 양옆과 앞뒤를 경비하는 인원은 30명 정도였다. 그러나 멀지 않은 선착장에 이르는 길 양쪽에는 따로 삼엄한 경비망이 펼쳐져 있었다.

리큐는 이 모든 것을 무시하고 먼 미래에 마음을 보내려는 것 같았다. 오긴은 길 양쪽에 있는 사람에게도 주의를 게을리하지 않았다. 남모르게 아버지를 배웅하는 사람이 있다면, 꾸중을 들어도 좋으니 가마 곁으로 달려가 아버지에게 알릴 생각이었다.

강가의 버드나무는 이미 파릇파릇 물들어 있었다. 그 부근부터는 사람들의 그림자도 뜸해지고, 석양이 엷게 동쪽 산을 비치고 있었다. 산과 강의 모습에도 나무에도 모두 봄기운이 돌고 있었으나, 사카이의 어물전에서 태어나 당대 제일의 다인이라 불리던 아버지의 생애는 허무한 겨울의 메마름 속으로 들어가려 하고 있었다……

문득 오긴의 눈에, 옻칠을 한 삿갓에 노바카마野袴° 차림의 다이묘인 듯한 두 사람이 둑의 버드나무 밑에 서 있는 모습이 들어왔다.

"아, 호소카와 님과 후루타 오리베 님!"

오긴은 정신없이 가마 곁으로 달려갔다.

"아버님, 저기 배웅 나오신 분이 계십니다."

이렇게 말했을 때 이미 오긴은 아버지도 단 두 사람뿐인 전송자의 모습도 눈물 때문에 흐리게만 보였다.

3

리큐는 깜짝 놀라 고개를 들고 크게 말했다.

"오오!"

전송자가 누구인지는 리큐도 금방 알아보았다. 그리고 이것은 긴장한 그의 마음을 대번에 녹여준 모양이었다.

그는 손에 들었던 항아리와 차를 얼른 품속에 넣고 상반신을 내밀듯이 하며 오른손을 흔들었다. 상대가 아는 체하지 못할 입장에 있다는 것을 알고 있기 때문에, 이렇게라도 하지 않고는 못 견딜 정도로 기뻤던 모양이었다.

"호소카와 타다오키 님과 후루타 오리베노쇼 님이시로군요."

사실 이처럼 여기까지 전송 나온다는 것은 이만저만한 호의가 아니었다. 히데요시를 격분시키고 사자로 왔던 토미타와 츠게를 꾸짖어 돌려보낸 리큐였다. 아니, 그 밖에 또 한 사람, 아마도 무섭게 리큐를 감시하고 있을 이시다 지부쇼유의 눈이 빛나고 있을 터였다.

'과연 호소카와 님이시다!'

단지 다도를 이해하는 것만으로 할 수 있는 일이 아니었다. 지부 따위가 뭐란 말이냐! 하는 뱃심 좋은 용기가 필요한 일이었다.

가마가 강변에서 멈췄다.

여전히 두 사람의 그림자는 석양 속에서 리큐를 바라보고 있었다.

리큐는 조용히 지붕이 있는 배에 들어가 앉을 때까지, 두 사람 외에 딸 오긴도 와 있다는 것을 까맣게 잊고 있었다.

"고마운 일이오. 무엇보다도 뜨거운 배웅을 받았소."

"만나볼 생각이 있소?"

사카이까지 호송하는 임무를 맡은 이와이 노부요시가 등을 돌린 채 말을 걸었다.

"아니, 사양하렵니다. 두 분께 폐를 끼쳐서는 안 되니까."

"다른 한 사람은?"

"아 참, 딸이 따라왔었군. 호의는 감사합니다마는 딸아이와는 이미 작별의 정을 충분히 나누었어요."

"좋아, 배를 띄워라."

노부요시가 부하에게 명했다.

배는 닻줄을 풀고 낮은 강바닥을 쓰다듬듯 움직이기 시작했다.

배웅하는 사람들은 아직 그 자리에 못 박혀 있었다. 그들과의 거리는 점점 벌어지기 시작했다.

리큐의 눈에 조용히 눈물이 떠오른 것은 석양이 지기 시작했을 무렵이었다.

오긴은 두 사람을 생각하고 선착장의 둑 위에서 움직이지 않았다. 이윽고 오긴이 먼저 보이지 않게 되고, 이어 호소카와와 후루타 두 사람의 모습도 시야에서 사라졌다.

이렇게 리큐가 사카이로 떠난 뒤, 그 이튿날 문제의 목상은 쥬라쿠 저택 문 앞 모도리바시에서 처형되었다. 목상이 처형되는 것은 일찍이 없던 일이어서, 그 앞에는 구름처럼 사람들이 몰려와 있었다. 그와 동시에 히데요시가 카토 키요마사加藤清正를 보내 다이토쿠 사를 허물라는 명령을 내릴 것이라는 소문이 돌았다.

도쿠가와 이에야스는 그 소문을 듣고 깜짝 놀라 급하게 히데요시를 찾아갔다.

원로들에 대한 근신 명령은 그렇다 해도, 사찰을 파괴하는 것은 온당한 일이 아니다. 필시 토미타, 츠게 두 사람의 보고가 히데요시를 정말 진노하게 만들었던 듯.

이에야스가 급히 거실에 들어갔을 때, 히데요시는 키요마사와 미츠나리를 불러놓고 핏대를 올리며 큰 소리를 지르고 있었다.

2월 15일의 일이었다.

그 히데요시 앞에 이에야스는 살찐 몸을 구부렸다.

"전하, 목상을 처형하시다니 놀라운 일입니다."

감탄한 듯 말하고 고개를 숙였다.

4

"이 이에야스도 구경하고 오는 길입니다마는, 그것이 참다운 정치라고 깊이 마음에 새겼습니다."

이에야스는 태평스런 표정으로 이렇게 말했다.

"아마 두 분도 나와 같은 생각을 했을 것이오. 이것이야말로 죄는 미워하되 사람은 미워하지 말라는 교훈을 훌륭히 보여주신 전하의 귀한 가르침. 결코 잊어서는 안 될 것이오."

키요마사와 미츠나리는 씁쓸한 표정으로 얼굴을 마주보고, 히데요시 또한 눈썹을 꿈틀거리고 있었다.

"다이나곤, 교훈이 아니라 나의 분노가 폭발한 것이오."

"그렇지 않습니다. 무한한 깊이를 지닌 교훈이라고 구경하던 쿄토 사람들까지 감탄하고 있었습니다."

"쿄토 사람들이 감탄했다는 말이오?"

"예. 전하도 내심으로는 거사를 아끼실 것이 분명하다, 그러나 불손한 죄를 다스리지 않으면 일본의 질서가 잡히지 않는다, 그래서 전하는 어째서 분노하셨는지를 천하에 분명히 알리기 위해 전대미문의 조치를 취하셨다. 사람들이 모두 이렇게 말하고 있었습니다."

히데요시는 쓴웃음을 지었다. 이에야스가 무엇 때문에 찾아왔는지 어렴풋이 알 수 있었다.

"다이나곤."

"예."

"다이나곤은 나더러 리큐를 죽이지 말라고 하고 있는 거요?"

"아닙니다. 전하가 리큐를 아끼신 나머지 대신 목상을 처형하신 뜻은 이미 깊이 마음에 새기고 있습니다. 전하, 제가 온 것은 다른 일 때문입니다."

히데요시는 다시 한 번 입술을 축이고 쓴웃음을 지었다.

구명救命을 청하러 왔다고 하는 대신, 목상의 처형으로 이미 그 일은 끝났다는 말로 마무리지으려고 한다. 과연 이에야스는 능란한 방법으로 간언하고 있었다.

"허어, 그렇다면 내 짐작이 빗나갔군요. 그럼, 다이나곤께서는 무슨 일로 오셨소?"

"이미 오슈에 대한 보고가 끝나고, 다테와 가모의 문제도 웬만큼 수

습되었습니다. 그래서 이제는 속히 에도로 돌아가 도시 건설에 전념하고 싶습니다."

"그래서, 출발 인사를 하러 왔다는 말이오?"

"예. 하루 이틀 안으로 떠날 생각입니다. 그래서 목상의 처형이라는 전대미문의 조치에 이어지는 또 하나의 조치, 이에 대해 후학을 위해 여쭙는 것으로 마음의 선물을 삼으려 합니다."

히데요시는 저도 모르게 고개를 돌리고 혀를 찼다.

"또 하나의 조치라니, 다이토쿠 사에 대한 조치를 말하는 것이오, 다이나곤?"

"그렇습니다. 다이토쿠 사에 대해서도 역시 전대미문의 조치를 내리실 것 아닙니까? 후학을 위해 그것을 여쭙고 싶습니다."

"다이나곤, 나는 지금 그 일로 무척 화를 내고 있소. 다이나곤의 말대로 내가 리큐를 무척 아끼는 것은 사실이오. 그런데 리큐를 그처럼 오만불손한 인간으로 만든 것은 다이토쿠 사의 중들이오. 그자들이 교묘한 선어禪語로 선동하기 때문에 비뚤어진 자가 나타나게 된 것이오. 죄는 다이토쿠 사에 있소. 그래서 키요마사에게 당장 가서 때려부수라고 명했소."

"황송한 말씀입니다. 그렇다면 카즈에主計 님과 지부 님이 전하의 그런 깊은 말씀의 의미를 미처 이해하지 못한 것 같군요……"

이에야스는 히데요시를 향해 이렇게 말했다. 그리고 천천히 두 사람을 돌아보았다.

"잘 알아들어야 할 것이오. 전하는 리큐 거사를 벌하는 대신 목상을 처형하셨소. 그런 전하가 다이토쿠 사를 부수고 오라는 명을 내리셨소…… 그렇다면 어떻게 해야 때려부순 것이 된다고 생각합니까? 자칫 이 일을 잘못 처리하면 후세까지 전하의 명예에 손상이 갈 것이오. 아시겠소, 두 분은?"

5

히데요시가 느닷없이 크게 웃기 시작한 것은, 이에야스가 물 흐르듯 화제를 자기가 원하는 방향으로 전환시키고, 그러면서도 이 말이 전혀 부자연스럽게 들리지 않았기 때문이다.

"와하하…… 어떤가, 키요마사, 할말이 없나? 와하하하……"

"죄송합니다마는."

히데요시가 웃어넘기려는 바람에 키요마사는 발끈 화가 치밀었다.

"에도의 다이나곤 님은 착각하고 있으십니다."

"뭣이, 다이나곤이 착각을? 이거, 정말 우습군. 어쨌든 좋아, 키요마사. 지금 다이나곤은 나더러 다이토쿠 사를 파괴하지 말라고 간하고 있는 거야."

히데요시는 이때부터 기분이 풀린 것 같았다.

"다이나곤, 내 말을 잘 들으시오. 지부 녀석은 내가 듣기를 원치 않는 것만 보고하고 있소. 토미타와 츠게가 사자로 갔을 때 리큐 녀석이 불손한 태도를 취했다느니, 불길한 말을 했다느니 하고 말이오."

"으음."

"그래서 나도 화를 냈소. 이 모두 다이토쿠 사에 책임이 있으니 때려부수라고 했소. 그랬더니 때려부수는 데는 누구를 보냈으면 좋겠느냐고 묻는 것이오. 이렇게 되면 얘기는 깨지게 마련이오."

"그렇습니다."

"홧김에 키요마사가 좋겠다고 했더니, 키요마사는 내 말을 액면 그대로 해석하고 정말 때려부술 생각인 것 같소. 하하하…… 염려하지 마시오, 다이나곤 덕분에 화가 가라앉았소."

"감사합니다."

"그런데 말이오, 다이나곤이라면 다이토쿠 사를 어떻게 하겠소? 좌우간 목상만은 끌어내려 처형했소. 그런데 그 목상을 방약무인하게 장식한 것은 다이토쿠 사. 다이토쿠 사를 그대로 둘 수는 없어요. 다이나곤이라면 어떻게 처리하겠소?"

이에야스는 히데요시의 반문에 심각하게 고개를 갸웃했다. 애당초 목상의 처형도 히데요시의 버릇처럼 되어 있는 순간적인 착상에 지나지 않는다. 그런 만큼 이 질문에는 섣불리 대답할 수 없었다.

"이 이에야스는 손 들었습니다. 아무 생각도 떠오르지 않습니다. 역시 이 점에 대해서는 전하의 지혜를 빌릴 수밖에 없습니다."

"으음, 생각이 나지 않는다는 말이오?"

"예. 목상의 처형이라는 전하의 조치가 워낙 기발한 것이어서."

"하하하…… 알겠소. 그럼 이렇게 하게, 키요마사."

"예."

"코케이 선사라는 자는 리큐가 준 청자 찻잔을 소중하게 간직하고 있을 것일세. 절을 부수러 왔다면서 그 찻잔을 내놓으라고 하게."

"……"

"알겠나. 선사가 찻잔을 가지고 나오거든 그대로 마룻바닥에 던져 깨뜨려버리게. 그리고는 리큐 녀석을 오만하게 만든 무엄한 절을 부숴 버렸다…… 이렇게 말하고 돌아오게."

"과연 놀라운 묘안이십니다!"

키요마사보다 먼저 이에야스가 감탄했다는 듯 살찐 무릎을 탁 쳤다.

"목상을 처형하여 사람의 목숨을 대신하고, 찻잔을 깨뜨려 사원 하나를 건지셨다. 이에야스는 정말 훌륭한 선물을 받았습니다. 이것이야말로 진정한 인정仁政입니다."

이 말을 듣고 어린아이처럼 순진한 일면을 가진 히데요시—

"참, 그 찻잔도 박살은 내지 말게. 세 조각이나 네 조각만 나도록 하게. 그러면 코케이 선사 녀석은 그것을 다시 주워 모아 리큐를 생각하며 차를 즐기게 될 것일세."

이미 완전히 기분을 풀고 웃는 얼굴로 말했다.

6

이에야스의 주선으로 다이토쿠 사는 파괴를 면했다.

키요마사는 명령받은 대로 다이토쿠 사에 가서 코케이 선사가 리큐로부터 기증받은 청자 찻잔을 깨뜨리는 것으로 일을 끝냈다. 물론 찻잔은 선사의 손으로 다시 맞추어져 그 후에도 계속 소중히 보관되고 애용되었기 때문에, 히데요시의 다이토쿠 사에 대한 처리는 과연 훌륭했다고 할 수 있었다.

그러나 리큐에 대한 처리는 그리 간단하지 않았다.

사카이로 돌아온 뒤에도 리큐의 마음은 몇 번이나 바뀌었다. 다도의 권위를 높이려면 히데요시의 체면을 손상시키는 결과가 되고, 히데요시의 체면을 세워주려고 하면 다도의 권위가 유지되지 않았다. 결국 히데요시는 천하를 마음대로 주무르지 않고는 못 견디는 독재자이고, 리큐 역시 그 의미는 다르지만 다도를 배경으로 한 독재자였다.

이에야스는 이미 이 문제는 다이토쿠 사에 대한 조치로 마무리된 것으로 생각하고 있었다. 이에야스의 우회적인 사죄와 주선을 히데요시가 받아들인 것으로 생각하고 챠야 시로지로茶屋四郎次郎를 사카이로 보내 이렇게 말하도록 했다.

"곧 전하가 다시 부르실 것이니 그때는 아무 부담도 갖지 말고 상경하도록."

그러나 리큐는 이에야스의 제안을 받아들이지 않았다.

"여러분의 배려는 참으로 감사합니다마는, 이번 일에 관한 한 이 리큐의 뜻을 관철시킬 수 있게 해주십시오."

그런 의미에서는 피해자인 리큐 쪽이, 당연한 일이기는 하지만 히데요시보다 훨씬 더 고집스러워져 있었다.

사카이로 돌아온 리큐는 자신의 재산을 친척과 연고가 있는 사람들에게 유품遺品으로 나누어주기 시작했다. 사카이의 집과 그에 딸린 재산은 히데요시에게 받은 것도 아니고, 그에게 받은 녹봉으로 구입한 것도 아니었다. 그러므로 마음대로 처분해도 비난받을 이유가 없다고 생각했다.

이러한 리큐의 조처로 히데요시보다도 이시다 미츠나리나 마에다 겐이가 더 난처한 입장에 처하게 되었다.

"지나치게 남을 깔보는 행위……"

히데요시는 화를 내지 않았다. 리큐 따위를 상대로 화를 낸다는 것이 이에야스나 호소카와 타다오키에게 부끄러웠다.

마침내 히데요시는 마지막 수단을 강구하기로 결심했다. 물론 히데요시로서는 이것이 리큐를 구하는 길이고, 그런 만큼 리큐도 거절하지 않으리라는 계산을 하고 있었다.

히데요시는 오사카에 가게 된 기회에 일부러 내전으로 키타노만도코로를 찾아갔다.

"네네寧寧, 그대가 리큐의 목숨을 구해주지 않겠소?"

아무렇지도 않은 일인 듯 말을 꺼냈다.

"그대가 좋다고 하면 오만도코로도 승낙할 것이오. 그대와 오만도코로 두 사람이 리큐를 위해 나에게 사죄하러 왔다, 다른 사람도 아닌 어머니와 그대가 구명救命을 부탁해 나도 받아들이기로 했다, 그러므로 사면을 통보하는 사자가 가거든 즉시 쥬라쿠 저택으로 가서 감사를 드려라…… 이렇게 그대가 말해줄 수 없겠소?"

무릎에 두 손을 얹고 심각하게 듣고 있던 네네.

"전하는 졸렬한 일을 하셨군요."

이렇게 말했을 뿐 좀처럼 대답하려 하지 않았다.

"졸렬했다는 것은 알고 있소. 그러나 녀석을 할복하게 만들면 더욱 졸렬한 일이 되지 않겠소?"

히데요시는 갸륵할 정도로 솔직했다.

7

네네는 다시 얼마 동안 생각하다가 조용히 말했다.

"만일 거사가 우리 말을 듣지 않고 거절한다면 어떻게 하시겠어요? 그때 어떻게 하실 생각인지 알고 싶습니다."

히데요시는 불쾌하다는 듯 양미간을 모으고 혀를 차면서 내뱉듯이 말했다.

"리큐 녀석이 그대와 오만도코로의 말을 거절하리라고는 생각지 않지만, 만약 녀석이 그런 무례를 저지른다면 이번에는 세상이 용서치 않을 거요."

"알겠어요. 그러면 일을 추진해보겠어요."

"네네, 절대로 그 일에 내 뜻이 개입되었다는 말은 새나가지 않도록 하시오."

"당연한 일입니다…… 전하도 앞으로는 조심하셔야겠어요."

따끔하게 일침을 가했다.

네네는 쿄토에서 챠야 시로지로를 불렀다. 그리고는 리큐에게 파견할 사자의 역할을 명했다.

"이 일을 위한 사자로는 챠야 님이 가장 적합해요. 그대가 가서 거사를 설득해주세요."

키타노만도코로의 이런 말에도 챠야는 선뜻 그 일을 맡으려 하지 않았다. 그는 이미 이에야스의 은밀한 명령을 받고 찾아갔다가 거절당하고 왔었다.

"이번이 마지막 사자…… 이대로 두면 거사는 파멸할지도 몰라…… 보다 못해 내가 중간에 나선 것이라고 말해주세요."

네네는 히데요시가 구해줄 생각이라는 말은 할 수 없었다. 자신과 오만도코로가 히데요시에게 청을 넣어 이러한 형식을 취하는 것이니 염려 말고 리큐를 설득하라고 이야기했다.

네네로부터 임무를 부여받고 챠야가 사카이의 시치도가하마七堂ヶ浜로 리큐를 찾아간 것은 2월 22일이었다.

리큐는 씁쓸한 표정으로 챠야를 맞이했다.

"또 찾아왔습니다. 이번에는 오만도코로와 키타노만도코로 님 두 분의 뜻을 받들고 왔습니다."

챠야를 안내해 방으로 들어온 리큐는 그 말에는 대답하지 않았다.

"보시겠소? 지세이辭世°와 노래를 지었소이다."

그 대신 탁자 위에서 종이 한 장을 가져다 챠야에게 보여주었다.

—이렇게 씌어 있었다.

인생칠십 역위희돌人生七十力圍希咄

오저보검 조불공살吾這寶劒祖佛共殺

이제껏 지녀온 나의 무기 중 큰 칼 하나

지금이 하늘에 던질 그때로다

칠십이 되도록 인생을 살아오면서 옳은 길을 터득하기 어려웠으나, 이제 깨달음의 명검을 휘둘러 과감히 미망迷妄을 잘라내니, 이에 비로소 진인眞人에 이르게 되었다는 무서운 기개를 나타낸 것이었다.

차야 시로지로는 잠시 동안 묵묵히 지세이가 적힌 종이와 리큐를 번갈아 바라보았다. 차야는 지금 무슨 말을 해도 소용없다는 것을 알았다. 이미 리큐는 히데요시와의 대립에서, 자신의 다도인 와비의 세계를 선명히 부각시키려는 결심을 굳히고 있었다.

"저는 단지 심부름을 온 것이니, 말씀을 전하기만 하겠습니다."

"듣기가 괴롭기는 하겠으나 말씀하시오."

"키타노만도코로 님과 오만도코로 님이 반드시 전하께 사죄하여 일을 수습할 것이니 부디 낙담하시지 말라고 하셨습니다."

"사죄? 하하하…… 이 리큐는 이제 와서 새삼스럽게 사죄할 생각은 추호도 없소이다."

리큐는 가볍게 받아넘기고 다시 자리를 떴다.

8

리큐는 자기가 손수 만든 대나무 꽃꽂이 통 하나를 가지고 와서 차야 앞에 놓았다.

"차야 님에게도 유품을 하나 드리고 싶군요. 아무 말도 말고 받아주시오."

"하지만, 그것은……"

"이 리큐는 인생의 진퇴만은 분명히 하고 싶어요. 오만도코로 님과 키타노만도코로 님의 후의를 받아들일 정도라면 처음부터 에도 다이나곤 님(이에야스)의 온정을 입었을 것이오. 그것마저 차야 님에게 단호히 거절한 이 리큐……"

"무어라 대답을 드리면 좋겠습니까?"

"두 분에게 이렇게 전해주시오. 고마우신 뜻은 영원히 잊지 않겠으나, 리큐는 부녀자의 동정을 받으면서까지 다도를 팔지는 않겠다, 그 일에 대해서는 단호히 거절하겠다고."

"너무 엄격하시군요!"

"인생의 고집이란 참으로 가련한 것입니다, 챠야 님."

챠야 시로지로는 이러한 태도가 리큐의 장점인 동시에 단점도 된다고 생각했다.

이처럼 강한 면이 챠야와 친교를 맺고 있는 혼아미 코에츠에게도 있었다. 리큐는 코에츠 이상으로 완고한 면을 지니고 있었다. 다도, 아니 차와 선禪의 삼매경三昧境은 이처럼 고집스럽고 구차스러운 것이라고는 생각되지 않았다.

히데요시는 이미 마음속으로 리큐에게 사과하고 있고, 키타노만도코로 역시 충분히 그것을 알고 자기를 사자로 보냈다. 따라서 지금은 좀더 활달한 이심전심以心傳心의 경지가 있어도 좋지 않겠느냐는 생각이었다. 그러나 이 자리에서 그것을 기대하기 어려울 듯했다.

'결국은 히데요시도 후회하고 리큐도 후회하게 되지 않을까……'

챠야 시로지로는 리큐가 가져온 꽃꽂이 통을 정중히 밀어놓으면서 고개를 숙였다.

"지금 하신 말씀은 분명히 키타노만도코로 님에게 그대로 전하겠습니다."

"이것을 가져가지 않겠소?"

"오늘은 키타노만도코로 님의 사자로 온 몸…… 인생이란 처량한 것입니다."

"죄송하게 되었소이다. 그만 마음에도 없는 실수를 했군요."

"그럼, 이만 물러가겠습니다."

리큐는 마침내 스스로 '죽음'의 길을 택했다.

히데요시는 불덩이처럼 격노했다. 아마도 그의 후반생에서 이처럼 심한 굴욕은 처음이었을 것이다.

2월 26일—

리큐는 쿄토로 소환되어, 28일 요시야마치의 자택에서 할복하라는 명령을 받았다.

만약의 사태에 대비하기 위해 이날 요시야마치의 집을 둘러싼 우에스기의 부하는 3,000명. 사무라이다이쇼侍大將°인 이와이 노부요시, 시키부 나가토노카미色部長門守, 치사카 효부 세 사람이 지휘하는 물샐틈없는 경비였다.

검시檢屍는 마키타 아와지노카미蒔田淡路守, 아마코 사부로자에몬尼子三郎左衛門, 아이 셋츠노카미安威攝津守 등 세 사람이었다. 카이샤쿠介錯°는 아와지노카미가 맡았고, 목이 떨어지자 리큐의 아내 소온이 흰 겉옷을 가져다 시체를 덮었다.

히데요시는 검시관이 가져온 목은 보지도 않고, 내뱉듯이 명했다.

"모도리바시에 효수하라. 아니, 이렇게 해라. 기둥을 세워 목상을 묶어놓고 리큐의 목에는 쇠사슬을 감아 목상이 밟도록 하여 사람들에게 보여주도록 하라."

쿄토는 또 한 차례, 진상도 알지 못한 채 처형 장면의 구경과 소문으로 한동안 떠들썩했다……

지각地殼의 양심

1

나야 쇼안納屋蕉庵•은 지난 사오 일 동안 치모리노미야乳守の宮 별장에 틀어박혀 있었다. 표면적인 이유는 감기를 앓고 난 후의 요양이었으나 목적은 다른 데 있었다.

리큐가 죽었기 때문에 현재 히데요시에게 대륙 원정을 말릴 수 있는 측근은 아무도 없었다. 쇼안은 어떤 수단을 강구해야 할지 부심하면서 여러 방면의 사람들로부터 정보를 수집하고 있었다.

같은 사카이 사람으로서 역시 다인인 츠다 소큐는 리큐 처형으로 크게 타격을 받아 앓아 눕고 말았다. 쇼안은 잘 알고 있었지만, 세상에서는 리큐를 모함한 것이 츠다 소큐라는 소문이 퍼져 있었다. 두 사람 모두 히데요시의 다실을 맡고 있었기 때문에 그들 사이에 세력 다툼이 있었을 것이라는 속된 추측에 불과했으나, 소문의 당사자인 소큐는 참을 수 없는 일이었을 터였다.

지금 사카이에서는 또 하나의 심상치 않은 소문이 나돌았다. 리큐의 처형에 그치지 않고 그의 아내 소온과 딸 오긴에게까지도 그 여파가 미칠 것이라는 그럴싸한 소문이었다. 이 소문도 소큐를 괴롭혔을 것이 분명했다.

쇼안은 은근히 만나고 싶다는 뜻을 전하러 사람을 보냈다가 소큐가 정말 병상에 누웠다는 것을 알았다.

지금 쇼안은 탁자 앞에 앉아 열심히 무언가를 쓰고 있었다. 어쩌면 하카타의 시마이 소시츠에게 보낼 편지인지도 모른다. 소시츠는 머지않아 조선을 시찰하고 돌아오기로 되어 있었다.

"아버님, 쿄토에서 챠야 님이 문병 오셨습니다."

코노미木の實가 입구에 와서 고했다.

쇼안은 돌아보지도 않고 말했다.

"기다리고 있었다. 이리 모셔라."

쇼안은 안경을 벗고는 방으로 들어서는 챠야 시로지로에게 말했다.

"어떻게 되었소, 그 뒤에는?"

"감기가 드셨다고 들었는데 건강하신 것 같아 다행입니다."

"내 감기는 여전하오. 그런데, 도쿠가와 님은 에도로 돌아가셨소?"

"예. 삼월 삼일에 쿄토를 출발하셨으니 지금은 아직 돌아가시는 중일 것입니다."

"재빨리 피하셨군."

"예. 조선 출병 얘기가 나오면 다이나곤 님이라도 반대하실 수가 없기 때문에……"

"반대 이야기가 나왔으니 말인데…… 리큐 거사가 돌아가셔서 여간 곤란하지 않게 되었소. 무슨 좋은 방법이 없을까?"

"그 문제는 시마이 소시츠 님이 돌아오신 뒤에……"

"……좀처럼 들어주실 것 같지가 않아."

쇼안은 이렇게 말하면서 담배합을 챠야에게 권하고, 자신도 편안한 자세로 고쳐 앉았다.

"나도 이번에는 많은 생각을 했소. 도쿠가와 님은 의심받을 것 같아 반대하지 못하고, 마에다 님으로서도 칸파쿠를 움직일 수 없을 것이오. 그래서 말이오, 이것은 극단적인 생각인데, 이시다 지부쇼유가 반대하도록 만들 수는 없을까……"

"지부 님에게……?"

"그렇소. 대륙 출병이 결정되면 그에게 제일 먼저 출병을 명하게 될 터이니, 그런 무모한 일을 강요당하면 곤란하지 않느냐고 말이오."

"누가 설득한다는 말씀입니까?"

"그야 설득할 수 있는 사람은 오직 한 사람, 요도 부인이오."

쇼안은 탐색하듯 눈을 빛내며 가볍게 웃었다.

2

챠야 시로지로는 대답할 수가 없었다. 대답하지 않은 것이 아니라 대답할 수 없었다. 그는 요즘에 와서 요도 성 출입을 허락받고 있었다. 그러나 아직 그런 말을 할 수 있을 정도로 친분이 있는 사람을 알지 못했다.

"현재 요도 부인이 가장 신임하는 여자는 누구라고 생각하오?"

"측근에 있는 사람으로는 역시 아에바 부인이 아닌가 합니다."

"그 밖에 적당한 인물이 없겠소?"

"글쎄요. 요즘 가끔 부르는 사람으로는 오노노 오츠小野のお通°란 분이 있는 것 같습니다마는."

"으음, 「죠루리히메淨瑠璃姬」°라는 열두 단 이야기를 쓴 그 재녀才女 말이로군."

쇼안은 갑자기 무슨 생각이 떠올랐는지 상체를 곧게 펴며 말했다.

"참, 챠야 님에게 긴히 부탁할 일이 있어서 오시라고 했소."

챠야 시로지로는 안도했다. 긴히 할 이야기가 따로 있다면, 지금까지 한 이야기에 대해서는 자기에게 별로 큰 기대를 걸고 있지 않다……고 짐작되었기 때문이다.

"긴히…… 저에게…… 무슨 말씀이신지요?"

"쿄토에서 리큐 거사에 대한 그 후 소문을 듣지 못했소?"

"아, 그 일이라면 여러 가지 소문을 들었습니다. 다이나곤 님과 재상宰相님(마에다 토시이에前田利家)의 주선으로 도안 님은 호소카와 님에게, 쇼안 님은 가모 님에게 각각 맡기기로 결정되었다 합니다."

"그 밖의 다른 소문은?"

"예, 도안 님과 쇼안 님은 모두 센千씨 가문을 이어받게 되었다는 소문이어서 안심했습니다마는, 또 하나는 나쁜 소문입니다."

"나쁜 소문이라니……?"

"거사의 부인 소온 님이 후환을 두려워하여 오긴 님의 두 아이들을 모즈야 집안으로 돌려보내고 오긴에게는 몸을 숨기도록 했다, 그래서 전하가 다시 불같이 노하셨다는 소문이 있습니다."

"으음, 오긴 님을 어딘가에 숨겼다는 말이군."

"전하가 다시 소실로 보내라고 재촉하지 않을까 우려해서일 것입니다마는, 그런 전하를 약간 빗댄 소문이 아닐까 합니다. 이렇게 되면 소온 님은 붙들려가 오긴 님 행방을 대라고 곤욕을 치르게 되지 않을까 한다는 소문이……"

"으음."

쇼안은 미소를 떠올리며 손뼉을 쳤다.

"코노미, 아까 말해두었던 걸 이리 가져오너라."

"예, 알겠습니다."

쇼안은 갑자기 싱글벙글 웃었다.

"챠야 님, 놀라지 마시오. 실은 우리 집에 진기한 선물이 도착했소."

"도착……? 대관절 무엇입니까?"

"곧 알게 될 거요. 아, 마침 오고 있군."

쇼안의 말에 이어 장지문이 열리면서 두 여자가 들어왔다. 한 사람은 코노미로 차를 받쳐들고, 또 한 사람은 과자를 들고 있었다. 과자를 들고 들어오는 여자의 얼굴을 보고 챠야는 그만 꿀꺽 숨을 삼켰다. 그녀는 방금 화제에 올랐던 오긴 바로 그 사람이 아닌가.

"하하하…… 어떻소, 오긴 님과 아주 닮지 않았소?"

"그러시면, 이분은 오긴 님이 아니라……"

"아니오, 오긴 님일 리가 없지. 실은 리큐 거사가 근신 중일 때 오긴 님은 자결했소."

"예? 그, 그것이……"

"근신 중에 생긴 일이어서 쿄토에서 몰래 장례를 치렀을 거요. 소온 님이 잡혀가 조사를 받게 되면 아마 자세한 사정을 말하게 될 것이오. 세상에는 비슷한 사람이 있게 마련이오. 하하하……"

3

챠야는 한참 동안 멍하니 오긴을 바라보고 있었다.

쇼안은 비슷한 사람이라고 웃어넘기면서 이 얼마나 대담한 일을 하고 있단 말인가.

상대는 다름 아닌 칸파쿠 전하. 만일 이런 잔재주가 밝혀진다면 어떻게 하려는 생각일까……?

리큐도 히데요시를 두려워하지 않다가 결국 몸을 망쳤는데 쇼안도 그렇게 되지 않을까 싶어 전신이 오싹해졌다.

“챠야 님, 이 여자는 나의 먼 친척인데 이름은 오킨お金이라 하오. 오긴보다 한 단계 위에 있는 여자요.”

“원, 무슨 농담의 말씀을.”

“농담이 아니오. 걱정하지 마시오, 이 쇼안도 지금까지 무의미하게 살아오지는 않았소.”

“예…… 그야 물론입니다.”

“챠야 님, 인간이란 말이오, 하늘이 내려준 목숨이 있어서 누가 죽이려고 해도 죽일 수 없고 죽지도 않는 법이오. 오긴은 천명이 다해 죽은 것이지만, 오킨은 앞으로도 이십 년은 더 살 수 있는 천명을 가지고 태어난 여자요.”

“그, 그럴까요?”

“내 눈에는 그것이 잘 보인다오. 칸파쿠보다도, 또 챠야 님이나 나보다도 더 오래 살아남아 명복을 빌어줄 여자니 안심하시오.”

“그러면, 저에게 부탁하실 말씀은?”

“실은 이 여자의 연고자가 현재 카가加賀에 살고 있소. 거기까지 챠야 님이 데려가주었으면 좋겠소.”

“저어, 오긴 님…… 아니 오킨 님을?”

“그렇소. 챠야 님은 혼아미 코에츠와 절친한 사이고, 또 코에츠는 카가의 재상으로부터 총애를 받고 있을 것이오. 카가 재상의 다실에 토하쿠等伯(타카야마 우콘)란 분이 있다는 것은 알고 있지요?”

“예, 알고 있습니다마는.”

“그 토하쿠에게 코에츠를 통해 이 여자를 보냈으면 하오.”

챠야 시로지로는 새삼스럽게 코노미와 오긴을 번갈아 바라보았다.

코노미는 생글생글 웃고 있었으나, 오긴의 얼굴은 굳어 있었다.

당연한 일이었다. 천주를 신봉하는 다이묘이기 때문에 영지를 몰수당한 타카야마 우콘다유高山右近大夫 역시 히데요시의 적인 동시에 이시다 미츠나리의 적이 아닌가. 그는 지금 마에다 가문에서 머리를 깎고 토하쿠란 이름으로 다도에 전념하고 있었다.

히데요시도 알고는 있을 테지만 리큐를 꺼려 모른 체하고 있었다. 거기에 또 한 사람, 오긴을 보냈다는 것을 히데요시가 알게 된다면, 그야말로 마에다 가문은 물론 우콘도 오긴도, 또 이를 숨겨준 쇼안도, 도망시켜준 챠야도, 코에츠도 모두 수난을 면치 못할 터였다.

"어떻소, 맡아줄 수 있겠소?"

챠야가 망설이는 듯한 모습에 쇼안은 목소리에 무게를 더했다.

"사람을 살리기 위해 서로 노력해온 우리가 아니오? 리큐 거사도 바로 그래서 자기 목숨을 버리고 도를 지켰다고 생각지 않소?"

"그야 물론……"

"그렇다면 승낙해주시오. 거사가 살아 있는 동안에만 이용하고 죽은 뒤에는 모른다고 등을 돌려서야 어떻게 무장들과 대결할 수 있겠소? 무장보다는 우리가 좀더 옳은 길을 걸어야 할 것이오."

이런 말을 듣고는 챠야도 마다할 수 없었다.

"틀림없이…… 틀림없이 이 챠야가 책임지겠습니다. 혼아미 님도 힘을 빌려주겠지요."

단숨에 말하고 미소를 되돌렸다.

4

"그럼, 이야기는 끝났소. 여자들도 알아들었겠지?"

"예."

눈을 가늘게 뜨고 오긴을 바라보는 쇼안에게 그녀는 창백한 얼굴이었으나 또렷하게 대답했다.

"좋아. 그러면 당분간 헤어져 있어야 할 테니 식사라도 같이하도록 하지. 코노미는 상을 차리고, 오킨은 오긴의 죽음을 직접 목격했으니 그 일을 챠야 님에게 말하도록."

"예……"

코노미가 일어나 나간 뒤 쇼안은 오긴에게 말을 유도했다.

"그때가 아마 거사가 할복한 지 이레쯤 되었을 무렵이었지?"

챠야 시로지로는 자세를 바로했다. 그리고는 모든 신경을 귀에 집중시켰다.

오긴이 죽은 날—이라고 하는 것으로 보아, 그날을 전후해서 알아두어야 할 중요한 사건이 일어났음이 틀림없었다.

오긴은 고개를 숙여 보이고 챠야 쪽을 향했다.

"쓸쓸한 저녁 무렵이었습니다. 갑자기 사카이의 집에 코니시小西 님과 지부 님이 오셨습니다."

"허어, 그 이시다 님이……?"

"예. 그리고 어머니 소온에게, 오긴이 전하에 대해 무엄하기 짝이 없는 말을 퍼뜨리고 있다는데 그대는 알고 있느냐고 뜻밖의 질문을 하셨습니다."

"그러니까 당신……이 무엄한 말을 했다고?"

"예. 전하의 침실에 들어가느니 차라리 혀를 깨물고 죽는 편을 택하겠다고……"

"으음, 쿄토에 그런 소문이 나돌기도 합니다마는……"

"아마 지부 님도 그런 소문에 난처하셨던 모양입니다. 그 소문이 사실인가 아닌가…… 사실일 리가 없으니, 그것을 증명하기 위해서라도 오긴을 보내라……고 하셨습니다."

"허어, 있을 법한 일이군요."

"어머니는 어쩔 줄을 몰라하시다가, 오긴은 이미 여기 있지 않다고 대답했습니다."

오긴은 흘끗 쇼안을 바라보고 나서 다시 말을 이었다.

쇼안은 지그시 눈을 감고 듣고 있었다.

"그때는 지부 님이 코니시 님과 얼굴을 마주보고, 난처한 일이로군 하시면서 그대로 돌아가셨습니다."

"난처한 일……?"

"예. 그 의미는 나중에야 알았습니다. 사카이 사람들은 모두 리큐와 한마음이 되어 전하의 대륙 출병에 반대하고 있다, 모처럼 사카이 사람들이 개척한 명나라에서 남방 각지에 이르는 상권商權이 수포로 돌아갈 것이다…… 이런 소문이 아버님의 자결과 관련하여 쿄토와 오사카에 널리 퍼지고 있다, 이 소문을 없애기 위해서라도 아버지의 죽음은 어디까지나 다이토쿠 사의 불미스러운 사건에 국한시키고 싶다, 그러기 위해서는 오긴을 순순히 전하에게 보내라, 그러면 센씨 가문을 그대로 존속할 수 있도록 주선하겠다…… 어머니는 듣지 않았습니다. 그렇게 하면 아버님을 뵐 낯이 없다고…… 다음에 지부 님이 오셨을 때는, 오긴이 죽었다고 딱 잘라 말하셨습니다."

오긴은 이렇게 말하고 슬픈 생각이 떠올랐는지 옷소매로 가만히 눈두덩을 눌렀다.

코노미가 밥상을 들고 들어온 것은 잠시 후의 일이었다.

5

자리를 같이하고 있는 것은 쇼안 부녀와 당사자인 오긴, 그리고 챠야 이렇게 네 사람뿐이었다. 시끌벅적한 분위기를 좋아하는 쇼안도 일이 누설되어서는 큰일이라 생각하고 평소와는 달리 많은 사람들을 동석시키지는 않았다.

생각해보면 이 일은 큰 문제를 내포하고 있었다. 오긴은 어떻게든 카가에 갈 수 있다. 또 보내기만 하면 토하쿠로 이름을 바꾼 타카야마 우콘다유가 무슨 수를 써서라도 숨겨줄 것이다.

그러나 뒤에 남은 어머니 소온은 도대체 어떻게 될 것인가?

리큐가 죽은 뒤 갖가지 소문으로 곤혹스러워하고 있는 이시다 미츠나리가 과연 그대로 둘 것인가?

"어쨌거나 큰일이군요."

코노미가 건네는 잔을 받으면서 챠야 시로지로는 무거운 얼굴로 또다시 탄식했다.

"그렇소."

쇼안은 뜻밖에도 담담하게 챠야의 말을 받았다.

"오늘날까지 일본의 융성을 위해 노력한 칸파쿠의 큰 공적이 수포로 돌아갈지도 모르게 되었어."

챠야의 의도와는 전혀 다른 말을 했다.

"좌우간 챠야 님도 알다시피, 이제 겨우 일본에도 교역에 필요한 배가 마련되고 선원도 양성되었소. 이를 그대로 이십 년만 더 부지런히 활용하면 일본을 일약 부유한 나라로 만들 수 있소. 그런데 이 모두를 전쟁에 투입한다면 어떻게 되겠소? ……세상에서는 사카이 사람들이 자기 이익만을 추구한다고 하지만, 그렇지 않아요. 모처럼 길을 트게 된 교역을 버리고 비용이 많이 드는 전쟁에 모두 징발된다…… 그 손실은 헤아릴 수 없어요."

쇼안은 이렇게 말하고 나서 오긴을 돌아보았다.

"지금까지 그 일에 대해 기회 있을 때마다 칸파쿠에게 간언한 분은 다름 아닌 리큐 거사였소…… 그러므로 나도 그대를 이대로 내버려둘 수는 없소, 절대로……"

"그 일과는 관계없는 일을 여쭙는 것 같습니다마는……"

챠야는 오긴의 눈치를 살피듯이 물었다.

"뒤에 남은 소온 님은 이대로 무사하실 수 있을까요?"

묻고 나서 아차 하고 놀란 것은 오긴이 얼른 고개를 돌리고 입술을 깨물었기 때문이다.

"챠야 님, 그 일에 대해서는 말하지 않는 편이 좋을 것이오. 소온 님은 단호하게 각오하고 계시니까."

"그러면, 역시 그대로는……?"

쇼안은 가만히 고개를 저었다.

"지금은 어디까지나 돌아가신 거사의 뜻을 관철시켜야 한다…… 이 일을 아내의 임무라 생각하고 있는 것 같소."

"역시 자결이라도?"

"아니, 좀더 단호한 각오일 것이오."

"좀더 단호한 각오……라는 말씀입니까?"

"소온 님은 자신이 체포되어 아무리 혹독한 고문을 당해도 오긴은 절대로 칸파쿠에게 넘기지 않을 각오인 모양이오."

"허어, 그렇게까지 단호한!"

"그렇지 않으면 거사의 죽음이 애매해지기 때문이오. 거사는 다도를 통해 터득한 정책으로 칸파쿠와 다투었소. 아니, 다투었다는 말은 잘못인지도 몰라요. 간언을 되풀이하다가 드디어 스스로 죽음을 택했소. 틀림없이 이삼백 년 뒤 후세 사람들은 이 일을 상기하게 될 것이오. 승부가 결정되는 것은 그때부터요."

바로 이때, 복도에서 발소리가 들리고 하인 한 사람이 모습을 나타냈다.

"아뢰옵니다. 슈운안集雲庵의 소케이宗啓 님이 은밀히 뵙고 싶다고 하십니다."

6

"뭐, 소케이 님이 오셨다고?"

쇼안은 잠시 심각한 표정으로 생각에 잠겼다.

"소케이 님이라면 상관없겠지. 이리 안내하여라."

오긴도 코노미도 불안한 듯 얼굴을 마주보았다.

소케이는 난소 사南宗寺 주지 쇼레이笑嶺 선사의 제자로, 리큐 거사와는 마음이 통하는 선종禪宗의 승려이고, 다도에서는 리큐를 스승으로 모시고 있었다. 타카야마 우콘다유의 머리를 깎아주었으며, 몰래 홋코쿠北國로 피신하게 한 것도, 난소 사가 불탄 자리에 슈운안을 세운 것도 소케이라는 소문이었다.

'그 소케이가 무슨 일로 쇼안을 찾아왔을까……'

소케이는 들어오면서 챠야와 오긴의 목례는 무시하듯 코노미가 내놓는 방석에 앉았다.

"쇼안 님, 조심하셔야 합니다. 이 집과 나의 암자 주위를 두세 명의 수상한 자가 감시하고 있습니다."

"허어, 눈치가 빠르시군. 두세 명뿐이던가요?"

"예. 급히 말씀 드릴 일이 있어서 암자를 나왔더니, 키슈紀州 쪽에서도 오구리小栗 가도에서도 떠돌이무사 같은 자가 눈에 띄더군요."

"그런데 내게 하시고 싶은 말씀은?"

"부교奉行°가 오늘 아침 다석에서 귀띔을 해주더군요. 드디어 칸파쿠 전하가 어제 이십일에 조선 출병 명령을 내렸다고."

"원, 이런! 드디어 명령을 내렸군요."

"이달 초 쿄토를 떠난 도쿠가와 님이 에도에 도착하기도 전에 갑자기 결정을 내린 모양입니다."

"도쿠가와 님이 에도에 도착하기도 전에……?"

"예. 도쿠가와 님도 쿄토에 체류하는 동안 은근히 대륙 출병을 만류하신 모양인지, 귀로에 올라 있는 동안에 결정을 내리고 사자를 보내 입을 봉할 속셈이었던 것 같습니다. 유감스럽게도 일은 터지고 말았습니다."

쇼안은 대답 대신 챠야를 바라보고 탄식했다.

소케이는 말을 이었다.

"사카이 무리들은 나의 출정계획에 간담이 서늘해졌겠지만 곧 감사하게 될 것이라고 말했답니다."

"으음."

"군비軍費도 사카이 사람들에게는 그다지 부담시키지 않겠다. 토지조사를 철저히 하여 조달한 것으로 일본을 열 배, 스무 배 더 큰 나라로 만들겠다. 그렇게 되면 나는 명나라에 주상을 모시고 가겠다. 현재의 일본은 무덤으로 쓰게 될 것이라며 잔을 들었다고 합니다."

"당당하고 장한 말이기는 하지만……"

"그뿐만이 아닙니다. 일단 히데요시가 결정한 일, 찬물을 끼얹거나 반대하는 자가 있으면 엄벌에 처하겠다고 하셨다…… 그러므로 조심하라고 부교가 은밀히 주의를 주었습니다."

"으음, 드디어 포고布告가 내려졌군……"

"에도의 다이나곤도 자못 놀라실 것입니다."

챠야가 저도 모르게 이렇게 말했을 때 소케이는 이미 침울한 시선으로 오긴을 바라보고 있었다.

"오긴 님, 결국 폭풍이 닥치고 말았습니다."

"예…… 그럼, 어머니 신상에……?"

"오긴 님을 어디에 숨겼는지 조사하겠다고 오늘 아침 쿄토로 연행했습니다."

코노미가 가만히 오긴의 무릎에 손을 얹었다.

'각오는 이미 되어 있을 것……'

그러므로 당황하지 말라는 여자다운 위로였다.

7

'마침내 어머니도 연행되셨구나……'

오긴도 예기치 못한 일은 아니었다. 진작부터 아내인 동시에 아버지의 제자이기도 했던 어머니였다. 아버지 혼자 죽게 하고 뒤에 남아 있는 것이 어머니로서는 참을 수 없는 부담인 것 같았다……

'쿄토에 연행되어 어떤 조사를 받을 것인가……?'

오긴은 자신이 고문을 당하는 것처럼 고통스러웠다.

"오긴…… 아니 오킨."

쇼안이 입을 열었다.

"각오는 이미 되어 있을 것, 이성을 잃어서는 안 됩니다."

"예."

"어머님은 거사에 못지않은 기질을 가지신 분, 어떤 일이 있어도 오긴 님은 죽었다고 고집하실 것이오."

"그것을 알기에 더욱 고통스럽습니다."

"그렇다고 이제 와서 나설 수는 없는 일이오. 그 사실을 명심해야 합니다."

"예……"

"소케이 님."

쇼안은 도움을 구하듯이 소케이를 바라보았다.

"엄격하게 선禪을 닦으신 소케이 님의 눈에는 소온 님이 어떻게 보입니까? 세상에 둘도 없는 행복한 아내가 아닐까요?"

"옳은 말씀입니다."

소케이는 가만히 고개를 끄덕였다.

"남편을 알고 남편을 섬기신, 일심동체를 체득하신 소온 님. 그 이상 더 행복한 분은 없다고 부럽게 생각하고 있습니다."

"역시 그렇게 보시는군요. 저 역시 거사가 떠난 후 혼자 살아갈 여성이 아니다, 아마도 사십구재가 지나면 뒤를 따를 분이라 생각하고 있었는데……"

"그렇습니다. 육친인 딸을 구하고 죽는다…… 아마도 이런 마음으로 홀가분하게 연행되어가셨을 것입니다."

"비록 지부가 어떤 고문을 가한다 해도 이 위대한 여성의 기쁨은 깨뜨리지 못할 것이오."

"전적으로 동감입니다. 거사 곁으로 가는 기쁨은 고문이 심하면 심할수록 더해갈 것입니다."

"알겠습니다."

오긴은 눈물을 닦고 얼른 두 사람의 말을 가로막았다.

"저는 부모를 괴롭히기 위해 태어났다……고 생각했던 미망의 꿈에서 이제 깨어났습니다."

"그래요, 바로 그것이오! 오긴이란 딸을 둔 것이 동기가 되어 리큐 부부는 참된 삶과 그 밑에 깔린 숭고한 환희를 맛볼 수 있게 되었소. 그것을 깨달았거든 남은 일은 조용히 명복을……"

"오긴 님, 자, 식사를……"

코노미는 오긴이 마음의 어지러움으로부터 벗어났다는 것을 알고 식사를 권했다.

"여행을 떠나실 몸이니 단단히 준비하셔야 합니다."

"예…… 예."

챠야 시로지로는 숨을 죽인 채 차분히 가라앉은 좌중의 분위기를 둘러보고 있었다.

이 집 주위까지 수상한 자가 감시하고 있는데도 쇼안만이 아니라 코노미와 오긴까지도 이렇게 침착한 것은 어찌된 일일까.

챠야는 가만히 정원을 내다보고 나서 젓가락을 움직였다. 여행을 떠날 몸……이라고 한 그 말은 그의 어깨에도 무거운 짐이었다.

8

"소케이 님은 잠시만 더 계시오…… 먼저 두 사람을 떠나보내고 돌아오겠소."

쇼안이 말한 것은 식사가 끝나고, 아직 봄볕이 따스하게 마루 끝에 내려쌓이고 있는 여덟 점(오후 2시)이 지났을 때였다.

"이 집을 나가도 괜찮을까요?"

"소케이 님이 보신 것은 떠돌이무사 두세 명이라 하셨지요?"

"예, 모두 강인해 보이는……"

"염려할 것 없습니다. 내가 망을 보게 한 자로부터 아무 보고도 없으니까요."

"그렇더라도……"

챠야는 다시 불안한 듯이 말했다.

"저에게는 아무 준비도 없습니다마는……"

"아니, 그 준비라면 이쪽에서 해놓았소. 걱정하지 마시오."

쇼안은 웃으면서 코노미에게 눈짓했다.

"어서 오킨에게 준비를 시켜드려라."

"예…… 그러면……"

두 사람이 나간 뒤 쇼안은 마루로 나가 손뼉을 쳤다.

"아니, 저 사람들은 아까 본 그 사람들인데요."

소케이가 깜짝 놀라 몸을 일으켰다.

"염려하지 마십시오. 저 사람들은 내가 배치해둔 사람들입니다."

쇼안은 혼잣말하듯이 설명하고 정원으로 내려갔다. 그리고는 강인해 보이는 스물네댓 살쯤 된 무사에게 말했다.

"여기 계신 분이 쿄토의 챠야 님이시다."

"예."

"챠야 님이 코노미의 동생 오킨을 쿄토까지 데려가시게 되었어. 오킨은 에도의 도쿠가와 다이나곤 님에게 가는 길인데…… 도중에 잘못이라도 생기면 안 돼. 야마토 다리 밑에 요도야淀屋 배가 기다리고 있을 것이니 그대들 두 사람은 쿄토까지 두 사람을 경호하도록. 쿄토에 가서 챠야 님의 집으로 모셔야 해. 만약 도중에 수상한 자를 만나거든, 쇼안의 딸로 에도의 다이나곤에게 가는 여성한테 무례한 짓을 하려느냐고 꾸짖어주어라."

"잘 알겠습니다."

챠야 시로지로는 언제나 그렇지만, 한치의 빈틈도 없는 쇼안의 세심한 배려에 그만 입을 벌리고 말았다.

"들은 바와 같소. 챠야 님, 잘 부탁하오."

"모든 일을…… 차질 없이 수행하겠습니다."

이때 여행자 차림의 오긴이 코노미와 함께 모습을 나타냈다. 오긴의 변장도 감쪽같았다.

여기에 삿갓을 쓰고 지팡이를 짚는다면 챠야의 눈에도 오긴으로 보이지 않을 것 같았다. 네 잎 꽃무늬가 있는 산뜻한 우치카케打掛け°의 화려한 모습이 도리어 남의 이목을 끄는 보호색 구실을 하여 아리따운 처녀로 보이게 했다.

"그럼, 오킨, 부디 몸조심해야 한다."

"예."

"챠야 님, 잘 부탁합니다."

"그러면 이만 실례하겠습니다."

그 뒤로 이어지는 말은 없었다.

흘끗 입구에서 돌아보고 목례한 뒤 오긴과 챠야가 현관으로 나갔다. 이어 정원에 있던 무사의 모습도 사라졌다.

"자, 겨우 정리되었소. 그러나 중요한 일은 이제부터요."

쇼안은 뒤에 남은 소케이를 돌아보았다.

"어떻게 하면 칸파쿠의 결심을 번복시킬 수 있을 것인지."

굳은 얼굴에 미소를 띠고 한숨을 쉬었다.

하늘과 바다는 하나

1

무사시의 에도는 이에야스가 들어간 이후 급속도로 그 면모를 바꾸기 시작했다. 지난날 한촌寒村의 대지에 황폐한 모습으로 방치되었던 성곽도 차차 그 형체를 갖추고, 성읍에는 나날이 상인의 수가 늘고 있었다.

옛 에도 성의 본성, 둘째 성, 셋째 성은 그 사이의 빈 해자를 메우고 땅을 다져 새로운 성의 본성으로 삼았다. 그리고 그 서남쪽 대지를 개간하여 성곽을 쌓았다. 이것이 훗날의 서쪽 성이다.

성의 동쪽 전면 전체에 해자를 파서 물을 끌어 흐르게 하고, 그 안쪽에는 무사들의 집을 지었다. 훗날의 마루노우치丸の內가 그것이다.

이 마루노우치를 에워싸듯이 하여 동북쪽에 아사쿠사淺草와 칸다神田의 두 마을로부터 서쪽으로 거리를 확장하고, 그 어귀에 개축한 조죠사增上寺가 우뚝 서 있었다.

이에야스는 에도로 옮긴 뒤 곧 센소 사淺草寺를 기도소로 삼고, 조죠사를 선조의 위패를 모시는 절로 지정했다.

에도는 지금 성의 중심에 있는 무사의 집과 그 바깥쪽 민가 및 조죠사, 센소 사의 문전거리 등 네 지역으로 나뉘어 차츰 그 날개를 펴고 있었다.

물론 아직 사방에 빈터가 있었고, 민가 동쪽의 강 어귀에는 무성한 갈대밭이 펼쳐져 있었다. 그러나 이곳도 서남쪽 언덕을 깎은 흙으로 메워지기 시작하여, 거리 이곳저곳에는 자못 새로운 개간지다운 활기가 넘치고 있었다.

"다이나곤 님은 이곳을 동쪽의 오사카로 만드실 모양이야."

"암, 그러니까 지금껏 온통 갈대밭이던 이곳에 번창을 기약하고 옮겨오신 거지."

"자네는 어디 태생인가?"

"나는 미카와에서 왔는데, 자네는?"

"난 코슈甲州에서 왔지. 그런데 자네는?"

"응, 오다와라보다는 여기가 더 발전할 것 같아 일부러 가재를 팔아넘기고 옮겨왔어."

새로운 도시 건설이라 할 수 있는 이 거리조성과 축성의 총책임자는 사카키바라 야스마사였다. 그 밑의 부교로는 아오야마 토조 타다나리青山藤藏忠成, 이나 쿠마조 타다츠구伊奈熊藏忠次, 이타쿠라 시로에몬 카츠시게板倉四郎右衛門勝重를 발탁하고, 이에야스가 없을 때의 지시는 혼다 사도노카미 마사노부本多佐渡守正信가 담당했다.

이러한 노력 속에 에도가 차차 도시의 모습을 갖추어갈 때 그들을 가장 곤란하게 한 것은 횡행하는 도적의 무리였다. 도적이라고는 하지만 대개는 호죠 가문을 섬기다가 출세할 기회를 잃어버린 떠돌이무사들이나 노부시野武士°, 무뢰한들로, 그 기량과 세력은 결코 가볍게 여길 수 없었다.

어떤 때는 시모우사에서 스미다카와隅田川로 쌀을 싣고 온 배가 송

두리째 탈취되기도 하고, 또 어떤 때는 해상으로 운반해온 목재가 하룻밤 사이에 사라지기도 했다.

그러나 그 이상으로 주민들을 두렵게 하는 것은 야간에 침입하는 무장강도였고, 츠지기리辻斬り°였으며, 방화였다. 소문에는 이런 자들이 수천 명이나 일꾼들 속에 섞여 있다고 했다.

그날 이타쿠라 시로에몬 카츠시게는 아사쿠사 부근의 제방을 둘러보고 토키와바시常盤橋 문 안에 있는 자기 집으로 돌아오고 있었다. 그때 그는 오카와大川 기슭에서 무언가를 열심히 그리고 있는 나그네 승려 한 사람을 발견하고 말에서 내렸다.

나그네 승려는 빛바랜 검은 옷에 삿갓을 깊이 눌러쓰고, 강과 건너편 시모우사를 바라보며 부지런히 손을 움직이고 있었다.

"여보시오, 여기서 무얼 하고 있소?"

"보다시피 강물과 건너편 기슭을 그리고 있네."

"허어, 무슨 목적으로 그런 것을 그리는 거요?"

"흥."

나그네 승려는 콧방귀를 뀔 뿐 대답하지 않았다.

2

"왜 잠자코 있소이까? 무슨 목적으로 그리느냐고 물었는데 듣지 못했소?"

젊은 카츠시게는 성질을 누르며 다그쳐 물었다. 상대는 고개도 들지 않고 불쑥 물었다.

"그대는 도쿠가와 님 직속 부하인가?"

"그렇소, 나는 건설 공사의 부교 이타쿠라 카츠시게요. 요즘 불량배들이 모여들고 있어서 돌아보는 중이오."

"허어, 부교가 직접 그런 일도 한다는 말인가?"

"당신의 이름은?"

"이름? 참, 그대는 이미 이름을 밝혔군. 내 이름은……"

이렇게 말하고 그는 비로소 붓을 붓통에 넣고 작은 여행용 일기장처럼 생긴 것을 품에 간직했다. 그리고 나서 오른손을 높이 들어 하늘을 가리켰다.

"그게 뭐요?"

"하늘에 퍼져 있는 것."

"구름 말이오?"

나그네 승려는 고개를 저었다.

"그보다 더 큰 것."

"그럼, 하늘이오?"

"아무렴, 그 다음은……"

이번에는 후미 너머의 망망한 해질 무렵의 수평선을 가리켰다.

젊은 카츠시게가 화를 내지 않고 꾹 참은 것은, 이때 흘끗 삿갓 밑으로 드러난 승려의 범상치 않은 모습이 날카롭게 가슴을 찔렀기 때문이었다.

승려의 나이는 잘 알 수 없었다. 젊어 보이기도 하고 나이가 든 것 같기도 했다. 광대뼈가 튀어나오고 입은 보통사람의 두 배는 될 것 같았다. 더구나 그 눈길은 미소를 머금은 채 따뜻하게 카츠시게의 가슴을 울려왔다.

"괴이한 스님이로군. 지금 가리킨 것은 바다요?"

"물론이지. 그것이 내 이름일세. 전에는 바람을 따라 떠돌았지. 그래 즈이후隨風란 이름을 썼지만, 인생의 목적이 여행은 아니거든."

"으음."

"그래서 이름을 바꾼 것이라 생각하게."

"하늘과 바다, 그럼 텐카이天海•……란 이름이오?"

"암, 하지만 하늘과 바다는 원래가 하나, 그러므로 이름이 없다고 생각해도 좋아."

"텐카이, 이름이 없기는커녕 지나칠 정도로 크군. 그런데 어느 종파에 속해 있소?"

"하하하……"

"뭐가 우습다는 말이오. 종파의 이름은 있을 텐데?"

"텐카이!"

"텐카이란 종파는 없소. 정토종淨土宗, 아니면 선종禪宗이나 밀종密宗이오?"

"젊은 부교 양반, 어차피 대답해도 알지 못할 것은 애당초 묻지 않는 게 좋아."

"뭣이, 내가 젊다고 조롱하는 거요?"

"그렇다면 말해주지. 교敎 밖에 선禪이 없고 선 밖에 교가 없는 법. 현종顯宗, 밀종, 선종은 원래부터 하나. 바람 부는 대로 전국을 여행했으니 이것이 바로 텐카이일세. 어떤가, 아마도 모를 테지. 그보다는 직접 그대와 관계가 있을 여러 지방의 여행담이라도 듣는 것이 더 좋지 않을까……"

"으음."

카츠시게는 신음했다.

이보다 더 심한 모욕은 없었다. 그런데도 전혀 화가 나지 않는 것은 어째서일까?

'기묘한 나그네 승려로군……'

새삼스럽게 그의 말을 되새겨보았다. 이전에는 즈이후라 불렀지만 지금은 텐카이라 부른다고 한다. 그리고 모든 종파를 초월한 경지에 이르렀으므로 너의 불교 지식으로는 알 수 없다……고 말하고 있다. 이처럼 심한 말을 들은 자신—

'그런데 왜 화가 나지 않는 것일까?'

카츠시게는 다시 한 번 고개를 갸웃하고 나그네 승려를 응시했다.

3

나그네 승려는 여전히 싱글벙글 웃고 있었다. 아마 그는 이타쿠라 카츠시게가 필요 이상 인내하고 있는 것이 의아하기도 하고 즐겁기도 한 모양이었다.

카츠시게가 데리고 있는 다섯 명의 카치徒士°들은 모두 길가에서 한쪽 무릎을 꿇고 두 사람을 쳐다보고 있었다. 카츠시게가 탄 말이 느닷없이 큰 소리로 울었다.

"으음."

카츠시게는 말의 콧등을 무의식적으로 쓰다듬으면서 물었다.

"조금 전에 전국을 여행했다고 했지요?"

"아, 그랬지."

"그렇다면 무장들도 많이 알고 있을 텐데, 누구누구 만나보았소?"

"내가 만난 무장 말인가? 그대가 아직 모르는 사람도 많을지 몰라. 오다 노부나가織田信長, 타케다 신겐武田信玄, 우에스기 켄신上杉謙信, 아시나 모리우지芦名盛氏, 하시바 히데요시羽柴秀吉……"

"아니, 하시바 히데요시라면 칸파쿠 전하의 예전 이름 아니오?"

"암, 내가 만났을 때는 아직 하시바라는 성을 가지고 있었네. 그리고 아사쿠라 요시카게朝倉義景, 아케치 미츠히데明智光秀, 마츠나가 히사히데, 호죠 우지마사北條氏政…… 지금은 죽은 사람들도 많이 만났지.

그 사람들 대부분은 내가 예상했던 것과 별로 차이가 없는 종말을 맞이했었네……"

"그러면, 우리 주군 다이나곤 님과도 만난 적이 있소?"

텐카이는 천천히 고개를 저었다.

"만나기는 했지만 이야기를 나눌 틈은 없었어. 그래서 이번에는 일부러 카와고에川越의 호시노야마星野山에 있는 무료쥬 사無量壽寺에서 나왔네."

"그러니까 우리 주군을 만나려고……"

"하하하…… 그렇지는 않아. 아직 그대의 대장은 쿄토에서 돌아오지 않았을 것 아닌가? 나와 형제처럼 지내는 겐요 존오源譽存應를 만나러 조죠 사로 가는 길일세."

카츠시게는 깜짝 놀라 텐카이를 바라보았다.

조죠 사는 이미 도쿠가와 가문의 위패를 모시는 절로 지정되고, 존오 대사는 이에야스와 불제자佛弟子의 관계를 맺고 있었다.

존오 대사의 친구라면 필경 이름난 고승일 터. 그런데도 이 초라한 행색은 어찌 된 일일까. 제자 한 사람도 동반하지 않고 아직 치안도 확보되지 않은 에도에 홀연히 모습을 나타내다니……

"그러면, 지금부터 조죠 사로 가시는 길이군요?"

"아니, 이대로는 가지 않아. 하루나 이틀쯤 여기저기를 구경하고 나서 갈 생각일세. 인간에게는 살아 움직이는 세상에서 살아 있는 문자를 읽는 것처럼 즐거운 일도 없으니까."

"살아 있는 문자……"

"아무렴. 천지간에 웃음, 울음, 기쁨, 탄식하는 사람의 모습…… 이보다 더 귀한 문장은 경전에서도 찾아볼 수 없네. 더구나 이 에도 땅은 지금 건설의 꿈에 젖어 있어. 자네 눈에도 그렇게 보일 것이야."

"바쁘시지 않으면 이제부터 저희 집에 같이 가셨으면 합니다마는."

카츠시게가 정중하게 청했다. 텐카이는 약간 고개를 갸웃하고 미소 지었다.

"마음이 통한 모양이군."

"풍부한 여행담을 듣고 앞으로의 일에 도움을 받기 위해서입니다."

"그러세. 만나기 어려운 세상에서 만나게 되고, 통하기 어려운 마음이 서로 통한다…… 좋아, 같이 가서 폐를 끼쳐야겠네."

고개를 끄덕이고 얼른 일어나 앞서 걷기 시작하는 텐카이였다.

4

"훌륭한 명당이야, 이 에도 땅은."

텐카이는 걸으면서 다시 칸다 언덕을 돌아보고, 새삼스럽게 후미와 성을 바라보았다.

"저 언덕을 헐어내 과감하게 강어귀를 메우고, 양쪽 기슭에 둑을 쌓아 무사시와 시모우사를 다리로 연결한다…… 이렇게 되면 나니와難波(오사카) 이상의 옥토를 지닌 훌륭한 도시가 될 것일세."

"저희도 반드시 이 땅을 동쪽의 나니와로 만들 각오입니다."

"이타쿠라 님이라 했소? 도쿠가와 님은 칸토 여덟 주州로 이주하기는 했지만, 보슈房州의 사토미 요시야스里見義康, 야슈野州의 우츠노미야 쿠니츠나宇都宮國綱, 미나가와皆川와 아키모토秋元 등 이전부터 살고 있는 영주들의 영지도 있으니, 실수익은 여섯 주 정도로 봐야 할 것일세. 영주들 중에 십만 석 이상인 가문은 얼마나 되나?"

텐카이와 카츠시게는 어깨를 나란히 하고 걸었고, 부하들은 조금 떨어진 곳에서 말을 끌고 따라왔다.

그 부근에는 역참驛站의 관리들과 일을 끝낸 일꾼들로 붐비고 있었고, 그들이 묵을 싸구려 여인숙의 불빛이 벌써 창 밖으로 새나오고 있었다.

"십만 석 이상은, 칸파쿠 전하의 분부도 계시고 하여 이이井伊, 혼다本多(타다카츠), 사카키바라 등 세 가문뿐입니다."

"허어, 그렇다면 사카이, 토리이, 오쿠보, 히라이와 등의 가문은 그 이하란 말인가?"

"그렇습니다. 토리이, 오쿠보 두 가문은 사만 석, 그 밖에는 삼만 석입니다."

"일만 석 이상은 몇 사람이나 되는가?"

"일만 석 이상은 서른아홉, 오천 석인 사람은 약 서른다섯…… 그 이하인 사람은 무척 많습니다마는……"

텐카이는 문득 미소 띤 얼굴을 카츠시게에게 돌렸다.

"그렇다면 불만 있는 사람이 많을 텐데."

"아니, 그렇지만……"

카츠시게는 크게 머리를 저었다.

"도쿠가와의 가신 중에는 그런 자가 없습니다."

"하하하……"

텐카이는 웃으면서 화제를 돌렸다.

"묻지 않아야 할 것을 물었군. 용서하게. 하기는 그렇게 해야만 기틀이 튼튼해지겠지. 그런데 도쿠가와 가문은 이 땅을 지켜줄 수호신을 결정했나?"

"글쎄요, 저희 주군은 불법에 깊이 귀의하고 계시기 때문에……"

"존오에게 이야기는 들었네만."

"스님께 여쭈면 알 수 있겠군요. 조죠 사의 대사님은 저희 주군이 귀의할 정도로 덕이 높으신 분일까요?"

"그렇게 생각되지 않는다는 말인가?"

"이곳으로 옮겨오시는 도중에 주군은, 당시에는 코묘 사光明寺라 불리던 조쵸 사에 들르셨다가 그 자리에서 가문의 위패를 모실 절로 결정하셨습니다. 그 뜻을 아직까지도 알 수 없습니다."

"하하하……"

텐카이는 즐거운 듯이 웃었다.

"그런 것을 가리켜 상서로운 조짐이라 하겠지. 존오 스님은 말일세, 도쿠가와 가문의 위패를 모신 미카와에 있는 절의 주지 칸오感應 대사의 제자일세. 우연히 들렀던 절이 칸오 대사와 관련이 있는 절…… 이것이야말로 보기 드문 불법의 인연이라 여겨 결정하셨을 테지. 과연 도쿠가와 님은 순수하게 상서로운 조짐을 받아들였으니…… 이게 바로 놀라운 결단이 아니겠나……"

어느 틈에 두 사람은 역참거리를 지나 도산보리道三堀에서 히라카와에 걸쳐 있는 토키와바시에 이르렀다.

이미 주위는 어둑어둑했다.

5

도산보리의 큰 다리(토키와바시)를 건넜을 때는 새로 지은 무사들의 집이 류노구치龍の口까지 드문드문 이어져 있었다. 넓은 대지에 비해 그 건물들은 모두 자그마했다.

이에야스 자신이 배에 까는 널빤지로 만든 성의 현관 개축을 보류하고 있을 정도로 검소하다 보니 무리가 아니었다. 물론 이곳은 후다이譜代° 가신들이 에도에 왔을 때 머무는 집으로, 그들 영지의 성에는 각각 거주하는 집이 있었다. 여기서는 치안유지상 방비에 만전을 기하고 있으므로 그 비용만도 막대했다.

"저희 집은 여기입니다."

카츠시게가 말하며, 걸음을 멈추었다. 그와 함께 부하가 큰 소리로 카츠시게의 귀가를 알리고, 이어서 대여섯 명의 하인이 나와 공손히 말고삐를 받아들었다.

집의 구조로 보아 아마도 카츠시게의 녹봉은 2, 3천 석 정도…… 이렇게 생각하면서 텐카이는 현관으로 향했다.

최초로 에도의 치안을 담당할 정도의 부교이므로 그 집의 경비는 좀 더 엄중하리라 생각하고 있었다. 그런데 뜻밖에도 미카와의 어촌 부근에서 흔히 볼 수 있는 촌장의 집과 비슷했다. 담장은 있었으나, 그것도 아무렇게나 판자를 두른 정도여서 방비를 위해서라기보다는 한적하고 트인 느낌을 주었을 뿐이다.

텐카이는 발을 씻고 나서 방으로 안내되었다. 방 너머로 도산보리를 사이에 둔 민가의 불빛이 만조滿潮의 밀물에 반사되어 반짝이고 있었다. 달이라도 뜬다면 아와安房 부근의 어느 어촌에라도 온 듯 착각을 일으킬 정도로 한적했다.

"허어, 그런 대로 도산보리 너머의 민가는 서서히 모습을 갖추어가고 있군……"

텐카이는 마루의 기둥을 등지고 앉아 짙은 바다 냄새를 맡으면서 예전의 오사카를 회상하며 미소짓고 있었다.

오사카도 이시야마石山 혼간 사本願寺의 문전거리를 제외하면 이런 한촌이었다. 그러던 것을 오다 노부나가가 혼간 사를 몰아내고, 히데요시가 그 자리에 거대한 성을 쌓기 시작해 순식간에 일본에서 인구가 가장 많은 대도시로 변모했다.

'이 에도는 언제쯤 오사카에 견줄 만한 대도시가 될까……?'

히데요시와는 달리 이에야스는 필요 이상으로 조심성이 많고 견실하게 계산하는 성격이었다. 어쩌면 히데요시를 꺼려 그의 생전에는 대

규모 도시계획은 사양하지 않을까?

그런 생각을 하는 동안 문득 건너편 기슭의 불빛 속에서 움직이는 요염한 여자들의 모습에 텐카이는 눈을 크게 떴다.

텐카이가 보는 한, 이 에도의 지형은 보통 명당자리가 아니었다. 이러한 땅은 성주의 의사와는 관계없이 사람이 사람을 부르고, 사람의 마음을 빨아들여 번창해 나가게 마련이었다……

"저것을 보고 계셨군요. 저 건너에서 연기가 피어오르는 집을……"

어느 틈에 왔는지 옷을 갈아입은 카츠시게가 건너편 기슭을 가리키고 있었다.

"저것은 이세의 요이치與市라는 자가 재빨리 들어와서 세운 공동 목욕탕입니다."

"공동 목욕탕……?"

"예. 공사장에서 일하는 일꾼들이 동전 한 푼을 내고 목욕하는 곳입니다. 모두들 아주 좋아해서 크게 번창하는 모양입니다."

이렇게 말하면서 카츠시게는 텐카이와 나란히 마루에 앉았다.

6

"으음, 벌써 그런 것이 생겼단 말이로군."

텐카이가 짐짓 감탄한 듯 머리를 끄덕였다. 젊은 카츠시게는 더욱 신이 나 말했다.

"그뿐이 아닙니다. 이 공동 목욕탕 주위에 곧바로 술 시중을 들 여자를 둔 주막이 생겼습니다. 류노구치 모퉁이에는 요시자와 카즈에吉澤主計라는 자가 일꾼들을 소개하는 소개소를 시작했고, 마고메 카게유馬込勘解由라는 자도 소개소를 열겠다는 청원이 들어왔습니다. 미야베

마타시로宮部又四郎와 사쿠마 헤이하치佐久間平八는 마구간을 하겠다고 하고…… 이렇게 역참거리가 형성되는 등 새로운 도시 건설에 뜻밖의 협력자가 나오는 게 재미있습니다."

"으음. 이 모두 도쿠가와 님의 타고나신 복과 덕 때문일세."

"그럼 초라하지만 곧 식사를 가져오겠습니다. 스님은 반야탕般若湯°을 드시는지요?"

"하하하…… 그런 건 묻는 게 아닐세. 나는 뭐가 반야탕이고 뭐가 물고기인지 새고기인지 모르네. 그저 주는 것은 무엇이든 가리지 않고 먹는다네."

"미처 몰랐습니다. 그럼……"

카츠시게가 손뼉을 치자, 기다렸다는 듯 젊은 하녀가 밥상을 들고 들어왔다. 그 여자의 차림새 역시 촌티가 날 정도로 소박해 이 집에 어울리는 농부의 딸 같은 느낌이었다.

"그만 물러가도 좋다."

카츠시게는 하녀를 내보내고 직접 텐카이에게 술을 따랐다.

"스님, 조금 전에 지금은 세상에 없는 무장들도 모두 스님이 예상했던 것처럼 죽었다……고 말씀하셨지요?"

"암, 그랬지. 나는 천문, 지리, 그리고 관상도 좀 볼 수 있다네."

"그렇다면 이 자리에 또 한 사람을 동석시켜 스님께 보여드렸으면 하는데, 허락하시겠습니까?"

"물론 좋지. 그러면 이 자리가 즐거워질 테니까. 그런데 이 가문의 사람인가?"

"아니, 그런 것이 아니라……"

말하다 말고 카츠시게는 눈으로 웃었다.

"그것 역시 스님이 알아맞힌다면 더욱 흥겨우리라 생각합니다만."

"그렇겠군. 어서 부르게."

텐카이는 얼른 잔을 입으로 가져갔다.

"그건 그렇고, 자네의 관상은 아주 좋아. 열심히 스스로를 갈고 닦아 도쿠가와 가문의 초석이 되도록 하게."

카츠시게는 이 말에는 대답하지 않고 웃으면서 자리를 떴다.

"그럼, 데려오겠습니다."

카츠시게도 텐카이에게 큰 흥미를 느끼고 문답을 나누고 싶은 일이 몇 가지 있는 모양이었다.

텐카이는 손을 내밀어 자기 잔에 다시 술을 따랐다.

"자, 이리 와보게. 오늘 전국을 두루 다닌 특별하신 스님을 만나 모시고 왔네."

이런 소리와 함께 카츠시게는 자기보다 네댓 살쯤 연상으로 보이는, 눈썹이 굵고 눈이 날카로운 건장한 체구의 무사를 데리고 들어왔다.

"아니?"

순간 텐카이는 고개를 갸웃했다.

"어디서 만났던 것 같기도 한데……"

"그러고 보니……"

상대도 고개를 갸웃하고 앉기가 바쁘게 불쑥 물었다.

"혹시 즈이후 님이 아니십니까?"

두 사람의 대화를 카츠시게는 눈을 가늘게 뜨고 바라보고 있었다.

7

"오오, 역시 즈이후 님이시군!"

카츠시게가 데려온 무사는 다시 한 번 똑같은 말을 되풀이하고 당황해하며 눈길을 내리깔았다.

두 사람이 초면이 아니라는 것은 충분히 알 수 있었다. 그러나 텐카이는 아직 입을 열지 않았다. 무섭다……고나 할, 반쯤 뜬 눈으로 빤히 상대를 바라보고 있었다.

카츠시게가 먼저 입을 열었다

"스님, 이 사람과 어디서 만난 일이 있으십니까?"

텐카이는 카츠시게의 말에도 대답하지 않았다.

"자네는 몹시 마음이 흔들리고 있군 그래."

오히려 무사 쪽으로 향했다.

"아직 도쿠가와 님을 섬기고 있지는 않겠지?"

"물론이죠."

상대는 텐카이에게 기세를 꺾이지 않으려는 듯 어깨를 잔뜩 펴고 눈을 치켜떴다.

이타쿠라 카츠시게는 숨죽인 채 두 사람을 바라보고 있었다.

"자네 이름은 잊어버렸어. 생각난다 해도 말하지 않겠네. 그런데 자네 관상은 달라진 게 없군."

"같은 사람이니 쉽게 달라질 리가 없겠죠."

"길흉이 반반인 갈림길에 놓여 있군."

텐카이는 상대의 태도나 말에는 전혀 구애됨이 없이 계속 자기 말만 해나갔다.

"알아맞혀볼까. 자네는 도쿠가와 님이 후대해준다면 마음을 다해 섬겨도 좋다, 그러나 후대해주지 않으면 본때를 보여줄 생각으로 에도에 나타났군 그래."

상대는 꿈틀 어깨를 움직였다.

"스님, 농담도 때와 장소를 가려야 합니다."

"하하하…… 하지만 오다와라의 일은 모두 내가 예언한 대로 됐지 않은가. 우지마사 님은 살아남지 못한다, 그러나 우지나오 님은 죽음을 면할 것이라고…… 그 뒤에 남은 일은 새로운 정세에 대응하는 마음가짐이라고……"

"그런 말은 기억 못해요."

"잊었으면 잊은 대로도 좋아. 나는 자네 얼굴에 나타난 자연의 글을 읽고 있을 뿐일세. 좀더 읽을 테니 잠자코 들어보게."

상대의 얼굴에 낭패와 분노의 기색이 떠올랐다.

카츠시게는 여전히 숨을 죽이고 있었다.

"자네는 에도에서 소동을 일으키겠다는 생각을 버리지 않고 있어. 오다와라의 유신遺臣과 무사시, 사가미相模의 노부시, 칸토 일대의 도적들과 손을 잡고 난동을 부릴 생각이야. 하지만 그렇게 하면 자네는 파멸할 것을 각오해야 해."

"무, 무슨 말을 하는 거요. 나는 결코 그런……"

"물론 그런 시도를 하지 않는다면 운이 트일 것일세. 실은 자네가 지금 만나고 있는 사람은 자네 운의 열쇠를 쥔 분일세. 어떤가, 그 사람을 도와 새로운 도시 건설에 헌신하면…… 그러면 반드시 자네 운은 열릴 거야."

텐카이가 여기까지 말했을 때였다. 상대의 손이 갑자기 등에 멘 칼자루로 향했다. 그러나 그의 손이 이른 곳에는 칼이 없었다. 옆에 있던 카츠시게가 어느 틈에 칼을 빼어버렸기 때문이다.

상대는 무서운 형상이 되어 뒤로 물러앉았다. 그 앞에 숨돌릴 겨를도 없이 잔을 내민 것은 카츠시게였다.

"자, 한잔하게. 이보게, 이시데石出, 당신도 들었겠지만 이 나그네 승려께서 상당히 재미있는 말씀을 하셨다고 생각지 않나?"

이것은 손을 내밀었지만 칼에 닿지 못한 상대 무사를 분명히 낭패로부터 구해준 놀라운 중재였다.

텐카이는 소리 내어 웃었다.

8

"하하하하, 인간이란 방황하고 있을 때는 신불의 어떠한 도움의 손길도 보이지 않게 마련이지. 그래서 일부러 파멸의 길을 걷게 되는 거야…… 그러나 자네는 구원을 받았어."

텐카이는 다시 잔을 들어 입으로 가져갔다.

상대 무사는 카츠시게가 따라준 술잔을 손에 들었다. 그러나 아직은 입으로 가져갈 여유가 없는 것 같았다. 그렇다고 잔을 내던지고 덤벼들 만한 살기는 이미 약해져 있었다.

"스님은 여전히 무서운 농담을 잘하시는군요. 이 이시데 타테와키石出帶刀, 온몸이 땀으로 흠뻑 젖었습니다."

"하하하하, 그거 참, 미안하게 됐네. 이시데 타테와키…… 우리가 만난 곳은 토카이도東海道 오다와라 근처에서였던가?"

"그렇습니다……"

"원, 좋은 술이 쏟아지겠어. 당황하지 말고 어서 마시게."

"그럼, 마시겠습니다."

"이시데, 그 좋은 술을 혀로 굴리면서 잘 음미해보게."

"으음."

"자네는 일단 난동을 부리고 나야 더 값이 올라갈 것으로 생각하는지 몰라. 그러나 그건 어리석은 일이야."

"그런 생각은……"

"아니, 그렇지 않다면 그것으로 좋아. 그보다 이시데 타테와키, 자네는 오다와라의 잔당이나 도적, 무뢰한들과 잘 아는 사이 아닌가. 자네 손으로 그들을 설득하여 에도의 치안유지를 위한 기둥이 될 생각은 없나? 활을 당기고 칼을 휘두르는 시대는 이미 지났어. 자네들이 아무리 난동을 부린다 해도, 돌아갈 곳이 없어진 미카와 무사가 이 땅을 버리고 철수할 리 없어. 결국 자네는 많은 동료를 잃고 몸을 망치게 되는 것이 고작이야."

"……"

"그보다는 명당인 이 땅이 쿄토나 오사카를 능가하는 번영을 누리게 되었을 때, 이시데 타테와키도 불량배들을 누르고 에도의 건설에 공헌한 큰 은인이란 말을 듣는 것이 신불의 뜻에도 부응하는 길일세. 그렇지 않소, 이타쿠라 님?"

이타쿠라 카츠시게는 눈을 빛내면서 고개를 끄덕였다.

"이시데, 자, 어서 한 잔 더."

이시데 타테와키라 불린 무사는 자기 칼의 위치를 확인하고 잔을 내밀었다. 어느 틈에 칼은 조금 전의 장소에서 석 자 정도 문 쪽으로 옮겨져 있었다.

"스님의 말씀, 비록 농담이라고 해도 의미가 깊은 견해, 우리에게 큰 가르침이 되었습니다. 그렇지요, 이시데 님?"

카츠시게의 말에 타테와키는 한숨을 쉬었다. 차차 어깨의 힘이 빠지고 눈썹의 살기가 풀어지고 있었다.

"그나저나, 이타쿠라 님과 이시데 님이 이곳에서 만나고 있는 줄은 정말 몰랐는걸."

텐카이는 눈을 가늘게 떴다.

"이 역시 도쿠가와 님의 운수가 대통했기 때문이라 보는데…… 이타쿠라 님, 이시데 님. 이 텐카이가 보증할 수 있소. 이 에도의 앞날은 양양하다고 말이오."

"그럴까요?"

"염려하지 말게. 이 텐카이는 즈이후라는 이름으로 전국의 인물과 토지, 성을 두루 돌아보았네. 이타쿠라 님, 그대가 이 이시데 타테와키를 추천하면? 이 사람도 일단 미망을 떨쳐버린다면 그대 못지않은 굳은 의리를 가지고 태어난 인물일세."

어느 틈에 타테와키는 깊이 고개를 떨구고 생각에 잠겨 있었다.

9

"내가 이시데 타테와키라면……"

텐카이는 다시 말을 이었다.

"몇몇 동료들의 험담 따위는 개의치 않겠어."

"험담……이라니요?"

타테와키는 얼굴을 들고 고개를 갸웃했다.

"무사시와 사가미에서 자네와 절친하게 지냈던 노부시나 떠돌이무사들 말일세."

"허어."

"그들은 이렇게 말할 테지, 타테와키 녀석은 욕심에 눈이 멀어 우리를 도쿠가와에게 팔아버린 배반자라고. 개중에는 자네의 목숨을 노리고 잠입하는 자도 있을 것이야. 그러나 이런 것들을 두려워할 필요가 없다는 말일세."

이시데 타테와키는 눈이 휘둥그레지면서 숨을 죽였다. 이미 그는 시중에 동료들을 잠입시켜놓고 있었는지도 모른다.

"하하하…… 어떤가, 내 눈이 잘못되었나?"

"그것은…… 그런 일은……"

"어쨌든 좋아. 그런 자가 잠입했을 때는 이타쿠라 님과 상의하여 사전에 그들을 체포하게."

"으음."

이번에는 카츠시게가 입을 열었다.

"그렇게만 된다면 에도의 치안은 순식간에 안정될 것입니다."

"하지만 체포한 자들을 모조리 처형하면 안 돼. 이유 여하를 막론하고 살생은 신불의 뜻을 어기는 일이야."

"그러면, 체포한 뒤에는 어떻게 해야 할까요?"

다시 카츠시게가 물었다.

"체포한 자들을 감옥에 넣고 문초를 해야 할 것인데, 그 감옥을 타테와키에게 맡기면 어떨까?"

"감옥을 이시데 님에게……?"

"그것이 바로 정치. 사람을 죽이지 않고 사람을 살린다…… 타테와키는 감옥에 갇힌 자에게 간곡히 정세를 설명하여 그들의 마음을 돌려놓으라는 말일세. 지금은 이미 도적떼의 횡행이 허용되는 시대가 아니다, 다 같이 도쿠가와 님과 힘을 합쳐 훌륭한 에도를 건설할 때라고."

카츠시게는 탁 무릎을 치고 타테와키를 바라보았다. 그는 또다시 고개를 떨구고 생각에 잠겨 있었다.

"……마음을 바꾼 자는 타테와키의 부하로 기용하라는 말이군요."

"암. 그러면 그들은 자기 동료들 중에서 수상한 자를 감시하게 되겠지. 아니, 감시뿐만 아니라 그 잘못을 지적하고 타테와키의 인품을 설명하여, 쓸 만한 사람은 쓰고 힘에 겨운 자는 붙들어 타테와키에게 건네게 될 테지. 그러면 다시 타테와키가 귀순을 권유하는 순서가 될 것일세. 어떤가, 타테와키, 일시적인 원한은 두려워할 것 없어. 나 같으면 그렇게 하겠어. 다행히도 자네는 부교인 이타쿠라 님과 이렇게 직접 만나고 있지 않은가. 조상님의 혼령이 인도했기 때문이라고 생각지 않나? 자네 조상의 혼령은 필사적으로 자네를 행복의 길로 인도하려고 애쓰고 계시다네."

타테와키는 가만히 고개를 들고 겁먹은 듯 다시 한 번 텐카이와 카츠시게를 번갈아 바라보았다.

"어떤가, 내 생각이 잘못된 것 같은가?"

타테와키는 조용히 허리에 찼던 작은 칼을 끌러 텐카이 앞에 내놓고 뒤로 물러났다.

"놀라우신 안목, 오직 황공할 뿐입니다."

떨리는 목소리로 말하고 두 손을 짚고 머리를 조아렸다.

10

머리를 조아리는 타테와키를 보며 텐카이는 크게 입을 벌리고 호탕하게 웃었다.

"하하하…… 안목이라 할 것까지도 없어. 단지 자네 얼굴에 씌어 있는 글귀를 읽은 것뿐일세."

"황송합니다."

"좋아, 그만 됐네. 이것으로 몇 백 명, 몇 천 명의 목숨을 살렸어. 자, 이번에는 텐카이가 한잔 따라주겠어."

타테와키의 잔에 술을 따르고 텐카이는 이타쿠라 카츠시게를 돌아보았다.

"다음에는 이타쿠라 님의 얼굴에 씌어 있는 글귀를 읽어보기로 할까, 이타쿠라 님?"

카츠시게는 깜짝 놀랐다는 듯이 표정을 굳히고 목례를 했다.

"읽어주시겠습니까?"

"자네는 지금 잠시 동안 이 텐카이에게 의심을 품었었군."

"그럴까요?"

"이시데 타테와키 정도나 되는 사나이가 너무 쉽게 굴복했다. 그래서 도리어 의심이 생긴 모양이군. 어떤가?"

"과연, 정확히 보셨습니다."

"어쩌면 텐카이 녀석도 타테와키와 한통속이 아닐까 하고…… 아니, 그렇게 당황할 것은 없어. 이 새로운 거리의 치안을 지켜야 하는 자네로서는 당연히 품을 만한 의심이지. 그러나 걱정하지 않아도 좋아."

"죄송하게 됐습니다."

"이 텐카이도 지금은 떠돌이 중이 아니야. 카와고에의 무료쥬 사 호쿠인北院의 이십칠 대 주지일세. 타테와키와는 분명 전에 만난 일이 있으나 도적떼에 가담하지는 않았으니까."

"부끄럽습니다. 사실 그러한 의심을 문득 떠올리기는 했지만, 지금은 이처럼 깨끗이 풀었습니다."

"알겠네. 그럼, 타테와키의 입을 통해 직접 내력을 들어보게. 타테와키, 말할 수 있겠지?"

이시데 님이라 부르던 호칭이 어느 틈에 타테와키라는 반말 투로 바뀌어 있었으나, 그에게는 아무런 불쾌감도 주지 않았다.

"말씀 드리지요. 이타쿠라 님에게는 제가 오다 가문에 있었던 떠돌이무사라고 말씀 드렸지만, 사실은 호죠 가문에 있었습니다."

"허어."

"그래서 코야高野로 떠나시는 우지마사 님을 토토우미遠江까지 전송하고 그길로 에도로 돌아왔습니다."

"역시 텐카이 스님이 말씀하신 것과 같은 목적으로?"

"예. 칸토에는 섬길 곳을 잃은 떠돌이무사들이 도적떼로 변해 사방에서 횡행하고 있어 그들을 규합해 크게 소동을 일으킬 생각이었습니다. 지금은 그 무모함을 뼈저리게 느끼고 있습니다."

"정말 위험할 뻔했군. 하마터면 이 카츠시게, 잠들어 있는 사이에 목이 달아날 뻔했어."

"그러다가 부교 님을 만나 그 호방한 인품에 감동하여 마음이 흔들리고 있었습니다…… 자, 이렇게 고백했으니 벼슬할 생각은 깨끗이 포기했습니다. 어서 뜻대로 벌해주십시오."

카츠시게는 다시 한 번 무릎을 쳤다.

"잘 말해주었네. 그러면 일단 죄인으로 간주하되, 주군이 돌아오시거든 자세히 말씀 드려 섭섭하게는 처분하지 않겠네."

"하하하…… 이제 됐어, 이제 됐어."

텐카이는 얼굴과 목덜미까지 빨갛게 물들인 채 커다랗게 웃음을 터뜨리며 연신 고개를 끄덕였다.

11

텐카이가 볼 때 이 정도는 별로 큰 사건이 아니었다. 여행을 하다 보면 생기게 마련인, 거의 일상적이라고도 할 수 있는 일에 지나지 않았다. 그러나 카츠시게나 타테와키에게는 달랐다. 특히 타테와키의 감동은 엄청난 것이어서, 잠시 동안은 떨리는 몸을 진정시킬 수도 없는 모양이었다.

텐카이의 말대로, 도적들과 작당하여 에도를 어지럽혀본들 감정의 만족은 얻을 수 있을지 모른다. 그러나 그 행동이 희망과 이어질 리는 만무하다. 무참하게 쫓겨다니다가 결국에는 모두 흩어져 죽임을 당하는 것이 고작일 터였다.

그런데 텐카이는 어렵지 않게 그 험난한 과정을 일축하고 그의 앞길에 빛을 던져주었다…… 도적떼 수령이 되려고 온 자에게 감옥을 맡기라는 그 사고방식의 비약은 너무나 엉뚱하다. 아니, 엉뚱한 것 같으면서도 엉뚱하지 않은 점에 비상한 생각의 자유로움이 깃들여 있었다.

'악인'과 '선인'이라는 세속적인 평가가 텐카이에게는 없었다. 있는 것은 오로지 인간 각자의 생명을 어떻게 활용해야 하나…… 그 한 점에 집약되어 있었다.

"이제야 마음이 확 트였습니다."

카츠시게는 잔을 거듭하면서 뒤에 있던 칼을 집어 타테와키에게 건넸다.

"이제 더 이상 맡아놓을 필요가 없겠군. 깨끗이 구름이 걷혔으니까."

"부끄럽습니다."

"아니, 모두가 다 텐카이 스님의 은덕이지. 그런데, 스님."

"왜 그러나?"

"스님의 놀라우신 안목…… 그 안목으로 우리 주군의 얼굴에서는 어떤 글귀를 읽으실 수 있을지, 그것을 여쭙고 싶습니다."

"하하하…… 나도 기회가 닿으면 뵙고 싶어서, 여기 온 것일세."

"그러시면, 주군이 돌아오실 때까지 조죠 사에 체류하시겠습니까?"

"체류라고 할 것까지도 없이 하루 이틀만 더 기다리면 돌아오시겠지. 실은 나도 도쿠가와 님께 여쭐 말이 있네."

"스님께서 저희 주군께……?"

"그렇다네. 이 뜻을 조죠 사에는 전하고 왔지만."

"무슨 말씀을 여쭈시려는지요? 흥미가 당기는데요."

"아니, 별것 아닐세. 단 한마디면 충분해. 다이나곤 님은 사후에 신이 되겠습니까, 아니면 부처가 되겠습니까 이 말을 묻겠네."

텐카이는 이렇게 말하고 눈을 가늘게 뜨고 녹아들듯이 웃었다.

"그 대답이 기대되는군. 하하하……"

카츠시게와 타테와키는 저도 모르게 서로 마주보았다.

"신이 되려는가, 부처가 되려는가……를 물으시겠다고요?"

"그래."

"그렇다면, 인간은 마음먹기에 따라 신도 되고 부처도 될 수 있다는 말씀입니까?"

"하하하……"

텐카이는 또다시 즐겁다는 듯이 웃었다.

"하늘과 바다는 하나일세. 물론 신과 부처가 되기란 수도하는 데 약간의 차이는 있을 테지. 어쨌든 기대되네, 다이나곤과 만날 날이."

카츠시게와 타테와키는 다시 얼굴을 마주보고 조용히 고개를 갸웃거렸다.

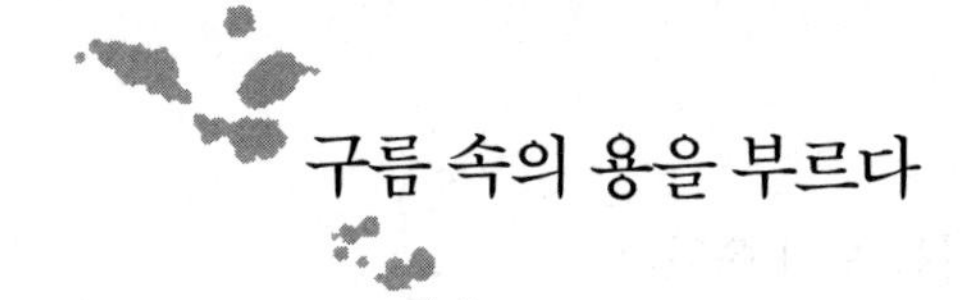

구름 속의 용을 부르다

1

이튿날 아침 텐카이는 훌쩍 카츠시게의 집을 나섰다.

카츠시게는 텐카이가 떠날 때 몰래 부하를 딸려 보내려 했다. 그러나 그의 뒷모습을 바라보는 동안 마음이 변해 아무도 딸려보내지 않았다. 혼자 다니는 여행에 익숙한 때문이겠으나, 홀로 떠나는 텐카이의 외로운 모습에는 조금도 어두운 그림자가 없었다. 아마도 그에게는 자기를 해치려는 어떤 자를 만난다 해도 길가의 나무나 돌로밖에는 보이지 않을 듯했다.

텐카이는 사람이면서도 자연에 녹아드는 신묘함을 터득하고 있고, 더구나 한치의 빈틈도 없었다.

'무서운 사람이다……'

부하를 뒤따르게 했더라면 텐카이는 카츠시게를 비웃었을 터.

"그 역시 아직 나를 모르고 있어."

이렇게 —

텐카이는 카츠시게의 집을 나와 유유히 성을 오른쪽으로 쳐다보면서 류노구치를 지났다. 그리고 나서 그곳에서 다시 시바芝로 향했다.

텐카이는 그곳에서 곧바로 조죠 사로 가는가 싶었는데, 그대로 지나쳤다. 그는 타카나와高輪로 나와 다시 야츠야마八ッ山에서 발목에 찰랑거리는 물결을 왼쪽으로 하고 시나가와品川 방향으로 걸음을 떼어놓았다.

그날 밤 텐카이는 시나가와의 여인숙에서 일박했다. 옷차림이 그렇기 때문에 아무도 의심하는 자가 없었다. 그는 함께 투숙한 일꾼이나 마부들의 이야기에 재미있게 귀를 기울이고 있었다.

일꾼들의 이야기로는, 저 너머 스즈가모리鈴ヶ森와 가까운 해변에는 벌써 유곽이 생겼다고 했다. 더구나 앞으로 여자가 크게 부족해질 에도, 그래서 그 여자들은 공사장의 일꾼들이나 마부 따위는 거들떠보지도 않는다고 했다. 무사 신분이 되야 여자들의 비위를 맞춰가며 놀다가는 형편이므로 결코 무리가 아니었다. 하루속히 그들을 상대해줄 여자들이 오지 않는다면 주먹다짐과 말다툼이 그치지 않을 것이라고 모두들 걱정하고 있었다.

이에야스의 행렬이 시나가와에 다다른 것은 그 이튿날이었다.

오다와라에서 격식을 갖춘 행렬은 해산시킨 듯, 20명 정도의 무사가 말을 타고 나머지 30명 가량은 걸어오고 있었다. 이에야스는 가마 안에서 살찐 몸을 불편한 듯 움츠리고 있었다.

가마 양쪽 문은 활짝 열려 있었다. 그러나 6월 말이기 때문에 이마에서 계속 땀이 흘러내리고 있었다.

"이분이 다이나곤."

이렇게 말하지 않는다면, 고작 3만이나 5만 석 정도의 다이묘 행렬로 보일 조촐한 규모였다.

이에야스의 행렬이 타카나와에 들어섰을 때는 과연 많은 사람들이 마중 나와 있었다. 그 무렵 텐카이의 모습은 이미 인파 속에 섞여 보이지 않았다.

이에야스가 성에 들어간 지 1각(2시간) 남짓, 그때 비로소 텐카이는 조죠 사 경내로 들어섰다.

"카와고에에서 호쿠인이 왔다고 전해주게."

텐카이는 나무향기도 새로운 본당 지붕을 쳐다보며 젊은 수도승에게 불쑥 말했다.

기다리고 있었던 모양인지 발 씻을 물과 함께 존오 대사가 달려나왔다.

"오오, 호쿠인 님, 오늘 아침에 이타쿠라 님이 찾아왔었소. 그래 깜짝 놀랐던 참이오. 어디를 다녀오는 길이오?"

"은밀히 도쿠가와 님을 마중 나갔었죠. 그런데 무슨 큰일이라도 생긴 것 같아요, 도쿠가와 님의 안색이 몹시 언짢더군요."

"큰일이…… 나도 마중 나갔었지만 깨닫지 못했는데."

"그 안색을 보니 심상치 않은 일이 생긴 모양이오. 혹시 칸파쿠의 대륙 출병이 결정된 것은 아닐까요?"

"자, 우선 올라오시오. 여기서는 말하기 어려우니."

"예. 어쨌든 예삿일이 아닌 것 같아요."

2

존오 대사와 텐카이가 알게 된 것은 벌써 20년도 더 되는 옛일이었다. 미카타가하라 전투가 있기 전으로, 두 사람 모두 봇짐을 짊어지고 이리저리 방랑하면서 수도하고 있을 때였다.

아직 즈이후라고 불리던 텐카이가 부슈武州(무사시) 카와고에에 있는 렌쿄 사蓮馨寺에 짚신을 벗고 들어갔을 때였다. 존오가 먼저 와서 그곳 존테이存貞의 제자가 되어 있었다.

두 사람은 그곳에서 입에 거품을 물고 불도에 대해 논쟁을 벌였다. 지금 와서는 무슨 말을 했는지 기억이 나지 않으나, 어쨌든 멱살을 잡을 정도로 격론을 벌였다. 그러나 헤어질 때는 서로 상대방을 충분히 인정하고 있었다.

그 존오가 도쿠가와 가문의 위패를 모시는 절의 주지가 되어, 카와고에 호쿠인에 정착한 텐카이에게 꼭 이에야스와 만나게 하고 싶으니 나오라고 했다. 텐카이가 이번에 온 것은 그 때문이었다.

텐카이도 이에야스에게는 전부터 흥미를 가지고 있었다. 노부나가와도 다르고, 신겐이나 켄신이 갖지 못했던 것을 이에야스는 가지고 있었다. 물론 히데요시와는 대조적으로 신중함과 성실함을 느끼게 했다. 현재 일본에서 주목해야 할 유일한 인물이었다.

그 이에야스가 몹시 고민하는 안색으로 돌아왔다.

주지의 방에 안내되어 차가 나올 때까지도 기다리지 못하고 텐카이는 다시 입을 열었다.

"존오 님이 깨닫지 못했다니 이상하군요. 그 안색은 여행의 피로에서 오는 것이 아니었소. 여행 중에 무슨 마음 아픈 일이 생겼던 게 분명합니다."

"그럴까요. 그렇다면…… 역시 칸파쿠 전하의 대륙 출병 때문인지도 모르겠군요."

"대륙 출병이 결정되면 다이나곤 님은 어떻게 하시리라 생각하오?"

"어려운 일이오. 아직 국내도 완전히 하나가 되지 못했으니까."

"하하하…… 완전히 하나가 못 되었기 때문에, 칸파쿠 전하는 국내의 불평을 국외로 돌려 하나가 되게 하겠다…… 이렇게 생각하는 것이 분명합니다. 문제는 바로 여기에 있어요."

"과연 그렇군요."

"그러나 다이나곤 님으로서는 찬성할 수 있는 일이 못 됩니다. 마음을 하나로 합쳐 대처하면 반드시 이길 수 있다는 답이 나오는 것도 아니고, 또 출병의 명분도 서지 않습니다. 명분이 서지 않으면 그것은 미친 군사…… 그런 일을 묵인한다면 우리들 승려의 존재가치도 없어집니다. 만일의 경우가 생겼을 때는 스님도 각오하고 계시겠지요?"

존오는 기가 막힌 듯 텐카이를 바라보았다.

"여전히 단도직입, 예리한 말씀을 하시는군요."

"그런 말도 할 수 없을 정도로 지도력을 잃은 승려라면 무용지물."

"물론이오."

"위패 모신 절을 맡고 있는 이상 다이나곤에 대한 교화력教化力을 충분히 발휘해야 할 것 아닙니까?"

이렇게 말하고 텐카이는 다시 한 번 웃었다.

"이거, 내가 너무 지나친 말을 한 것 같군요."

"아니, 그렇지 않아요. 오랜만에 그 날카로운 말이 듣고 싶어 오시라고 한 것이오. 아무튼 나에게도 생각이 있지만, 우선 스님이 빠른 시일 안에 다이나곤 님을 만나셨으면 합니다."

"만나서 지나친 말을 해도 괜찮겠습니까?"

"하하하…… 다이나곤은 그렇게 옹졸한 분이 아니오. 그럼, 내일 당장 성안 형편을 알아보리다."

존오는 이미 완전히 이에야스에 심취해 있는 듯한 어조였다.

3

이에야스로부터 텐카이에게 성으로 들어오라는 통지가 온 것은 그 이틀 후인 7월 1일이었다.

텐카이의 인물됨에 대해서는 존오 대사가 혼다 사도노카미 마사노부를 통해 자세히 전해놓은 터였다. 그런 만큼 군데군데 수리한 흔적이 있는 본성 서원에 들어갔을 때는, 찾아간 텐카이도 그렇고 그를 맞이하는 이에야스도 시합장에 나온 병법자兵法者와도 같이 긴장의 빛을 감추지 못했다.

이에야스로서도 무츠陸奧라는 한촌에서 태어난 일개 승려가, 노부나가를 알고 히데요시를 알며, 신겐을 알고 켄신을 알았다. 그리고 아시나를 알고, 사타케와 호죠를 알고 있고, 또한 존오 대사와는 절친한 사이라는 말을 듣고는 크게 흥미를 느꼈다.

더구나 그 학력 또한 재미있었다.

11살 때 타카다高田 료코 사龍興寺에 들어가 슌코舜幸 대사 밑에서 머리를 깎았다. 14살 때 우츠노미야 묘진야마明神山의 안라쿠산安樂山 코카와데라粉河寺로 옮겨 코슌 곤노소죠皇舜權僧正의 제자가 되었다. 17살 때는 히에이잔比叡山의 신조 사神藏寺 지츠젠實全에게 배우고, 또한 온죠 사에서는 치쇼 파智証派 법문法門은 배우지 않고 칸가쿠인勸學院°의 손지츠尊實 밑에서 구사종俱舍宗°의 성상학性相學을 공부했다.

그 후에는 거의 한 곳에 머무르지 않고 나라奈良의 코후쿠 사興福寺에서는 쿠지츠 소즈空實僧都에게 법상종法相宗° 삼륜三輪°을 배우고, 멀리 시모츠케에 가서는 아시카가足利 서당에서 유학儒學을 배우는가 하면, 죠슈上州의 젠쇼 사善昌寺에서 기거하다가 다시 무슈武州의 렌쿄 사로부터 카이로 가서, 에치고와 아이즈 등지로 옮기고, 또다시 죠슈로 돌아와 요라다世良田의 쵸라쿠 사長樂寺에서 엽상선葉上禪°을 배웠다.

카와고에 호쿠인에 오기 전에도 아이즈에 있는 텐네이 사天寧寺의 사타케 요시노부佐竹義宣의 초대를 받아 시모츠케의 카와치고리河內郡에 있는 후도인不動院에 머물렀다고 하니 보통 승려가 아닌 것만은 확실했다.

이에야스는 스승의 예는 갖추지 않았으나, 대등한 손님으로 자기 옆자리로 텐카이를 맞이했다. 결코 표정으로는 나타내지 않았지만, 그의 눈은 두툼한 눈꺼풀 안에서 번쩍번쩍 빛나고 있었다.

텐카이는 그러한 이에야스를 완전히 무시하고, 존오에게 빌려 입은 듯한 보랏빛 승복 차림으로 혼다 사도노카미가 권하는 둥근 방석 위에 앉았다.

시각은 다섯 점 반(오전 9시).

창에는 비스듬히 햇빛이 비치고 있었다.

"스님은 아시나 모리츠네芦名盛常 일족이시라고요?"

"그렇습니다. 무츠노쿠니陸奥國 오누마고리大沼郡의 타카다에서 태어났습니다."

"출가 동기는 무엇이었나요?"

"가난이었지요. 가난한데다 열 살 때 아버지를 잃어 조금이라도 집안 살림에 도움이 될까 하여 출가했습니다. 세상에 가난처럼 큰 죄도 없습니다."

"존오 스님 말씀으로는, 스님은 큰 절 주지가 될 수 있는데도 즐겨 여행만 하고 다니신다고……"

"황송합니다. 출가 동기야 어떻든 일단 승려가 되었으니 도道를 굽힐 수는 없습니다. 말하자면 나의 숙명, 천성이라 할 수 있겠지요."

"그럼, 굽힐 수 없는 도라면……?"

이에야스의 목소리는 부드러웠으나, 일언반구도 소홀히 듣고 있지 않았다.

텐카이의 시선이 이때 비로소 이에야스에게 고정되었다.

"굽힐 수 없는 도는, 아무리 무식한 산촌의 노인이건 천하의 권력자이건 조금도 차별을 두지 않고 제도濟度하는 일, 이것 하나임을 깨달았습니다."

이에야스는 가볍게 입술을 일그러뜨리며 웃었다.

"그러면 나도 제도를 받아야겠군요, 텐카이 님에게."

4

"나도 제도를 받아야겠군."

이에야스의 이 한마디는 텐카이가 지금까지 만났던 어떤 무장의 말보다 정중하면서도 오만한 물음이었다.

표면적으로는 불교 앞에 경건한 태도로 보였다.

"나를 제도할 수 있다면 어디 해보아라."

그러나 그 이면에는 이렇듯 얕잡아보는 마음과 자신감이 숨겨져 있었다. 그것은—

"자, 올 테면 와라!"

이렇게 목검을 겨누고 기다리는 병법자의 자세와도 같았다.

텐카이는 희미하게 웃었다.

"말씀하시지 않아도 그럴 작정으로 찾아왔습니다. 다이나곤 님은 드물게 보는 마음이 솔직한 분이군요."

"솔직한 마음…… 어수룩하다는 뜻이오?"

"아니, 그렇지는 않습니다. 마찰의 슬픔과 허용의 기쁨을 아는 천성을 지니신 분이라 보았습니다. 아마 소승의 질문에도 솔직히 대답하실 분이라는 의미입니다."

"과연 그럴까요?"

이에야스는 쓴웃음을 짓는 대신 크게 고개를 갸웃했다.

"그러면 여쭙겠는데, 다이나곤 님은 신과 부처 중에서 어느 쪽을 더 좋아하십니까?"

"신과 부처……?"

이에야스는 입속으로 중얼거렸다.

"나는 말이오, 존오 스님이 신봉하는 정토종의 신자요."

그리고는 탁자를 가리켰다.

"매일같이 나무아미타불의 경문을 직접 쓰고 있소."

"사후에 미타彌陀의 정토로 가시고 싶다는 말씀입니까?"

"그래요. 정토에 갈 수 있는 마음가짐…… 이것을 잊지 않는 무장이 되고 싶소."

"안 되겠습니다."

텐카이는 어린아이를 대하듯이 고개를 저었다.

"다이나곤 님이 정토로 가신다면, 정토에 가지 못하는 많은 백성들은 모두 다이나곤 님과 헤어져 지옥에 떨어질 것입니다. 너무 몰인정한 일 아닙니까?"

"허어, 그것 참 묘한 말씀을 하시는군. 그러면 나더러 어떻게 하라는 말이오?"

"신이 되십시오."

그 어조가 너무도 시원하고 거침없는지라 이에야스는 자기도 모르게 화가 치밀었다.

"그럼, 이번에는 스님께 내가 묻겠소. 신과 부처는 어떻게 다르다는 말이오?"

"신은 백지상태에서 무한히 창조를 반복할 것입니다. 결코 나 혼자 정토에 가서 구원받을 생각은 하지 않습니다. 끈기 있게 아침에 떴다가 저녁에 지는 태양처럼 나날이 새롭고 나날이 번성하는, 지칠 줄 모르는 생성生成의 행위를 되풀이합니다. 어떠한 사태, 어떠한 비극이 닥쳐도 다음에 올 날을 위해 지상의 만물을 생성하는 행위를 결코 버리지 않습니다."

텐카이는 슬쩍 이에야스의 얼굴에 떠오르는 반응을 확인하면서 말을 이어나갔다.

"다이나곤 님이 삼만 석이나 오만 석의 작은 다이묘라면 몰라도, 지금 같은 신분으로 극락에 가기를 바라신다면, 그건 도저히 있을 수 없는 큰 잘못입니다! 그렇게 하면 정토에 가실 수 없습니다. 어떻게 생각하십니까?"

그 질문에 이에야스는 그만 말문이 막혔다.

'과연 이 사람은 특이한 승려다.'

불제자의 몸으로…… 존오 스님의 친구인 몸으로 정면으로 이에야스의 신앙에 일격을 가해오다니……

5

"어떻습니까, 잘못된 생각임을 아셨습니까?"

거듭 묻는 바람에 이에야스는 초조해졌다. '신불神佛' 이라고 언제나 둘을 하나로 묶어 말하면서도, 이에야스는 아직 '신' 에 대해 깊이 생각한 일도 없고 가르침을 받지도 못했었다.

어머니의 신앙, 대고모의 신앙, 할머니와 셋사이雪齋 선사의 신앙, 다이쥬 사大樹寺 칸오 큰스님의 교훈 모두 불법佛法의 그것이었지, 신명神明에 대한 것은 아니었다.

그 차이를 텐카이가 정확히 지적하고 있었다. 짓궂다면 이보다 더 짓궂을 수 없고, 놀라운 통찰력이라고 하면 말없이 고개를 끄덕일 수밖에 없었다.

"으음, 과연……"

이에야스는 웃는 얼굴이 되었다.

"나는 신불은 하나라고 가볍게 생각했는데, 그런 차이가 있었군요."

"아닙니다."

텐카이는 고개를 저었다.

"하나라는 생각이 잘못되었다고 말씀 드린 것은 아닙니다. 단지 다이나곤 정도나 되시는 분이 정토를 지향하실 시대가 아니다, 그것이 잘못되었다는 말씀입니다."

"으음."

"불교에도 여덟 종파가 있습니다. 신사神社도 많습니다. 이들 중 어느 한 종파, 하나의 신사에 구애되어 자기 한 몸의 구원을 찾고자 하는 마음으로는 큰 포부를 펼 수 없다고 말씀 드리는 것입니다. 예를 들어 많은 가신 중에는 선禪을 믿는 사람도 있고 정토종을 신앙하는 사람도 있을 것이며, 니치렌 종 신자, 천주교 신자도 있을 것입니다. 이들이 서로 충돌 없이 각자의 생성을 따뜻이 돌보아주실 정도로 관대한 마음을 가지시도록…… 말씀 드립니다."

"으음. ……어렴풋이 깨닫기는 했으나……"

"어렴풋이 깨달으신다…… 그래서는 안 됩니다."

마침내 텐카이의 말은 꾸짖는 어조가 되었다.

"신은 있는 그대로의 자연, 불도는 그 자연의 효용, 자연의 조화를 지혜의 열매로 나타내 보인 것. 뿌리는 하나라도 꽃에는 천차만별이 생기는 이치를 분명히 체득하시고, 각자에게 각자의 꽃을 훌륭하게 피우도록 하시는 일…… 그런 마음이 없으시면 천하는 다스려지지 않습니다. 죽어 정토를 밟게 될 때까지 쉬지 않고 계속 생성의 길을 걷는다…… 그래야만 다이나곤도 신이 되실 수 있습니다……"

여기까지 말하고 텐카이는 문득 어조를 바꾸었다. 이에야스의 눈빛이 차차 큰 반응을 보이기 시작했기 때문이다.

"아시겠습니까? 오늘날의 세상이 이러한 도리에 얼마나 역행하고 있는가를. 지혜 있는 자는 지혜 없는 어리석은 자를 속이고, 부자는 가난한 자를 학대하며, 강자는 약자를 짓밟고 있습니다. 그 결과 남는 것은 원한뿐입니다. 원한의 뿌리에서 무엇이 자라고, 어떤 난세를 초래하는가, 이는 다이나곤 님 자신이 뼈저리게 체험하셨을 터…… 그런데도 다이나곤 님은 혼자 정토에 가시렵니까?"

6

이에야스는 크게 눈을 뜬 채 잠시 동안 묵묵히 텐카이를 바라보고 있었다.

사람들 각자의 신앙을 인정하라고 하면서 이에야스 자신의 신앙은 무너뜨리려 한다. 생각하기에 따라서는 무례하기도 하고, 꾸짖는 듯한 어조도 무엄했다. 그런데도 화가 나지 않고, 상대가 그대로 자기 마음속에 들어오는 듯한 느낌이었다.

이에야스도 '사람' 보는 눈은 잘 훈련되어 있었다. 고지식하면서도 거친 자, 지혜와 재능은 있으나 방심할 수 없는 자, 성실한 자, 강직한 자, 경박한 자, 잔인한 자 등등. 이 텐카이라는 중은 그 어느 유형에도 속하지 않았다. 때로는 고지식하고 때로는 오만하며, 때로는 성실하고 때로는 난폭한 느낌. 그 천변만화千變萬化하는 인상은, 비꼬아 말하면 여덟 개 종파를 모두 섭렵했기 때문인지 모른다.

인간의 관계는 처음에 서로 맞닿는 데가 있지 않으면 그 교제가 평생 이어지지 않는다. 그런 점에서 텐카이는 처음부터 맞닿는 데가 있다고 혼자 결정하고 밀어붙였다. 그런데도 전혀 불쾌감을 주지 않는 것이 묘하다면 묘했다.

"과연 그렇군……"

이에야스도 차차 허심탄회虛心坦懷해졌다.

"그러니까 신명의 마음은 우주 그 자체, 부처의 마음은 그 우주와 인간을 도로써 이어주는 것…… 이렇게 말할 수 있다는 것이오?"

"하하하……"

텐카이는 웃었다.

"역시 성실하신 분이군요. 우선 일단은 그렇게 생각하셔도 좋을 것입니다."

"일단……이라면 그 다음에 또 무엇이 있다는 말이군요."

"병법에도 초보가 있고 높은 수준이 있는 것과 같습니다."

"그럴 것이오, 아니 분명히 그렇소."

이에야스는 어느 틈에 은사恩師를 대하는 것 같은 착각에 빠지면서 몇 번이나 고개를 끄덕였다.

"나도 전에 셋사이 선사에게 엄한 가르침을 받은 일이 있소. 어려운 문제에 부딪치거든 백지가 되라, 무無로 돌아가면 반드시 길이 열린다고 말이오. 이 무는 또한 신명의 마음과도 통하는 것이겠지요."

"그렇지 않습니다."

텐카이는 어린아이를 대하듯 웃었다.

"이미 다이나곤 님은 그 무를 초월하셨습니다. 이제부터는 그 앞을 걸어가십시오."

"그 앞이라니?"

"앞이란 있는 것과 있는 것의 상대相對입니다. 물론 최초의 무란 고개를 넘은 것이므로 이전의 상대가 아닙니다. 이전의 상대는 주로 적대敵對이고 경쟁입니다. 고작 파사현정破邪顯正°하는 정도로, 언제나 그 뒤에 남는 것은 원한이나 증오일 뿐. 엄격하게 실현하면 할수록 원한과 불행은 깊어지기만 할 뿐…… 그러나 다음의 상대는 근본적으로 달라집니다."

"으음, 그 차이를 확실하게 가르쳐주지 않겠소?"

"예를 들면 여기에 붓이 있다고 합시다."

"음, 붓이 있다고 하면……?"

"그 붓이 붓으로서의 소임을 다하기 위해서는 종이가 필요합니다. 붓과 종이가 반발하는 것이 무 이전의 대립. 붓이 종이를 받아들여 양자의 힘으로 글을 낳는다…… 이 이치를 깨닫고 걷는 것이 제이의 상대입니다. 아니, 그 다음의 과정도 다이나곤 님은 어떤 의미에서는 충분히 실행해오셨습니다. 곧 주군이 있으려면 신하가 있어야 한다는 것을 깨닫고 가신을 아끼신다…… 그러나 상대가 칸파쿠가 되고 보면 아직은 실행할 수 없을 것입니다."

이에야스는 씁쓸한 표정으로 고개를 돌렸다.

7

이런 자리에서 느닷없이 칸파쿠 이야기가 나올 줄은 생각지 못하고 있었다. 이에야스는 현재 그 일로 몹시 마음을 태우고 있었다. 쿄토에 있을 때 우회적으로 간언했는데도 히데요시는 이에야스가 길을 떠난 뒤 대륙 출병을 결정함으로써 어떻게도 대응할 수 없도록 강력한 수단을 취해버렸다.

이 괴로움을 텐카이는 알 리가 없으므로 무심히 내뱉은 말이라고밖에는 생각할 수 없었다. 그렇더라도 두 사람 사이가 원만하지 못하다는 점을 지적당해 마음이 편치 않았다.

"하하하……"

텐카이는 다시 웃었다.

"칸파쿠 이야기가 나와 불쾌하신 것 같군요. 바로 그것이 이상하다는 말씀입니다. 붓과 종이가 만나야 글이 태어납니다. 칸파쿠 정도나 되는 분과 다이나곤 님 정도나 되는 분이 만나 쌍방이 서로 상대를 방해한다면 말이 안 됩니다. 저 같으면 두 분이 만난 인연을 살려, 이 세상에서 가장 소중한 것을 만들어낼 텐데요."

이에야스는 한숨을 쉬고 눈길을 다시 텐카이에게 돌렸다. 텐카이가 한 말의 이치가 그렇게 할 수밖에 없도록 만들었다……

"이 세상에서 가장 소중한 것이라니요……?"

"말할 나위도 없이 이 나라의 평화입니다."

"그것이 소중하다고 생각되어 걱정하고 있소."

"붓과 종이, 붓과 종이……"

텐카이는 다시 되풀이했다.

"방해물로 생각하시거나 파사현정을 생각하시면 안 됩니다. 그러면 다툼이 이중삼중으로 겹쳐지게 될 뿐. 칸파쿠가 외국으로 군사를 내보낸다면 다이나곤 님은 더욱 내실을 공고히 하셔서, 만약 칸파쿠가 외국에서 패하더라도 내부에 금이 가지 않을 태세를 갖추십시오. 그러기 위해서는 두 분 사이에 불화가 없어야 합니다. 칸파쿠는 다이나곤을 활용하고 다이나곤은 칸파쿠를 활용한다…… 그 길이 분명히 있다고 생각하십시오. 이 이치를 살리신다면, 여기서 태어나는 것은 원한도 증오도 아니고 반드시 천하에 유용한 싹이 됩니다."

이에야스의 눈이 다시 빛을 띠기 시작했다.

텐카이의 지적대로 두 사람은 서로 반발할 생각이 없었다. 그러나 마음과는 정반대로 '무' 이전의 대립이 그대로 두 사람 사이에 남아 있는 것 또한 숨길 수 없는 사실이었다.

"씨앗은 씨앗 그대로는 싹이 트지 않습니다. 대지가 있어야만 싹이 나옵니다. 칸파쿠를 대지로 생각하십시오. 대지 중에는 기름진 토양도 있고 척박한 토양도 있습니다. 그런 의미에서 칸파쿠는 결코 최상의 토양이라고는 할 수 없을지 모릅니다. 이 토양이 싫어 씨앗을 그냥 썩힌다면 그것은 분명 어리석은 일입니다. 제이의 상대를 깨달은 사람의 발걸음……"

"잠깐, 스님은 이 이에야스를 어떤 씨앗이라 판단하고 있소?"

"뻔한 일이지요. 가장 귀중한 평화의 씨앗이라 생각하고……"

"으음."

"말이 좀 지나쳤는지 모르겠습니다. 그런 것은 진작 아셨는지도…… 언짢게 들으셨다면 용서해주십시오."

텐카이는 문득 생각났다는 듯 교묘히 화제를 바꾸었다.

"참, 이 성에는 아직 수호 신사가 없다고요? 존오 님도 그것을 걱정하고 있었습니다……"

8

이에야스는 텐카이의 말에 말려들지 않았다. 지금까지 나눈 대화가 이에야스의 마음을 크게 사로잡은 듯했다. 그는 천천히 사방침을 앞으로 당기고 홀가분한 표정으로 몸을 내밀었다.

"……스님은 종종 사카이에도 가시는 것 같은데, 리큐 거사를 만나 보셨소?"

"만났습니다. 그분은 아주 교묘히 칸파쿠를 활용했더군요."

"그런 일을 활용이라 할 수 있습니까?"

"물론입니다. 다도는 화려한 것을 좋아하는 칸파쿠를 토양 삼아 와비의 꽃을 피웠습니다. 당분간 다도는 쇠퇴하지 않을 것입니다."

"으음, 그럴지도 모르겠군. 리큐 거사말고 스님이 사카이에서 만난 사람은……?"

"나야 쇼안, 소로리 신자에몬曾呂利新左衛門, 나야 스케자에몬納屋助左衛門 등 모두 나름대로 재미있는 의견이 있는 듯했습니다. 그 밖에는 혼아미 코에츠, 요도야 죠안淀屋常安, 챠야 시로지로, 스미노쿠라 요이치角倉與一 등입니다. 무사가 되었더라면 모두 성주가 될 그릇으로 보였습니다."

이에야스는 가볍게 고개를 끄덕였다.

"칸파쿠 전하도 리큐 거사의 일로 곤혹스러웠던 모양이더군요. 목숨을 걸고 대들었으니 말이오."

"아니, 그렇지 않습니다."

"그렇지 않다니요?"

"다이나곤 님, 인간에게는 저마다 운과 목숨의 조화라는 것이 있습니다. 목숨은 태어나면서부터 가지고 있는 것, 운이란 그 흥망성쇠입니다. 따라서 누구든지 자기 생명에 춘하추동이 찾아오는 것을 거부할 수 없습니다."

"으음."

"칸파쿠 전하는 인생의 순환 속에서 겨울에 접어든 것을 깨닫지 못하고 있는 듯합니다. 진정한 불제자는 예언을 하지 않습니다마는, 칸파쿠의 아우 히데나가 님의 별세가 겨울이 왔음을 알리는 첫번째 소식, 리큐 거사를 잃은 것이 두번째 소식, 머지않아 세번째 큰 소식이 있을 것입니다."

"세번째 소식……이라면 불길한 일이 계속 생길 것이라는 말이오?"

"인간이란 운이 겨울로 향하면 마음이 노상 소란해지게 마련. 그것을 깨닫고 조용히 평정을 유지하면 좋으나, 그렇지 않으면 큰 불운을 당하게 됩니다. 칸파쿠의 기질로 보아 제삼의 흉사凶事를 당하면 더욱 크게 움직일 기색이 보입니다."

"더욱 크게 움직이다니요……?"

"억지로 대륙 출병을 단행하지 않을까 싶습니다."

"그러면 스님은 대륙 출병이 칸파쿠의 운을 깨뜨릴 것이란 말이오?"

텐카이는 천천히 고개를 끄덕였다.

"어쩌면…… 생명을 잃게 되지 않을까 걱정스럽습니다."

이에야스의 어깨가 꿈틀 하고 크게 물결쳤다.

'섣불리 말해서는 안 된다……'

만일 텐카이가 히데요시의 첩자라면 그야말로 큰일이라고 스스로 경계했다.

"하하하……"

텐카이가 웃었다.

"염려놓으십시오. 소승은 이 길로 곧장 카와고에에 돌아가 당분간은 밖에 나오지 않을 것입니다. 아무튼 칸파쿠 전하의 운은 겨울로 접어들었으나 다이나곤 님은 서서히 봄을 맞이하고 계십니다…… 그렇다고 아직 화창한 봄은 아닙니다. 얼마 동안 더 생각을 거듭하시고, 일본을 위해 후회 없는 활동의 기초를 닦으십시오."

"충고를 고맙게 받아들이겠소. 그런데 스님은 아까 수호 신사에 대해 말했지요?"

이번에는 이에야스 쪽에서 화제를 바꾸었다.

9

"그렇습니다. 비록 칸파쿠 전하의 운이 어떤 흥망성쇠를 겪든지 다이나곤 님은 넓은 견지에서 자신의 천명을 살리셔야 합니다. 그러기 위해 우선 성안에 수호 신사를 마련하십시오."

텐카이가 이렇게 말하자 비로소 이에야스는 웃었다.

"무서운 교훈이오. 혼자 극락에 갈 마음은 깨끗이 버려야 한다는 말이군요."

"하하하…… 또 말을 앞지르시는군요."

"알겠소. 스님의 말씀에 따르리다. 실은 이 성에 오타 도칸太田道灌° 이 세운 두 신의 사당이 있소이다."

"허어, 어떠한 신입니까?"

"그 하나는 텐진샤天神社, 또 하나는 북쪽 성채의 매화나무 숲에 있는 황폐한 산노샤山王社요."

"그것 참…… 기이한 인연이군요."

"허어, 텐진과 산노, 이것이 기이한 인연이라니?"

"하하하…… 아실 텐데요. 텐진은 스가와라 미치자네菅原道眞° 공인데, 어쨌거나 산노 님의 주신主神은 야마시로山城에서부터 탄바丹波 지방을 개척한 치수治水의 신, 곧 오야마쿠이노카미大山咋神인데 그 사자使者는 원숭이라는 속설이 있습니다."

"과연 그렇소."

"이 원숭이란 말에서 연상되는 것이 없으십니까?"

"없소이다마는."

이에야스는 짐짓 이렇게 대답하고 빙긋이 웃었다. 히데요시의 별명인 '원숭이'를 떠올렸기 때문이다.

"현재 에도를 개척해 칸토 여덟 주의 백성을 구한다, 이것이 염원이신 다이나곤'님, 산노샤를 수호 사당으로 삼아 그 뜻을 분명히 가신들에게 알리고, 더구나 같은 사자이므로 원숭이와 사이좋게 국가건설을…… 이렇게 풀어보면 마음의 목표도 정해질 것이라 생각하는데 어떻습니까……"

이에야스는 잠시 고개를 갸웃거리다가 말했다.

"으음, 산노샤를……"

"……앞으로 날로 새롭게, 날로 힘차게 에도 건설에서 국가 건설로 매진하십시오."

"으음, 과연 그렇군요."

이에야스는 일부러 표정을 바꾸지 않았다. 그러나 텐카이의 말은 깊이 마음에 새겼다.

텐카이 역시 히데요시의 대륙 출병이 무모한 일이라고 보는 점에서는 이에야스와 의견이 같은 모양이었다. 더구나 그 히데요시가 실패하더라도 국내가 내전의 소용돌이에 빠지지 않도록 지금부터 충분히 대비해야 한다고 충고하고 있었다. 아니, 그 대비책을, 분방하기 짝이 없는 수호 사당 결정을 간청하는 말에 빗대어 설명하고 있었다.

원숭이와 사이좋게 지내라, 산노 님을 모시고 국가 건설에 매진하라니 이 얼마나 대담무쌍하고 엉뚱한 의견이란 말인가. 사람들은 산노샤를 히요시日吉라는 별명으로 부르기도 한다.

히요시마루日吉丸는 히데요시의 어릴 때 이름이다. 산노샤를 모시기로 한다면 히데요시도 싱글벙글 웃으며 기뻐할 것이라는 생각이 들기도 했다.

"스님을 만나 나는 크게 눈을 떴소."

이에야스가 부드러운 목소리로 말했다.

"스님을 십 년만 더 일찍 만났더라면 좋을 뻔했구려."

"황송한 말씀입니다. 소승 역시 오늘날까지 뵙지 못한 것이 안타깝습니다."

"좋아요, 이것으로 이야기는 끝났소. 사도노카미, 스님께 식사를 대접하고 작별하기로 하겠네. 그리고 준비한 것을 이리 가져오도록…… 머지않아 다시 존오 스님을 통해 만날 기회를 마련하겠소. 그때는 꼭 와주시오."

"감사합니다."

혼다 사도노카미는 연신 고개를 갸웃거리면서 자리를 떴다. 그는 아직 텐카이의 정체를 파악할 수 없었다.

10

텐카이는 황금 열 장을 받고 물러갔다. 올 때도 갈 때도 당당하기만 하고 전혀 빈틈이 없었다. 그래서 빈들빈들 거리를 걷고 있을 때의 그와는 아주 다른 중후함을 풍겼다. 권위에 대한 두려움이 안중에 없기 때문일 것이다.

혼다 사도노카미에게는 상대가 예사롭지 않은 '괴한' 으로 보였다.

"주군, 놀라운 인물이군요."

"자네도 그것을 알았나?"

"마치 저희들을 어린아이처럼 취급하며, 현관에서 꾸짖더군요."

"꾸중을 들었나, 자네도?"

"예. 지금 주군의 운은 갈림길에 놓여 있다, 노신들은 대관절 무엇을 하고 있느냐고."

"허어, 엄한 꾸중이로군."

"그래서 저도 화가 치밀어올라, 어디에 잘못이 있는지 지적해보라고 대꾸했습니다."

"허어, 그랬더니 텐카이는 무어라 하던가?"

"어째서 다이나곤 님의 상경을 촉구해, 길 떠나온 뒤 대륙 출병에 대한 소식을 들어 되돌아왔습니다…… 이렇게 말씀 드리게 하지 않았느냐고."

"허어, 그러면 곧 되돌아가 만류해야만 했다는 의미인가?"

"아니, 어째서 상경하여 축하 말씀을 드리지 않았느냐고……"

여기까지 말하고 사도노카미가 가만히 고개를 들었을 때 이에야스는 빙긋이 웃고 있었다. 무언가 생각나는 게 있는 모양이었다.

이에야스는 그 문제에 대해서는 더 이상 말하지 않았다.

"야스마사를 불러오게."

다음 순간 이렇게 말을 돌렸다.

"알겠나, 야스마사가 오거든 자네는 입을 다물고 있게."

"알겠습니다."

그리고 그때까지 본성의 내전 건축 공사를 지휘하던 야스마사가 정원으로 들어오자 이에야스는 마루로 나갔다. 그리고는 생각났다는 듯이 말을 걸었다.

"어떤가, 시키부式部, 이 성 어딘가 수호 사당 같은 것이 있던가?"

이 일에 대해서는 전에도 한 번 보고한 일이 있으므로, 사카키바라 야스마사는 고개를 갸웃한 채 말했다.

"예, 두 군데 있습니다."

"좋아, 그곳을 둘러보겠다. 안내하도록."

이에야스는 사도노카미와 함께 정원으로 나왔다.

야스마사는 이따금 꿩과 메추라기가 날아오르는 풀숲을 지나 성 서북쪽에 있는 모미지야마紅葉山로 갔다. 그리고 먼저 안내한 곳은 텐진(훗날의 히라카와 텐진平河天神)을 모시는 작은 사당이었다.

"으음, 과연 도칸은 노래를 좋아했던 만큼 텐진샤까지 세웠군."

이렇게 말한 이에야스는 이어 작은 사당 앞에 섰다.

"시키부, 이것 참 이상한 일이야."

"이상하다니요?"

"이것은 산노의 현신現身이 아닌가. 정말 기이한 인연이야!"

혼다 사도노카미는 하마터면 웃음을 터뜨릴 뻔했다. 그러나 곧 당황해하며 입술을 깨물었다.

"실은, 이 성에 수호 사당이 없다면 히에이잔의 사카모토坂本에서 산노를 모셔오려 했는데, 이것은 틀림없는 산노의 현신! ……그야말로 무운장구, 가문 번영의 상서로운 징조가 아니고 무엇이란 말인가. 이것을 우리 가문의 토속신土俗神으로 삼겠네. 곧 사당의 전각을 건립하도록 준비하게."

이 말에 야스마사는 다시 한 번 고개를 갸웃거리며 대답했다.

"알겠습니다."

11

이렇게 지시하는 이에야스의 어조가 너무도 열성적이어서 야스마사도 차차 말려들었다.

"과연 기이한 인연입니다."

"암. 예로부터 전해지는 속담과도 부합된다. 십이간지十二干支의 일곱번째를 소중히 하라는 속담 말일세. 내 생년은 임인년壬寅年, 거기서부터 일곱번째라면 무신戊申, 곧 원숭이가 아니겠나. 원숭이는 산노 님의 사자일세. 그 산노샤가 이미 세워져 있었다니 이 어찌 상서로운 조짐이 아니겠나. 이것으로 에도의 번영은 만만세야."

"그러면 즉시 길일을 택해 지신제地神祭부터 올리겠습니다."

"그렇게 하게. 이게 결정되면 나는 다시 급히 상경해야겠어."

이 산노샤가 현재 호시가오카星ヶ岡에 있는 히에日枝 신사의 전신이다.

두 사람의 이야기를 듣는 동안 혼다 사도노카미 마사노부는 차차 불안을 느끼기 시작했다. 이에야스는 텐카이라는 요사스런 중의 말을 그대로 믿고 수호 사당의 건립을 명했을 뿐 아니라 상경까지 할 모양이었다.

야스마사와 헤어져 거실로 돌아온 사도노카미는 가만히 있을 수 없어 따지듯 물었다.

"주군, 정말 상경하실 생각입니까?"

"그럴 수밖에 없네. 내가 출병에 반대한다는 것을 칸파쿠는 이미 알고 있네."

"그러면, 그 텐카이라는 자의 말대로 하시려는 것입니까?"

"사도노카미."

"예."

"자네는 이상하게도 텐카이를 싫어하는군. 텐카이의 말이든 길거리의 아이들 말이든, 그 말이 옳다면 따라야 하는 것, 어찌 마다할 이유가 있겠는가?"

"그렇기는 합니다만, 지금 상경하시면 도리어 불이익이 돌아오지 않을까 하여……"

"하하하…… 칸파쿠의 기질은 그 반대일세."

이에야스는 여기서 목소리를 낮추었다.

"반대한다는 것을 알면 설 곳이 없을 정도로 짓궂은 책략을 세운다…… 그러나 찬성한다는 것을 알면 오히려 믿는 분일세. 여기서 우리를 신뢰하게 만들고 후방을 한층 더 공고하게 다져놓아야 해. 칸파쿠가 키운 다이묘들과도 사이좋게 하나가 되지 않으면, 만일에 출정군이 패하여 명나라 군사가 침입해올 때는 어떻게 하겠나. 손을 쓸 수 없을 것일세. 나무아미타불로는 해결되지 않아."

"텐카이가 무척 마음에 드신 것 같군요."

"그래. 신불이 나를 위해 보내주신 사자라고 생각했어."

"주군은 어린아이처럼 순진하십니다."

"사도노카미!"

"예."

"순진한 것이 뭐가 나쁜가. 붓과 종이…… 붓과 종이…… 훌륭한 교훈을 얻고도 받아들이지 않는 비뚤어진 마음을 가진 자야말로 어리석기 짝이 없어. 내일 성밖을 돌아보고 무코지마向島 부근에 매를 풀어놓고 모두의 사기를 점검한 뒤 나는 즉시 쿄토로 떠나겠네. 도중에 출병에 관한 소식을 들어 만사를 제쳐놓고 상경했다, 모처럼 결정하신 것, 전략에 만전을 기하시도록…… 이렇게 말해야만 저쪽에서도 이 이에야스를 신임할 것일세. 칸파쿠와는 비록 사소한 감정의 충돌이라 해도 일본에는 큰 손실일세. 과연 내 한 몸의 정토행은 잠시 보류하지 않을 수 없게 됐어……"

혼다 사도노카미는 더 이상 아무 말도 하지 않았다. 이에야스의 몸은 큰 용이 도사리고 있는 모양이었다. 그 눈은 무섭게 허공을 향해 광채를 발하고, 얼굴은 벚꽃 빛으로 빛나고 있었다……

덧없는 가을

1

그날 히데요시는 인도의 부왕에게 보낼 답장의 초안을 읽게 하여 들은 다음, 부교에게 전국의 토지조사를 명하고 요도 성으로 향했다.

쿄토의 더위가 전에 없이 히데요시에게 부담을 주어, 그의 기분은 결코 좋은 편이 아니었다.

지난봄 이에야스가 에도로 돌아가는 것과 동시에 오슈의 난부 노부나오 일족인 쿠노헤 마사자네九戶政實가 누카베 성糠部城에 웅거하여 반기를 들었다. 생각해보면 그 후부터 잇따라 불쾌한 일이 벌어지고 있었다.

히데요시는 다시 상경하겠다는 이에야스를 만류하고 오슈를 방비하라고 했다. 물론 이에야스만으로는 불안하기 때문에 조카 하시바 히데츠구, 가모 우지사토, 다테 마사무네, 우에스기 카게카츠 등 다섯 사람에게 쿠노헤 마사자네를 치도록 명했다.

다행히 6월에 접어들면서 다테 마사무네가 미야자키 성宮崎城을 함락했다. 그러나 이것마저도 마음이 놓이지 않았다. 마사무네와 가모 우지사토 사이에는 여전히 심상치 않은 분위기가 그대로 남아 있었기 때문이다.

이때 소 요시토모宗義智로부터, 자신이 직접 조선에 가서 왕과 담판했으나 왕은 명나라로 가는 길을 열어줄 수 없다고 거절했다는 보고가 있었다.

국내에서도 대륙 출병에 쌍수를 들어 환영하는 분위기가 아니었다. 리큐로 대표되던 사카이 사람들을 비롯하여 측근 이시다 미츠나리까지도 만류하고 싶다는 기색을 내비치고 있었다. 그러한 분위기이니 히데요시는 소 요시토모의 교섭에 대해서는 의심을 품지 않을 수 없었다.

'소 요시토모 놈이 적당히 둘러대어 조선 왕의 비위나 맞추는 것은 아닐까……?'

사실 소 요시토모 일족은 조선과의 밀무역으로 재미를 보고 있었다. 요시토모에게는 중요한 거래처, 히데요시의 말이 그대로 전달되었는지, 생각해볼수록 점점 더 의심이 깊어질 뿐이었다.

요시토모의 장인은 코니시 셋츠노카미 유키나가小西攝津守行長*였다. 유키나가 역시 히데요시 앞에 있을 때와 사카이 사람들을 대할 때와는 아무래도 언행에 표리가 있는 것 같았다. 어쩌면 이러한 그의 태도에는 교역을 통한 이익 외에 천주교도 단속에 대한 또 다른 반감이 숨겨져 있는지도 몰랐다……

오늘 내내 히데요시의 머리에서는 그런 생각이 떠나지 않았다.

조선을 이편으로 끌어들여 그들의 안내로 명나라에 들어가는 것과, 조선을 적으로 삼아 공격하는 것은 큰 차이가 있었다.

후시미伏見에서 요도까지 배를 타고 와서 성에 들어갈 무렵에는 해가 기울고 있었다. 강에는 바람이 있었으나 땅 위로 올라서자 다시 찌는 듯한 무풍상태가 이어졌다.

'어서 옷 같은 것 벗어버리고 어린 도련님이나 안아줘야지.'

처음에는 버리는 아이로 여겨 상스러운 이름으로 부르도록 했던 히데요시가 어느 틈에 츠루마츠를 '어린 도련님' 으로 불러도 전혀 이상하다는 생각이 들지 않았다. 그 정도로 늙어 낳은 자식은 눈에 넣어도 아프지 않을 만큼 귀여웠다.

성에 도착하여 내전으로 향하는 히데요시의 발걸음은 저도 모르게 빨라졌다.

츠루마츠는 올 7월에 만 2년 2개월이 되었다. 별로 건강한 편이 아니어서 올해 윤 정월에는 한 차례 병을 앓았으나 차차 회복되었다. 지금은 무어라 한두 마디 말을 하려고 했다.

히데요시는 츠루마츠를 놀라게 해주고 싶어 마중 나온 여자들에게 발소리를 죽이게 하고 드리워진 발 앞까지 와서 저도 모르게 거실로 빨려들어갔다.

"아……"

환성을 지르며 반길 줄 알았던 츠루마츠가 누워 있었다. 그 잠든 얼굴을 들여다보는 요도 부인의 표정은 창백하기만 했다.

"아니, 어찌된 일이야?"

2

알고 보니 창백하게 질려 있는 것은 요도 부인만이 아니었다. 마중 나온 시녀들의 얼굴도 심상치 않았다.

츠루마츠가 앓고 있었다. 아니, 그보다 얼굴 가득히 땀을 흘리며 잠들어 있는 아이의 얼굴을 보는 순간 히데요시의 가슴을 예리하게 찌르는 것이 있었다.

"이게…… 어, 어떻게 된 일이냐?"

히데요시는 다급하게 물었다.

"의사들은 어디 갔어? 어디가 아픈 거야? 감기냐, 체했느냐? 아니면 배탈이 났느냐? 내가 그토록 주의하라고 일렀는데도."

그때 방에 있는 남자는 히데요시와 츠루마츠, 츠루마츠를 돌보도록 명령받은 이시카와 부젠노카미 미츠시게石川豊前守光重뿐이었다.

"부젠! 언제부터냐, 열이 나기 시작한 것이?"

이마에 손을 얹어보고 열이 있는 것 같아 소리질렀으나 미츠시게는 얼른 대답하지 않았다.

"오늘 점심 전까지만 해도 이상이 없었습니다."

"그럼, 언제부터 앓아 누웠느냐?"

"점심에 아무것도 드시지 않았습니다. 아무래도 이상하다는 생각이 들어 곧 의사를 불렀습니다마는, 열도 기침도 없으시고 배에도 아무 이상이 없으셨습니다."

"그렇다면 치료는?"

"병환이 아니라 피로 때문이다, 조용히 주무시게 하는 것이 좋겠다는 전의의 말에 따라 이처럼 어머님 혼자 계시게 하고……"

"왜 나에게 알리지 않았느냐?"

"말씀 드리려고 사람을 보냈습니다. 길이 어긋난 것 같습니다."

"요도……"

이번에는 히데요시의 질문이 챠챠에게로 돌려졌다.

"지금 부젠의 말을 들으니 아무 이상도 없다, 단지 자고 있을 뿐이다…… 이러는데, 그대는 어떻게 생각하나?"

"저도 영문을 몰라 당황하고 있습니다."

"원인도 없이 병에 걸릴 리는 없어. 생각나는 것이 있을 텐데?"

"그런데도 도무지…… 오전에는 건강하게 장난감 배를 타고 놀았습니다."

"그럼, 체하거나 배탈이 아니란 말이지?"

"예."

"그렇다면 누군가에게 저주를 받았다는 말. 저주가 아니라면 사령死靈이나 생령生靈이 달라붙었다는 말인가? 그런 허튼소리는 말고 어서 전의를 불러. 때를 놓치면 큰일이야."

"알겠습니다."

이시카와 미츠시게가 나간 뒤 히데요시는 다시 아기의 이마에 손을 얹었다.

"정말이지, 열은 없는 것 같군."

이렇게 말했을 때 아에바 부인이 무릎걸음으로 한 발 다가앉았다.

"전하께 드릴 말씀이 있습니다."

"무슨 말인가, 짐작되는 일이라도 있나?"

"전의를 부르시는 것도 좋은 일이오나, 동시에 신사와 불전에 기도를 드리도록 명하시는 것이……"

히데요시는 혀를 찼다.

"역시 사령이나 생령의 짓이라 생각한다는 말인가?"

"예. 약간 짐작이 가는 것이 있습니다."

챠챠는 깜짝 놀라 그녀를 돌아보았다.

3

당시 여성으로서는 그런 말을 하는 것도 당연했다. 병에 걸리면 무엇보다도 기도와 기원……이라는 풍습이 아직 뿌리깊었다.

그 무렵에는 의학이 상당히 발달하여 외과 쪽에는 남만南蠻•으로부터 서양의학도 들어와 있었고, 한방漢方으로는 중국과 조선의 것을 가미한 마나세曲直瀨 의학의 기초가 확립되어 있었다. 그런데 그러한 의학으로도 원인을 알 수 없을 때 사람들은 곧 생령과 사령 등을 연상하게 되었다.

히데요시는 씁쓸히 웃고 아에바 부인을 돌아보았다.

"뭔가, 짐작된다는 것이?"

"사령은 아닙니다. 원한에 의한 생령이 아닐까 하고……"

"원한에 의한 생령……이라면 츠루마츠에게 원한을 품은 자가 이 세상에 있다는 말인가?"

"예. 전하께서는 짐작되는 바가 없으십니까?"

"나는 지금 그대에게 묻고 있어. 짐작되는 바가 있다면 내가 먼저 말했을 것 아닌가."

"……도련님의 탄생으로 가장 큰 손해를 본 사람이 있다면……"

"뭣이, 도련님의 탄생으로……?"

말하다 말고 히데요시는 낯을 찌푸리고 혀를 찼다.

"그럼 그대는 키타노만도코로가 아기를 저주하고 있다는 말을 하고 싶은가?"

"당치도 않습니다! 마님이 어찌 그런 일을…… 오사카에 계시는 동안에도 그토록 깊이 사랑하셨는데……"

"그럼, 달리 누가 있겠느냐?"

"글쎄요, 그것은……"

"혹시 히데츠구를 지목하는 것은 아니겠지?"

"아닙니다, 그런 말씀은……"

"아기가 태어나지 않았다면 히데츠구가 내 뒤를 잇게 되었을 테지. 그래서 저주할 것이라 생각했나?"

"아닙니다. 그런 무서운 일은……"

"그렇다면, 도대체 누구야?"

히데요시는 꾸짖듯이 말하고 그대로 입을 다물었다. 아에바 부인이 츠루마츠를 저주하고 있을지도 모른다고 생각하는 상대가 비로소 머리에 떠올랐다.

챠챠가 이 성에서 츠루마츠의 생모로서 히데요시의 총애를 독차지할 때까지는, 현재 니시노마루西の丸라 불리는 쿄고쿠 타츠코京極龍子(마츠노마루)가 가장 사랑을 받았다. 그녀는 용모에서도 챠챠를 능가하고, 교양과 재능도 절대로 챠챠에게 뒤지지 않았다.

'설마 그럴 리가……'

히데요시는 이렇게 생각했으나, 그 이상 아에바 부인을 추궁하지는 않았다.

비록 그런 의구심 때문은 아니라 하더라도 지금은 신사와 사찰에 기도를 드리지 않을 수 없는 형편이었다.

이때 이시카와 미츠시게가 당시 소아과로는 일본에서 제일이라는 탄바의 의사 콘도 케이안近藤桂安을 데리고 왔다. 물론 케이안은 봄부터 츠루마츠를 전담하는 의사로 요도 성에 머물러 있었다. 방안에 들어선 케이안은 곧 무릎걸음으로 다가가 잠들어 있는 츠루마츠의 작은 손목을 잡아 맥을 짚어보았다.

"아, 열이 오르고 있습니다."

"뭣이, 열이 난다고?"

히데요시는 황급히 자신도 아기의 머리에 손을 짚었다.

"오, 그렇군. 맞아, 아까보다 열이 높아졌어. 이건 좋은 조짐인가, 나쁜 조짐인가?"

목소리를 떨면서 케이안에게 물었다.

케이안은 신중하게 고개를 기울인 채 계속 맥을 짚고 있었다.

4

"어떤가, 케이안. 아직 모르겠나?"

다시 히데요시가 재촉했다.

챠챠는 숨을 죽이고 케이안을 바라보았다. 이시카와 미츠시게와 아에바 부인도 굳은 듯 꼼짝하지 않았다.

시녀 두 사람이 촛대를 가져왔다. 이미 주위는 어두워지고 실내에는 천천히 모기향 연기가 떠다니고 있었다.

"황송합니다마는 모기향을 멀리해주셨으면……"

케이안이 말했다. 그때 비로소 깨달은 듯 히데요시의 성난 목소리가 쩌렁쩌렁 울렸다.

"몸에 안 좋아, 누가 모기향을 피우라고 했느냐!"

시녀가 꾸중을 듣고 부랴부랴 모기향을 들고 나갔다.

케이안은 히데요시에게로 돌아앉아 공손히 머리를 조아렸다.

"홍역인지도 모릅니다."

"뭐, 홍역?"

"예. 이렇게 맥을 짚는 것을 시수문視手紋이라고 합니다. 여자아이는 오른손, 남자아이는 왼손 손가락의 마디 세 군데 맥을 짚어 병의 경중을 알아봅니다."

"으음."

"첫째 마디는 풍관風關이라 하여 맥이 없으면 무병, 맥이 있으면 가벼운 병이 있는 것입니다. 둘째 마디는 기관氣關이라 하는데, 맥이 있으면 중병입니다. 셋째 마디는 명관命關이라 하여, 맥이 있으면 병이 위독한 구사일생의 나쁜 징조입니다."

"그래서, 이 아이는 어떻다는 말인가? 어서 말하게."

"황송합니다마는, 워낙 허약하게 태어나셨기 때문에 홍역의 열이 발

산되지 못하고 몸 안으로 번지고 있는 듯합니다."

"약이 있을 것 아닌가, 열을 밖으로 내보내면 되지 않겠는가?"

케이안은 더욱 신중해졌다.

"칸파쿠 전하의 도련님, 만일 진단이 잘못되면 돌이킬 수 없는 일이 생깁니다. 그러므로 저말고도 이타사카 쵸칸板坂釣閑, 오카 시게이에岡重家, 그리고 마나세 겐사쿠曲直瀬玄朔, 나카라이 즈이케이半井瑞桂 선생 등을 부르시는 것이 좋을 듯합니다."

"알겠소. 부젠, 즉시 쿄토로 사람을 보내도록. 그리고 마시타 나가모리增田長盛, 마에다 겐이 등에게도 곧 달려오라고 전하라. 일본의 모든 사찰과 신사에 즉각 기도를 명해야겠어. 어서 서둘러라."

이렇게 명령했다.

"그들이 올 때까지 급변은 없을 테지?"

그리고 나서 케이안에게 다그쳐 묻는 히데요시의 얼굴은 납빛으로 변하고 땀이 줄줄 흐르고 있었다.

히데요시의 그러한 모습을 보며 챠챠는 정신이 몽롱해지는 것 같았다. 히데요시가 왔기 때문에 도리어 마음이 약해졌는지도 모른다. 히데요시에게는 말할 수 없었으나, 챠챠는 자기 아들이 소생하기 어렵다는 것을 잘 알고 있었다.

'이 애를 무사히 키울 수 있을까……?'

이런 생각을 한 적이 한두 번이 아니었다. 더구나 그럴 때마다 언짢은 기억이 챠챠의 가슴을 흔들었다. 히데요시와 노부나가를 끝까지 증오하다 죽은 할아버지와 아버지의 영혼이 두 사람 사이에 태어난 아이를 어딘가에서 저주하고 있다는 생각이 들어 견딜 수 없었다. 아에바 부인은 그러한 챠챠의 두려움을 알고 있었기 때문에 사령이라 하지 않고 일부러 '생령'이라고 말했는지도 모른다.

생령 따위는 무섭지 않았다. 그러나 사령이라면, 사찰과 신사에서

기도를 드린다고 하여 일이 해결될 것인가……

'인간에게는 좀더 불가사의한 숙명의 실이 있으므로……'

이런 생각을 하고 있을 때 갑자기 츠루마츠가 작은 주먹을 불끈 쥐고 경련하기 시작했다.

5

경련은 잠시 후에 멎었다. 미열은 여전했다. 그러나 호흡은 때때로 길게 꼬리를 끌어, 들여다보고 있는 히데요시와 챠챠의 가슴을 죄어들게 했다.

츠루마츠는 잠들어 있었지만 부모의 눈에는 그렇게 보이지 않았다. 작은 생명이 눈을 감은 채 무엇인가와 격렬하게 싸우고 있는 것으로밖에 보이지 않았다. 그러나 경련은 한 번으로 끝나고 눈을 뜨지 않은 채 하룻밤을 보냈다.

새벽이 가까웠을 무렵 쿄토에서 의사들이 속속 도착했다. 모두 소아과 의사 중에서는 명의라는 소문이 난 사람들, 그들은 모두 손을 씻고 츠루마츠 곁으로 갔다.

진찰한 결과 이타사카 쵸칸의 제안으로 관장을 하여 장에 있는 오물을 빨아내기로 하고, 쵸칸이 그 일을 맡았다. 입으로 빨아낸 오물은 그대로 겐사쿠, 즈이케이, 시게이에, 케이안의 순서로 입에서 입으로 옮겨져 검토되었다.

각자 잔뜩 긴장해 오물을 혀로 검사하는 모습은 보는 이의 몸이 굳어지는 엄숙함이 있었다. 그러나 이런 검사로도 역시 무슨 원인으로 갑자기 이처럼 무기력하게 잠을 자게 되었는지 알아낼 수 없었다.

"식중독은 아닌 것 같군요."

"그렇습니다."

"그렇다면 역시 피로가 겹쳤다고밖에 볼 수가 없겠습니다."

"……피로가 더 심해지지 않도록 인삼으로 약을 지어 억지로라도 드시도록 해야겠습니다."

히데요시도 차츰 여자들과 같은 혼란에 빠져들었다.

처음에는 여자들의 불안을 가라앉히기 위해 신불에게 기도 드릴 생각이었다. 그러나 이제는 마시타 나가모리와 마에다 겐이에게 다그치는 형편이 되고 말았다.

"지난봄에 기도를 부탁한 곳은 어디어디인가?"

"예, 쿄토와 가까운 신사와 사찰은 물론 나라의 카스가春日 신사를 비롯하여 코후쿠 사와 코야산에도 각각 쾌유의 기도를 드리도록 조치했습니다."

"좋아, 그때 시주하기로 했던 곳에는 쾌유를 기다릴 것 없이 모두 전달하도록 하라. 그리고 건강해지면 더 시주하겠다고 전하라."

"알겠습니다."

"아 참, 그 오미의 키노모토木ノ本에 있는 지장보살을 모신 절은 무엇이었지?"

"오미의 키노모토라면, 이카군伊香郡의 죠신 사淨信寺 말씀이군요."

"음, 그래. 그 절은 어린아이의 생명을 지켜주는 지장보살이 본존本尊이란 말을 들었어. 아에바, 그렇지?"

"예. 전에는 아사쿠라 가문과도 인연이 있던 절, 반드시 거기에도 분부를 내려주시기 바랍니다."

"알겠다. 전에도 여자들이 부탁했던 일이 있을 게야. 이번에는 그때의 시주에 오십 석을 더 얹어 봉납하겠다. 즉시 그대의 손으로 기증서를 써서 보내도록."

"알겠습니다."

마시타 나가모리는 별실로 물러가, 오십 석을 더 기증할 것이니 정성을 다해 기도하라는 글을 써서 보냈다. 여기에는 마시타 나가모리와 마에다 겐이 외에도 마침 그 자리에 있던 코이데 하리마노카미小出播磨守, 이토 카가노카미伊藤加賀守, 테라사와 엣츄노카미寺澤越中守, 이시카와 이가노카미石川伊賀守도 서명했다.

'조금이라도 더 정중하게……'

그렇게 하면 어린 생명에게 기적이 일어날 것이라는 애처로운 기대감에서였다.

6

츠루마츠는 이튿날 오후가 되어 눈을 한 번 반짝 떴다. 명의들이 조제하여 억지로 먹인 탕약이 확실히 효력을 나타낸 것 같았다.

츠루마츠는 눈을 뜨고는 천천히 주위를 둘러보면서 무언가를 찾는 모양이었다.

숨을 죽이고 들여다보는 히데요시에게도 생모 챠챠에게도 눈길을 돌리지 않고, 한 단 낮은 아무도 없는 다다미 쪽으로 눈길을 보냈다. 그리고 작은 입술이 움직이는가 싶더니, 가을날 정원에 내린 이슬처럼 맑은 목소리로 중얼거렸다.

"만 엄마."

츠루마츠에게는 엄마가 두 사람 있었다. 한 사람은 오사카에 있는 키타노만도코로인 만 엄마이고, 또 한 사람은 이 성의 엄마였다.

챠챠는 키타노만도코로를 찾는 소리에 겁먹은 듯 아에바 부인을 돌아보았다.

여자들에게 츠루마츠가 허공에서 본 키타노만도코로의 환상은 더할 나위 없이 불길한 연상을 동반하는 것이었다.

도요토미豊臣 가문의 뒤를 이을 아이이기 때문에 오사카에서 자기 손으로 키우겠다는 것이 키타노만도코로의 뜻이었음은 잘 알고 있었다. 그런 키타노만도코로의 뜻을 거스르고 츠루마츠를 억지로 데려온 것이라고도 할 수 있었다.

츠루마츠가 그러한 키타노만도코로의 환상을 보고 있다는 것은 그녀가 츠루마츠를 저주하고 있는 게 아닌가 하는 의문과 두려움을 낳게 했다. 그런 만큼 여자들은 온몸에 소름이 끼치는 기분으로 츠루마츠의 다음 동작을 지켜보았다.

츠루마츠는 작은 손을 이마에 얹듯이 하면서 말했다.

"만 엄마가 우메마츠梅松를 데려왔어. 춤을 추자, 우메마츠. 어서 이리 와."

이렇게 말하는 츠루마츠의 작은 얼굴에 희미하게 웃음이 떠오르는 것이 아닌가……

챠챠는 다시 한 번 조용히 아에바 부인을 돌아보고 미소지었다. 아무래도 그녀들의 두려움은 과녁을 벗어난 모양이었다. 우메마츠는 츠루마츠의 놀이 상대로 두 번쯤 성에 부른 적이 있는 어릿광대였다.

지금 츠루마츠는 그 어릿광대를 키타노만도코로가 데려온 환상을 보고 있는 것이다.

……그렇다면 츠루마츠가 얼마나 깊이 키타노만도코로의 사랑을 받았는가 하는 증거가 될망정, 저주라니 당치도 않다.

히데요시도 여자들의 이러한 감정의 흐름을 깨달았다. 갑자기 그는 뚝뚝 눈물을 떨구며 울기 시작했다.

"잘못했어, 이 전하가 잘못했어. 그래, 무엇보다도 먼저 네가 아프다는 것을 만 엄마에게 알려야 하는 것이었어. 알겠어! 알겠어! 가르침을 받았어, 너의 그 깨끗한 마음에서."

히데요시의 이 눈물은 즉시 좌중에 전해졌다.

챠챠는 고개를 돌리고 울었으며, 아에바 부인과 의사들은 입술을 깨물고 오열을 참았다.

츠루마츠는 다시 잠이 들었다. 히데요시는 이튿날 아침 핼쑥해진 얼굴로 일단 쿄토로 돌아갔다. 약효가 나타나기 시작했으므로 염려하지 말라는 의사들의 의견에 따라 쿄토로 돌아가 정무를 보지 않을 수 없는 히데요시였다.

조선에 관한 일, 인도 부왕의 답장에 관한 일, 토지조사에 관한 일, 오슈에 관한 일……

"부디 정성을 다해 보살피도록. 히데요시에게는 목숨과도 바꿀 수 없는 소중한 아들이야. 이상이 생기거든 즉시 알리도록……"

7

츠루마츠가 앓아 누웠다는 소문과 함께 전국 사찰과 신사에서는 일제히 기도가 시작되었다. 그리고 문병을 위한 제후들의 행렬이 잇따라 쿄토에서 요도로 이어졌다.

그토록 히데요시가 사랑하는 유일한 씨앗, 혹시 만일의 경우라도 생기면 히데요시의 성질이 어떻게 변할지 알 수 없었다.

이시카와 부젠노카미 미츠시게와 민부쿄 호인民部卿法印° 마에다 겐이는 문병객들에게 츠루마츠의 용태를 설명하는 것만으로도 식사할 겨를이 없을 정도였다.

큰방에는 위문품이 삽시간에 산더미처럼 쌓였으나 츠루마츠의 병세는 여전히 일진일퇴였다.

계속 잠을 자는가 하면 어떤 때는 반짝 눈을 떴다.

그리고 무척 마음에 들었던 어릿광대의 이름을 부르기도 하고 오노노 오츠 이름을 중얼거리기도 했다. 그러다가 잠시 뒤에는 다시 잠에 빠져들었다. 반짝 눈을 떴을 때도 제정신인지 꿈을 꾸고 있는지 분간할 수 없었다.

"대관절 이건 무슨 병일까?"

"모르겠어. 홍역인 줄 알았는데 그렇지도 않고……"

오늘날의 '일본뇌염'과 비슷한 질환이라는 생각이 들지만, 당시 명의들의 지식으로는 도저히 알 수 없는 증상이었다. 열도 어느 날은 올라가고 어느 날은 내려갔다. 심맥審脈, 청성聽聲, 시수문, 심외증審外證 등 당시 소아과 진단법을 총동원하여 진찰하고 의견을 종합해보았으나 모두 고개를 갸웃거릴 뿐이었다.

그 무렵 성안 여자들 사이에서는 미신 같은 소문이 나돌았다.

어린아이의 병은 주로 모체의 선천성에서 오는 것. 츠루마츠를 임신했을 때 챠챠가 누군가에게 심한 미움을 받아 그 화근이 미친 것이 아닐까. 예를 들면 챠챠와 장래를 약속한 사나이가 있었던 것은 아닐까 하는……

그 약속을 챠챠가 배신하고 전하의 씨를 배고 말았다. 그래서 그 사나이의 집념이 재앙을 부른 것이 아닐까. 그렇다면 전국의 신사와 사찰에서 기도하는 것도 과녁에서 빗나간 일.

"누군가 마님(챠챠히메)께 달리 짚이는 데가 있는지 없는지 확인해줄 수 없을까?"

"그렇지 않아도 비탄에 빠져 계시는데 어떻게 그런 것을 물을 수 있겠어?"

"정말이지, 이처럼 주무시고만 있으면 끝내 지쳐서 몸을 지탱하지 못할 거야."

이런 소문이 나도는 가운데 츠루마츠의 맥박과 호흡이 흐트러지기 시작한 것은 8월 3일 밤부터였다. 이미 단맛을 곁들여 달인 탕약도 어린아이의 입이 받아들이지 않게 되었다.

히데요시는 그 이후 두 번이나 왔었으나 3일 밤에는 다시 쿄토로 돌아가 있었다.

4일 병세가 급변했다.

히데요시에게 급보가 전해진 것은 오후였다. 밤이 되자 더욱 상태가 악화되고, 이어서 어린아이의 고동이 히데요시의 도착을 기다리지 못하고 심하게 흐트러지다가 멈춘 것은 5일의 썰물 때였다.

"임종하셨습니다."

마나세 겐사쿠가 의사들을 대표하여 말했다. 챠챠보다도 먼저 아에바 부인과 오쿠라大藏 부인이 목놓아 울기 시작했다.

챠챠가 엎드려 오열한 것은 그로부터 얼마 지나서였다. 간호에 지쳐 있어 당장에는 그 슬픔이 받아들여지지 않았던 듯……

8

히데요시는 챠챠보다 더 겁을 먹고 있었다. 그는 이미 3일부터 츠루마츠의 죽음을 예감하고 있었다.

태어났을 때의 기쁨이 무엇과도 견줄 수 없을 만큼 컸던 기억이 남아 있었으므로, 만일 죽는다면 그 실망이 어떨 것인지 상상만 해도 미칠 것 같은 마음이었다.

4일 저녁 요도에게서 '급변'을 보고받았을 때 히데요시는 쥬라쿠 저택을 나와 병상으로 달려가는 대신 토후쿠 사東福寺로 갔다. 도저히 그 애처로운 임종을 지켜볼 엄두가 나지 않았기 때문이다.

'곁에 있어주고 싶기는 하지만……'

만일 곁에 있다가 광란이라도 부리게 되면 그야말로 천하의 웃음거리라는 공포. 전쟁터에서는 무수한 죽음을 대하고, 그 자신도 사람을 죽여온 히데요시였다. 제후諸侯의 죄를 다스릴 때는 아무런 주저 없이 냉엄하게 사형에 처하거나 할복을 명한 히데요시. 최근에는 리큐뿐 아니라 리큐의 아내마저 잡아다 죽인 히데요시였다.

그러한 히데요시가 자기 아들의 죽음 앞에 광기를 부린다면……?

"그것 봐라, 이제야 깨달았느냐."

히데요시를 좋지 않게 여기는 사람들은 이렇게 비웃을지도 몰랐다.

이 정도가 지금의 히데요시가 가질 수 있는 이성理性의 전부였다.

'나는 그렇게까지 당황하고 있지 않다. 이미 죽음을 예상했기 때문에 이렇게 절을 찾아 명복을 빌고 있는 것이야. 히데요시는 그토록 미련한 사나이는 아니야……'

히데요시는 스스로를 꾸짖으며 토후쿠 사로 들어갔다. 그리고는 요도까지 전령으로 줄을 잇게 했다. 시시각각 전해지는 병상으로부터의 보고를 재빨리 전달받기 위해서는 한 사람 한 사람의 전령이 왕복하는 것만으로는 답답했기 때문이다.

토후쿠 사 경내에서 히데요시가 있는 곳까지도 세 사람의 근시가 대령하고 있었다. 경내에서 받은 통지를 현관까지 전하고, 현관에서 객실 입구, 그 입구에서 다시 히데요시에게 전하도록 하는 배치였다. 이렇게 하여 요도 성의 츠루마츠에 대한 병세 보고는 반 각(1시간)도 못 되어 히데요시에게 알려지고는 했다.

히데요시 옆에는 급히 에도에서 달려온 도쿠가와 이에야스, 츄고쿠에서 온 모리 테루모토毛利輝元, 그리고 호소카와 타다오키, 쿠로다 나가마사黑田長政, 하치스카 이에마사蜂須賀家政 등이 있었다.

이곳에 온 마지막 전령은 이시다 마츠나리였다.

본당에서는 기도가 이어지고 있었고, 경내에는 경호하는 무사가 배치되어 있었다. 카토 키요마사와 카타기리 카츠모토片桐且元의 부하들이었다.

5일 이른 아침.

"호흡하시기가 상당히 어려운 것 같습니다."

이러한 연락이 있은 후 병세 보고는 잠시 두절되었다. 그때는 이미 츠루마츠의 숨이 끊어진 뒤였으나 아직 히데요시가 자고 있을 시각이라 생각한 챠챠의 지시에 따라 보고를 삼가고 있었다.

그때 히데요시는 일어나 앉아 혈색을 잃은 얼굴로 오토기슈가 건네는 차를 마시고 있었다. 차를 마시면서 문득 리큐 생각을 떠올렸을 때 이시다 미츠나리가 들어왔다.

"전하, 방금 요도 마님으로부터 도련님이 타계하셨다는 연락이 왔습니다."

"그래, 연락이 왔느냐……"

9

히데요시는 덜컥 찻잔을 내려놓고 멍하니 허공을 쳐다보았다.

"그렇구나, 결국 살아남지 못했구나……"

다시 한 번 중얼거렸으나 아직 슬픔을 실감하지는 못한 듯했다. 각오하고 있었으면서도 사실은 마음 한구석 어딘가에 ―

'죽을 리가……'

이러한 기대와 자신감이 집요하게 달라붙어 있었다. 그것은 ―

'나는 유례가 없는 행운의 별 아래서 태어났다……'

이렇듯 히데요시를 떠받쳐준 자신감과 이어지는 것인 듯.

애당초 자식은 없다고 체념하고 있던 히데요시였다. 그러한 히데요시에게 뜻하지 않은 아들이 주어졌다.

주어놓고 빼앗아가려면 어째서 일부러 태어나게 했단 말인가…… 이런 묘한 논리가 히데요시의 가슴을 파고들었다.

연락은 본당에도 전해진 듯 염불 소리가 뚝 그쳤다.

깨닫고 보니 이시다 미츠나리가 아직 굳은 표정으로 앉아 있었다. 히데요시의 몽롱한 눈길이 자기에게로 오기를 기다리고 있었다.

"아무 고통도 없이 잠드신 채 조용히 숨을 거두셨다고 합니다."

"그런가."

"상세히 보고 드리기 위해 코이데 하리마노카미가 요도를 출발했다고 하니 곧 도착할 것입니다."

"그런가."

히데요시는 가만히 고개를 끄덕이고 정원으로 시선을 돌렸다.

싸리꽃이 만발한 정원에는 아직 아침 이슬이 반짝이며 햇빛을 반사하고 있었다. 촉촉한 흙과 그 흙을 덮은 짙고 푸른 이끼가 선명했다.

소식을 듣고 모리 테루모토가 맨 먼저 달려왔다. 이어서 호소카와, 도쿠가와, 하치스카, 카토, 쿠로다, 마에다가 들어섰다. 저마다 조의를 표하고 있었으나 히데요시는 거의 그들의 말을 듣고 있지 않았다.

'무엇 때문에 나는 이 절에 왔단 말인가.'

히데요시가 이렇게 반성한 것은 코이데 히데마사小出秀政가 요도에서 도착하여 임종 때의 상황을 상세히 설명하고 난 뒤였다.

츠루마츠는 히데요시가 평생 지녀온 자신감을 무너뜨리기 위해 태어났던 것만 같았다. 마지막 숨을 거두려 할 때 작은 손을 허공에 뻗치고 무언가를 움켜쥐려 했다는 것이다. 아에바 부인은 생명을 찾고 있는 것이 아닌지 모르겠다는 말을 했다고 한다……

"생명을 말이지……"

이렇게 말했을 때에야 히데요시의 눈이 젖기 시작하면서 입술이 일

그려졌다. 그 뒤 히데요시는 부채를 얼굴에 대고 누구에게도 보이지 못할 비탄 속으로 빠져들었다.

"그래, 그토록 원하는 것을 아비는 네게 주지 못했구나…… 용서해라! 용서해다오, 츠루마츠……"

좌중은 숙연하기만 할 뿐 아무도 입을 열지 못했다.

이윽고 히데요시는 부채를 놓고 단검을 뽑아 스스로 머리를 잘랐다. 그때 그는 자기가 겨우 어린것의 상喪을 치르려고 토후쿠 사에 왔는지도 모른다고 생각했다.

"그렇구나, 네가 가장 원하던 것을……"

푸른 다다미 위에 떨어진 백발이 섞인 상투는, 사람들의 마음을 대번에 덧없는 허망함 속으로 몰아넣었다.

이에야스가, 그리고 타다오키가 소리를 죽이고 울기 시작했다……

10

사람들이 속속 토후쿠 사로 몰려들었다. 객실은 말할 나위도 없고 순식간에 복도와 정원까지 사람들로 가득 찼다.

그러나 상투를 자른 뒤의 히데요시는 그들의 조문을 받으려 하지 않았다. 머리를 쥐어뜯으며 목놓아 울기 시작했다. 이성을 잃었다……는 정도가 아니었다. 이대로 미쳐버리지 않을까 하는 생각이 들 만큼 크나큰 비탄에 휘말려 있었다.

"츠루마츠, 나만 남겨놓다니 어떻게 하라는 말이냐…… 나를 두고 죽으려거든 어째서…… 어째서…… 태어났다는 말이냐."

"……"

"어째서 너는 그토록 사랑스럽게 내 무릎에 올라와 재롱을 부렸다는 말이냐…… 그 부드러운 뺨을, 그 달콤한 입술을 나더러 잊으라는 말이냐…… 어째서 너는 이 가엾은 나를 혼자 남겨두고……"

체면이고 무엇이고 모두 내던지고 울부짖는 히데요시 앞에서 제일 먼저 호소카와 타다오키가 상투를 잘랐다. 히데요시가 당한 그 슬픔을 함께 나누려는 것이었다.

다다미 위에 두 개의 상투가 떨어져 있었다. 이번에는 쿠로다 나가마사가 늦은 것을 부끄러워하듯 서둘러 상투를 잘라 던졌다.

이러한 분위기 속에 모리 테루모토도 도쿠가와 이에야스도 그냥 있을 수 없었다.

"츠루마츠 님을 위해……"

"도련님을 위해……"

"저도 조문을 드리겠습니다."

"저 역시 마음으로부터……"

이때의 모습이 코노에 노부타다近衛信尹의 『산먀쿠인키三藐院記』에는 다음과 같이 기록되어 있다.

"전하는 이 일로 너무 비탄에 빠진 나머지 이성을 잃으셨다. 손수 상투를 자르시고 명복을 빌기에 이르니, 상하와 남녀 모두 위로를 드리기 위해 앞다투어 상투를 잘랐다. 그 상투가 쌓여 상투무덤이 되니, 이 어찌 불가사의한 일이 아닌가……"

검은 머리카락이 있었다. 거의 백발에 가까운 것도 있었다. 잿빛인 것, 희끗희끗한 것…… 이런 상투들을 앞에 두고, 광란에 가까운 히데요시의 비탄은 계속되었다.

"결코 무리도 아니지만…… 이대로 실성하시는 것은 아닐까."

"아니, 그럴 리는 없어. 전하는 보통 분이 아니셔. 한껏 비탄에 빠지셨다가 다시 번쩍 정신을 차리실 거야."

"그랬으면 좋으련만, 왠지 걱정이 되는군."

히데요시의 비탄은 그날에만 국한되지 않았다. 쥬라쿠 저택에 돌아가서도 통곡하고 또 통곡했다.

8일, 더 참지 못하고 히데요시는 키요미즈清水 신사에 참배해 명복을 빌었다. 함께 갔던 이에야스가 보다 못해 말을 걸었다.

"비통하신 심정은 잘 이해할 수 있습니다. 잠시 아리마有馬 온천에 가서 몸을 돌보십시오. 그동안 이곳은 저희가 지키겠습니다."

히데요시는 이에야스의 손을 움켜쥐듯이 하면서 다시 울었다.

"고맙소, 다이나곤. 다이나곤이 와주어서 큰 힘이 되었소. 그러나…… 그러나…… 이 슬픔이 왜 이다지도 집요한지……"

이에야스는 츠루마츠의 죽음이 동기가 되어 히데요시의 대륙 출병이 앞당겨지지 않을까 하여 여간 걱정스럽지 않았다.

11

츠루마츠의 장례는 묘신 사妙心寺에서 치러졌다.

츠루마츠를 돌보던 이시카와 부젠노카미 미츠시게가 묘신 사의 난케 겐코南化玄興 스님에게 깊이 귀의하고 있던 관계로 장례는 토린인東林院 암자에서 분향예식을 마치고 그대로 묘신 사에 매장했다.

그 출생으로 히데요시를 미치도록 기쁘게 하고, 그 죽음으로 히데요시를 비탄의 나락으로 빠뜨린 이 어린것의 법호는 '쇼운인 덴교쿠 간린쿠祥雲院殿玉巖麟公' 라 하여 어마어마했다. 그러나 생각해보면 이상한 인연의 소생이었다. 굳이 비꼬아 말한다면, 그야말로 히데요시를 야유하기 위해 태어났다고 할 수 있는 짧은 일생이었다.

히데요시는 역연逆緣°이어서 장례에는 참석하지 않았다. 사랑하는 자식을 위해 히가시야마東山 대불전大佛殿 옆에 쇼운 사祥雲寺를 건립

할 뜻을 밝혔다. 그리고 이 절에 츠루마츠의 모든 유품을 기증하겠다고 하고는 그대로 아리마 온천으로 향했다.

온천에 갈 때도 히데요시는 계속 허탈감에 빠진 채였다. 누가 말을 걸어도 반은 대답하고 반은 못 들은 척했다. 그러면서 먼 곳을 바라본 채 뚝뚝 눈물을 떨굴 뿐이었다. 눈이 뿌옇게 탁해지고 뺨은 쑥 들어가, 갑자기 4, 5년이나 더 늙어 보였다.

"이대로는 전하도 몸을 지탱하시지 못할 것 같아."

"그렇지만 돌아가신 도련님 때문이니 어쩔 도리가 없지 않은가."

"아무튼 대륙 출병은 포기하실 것 같네."

"그 기력으로는 어려우시겠지. 그보다도 이제는 상속 문제를 다시 말씀 드려야 하지 않을까?"

"……온천에서 정양하고 돌아오시면 어떤 지시가 계시겠지. 우리가 먼저 거론할 때가 아닐세."

카토, 후쿠시마, 쿠로다 등 히데요시가 길러낸 사람들은 혹시 그가 폐인이 되지 않을까 하여 은근히 걱정하고 있었다.

그러나 마에다 토시이에와 모리 테루모토는 그렇게 보지 않았다. 히데요시의 성격으로 미루어, 탄식하는 것도 방약무인하고, 탄식에서 벗어나 다시 일어서는 것도 남의 의표를 찌를 것 같다는 생각이었다.

호소카와 타다오키도 이에야스에게 이렇게 말했다.

"이 비탄이 전하를 더욱 완성하는 계기가 되기도 할 것입니다."

"그렇소. 이대로 시들어버릴 분이 아니오. 아니, 그래서는 안 되지요. 안 계시는 동안에도 토지조사를 계속 추진해야만 합니다."

그러나 쿄토와 오사카, 사카이 등지에는 이번 일에 대해 뜬소문이 무성했다.

"역시 리큐 거사님의 앙갚음이야. 그토록 괴롭히고 목상까지 처형하다니. 더구나 아무것도 모르는 부인까지……"

"아니, 그렇지 않아. 좀더 깊은 신의 뜻이 있었던 거야."

"신의 깊은 뜻은 앙갚음 이상으로 무서운 것일까?"

"암. 일개 농부로 태어나 천하를 손에 넣고 그것도 부족해 대륙까지 넘보다니…… 너무도 주제를 몰라 신이 주의를 준 것일세."

이러한 소문은 물론 히데요시의 귀에까지 들어갈 리 없었다. 그는 아리마에 가서도 여전히 울다가는 허탈해지고, 허탈해 있다가는 다시 울었다.

세상의 견해야 어찌 되었건, 츠루마츠의 죽음이 히데요시에게 준 깊은 타격만은 아무도 부인할 수 없었다……

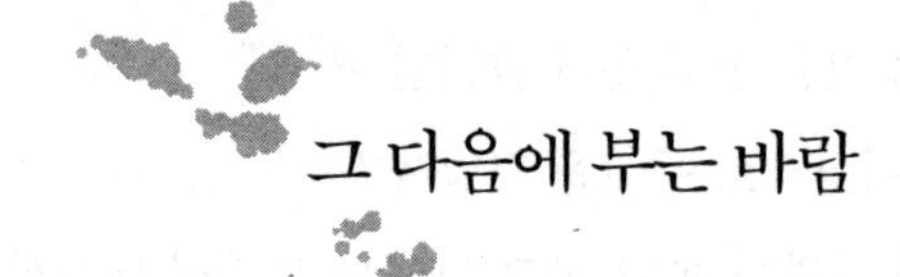

그 다음에 부는 바람

1

츠루마츠의 죽음으로 사람들의 마음에 가장 먼저 떠오른 생각은 도요토미 가문의 후계자 문제였다.

히데요시가 양자로 맞이한 노부나가의 아들 히데카츠秀勝는 정3품 곤노츄나곤權中納言까지 올라 탄바의 카메야마龜山 성주로 있었으나 폐병으로 이미 죽었다. 그 히데카츠에게 출가했던 챠챠의 동생 타츠히메達姬는 지금은 공경에게 재가해 있었다.

따라서 지금까지 종종 화제에 올랐던 히데요시의 누나가 낳은 아들 하시바 히데츠구를 후계자로 삼아야 할 형편이었다. 그러나 히데요시는 히데츠구를 별로 탐탁하게 여기지 않았다. 누나의 배우자 미요시 무사시노카미 카즈미치三好武藏守一路의 아들로 태어난 히데츠구는 때때로 일을 단순하게 보아 허술히 취급하고 거칠게 행동하는 결점이 있었다.

히데요시의 눈에 들 만한 인물이 그리 흔하다고는 할 수 없었다. 그렇기는 하지만, 신겐의 아들 카츠요리勝賴가 받아들여야 했던 아버지만 못하다는 평 이상으로 히데요시와 히데츠구 사이 역시 거리를 느끼게 했다. 히데츠구는 지금까지 몇 차례나 히데요시의 꾸중을 들었다.

코마키, 나가쿠테長久手 전투에서 수행하던 스케자에몬助左衛門과 카게유勘解由 두 사람을 무참하게 전사시켰을 때였다.

"멍청한 녀석!"

히데요시의 조카라면 조카다운 분별을 가지고 행동하라고 하면서 얼마 동안은 면회도 허락하지 않았다. 그러다가 키슈 정벌 때의 전공과 쵸소카베 치카카즈長曾我部親和의 아키 성安芸城 공격에서 세운 공로 등으로 화가 풀려 하시바라는 성을 쓰게 하고 칸파쿠의 후계자로 키우기 시작했다.

그러한 때 츠루마츠가 태어났다. 하마터면 히데츠구를 후계자로 정하고 이를 발표할 뻔한 바로 그 직전의 일이었다.

자기 자식이 태어난 뒤 히데츠구를 후계자로 한 히데요시의 구상은 크게 수정되지 않으면 안 되었다. 후계자는 츠루마츠로 하고, 어린 츠루마츠를 자신에 대한 히데나가……와 같은 위치에서 사촌형인 히데츠구에게 보좌하도록 하려 했다.

그래서 히데요시는 츄나곤에 올라 있는 히데츠구를 중요한 일에 참여시켰다. 다테 마사무네와 교섭하게 하는가 하면 이에야스와 같이 전쟁터에 내보내기도 하고, 주요 회담에 입회시키기도 했다.

그런데 운명은 다시 반전하여, 츠루마츠의 죽음을 통해 또다시 사람들의 마음에 히데츠구를 크게 부각시켰다. 더구나 히데요시가 노쇠 징조를 보이기 시작한다면 시급히 결정할 필요가 있었다.

"도쿠가와 님, 이번에 전하가 온천에서 돌아오시면 후계자 문제를 말씀 드리지 않을 수 없습니다."

쥬라쿠 저택의 한 방에서 후계자 문제에 대한 말을 꺼낸 사람은 마에다 토시이에였다.

"그렇소."

"도쿠가와 님도 생각하시는 바가 있으실 것입니다. 말씀해주시면 이야기를 꺼내는 데 도움이 되겠습니다마는."

이에야스는 신중하게 고개를 기울였을 뿐 당장에는 입을 열지 않았다. 섣불리 히데츠구의 인물평을 한다면, 나중에 그가 결정되었을 경우 어색한 응어리가 남을 것이었기 때문이다.

이에야스는 히데츠구를 별로 높이 평가하고 있지 않았다.

'히데요시에 비해 너무 모자란다……'

이에야스 자신에게는 오히려 다행 아닌가…… 이런 생각을, 지금의 이에야스는 신불 앞에 크게 부끄러워하고 있었다……

2

이에야스가 오사카 성으로 키타노만도코로를 찾아간 것은 히데요시가 온천으로 떠난 사흘 후였다.

츠루마츠의 죽음으로 큰 타격을 입은 것은 히데요시 한 사람만이 아니었다. 키타노만도코로 또한 낙담한 나머지 앓아 누웠다…… 이런 소문을 들었기 때문이다.

그녀의 낙담은 히데요시의 그것보다 더 값어치가 있다고 이에야스는 생각했다. 자기 배를 아프게 하고 낳은 아들이 아니다. 질투심 많은 여자라면 오히려—

"그것 봐라."

표면적으로는 어쨌거나 내심으로는 좋아할지도 모르는 일이었다. 그런데도 일단 자기가 기르다가 다시 빼앗기고 요절한 츠루마츠 때문에 앓아 누울 정도로 비통해하고 있었다. 그녀의 사랑이 얼마나 깨끗하고 아름다웠는지 증명할 만했다.

이에야스는 나가이 나오카츠永井直勝와 토리이 신타로를 대동하고, 챠야 시로지로는 도중까지 함께 따라왔다. 만일 병이 심하다면 문병의 인사말이나 하고 돌아올 생각에서 오타니 요시츠구大谷吉繼에게 찾아온 뜻을 말했다.

"기꺼이 만나겠어요."

키타노만도코로는 일부러 코조스孝藏主를 현관으로 내보내어 맞이하게 했다.

이에야스는 긴 복도를 걸으면서 문득 후회했다.

'만나지 않는 편이 좋았을지도 모른다.'

인물 됨됨이는 어떠하든, 지금 후계자를 결정하게 된다면 히데츠구를 제외하고는 아무도 없다. 만일 그 문제가 두 사람 사이에 화제가 되고, 그 말이 밖으로 새나간다면 장수들은 어떻게 여길 것인가?

히데츠구는 현재 히데요시를 대신하여 오슈에 출전해 있었다. 이렇게 쿄토에 올라와 있지만, 이에야스 또한 그 후군後軍을 명령받고 있었다. 세상에서는 이에야스가 히데츠구를 위해 내전에도 출입하고 있다고 생각할지도 모른다.

그러나 여기까지 온 이상 되돌아갈 수도 없었다.

'그렇다, 그 문제에 대해서는 되도록 말을 피해야겠다.'

키타노만도코로는 늙은 여승 코조스가 이에야스의 도착을 고하자 일부러 일어나 이에야스를 맞이했다.

"이번 도련님의 불행으로 낙담하신 나머지 병상에 계시다는 말을 듣고 문안 드리러 왔습니다."

키타노만도코로는 이렇게 말하는 이에야스를 물끄러미 바라보다가 크게 한숨을 쉬었다.

"저도 같이 아리마로 전하를 모실까 생각했으나 그만두었어요."

"전하는 이십일쯤에는 돌아오실 것입니다…… 성격이 그러시니 잠시 휴양하면 체념하시겠지요."

"다이나곤 님, 인간 세상은 뜻대로는 되지 않는 모양입니다."

"수명이란 사람의 힘으로는……"

"아직도 아기의 웃는 그 앳된 얼굴이 눈앞에 어른거려 참을 수가 없어요. 이러한 제가 같이 간다면 도리어 전하께 방해가 될 것 같아 사양했어요."

키타노만도코로는 전혀 이에야스의 말을 듣고 있지 않았다. 오직 자기가 생각하고 있는 것만을 말하고 있었다.

"아기만 살아 있다면 천하의 풍파도 가라앉을 것이다…… 이것이야말로 신불의 축복이라 생각하고 있었는데……"

"그 심정, 충분히 이해합니다."

"그런데 갑자기 빼앗겼다…… 이것도 신의 뜻이란 말인가…… 생각하니 눈앞이 캄캄해요. 다이나곤 님, 천하는 어떻게 될까요? 이러저러하게 될 것이니 이렇게 하라는 신의 가르침을 들을 수 없을까요?"

이에야스의 어깨가 저도 모르게 꿈틀 움직였다.

3

키타노만도코로는 단지 츠루마츠의 죽음만을 슬퍼하는 것이 아니었다.

'어떻게 하는 것이 신의 뜻인가……?'

그 질문은 이에야스를 놀라게 하기에 충분했다. 그녀 역시 츠루마츠의 죽음이 초래할 히데요시의 변화를 걱정하고 있었다……

키타노만도코로는 말을 계속했다.

"열네 살부터 모셨기 때문에 전하의 기질은 잘 알고 있어요. 전하는 계속 질주하는 사나운 말입니다. 쓰러질 때까지 달리는…… 그 걸음을 어디서 멈추게 하여 이름을 남기시게 하나, 이것이 저의 고민이었어요."

"이해할 수 있습니다."

"그럴 때 아기가 태어났어요. 아이의 장래를 생각해서…… 이렇게 말해서 그 고삐를 잡을 생각이었어요. 그러나 그 고삐 또한 끊어지고 말았어요……"

이에야스는 대답할 말을 잃고 망연히 상대를 바라보고만 있었다.

'과연 그 말이 옳다……'

여자이면서도 키타노만도코로가 앞날을 보는 눈은 미리 귀띔이라도 한 듯 이에야스와 같았다.

"다이나곤 님, 전하를 멈추게 하는 고삐가 되어주세요. 계속 달리기만 하다가 벽에 부딪쳐 그대로 쓰러진다…… 전하의 마지막이 될지도 몰라요."

"죄송합니다마는, 그런 염려라면 거두십시오."

"아니에요. 전하가 이대로 조용히 늙을 것이라 생각하시나요?"

"아니, 그렇지는 않습니다마는……"

"전하는 역시 달릴 거예요, 계속…… 생명이 다하는 날까지……"

이에야스는 다시 입을 다물었다.

'과연 그럴 것이다……'

마음속으로는 전적으로 동의하면서도 이와는 반대되는 말을 해야 하는 자신의 입장이 안타깝기만 했다.

"이 슬픔에서 전하가 다시 분기하여 대륙 출병을 감행하신다면 어떻게 되겠어요. 천하 태평을 바라던 우다이진 님 때부터의 비원이 물거품처럼 사라질 위험성이 있지 않겠습니까? 무엇이건 자기 대에 이룩하고야 말겠다는 조급한 성격…… 그 조급함이 자칫하면 모든 것을 잃게 할 위험을 초래한다고 생각지 않으십니까?"

"그 점은……"

이에야스는 겨우 대답할 말을 찾아내고 땀을 닦았다.

"측근에 지장智將이 많으므로, 모두 힘을 다해 전하의 큰 업적에 흠이 가는 어리석음은 저지르지 않을 것입니다. 물론 이 이에야스도……"

"유념해주시겠습니까?"

"물론입니다. 그러나 아직 상상에 불과합니다. 지나친 우려이십니다. 그 일을 자꾸 거론하면 도리어 울컥하시는 전하의 기질…… 리큐 거사가 그 좋은 보기이니, 먼저 말씀하실 때까지 기다리는 것이 좋을 듯합니다."

"알겠어요. 그럼, 이 일에 대해서는 더 이상 말하지 않겠어요."

"그렇게 하십시오."

"하지만 그 전쟁 중에 전하 신상에 만약의 경우라도 생기면……"

"만약의 경우라니요……?"

"무장은 모두 일본에 있지 않고, 또 전하는 병환을 얻으셨다. 이런 경우 누가 일본을 이끌 것인가, 그럴 힘을 누가 가지고 있는가……"

'아뿔싸!'

이에야스는 입술을 깨물었다. 역시 화제가 후계자 문제로 옮겨졌다.

4

키타노만도코로는 얼마나 생각이 깊은 사람인가. 이에야스는 내심 혀를 내둘렀다. 그녀는 지금 이에야스에게 히데츠구를 추천하도록 하고 앞으로도 그를 잘 도와달라고 당부하려는 것이 틀림없었다.

이에야스로서는 그런 대답은 할 수 없었다. 경우에 따라서는 지나친 간섭이 되어 히데요시의 측근 중에 적을 만들게 될 우려가 있었다. 특히 파벌의 소용돌이에 말려드는 것을 경계하지 않으면 안 된다. 벌써 측근 중에는 이시다 미츠나리를 중심으로 하는 문치파와 코쇼 출신으로 히데요시가 키운 무장 사이에 반목이 형성되고 있었다. 그 어느 쪽에 가담한다 해도 이에야스의 존재를 왜소하게 만들 뿐이었다.

"말씀은 그러합니다마는……"

이에야스는 정중하게 자세를 바로하고 대답했다.

"만도코로 님도 말씀하셨듯이, 일본의 풍파를 가라앉히는 것이 돌아가신 우다이진 님의 이상이었고, 전하께서 목숨을 걸고 계승하셨습니다. 제후들도 지금은 모두 뼈에 새기고 있습니다. 비록 어떤 일이 생긴다 해도 그 뜻을 어기는 일은 생각할 수 없습니다."

"그러면, 옛날처럼 변란을 꾀하는 자는 아무도 없다는 말인가요?"

"당연합니다!"

이에야스는 한층 더 말에 힘을 주었다.

"만일 꾀하는 자가 있더라도 제후들은 일본의 적으로 여겨 그냥 두지 않을 것입니다. 평화로 향하는 것이 지금의 시대적 조류입니다. 그 조류에 역행하는 자는 멸망한다…… 말없이 세상을 감시한다, 이것이 신불의 큰 뜻입니다."

"그럼, 예컨대 누가 도요토미 가문을 잇는다 해도……"

"물론입니다."

이에야스는 교묘히 화제를 바꾸어나갔다.

"저는 지금 히데츠구 님 후군으로 오슈에 군사를 출진시키고, 만에 하나라도 큰일은 일어나지 않을 것이지만, 카가 님에게 뒷일을 부탁하고 전하가 돌아오시기 전에 쿄토에서 출발할까 합니다."

"그러니까 다이나곤 님은 츄나곤의 후군으로 오슈에 가신다는 말인가요, 직접……?"

"예. 지금쯤 군사가 니혼마츠를 향해 진군하고 있을 것입니다. 서둘러 뒤를 따르겠습니다. 일본 국내에서는 두 번 다시 소란이 일어나지 않도록 해야만 합니다."

대화 속에 히데츠구의 이름을 슬쩍 집어넣으며 이에야스는 정중하게 고개를 숙였다.

"그럼, 부디 건강에 주의하십시오. 이만 물러가겠습니다."

키타노만도코로는 다시 일어나 복도까지 나와 이에야스를 배웅했다. 그의 모습이 보이지 않게 되자 코조스를 돌아보며 생각에 잠기는 어조로 말했다.

"다이나곤은 무서운 말을 했어."

"무어라고 하셨는데요? 무서운 말씀이라니 저는 도무지……"

"그대는 알아듣지 못했나? 천하를 어지럽히는 자가 있다면 그자야말로 적이라고 한 말을……"

"그 말이라면 들었습니다마는…… 왜 무섭다는 말씀입니까?"

"만일 전하의 후계자가 무능하다면 부하들이 승복하지 않을 것이다. 승복하지 않고 소요를 일으키면 모든 사람의 적…… 너무도 옳은 말을 하시니 무섭다는 것이야."

키타노만도코로는 자리로 돌아와 어깨를 떨구고 생각에 잠겼다.

5

키타노만도코로가 우려하는 것은 온천에서 돌아온 뒤의 히데요시가 취할 태도였다. 그래서 이에야스로부터 안심할 수 있는 대답을 들었으면 하고 생각했다. 곧 이런 말을—

"대륙 출병에 대해서는 목숨을 걸고 간하겠습니다."

이에야스가 히데요시에게 신경을 곤두세우고 있듯이, 히데요시도 내심으로는 이에야스를 극도로 경계하며 두려워하고 있었다.

지금 히데요시의 대륙 출병을 저지할 수 있는 사람이 있다면, 일본에는 오직 이에야스 한 사람뿐……이라고 키타노만도코로는 내다보고 있었다. 그래서 히데츠구는 미덥지 못하다, 그대의 힘을 빌리고 싶다는 말을 하려 했으나 이에야스는 끝내 그럴 기회를 주지 않았다. 뿐만 아니라, 쿠노헤 마사자네를 치기 위해 출전 중임을 내세워 히데요시가 돌아오기를 기다리지도 않고 에도로 돌아가겠다고 했다.

키타노만도코로로서는 그러한 이에야스의 언동에서 두 가지 답을 끌어낼 수 있었다.

그 첫째는 이에야스 역시, 일단 결정한 일에 대해서는 절대로 주장을 굽힐 히데요시가 아니라고 보고 있다는 것……

다른 하나는 이에야스의 마음 어딘가에 히데요시의 실패를 바라는 방심할 수 없는 타산이 있지 않을까 하는 것……

쿄토로 돌아온 이에야스는 자신의 말대로 마에다 토시이에와 모리 테루모토에게 뒷일을 부탁하고 급히 오슈로 향했다.

히데요시가 아리마에서의 온천 요양을 7일 만에 중단하고 오사카 성에 돌아온 것은 8월 18일의 일이었다.

키타노만도코로는 오만도코로, 히데요시와 함께 세 사람이 오붓한 저녁을 맞으려고 시녀에게 명하여 식사 준비를 시키면서 오랜만에 마음이 설레었다.

'어떤 모습으로 돌아올 것인가……'

이미 부부관계가 없어진 지는 오래되었다. 그러므로 그 설렘은 남녀의 감정이나 기대와는 다른 것이었다. 오랜만에 찾아오는 자기 자식의 변화를 걱정하는 어머니의 설렘이었다.

못 말릴 말썽꾸러기.

'지나치게 달리지 않았으면 좋으련만……'

그렇다고 떠날 때처럼 울어서 눈이 붓고 어깨를 축 늘어뜨린, 보기 흉할 만큼 허탈한 모습이라면 더더구나 참을 수 없는 일이었다.

적당히 원기를 되찾고, 적당히 생각에 잠기며, 적당히 독주獨走할 생각을 억제하고 있다면 얼마나 좋을까……

"원 이런, 나는 자신에게 유리한 것만 생각하고 있어……"

내전에는 여섯 점(오후 6시) 무렵에 드시게 될 것이라는 연락에 키타노만도코로는 여승 코조스를 돌아보며 쓴웃음을 짓고 말했다.

"전하는 어떤 모습으로 돌아오실 거라고 생각해, 그대는?"

"글쎄요. 생각했던 것보다 일찍 돌아오신 것을 보면 온천 요양이 효과가 있었다고……"

"아니, 그런 것을 묻는 게 아니야. 다시 전처럼 크게 웃으실까, 아니면 조용히 들어오실까, 그것을 묻고 있어."

"그야 조용히 들어오시겠지요. 아직 슬픔이 깊으실 테니."

그때 뒤에서 목소리가 들렸다.

"나는 크게 웃는 쪽에 걸겠어. 세 살 버릇은 여든까지 가게 마련이지. 어찌 전하가……"

좀이 쑤셔 더 이상 기다리지 못하고 거실에서 나온 오만도코로였다.

6

오만도코로는 츠루마츠의 죽음에 그다지 큰 충격을 받은 것 같지 않았다. 지난 정월에 히데나가가 죽었을 때는 그대로 앓아 누워 다시는 일어나지 못하는 것이 아닐까 생각될 정도였다. 그런데—

"가엾은 일이야, 삼 년밖에 안 되는 수명이라니……"

당시에는 눈물을 흘렸으나 그 후로는 상심하는 기색을 보이지 않았다. 오만도코로에게는 츠루마츠도 손자, 히데츠구도 손자. 어려서부터 '할머니'라 부르며 재롱을 부리던 히데츠구 쪽에 정이 더 갔기 때문인지도 모른다.

"어머, 오만도코로 님은 즐거우신 듯……"

코조스의 말에 오만도코로가 다시 들뜬 목소리로 덧붙였다.

"옛날부터 빨리 체념하는 아이였어, 전하는. 슬플 때는 큰 소리로 엉엉 울고…… 그러나 이 때문에 언제까지나 울적해하는 성질은 아니야. 그것은 내가 너무 잘 알아."

키타노만도코로는 그 말에 순순히 동의할 수 없었다. 그녀 역시 그렇다고는 생각했다. 그 점에서는 같았으나, 쥬라쿠 저택에서 오사카로 온 오만도코로와 키타노만도코로가 바라는 것은 전혀 달랐다.

"코조스는 어느 쪽에 걸겠어? 기운차게 웃으며 돌아오실까, 가실 때처럼 순례자라도 되실 것 같은 초췌한 모습으로 돌아오실까?"

"글쎄요……"

코조스는 사양하듯 대답하지 않았다. 그와 함께 오만도코로는 며느리 쪽으로 향했다.

"네네는 어떻게 생각해? 모두 같은 생각이면 내기가 안 되지."

"기운은 차리셨겠지만, 그렇다고 웃지는 않으실 겁니다."

"아, 그래? 그렇다면 내기가 되겠군. 네네, 전하가 웃는다면 내가 이기는 거야."

이런 말을 주고받고 있을 때 복도에서 스즈구치鈴口° 소리가 들렸다.

"전하께서 오십니다……"

어두워지기 시작한 복도 끝에서 낭랑한 금방울 소리가 들리자, 세 사람의 발길은 일제히 그쪽으로 향했다.

"아아, 이런……"

희미한 불빛 속에 히데요시의 모습이 어렴풋이 떠오르는 것과 동시에 큰 소리가 들렸다.

"어머님도 오셨군요. 하하하…… 이것 참……"

"오오, 전하, 돌아왔군요. 칸파쿠가 너무 상심하기 때문에 쿄토에서는 온갖 뜬소문이 다 나돌고 있어요."

"쿄토에서 뜬소문…… 어떤 소문입니까?"

"칸파쿠 전하는 아리마에서 그대로 중이 되어 사이교西行 법사처럼 전국을 순회하려는 것이 아닐까 하는."

"허어, 이 히데요시가 순례자가 된다는 소문이?"

"암, 그렇다니까. 그래서 나도 걱정이 되어 여기까지 마중 왔어요."

"하하하……"

히데요시는 크게 웃었다. 이전의 웃음과는 전혀 달랐다. 무심하고 방약무인한 웃음이 아니라, 아직도 사라지지 않은 슬픔을 떨쳐버려야 한다고 결심한 웃음이었다.

"걱정하시지 마십시오, 어머니. 저는 그처럼 미련에 사로잡히는 사내가 아닙니다. 자, 거실에 들어가 이야기를 나누도록 합시다. 할말이 태산 같습니다. 네네, 그대도 걱정하고 있었소? 그러나 염려하지 말아요. 이미 체념했소. 보다시피 깨끗이 체념했소. 와하하하……"

7

허풍스럽게 이어지는 히데요시의 말을 들으면서 키타노만도코로는 예리한 단도로 가슴이 찔린 듯했다.

'가장 걱정하던 모습으로 돌아오셨다……'

아직 사라졌을 리 없는 슬픔. 그것을 무리하게 억제하고 또다시 달리기 시작하려는 사나운 말…… 슬픈 사람, 가련한 사람……

히데요시는 방에 들어섰다.

"불을 더 밝혀라."

그리고는 시녀에게 명했다.

"탈상이야, 탈상. 불을 밝히고 술을 마셔야겠어."

그렇게 말하는 히데요시는 그러나 속으로는 울고 있었다. 그러한 감정을 환히 알 수 있는 아내의 안타까운 마음…… 그러나 오만도코로는 깨닫지 못한 모양이었다.

"전하, 나는 네네와 내기를 걸었어요."

"내기라니요?"

"칸파쿠가 웃으면서 돌아올 것인가 아닌가를. 그런데 내가 이겼어, 내기에……"

"그럼, 네네는 내가 아직 울고 있을 줄 알았나?"

키타노만도코로는 그 말에는 대답하지 않았다.

"잘 다녀오셨습니까?"

두 손을 짚고 자세를 바로했다.

"저는, 눈물은 거두셨지만 웃지는 않을 것이라고……"

"하하하…… 그렇다면 그대가 졌군. 이 히데요시는…… 그대도 잘 알듯이 푸념과 미련을 제일 싫어하는 사람이오."

"역시 어미가 전하를 더 잘 꿰뚫어본다니까."

오만도코로는 다시 네네가 하려던 말의 허리를 잘라버렸다. 그녀는 아들이 돌아왔다는 것이 기뻤다. 기뻤기 때문에 그런 말이 도리어 히데요시의 가슴속에 숨어 있는 슬픔을 부채질하고 있다는 사실을 전혀 깨닫지 못하고 있었다.

"나에게 무엇을 주겠어? 네네가 졌어…… 내가 이겼다니까……"

"네네."

히데요시는 아내 역시 어머니처럼 기뻐하리라 단정하고 떠벌리듯 말했다.

"나는 아리마에 도착하여 사흘 동안을 울었소. 마음껏 울었소. 내게 있는 눈물을 사흘 동안에 모두 온천물에 흘려보냈소. 그리고 다음날부터 단단히 마음을 고쳐먹었지."

"하지만, 그렇게 깨끗이 잊기란……"

"그것을 할 수 있는 사람이 히데요시요. 나흘째부터는, 히데요시, 너는 무엇을 해야 하느냐…… 이렇게 생각을 돌렸소."

키타노만도코로는 저도 모르게 온몸이 굳어졌다. 그런 말이 나오지 않을까 걱정했는데, 남편이 지금 그대로 말하고 있었다.

"네네, 어머니, 혼자서 곰곰이 지난날을 돌이켜보니 지금까지 이 히데요시가 해온 일은 모두 돌아가신 우다이진 님의 이상을 계승하는 것뿐이었어요. 칸파쿠니 전하니 하고 불리고는 있지만, 오다 노부나가의 유지를 이어받은 것에 지나지 않아……"

"……"

"이렇게 반성하다 보니, 지금은 울고 있을 때가 아니다, 슬퍼하고 있을 때가 아니다, 이제부터다, 히데요시 자신의 일을 할 때는…… 이런 사실을 깨달았어요. 그렇지 않나요?"

"암, 그렇고말고, 이제부터지."

오만도코로가 맞장구를 쳤다.

"그런 패기도 없다면 칸파쿠가 아니지."

"그래서 나는 생각 끝에, 올해 안으로 일본의 칸파쿠 자리를 히데츠구에게 물려주기로 결심했어요."

"오, 그것도 좋지. 그럼, 전하는 무슨 일을 하시려고?"

"명나라에 주상을 모시고 가겠습니다. 이 히데요시는 명나라 칸파쿠가 되겠습니다."

키타노만도코로는 그만 눈을 감아버렸다.

8

츠루마츠의 죽음이 이처럼 기괴한 반성과 자학으로 히데요시를 몰아넣으리라고는 생각지 못했다.

"지금까지의 히데요시는 노부나가의 유지에 따라 움직이는 인형에 지나지 않았어……"

히데요시는 다시 말을 이었다.

"천하통일은 물론 오사카 성 축조도, 교역도, 금광 은광 채굴도 모두 노부나가가 생각하고 꿈꾸던 것이었어요. 나는 단지 그 꿈을 충실히 실행에 옮긴 데에 불과합니다…… 이대로 죽는다면, 히데요시는 노부나가 덕택에 천하를 얻은 행운아, 단지 그것뿐이라는 평을 받게 됩니다. 그래서는 안 되지요. 그렇게 되면 히데요시가 무엇 때문에 태어났는지 의미가 없어요. 츠루마츠는, 그놈은 아비인 나에게 그걸 깨닫게 하기 위해 태어났던 거예요. 일찍 죽음으로써…… 아비에게 어떻게 살아야 하는지 일깨워주기 위해 태어났던 겁니다."

"그래, 그렇고말고. 전하가 그런 사실을 깨달았다면 그 아이도 틀림없이 기뻐할 거요."

오만도코로는 눈이 빨갛게 되어 맞장구를 치고 있었다. 네네도 그렇게 하고 싶었다. 그러나 히데요시가 자신의 삶을 보여주려고 달리려는 이번의 길은 너무도 위험하고 너무도 먼 길이었다.

츠루마츠의 죽음이 대륙 출병의 뜻을 굳히는 원인이 되다니 이 얼마나 슬픈 일이란 말인가.

"그럼, 우리 가문의 후계자는 히데츠구로 정하겠다는 말이지?"

오만도코로는 이야기에 이끌려 눈시울을 붉혔으나, 딸이 낳은 외손자 히데츠구가 후계자가 된다는 사실은 기쁜 모양이었다.

"예. 칸파쿠의 자리를 물려줄 수 있도록 쿄토로 돌아가 곧 손을 쓰려고 합니다."

"그게 좋겠어. 뭐라고 해도 전하와 그 아이의 어머니는 같은 부모에게서 태어난 남매, 츠루마츠가 죽었으니 전하와는 가장 가까운 핏줄이야. 그렇지 않은가, 네네?"

"예, 그렇습니다."

네네는 대답하면서도 아직 할말을 찾지 못했다.

'이미 사나운 말은 달리기 시작했다……'

비록 네네가 무슨 말을 한다고 해도 결코 그 질주를 멈추려 하지 않을 터였다. 그렇다고 이대로 달리게 하는 것이 아내로서의 도리에 맞는 일일까?

"히데츠구를 일본 칸파쿠에 앉히고 나는 대륙으로 출정할 겁니다. 아직 늙었다고 주저앉을 때는 아닙니다. 선두에 서서 진격하겠어요. 명나라 서울에 들어가 우리 주상을 모시렵니다. 명나라 팔백여 주 구석구석까지 이 손으로 완전히 장악하겠어요. 그렇게 되면 히데요시는 노부나가의 유지에서 완전히 벗어나 크게 세계를 향해 도약하게 되지요. 그러면 아무도 노부나가와 저를 비교하려 들지 않을 겁니다. 이런 결심을 히데요시에게 하게 만든 츠루마츠…… 츠루마츠는 나를 채찍질하기 위해 태어났다가 그 목적을 위해 죽은 거예요…… 나는 녀석을 위해 절을 세우겠어요. 츠루마츠는 일본에 큰 번영을 가져다주려는 신불의 마음을 내게 전한 것입니다."

"전하……"

참다못해 네네가 무릎걸음으로 한 걸음 다가앉았다.

"츠루마츠를 위해 절을 세우는 일은 더없이 좋은 일, 하지만 칸파쿠 자리를 히데츠구에게 물려주는 일에 대해서는 좀더 깊이 생각하시고 다음에 결정하는 것이 어떻겠습니까?"

직접 원정에 대한 말은 꺼내지 않고 부드러운 어조로 말했다.

9

"뭣이, 칸파쿠를 물려주는 문제는 좀더 생각해보라는 말이오?"

히데요시는 네네가 무슨 말을 하려고 입을 열었는지 아직 깨닫지 못하고 있었다.

"히데츠구는 기량이 부족하다는 말이로군. 그 일이라면 방법이 있지. 히데츠구를 칸파쿠에 올려놓고 내정의 실권은 이에야스에게 맡길 생각이오. 그래서 나는 다테와 오슈 문제 해결에 은근히 두 사람을 접근시키고 있소. 이에야스는 기량이 상당한 사람이오."

네네는 일부러 미소를 떠올리면서 손을 내저었다.

"제가 걱정하는 것은 그런 일이 아닙니다."

"그런 일이 아니라고……?"

"예. 웃지는 마십시오. 저는 전하를 먼 타국에 보내드리고 싶지 않습니다."

"하하하……"

히데요시가 웃기 시작했다.

"염려하지 마시오. 명나라 서울에 이 성의 열 배나 되는 큰 성을 쌓고 곧 그대를 맞아들일 테니."

"아니, 저는 먼 타국에서는 살고 싶지 않습니다. 그러므로 전하도 그런 곳에는……"

"가지 말라는 말이오?"

"예. 전하는 연세도 계시고 하니까 국내에서 주상을 모시도록 하고, 원정군의 총대장은 히데츠구에게 맡기는 것이 좋다고 생각합니다."

"으음. 히데츠구로는 길 안내를 명해놓은 조선 왕에 비해 권위가 떨어지고, 명나라 군사들도 얕보게 될 텐데. 역시 히데요시의 호리병박 우마지루시馬印°가 맨 앞에 나서야 할 것이오."

"참, 조선 왕 이야기가 나와서 말입니다만, 생각나는 게 있어요."

키타노만도코로는 교묘하게 말을 돌릴 기회를 잡았다.

"그 조선 왕과 소宗 님의 교섭에 관해 마음에 걸리는 이야기를 들었어요."

"마음에 걸리는 이야기?"

"소 가문의 선대도 현재 영주도 전하가 분부하신 대로는 조선 왕과 교섭에 임하지 않고 있다, 그러므로 설사 길 안내를 승낙했다고 해도 상륙한 후에는 배신할지도 모른다는……"

"하하하…… 그런 말이라면 이미 알고 있소. 배신해도 좋다는 각오로 건너가려는 거요."

"전하!"

"왜 그러시오, 그렇게 심각한 얼굴로?"

"오래지 않아 전하의 명으로 조사하러 갔던 시마이 소시츠 님이 일본에 돌아오게 되겠지요?"

"암, 이제 돌아올 때가 됐소."

"……부탁입니다. 소시츠 님이 돌아올 때까지 결정을 보류하셨으면 합니다."

"뭐, 소시츠가 돌아올 때까지 보류하라고?"

"예. 낯선 타국으로의 원정…… 그것도 바다를 건너야 하는 어려운 일이 가로놓여 있습니다. 만일 해상에서 반격당하기라도 하면 그야말로 큰일입니다. 물론 전하가 맨 먼저 건너가시지는 않겠지만…… 무장이 아닌 소시츠 님이 어떤 생각을 가지고 돌아올지, 그 생각을 충분히 참고하시고 결정해도 늦지 않을 것입니다. 그러니……"

키타노만도코로는 조심스럽게 자신의 말을 정리해나갔다.

"그러니…… 성급히 칸파쿠 자리를 물려주고 은퇴하시면 안 된다고 말씀 드립니다. 우선 히데츠구 님이 아주 거북할 것입니다. 전하는 가만히 앉아 계실 분이 아니기 때문에. 호호호……"

10

히데요시는 씁쓸한 표정을 지었다. 이제는 키타노만도코로가 무슨 말을 하려는지 잘 알 수 있었다.

'대륙 출병을 단념케 하려는구나……'

히데요시는 서글픈 생각이 들었다. 츠루마츠의 죽음을 진정으로 슬퍼하는 것은 자기뿐, 네네는 그 슬픔을 모른다. 알고 있다면 자신에게 거역하려는 생각은 하지도 못할 텐데.

'츠루마츠를 잊기 위해 하는 일이라면 내가 무엇을 하건 허용해야 해……'

"아니, 전하 무슨 일이죠?"

오만도코로가 먼저 히데요시의 눈물을 발견했다.

"명랑하던 얼굴이 일그러졌어. 무슨 생각을 했나요?"

"하하하……."

히데요시도 당황하고 있었다. 이런 자리에서 주책없이 울 생각은 전혀 없었는데 와락 눈물이 쏟아져 의지의 힘으로는 막을 수 없었다.

키타노만도코로는 깜짝 놀라 숨을 죽였다. 히데요시의 진짜 상처를 건드렸다고 생각되었기 때문이다.

'아무리 강한 체해도 아직 슬픔에서 벗어났을 리 없다……'

키타노만도코로는 더욱 가슴이 아팠다.

히데요시가 앞서 말한 계획은, 츠루마츠의 죽음을 잊으려는 시도로는 너무나 문제가 컸다. 도요토미 가문은 고사하고 일본의 운명이 달려 있었다.

"하하하……"

히데요시가 다시 기묘한 소리로 웃었다.

"네네, 그대의 마음은 알겠소…… 잘 알았소…… 그대는 츠루마츠의 죽음을 잊으려다 그보다 더 큰 불행을 당하지 마라…… 이렇게 내게 말하려는 것일 테지. 그렇지 않소?"

"그렇습니다. 지금은 잠시 조용히 관망하시는 편이……"

"알았소, 알았소…… 더 이상 말하지 마시오. 그대와 츠루마츠는 생각이 다르니까."

"아니, 그 어린 츠루마츠가 생각이라니, 그게 무슨 말씀입니까?"

"어린것이지만 생각이 있었소. 물론 그 아이가 말한 것은 아니지만. 츠루마츠의 생사를 통해 신불이 말했소…… 그 소리를 이 히데요시는 분명히 마음의 귀로 들었소. 그래서 히데요시의, 나 자신의 업적을 남기려는 거요. 남기지 않고는 죽을 수 없다는 생각이오."

키타노만도코로는 무릎걸음으로 다가앉으며 술병을 들었다.

"용서하십시오. 저는 전하의 슬픔에 너무 깊이 파고들었습니다."

"그렇다면, 네네도 알 수 있다는 말이오?"

"모를 리 있습니까…… 열네 살 때부터 같이 살아온 아내인데."

"그렇다면 좋아요. 더는 말하지 마시오. 내가 잘못했소, 눈물 따위를 보이다니."

히데요시는 네네가 따른 술을 대번에 들이켜고 웃었다.

"하하하…… 신불도 장난이 너무 심하다니까. 단념하고 있던 아들을 주어놓고는 이번에는 훌쩍 빼앗아가다니…… 그러나 나는 지지 않을 거요. 그쪽에서 그런 생각이라면 이쪽에서는 그 이상의 깊은 뜻으로 받아들여 어떤 재난이라도 복으로 바꾸고야 말겠소. 자, 그대도 들어요. 전하가 주는 술이오. 그까짓 신불 따위는……"

역시 히데요시는 일단 결심한 것은 절대로 굽히려 하지 않는다.

네네는 쓸쓸히 잔을 들었다.

11

키타노만도코로는 그날 밤 히데요시를 젊은 카가 부인의 방으로 들여보내고 나서 침구에 앉아 넋을 잃은 듯 움직이지 않았다. 다음에 어떤 바람이 도요토미 가문에 불어닥칠지 분명히 알 수 있었다.

히데요시는 벌써 아리마에서 다음 깃발을 내걸고 오사카를 향해 진격해왔다. 이제는 아무도 그의 앞길을 막지 못할 터였다.

그렇더라도 상하 모두 이 일에 찬성하지 않는 현실을 왜 이해하지 못하는 것일까. 그가 키운 무장들은 잇따른 전쟁에 시달리다 이제야 겨우 길게 다리를 뻗고 있는 형편이다. 아니, 아사노 나가마사淺野長政 같은 무장은 아직도 오슈에서 싸우고 있기 때문에 키슈의 자기 영지에는 거의 가지 못하고 있다.

측근 이시다 미츠나리나 마시타 나가모리도 지금은 백성들을 돌볼 때라는 이유를 들어 반대하고 있다. 굳이 반대하지 않는 사람이 있다면 조금이라도 경기가 좋아져 녹봉을 늘려주었으면 하는 공경들과 사찰이나 신사에 관계하고 있는 자들 정도였다.

그런데도 막무가내로 원정을 밀어붙이려 한다. 더구나 칸파쿠 자리를 히데츠구에게 물려주고 히데요시 자신이 선두에 나서려 한다. 그렇게 된다면 국내에 있는 불평불만의 무리들이 히데츠구를 받들고 히데요시가 없는 틈을 타서 무언가 음모를 꾸밀 것만 같은 생각이 들어 여간 초조하지 않았다.

물론 맨몸 하나로 쌓아올린 도요토미 가문, 다시 벌거숭이로 돌아가 죽는 것도 좋다……고 마음속으로는 생각했다. 하지만 너무 애석한 일이 아닌가.

'잠자코 있으면 불세출의 칸파쿠로 남을 수 있는데도……'

네네는 2각(4시간) 가까이 멍하니 앉아 있었다.

'만일 단념시킬 수 있는 방법이 있다면?'

같은 생각을 되풀이하고 있다가 깜짝 놀라 주위를 돌아보았다.

'있다면, 그럴 수 있는 사람은 나밖에 없다.'

정면으로 맞대놓고 말하면 들을 상대가 아니라는 것을 네네는 알고 있었다. 목적을 위해서는 독살하거나 칼로 찌르는 수밖에 없었다.

네네는 당황하며 고개를 내저었다.

자기가 낳은 아들이 있었다면, 네네도 그 이상의 일을 저지를 용기가 생겼을지도 모른다.

"도요토미 가문을 위해, 사랑하는 아들을 위해 한 일."

세상도 이렇게 말하며, 그녀를 용서했을 것이다.

그러나 네네에게는 자식이 없다.

만일 지금 네네가 히데요시를 독살이라도 한다면…… 자기 뜻대로 후계자를 정하려 한 부정한 아내라는 말을 들을 것인가, 많은 소실들에게 질투를 느끼고 미쳐버린 여자라고 할 것인가……

네네는 피로에 지쳐 사방침에 가만히 이마를 얹었다. 자려고 해도 잠이 오지 않고, 깨어 있으려 해도 그렇게도 안 되는, 온몸이 젖은 솜처럼 무겁기만 했다.

깨닫고 보니 어느덧 지붕 위로 가을바람이 쓸쓸하게 불고 있었다. 이윽고 그 바람은 겨울바람으로 바뀌어 나뭇잎을 땅위에 흩뿌리게 될 터…… 츠루마츠의 죽음은 도요토미 가문의 그 가을을 예고하는 징조인 것만 같았다.

'내가 무슨 생각을 하고 있는 것일까. 애당초 멍석 위에서 맺어지고 거기서부터 두 사람이 쌓아올린 신분인데……'

어느 틈에 네네는 사방침에 이마를 댄 채 스르르 잠이 들었다.

성안을 도는 야경꾼의 불조심을 알리는 딱따기 소리가 바람을 타고 들려왔다……

기만欺瞞

1

하카타의 상인 시마이 소시츠가 조선 각지를 돌아보고 히데요시에게 그 결과를 보고하기 위해 사카이 땅을 밟은 것은 9월 2일이었다.

이미 그때 히데요시는 쥬라쿠 저택과 오사카 사이를 왕복하면서 열심히 출병을 구상하고 있었다. 쿠키 요시타카九鬼嘉隆는 이세의 포구에서 밤낮 없이 배를 만들고 있었으며, 나츠카 오쿠라노쇼유 마사이에長束大藏少輔正家는 군자금 담당자로 금화와 은화를 주조할 준비를 서두르고 있었다.

무슨 계산에서였는지 히데요시는 48만 명분의 군량미를 확보하라는 밀명을 내리기도 했다. 이 밀명을 받은 오사카의 요도야 죠안을 비롯한 사카이 거상巨商들도 이번 가을의 수확량을 예상하고 쌀, 보리, 조 등을 미리 사들이기 시작했다.

히데요시의 목적은 '명나라 정벌'로, '조선 정벌'은 아니었다. 조선왕 이연李昖(선조宣祖)은 히데요시 군 선봉이 되어 같이 명나라를 공격할 것으로 보고, 별로 걱정하지 않았다.

이러한 때 시마이 소시츠가 쓰디쓴 표정을 짓고 돌아왔다. 그는 일단 자신의 배를 사카이에 정박시키고 나야 쇼안을 찾았다.

오사카의 강어귀로 들어가면 히데요시의 근시가 마중 나올 것을 알고 있었기 때문에, 배멀미를 가라앉히고 가겠다는 구실을 댔다.

쇼안은 치모리노미야 별장에서 직접 현관까지 나와 그를 맞았다. 그를 거실로 안내한 쇼안은, 코노미를 제외한 모든 사람들을 물러가게 한 뒤 바로 이야기를 시작했다.

"어떻소, 조선 왕이 승낙하던가요?"

소시츠는 혀를 차고 고개를 저었다.

"터무니없는 거짓말이었어요, 나야 님."

"터무니없는 거짓말이라니…… 조선 왕이 말이오?"

"아니, 정말 놀랐어요. 사자 몸 속에 벌레가 있다는 것을 비로소 이 눈으로 보았지 뭡니까. 일본인들이 모두 전하를 속이고 있어요."

"일본인이라니…… 그건 소 요시토모를 말하는 거요?"

"맛있군!"

소시츠는 코노미가 가져온 차를 마시고 나서 말했다.

"소 요시토모뿐만 아니라, 그 뒤에 못된 지혜주머니가 도사리고 있었습니다."

"허어, 그게 누구란 말이오?"

"코니시 셋츠小西攝津丞. 조선에서는 아직 전하의 군대가 쳐들어올 것이라고는 생각지도 않고 있어요. 모두 중간에 나선 소 요시토모와 코니시의 농간이란 말입니다."

쇼안은 나직하게 신음하고 천장을 응시했다.

짐작이 가지 않는 것은 아니었다. 츠시마大馬의 소 요시토모는 코니시 유키나가의 딸을 아내로 맞이했고, 소 가문의 주된 수입원은 원래 조선과의 밀무역이었다. 말하자면 조선은 소 가문의 중요한 고객이었다. 그러한 소 가문을 통해 조선 왕과 교섭을 벌이게 한 히데요시에게 잘못이 있었다.

“그럼, 소 가문에서는 저쪽에 적당히 둘러댔다는 말이로군.”

시마이 소시츠는 이 말에는 대답하지 않았다.

“사카이 사람들에게도 책임이 있어요. 그래서 전하 앞에 나가기 전에 나야 님에게 알리려고 찾아왔습니다.”

“사카이 출신인 코니시 님이 우리가 출전을 반대할 줄 알고, 전하의 원정은 꿈에 지나지 않는다, 실현될 리 없다고 농간을 부렸군요.”

“그래요. 그러니 멋도 모르고 건너갔다가는 그야말로 큰 전쟁이 벌어질 겁니다. 이거, 정말 야단났습니다.”

소시츠는 바닷바람에 그을린 미간에 깊은 주름을 잡으면서 담뱃대에 불을 붙였다.

2

“처음에 소 가문의 사자로 갔던 사람은 유타니 야스히로柚谷康廣였던가요?”

쇼안의 말에 소시츠는 요란하게 담뱃대로 재떨이를 두드렸다.

“그자는 조선에서 아주 소문이 나빠요. 무섭게 생긴 얼굴에다 오만하기까지 한 사나입니다. 소의 부하인 주제에 주군인 소 요시토모보다 더 거드름을 떤다…… 이런 소문이 나 있어서 나는 유타니를 감싸주었습니다. 이번에 유타니가 온 것은 소 가문의 부하로서가 아니라, 일본 사신으로 온 것이니 양해해달라고. 그러자 저쪽에서는 의아하게 여기면서 그런 일이 없다고 하는 겁니다.”

“유타니는 조선에 조공을 요구하기 위한 사신으로 갔을 텐데?”

"그런데 전혀 그런 말을 한 기색이 없어요. 단지 전하가 일본을 평정했다, 그것을 알리러 왔다고만 했답니다."

"그렇다면 완전히 거꾸로 되었군."

"그래요. 다음에는 소 요시토모가 직접 부산에 갔었지요. 전하로부터 어째서 조선 왕이 인사하러 오지 않느냐는 독촉을 받았기 때문인 모양이에요."

"으음, 과연."

"그런데 이때도 요시토모는 조선 왕에게 오라는 말은 하지 않고, 히데요시가 사이좋게 지내자고 하니 일본국 평정을 축하하는 왕의 사신을 보내달라고 했다더군요."

"알겠소."

쇼안은 무릎을 쳤다.

"이제 잘 알 수 있게 됐소. 지난해 조선에서 누구였더라, 정사正使가 황윤길黃允吉, 부사副使 김성일金誠一이었던가…… 좌우간 그들이 통역인 겐소玄蘇란 중과 사카이에서도 계속 의견충돌을 일으켰던 모양입디다. 우리는 다만 일본의 통일을 축하하러 왔을 뿐이라고."

"바로 그것입니다. 겐소가 무어라 속여 돌려보냈는지는 알 수 없습니다만, 어쨌든 그때 전하가 명나라에 군사를 출동시킬 것이니 안내를 부탁한다는, 조선 왕에게 보내는 서신을 건넸다고 해요. 이것도 제대로 전달되지 않았어요. 모두 코니시 님의 농간. 다시 그쪽에서 사신이 올 것이라고 했답니다. 전하 쪽에서는 왕이 직접 오지 않는 것은 불쾌한 일이지만, 군사를 안내하는 문제는 승낙한 것으로 알고 있고, 조선 쪽에서는 전하가 자기들 비위를 맞추면서 교역을 원한다고 알고 있습니다. ……이번에 하카타에 배를 대고 보니 거기까지도 바다를 건널 배를 징발한다는 명령이 내렸다고 합니다. 이런 판국에 대군을 보내다니 도대체 어쩌자는 겁니까."

쇼안은 저도 모르게 눈을 감고 팔짱을 끼었다.

이 얼마나 기묘한 착오란 말인가.

사카이 사람들은 물론 측근들 대다수도 반대하고 있다…… 이러한 사실을 잘 알고 있는 코니시 유키나가가 출병이 실현되지 않을 것이라 판단한 점은 이해할 수 있었다.

'츠루마츠의 죽음'이란 뜻하지 않은 돌발사건만 일어나지 않았다면 유키나가나 소 요시토모의 생각이 적중했을지도 모른다. 그런데 츠루마츠의 죽음으로 사정이 돌변하고 말았다.

이처럼 일본의 운명과 직결되는 대대적인 출병이 처음부터 전혀 의사소통이 되지 못한 채 단행된다……는 것은 이 얼마나 어이없는 노릇인가. 더구나 그 책임은 사카이 사람과도 관련이 있는 코니시 유키나가에게 있다고 한다……

"그럼, 출병하면 조선에서는 어떻게 할 것 같소, 소시츠 님?"

쇼안은 눈을 감은 채 무겁게 입을 열었다.

3

길 안내를 해줄 것으로 믿고 상륙한 히데요시의 선발대에게, 만일 상대가 갑자기 공격해온다면 어떻게 될 것인가?

이러한 사태를 염려한 쇼안의 질문이었다. 시마이 소시츠는 강하게 고개를 저었다.

"물론 조선은 명나라 편입니다. 일본군에 가담하도록 하기 위한 아무런 수단도 강구해놓지 않았어요."

쇼안은 다시 침묵했다.

'상상했던 것보다 훨씬 더 심각한 사태……'

소시츠가 일부러 찾아온 것은 히데요시를 만나기 전에 그의 의향을 알아볼 생각인 줄 알았다. 그런데 이야기를 듣고 보니 사태는 그렇게 간단한 것이 아니었다.

소시츠도 험상궂게 낯을 찌푸린 채 입을 다물고 말았다.

쇼안에게 무언가 대책을 생각하게 하려는 침묵인 듯. 잠시 후—

"어떻게 하시렵니까, 쇼안 님?"

작은 소리로 말했을 때는 그의 입에서도 잇따라 탄식하는 소리가 흘러나왔다.

"전하를 저지시킬 방법은 이미 없을 것 같군요."

쇼안은 여전히 눈을 감고 생각에 잠겨 있었다. 이때 복도에서 소리를 죽인 발소리가 들렸다.

"누구냐?"

쇼안이 불쾌한 듯 물었다.

"예, 타메키치爲吉입니다."

"타메키치, 왜 들어와서 말하지 않느냐?"

"실은……"

가만히 장지문을 열었다.

"시마이 님이 오셨다는 것을 알고 찾아온 분이 계십니다."

"뭣이, 내가 왔다는 것을 알고 사람이……?"

이번에는 소시츠가 돌아보았다.

"으음, 여기 왔다는 것을 비밀로 해달라고 부탁했는데…… 누군가, 찾아온 사람이?"

"저어, 소 요시토모라고 하면 아실 거라고요."

"뭐, 소 님이 오셨다고?"

"예. 젊은 수행원 한 사람만 대동하고, 그분 역시 여기 온 것을 비밀로 해달라고 하면서……"

"내게 용무가 있다더냐, 아니면 나야 님에게냐?"

"두 분 모두 뵙겠다고."

쇼안과 소시츠는 서로 얼굴을 마주보았다. 문제의 츠시마 영주 소 요시토모가 찾아올 줄은 생각지도 못했다.

요시토모는 자기들이 외교 문제를 조작한 사실을 시마이 소시츠가 히데요시에게 폭로할 것이 두려워, 소시츠의 배가 도착하기 전에 미리 몰래 앞질러 와서 망을 보고 있었던 모양이다.

"좋아, 이리 모셔라."

쇼안이 말했다.

"수행원은 현관에서 기다리라고 해라."

"알겠습니다."

시동이 물러간 뒤 소시츠와 쇼안은 다시 얼굴을 마주보았다.

"소의 지혜는 아닐 테고, 코니시의 지혜일 것이오."

"……무언가 빠져나갈 대책을 마련해왔을지도 모르겠군요."

"좋소. 나는 가만히 있을 테니 소시츠 님이 엄하게 꾸짖어주시오."

소시츠는 잠자코 고개를 끄덕였다. 오랜 뱃길 여행으로 바닷바람에 그을린 광대뼈뿐만 아니라 그 눈까지도 금빛으로 무섭게 빛나는 소시츠였다.

4

소시츠도 쇼안도 소 요시토모가 들어올 때까지 말없이 무언가를 생각하고 있었다.

쇼안은 요시토모를 잘 알지 못했다. 그러나 소시츠는 선대인 요시시게義調 때부터 잘 알고 있었다. 그보다도 사실은 소 가문의 교역 자금은 늘 시마이 소시츠가 융통해주고 있었기 때문에 지금으로 말하면 금융 자본가와 사업가의 관계라고 할 수 있었다. 아니, 그 이상으로 소시츠는 여러 방법으로 소 가문의 재정을 은밀한 부분까지 관여하면서 도와주고 있는 사이였다.

시동의 안내를 받아 들어온 소 요시토모는 어디에 앉을지 잠시 망설이는 듯했다. 그는 상인이 아니었다. 적어도 히데요시로부터 하시바 츠시마노카미羽柴對馬守라는 성까지 받은 다이묘였다.

두 노인은 짓궂게도 그에게 앉을 자리도 지정해주지 않고 인사도 하지 않았다. 두 사람 다 기분이 언짢다는 것을 한눈에 알 수 있었다.

그는 칼을 들고 잠시 망설이다가 삼각형으로 된 출입구 한 모서리에 등을 돌리고 앉았다.

"시마이 님과는 절친한 사이지만 나야 님은 처음 뵙습니다. 제가 소츠시마노카미입니다."

쇼안은 그를 흘끗 보았다.

"코니시 님의 사위님이시지요? 쇼안입니다."

"츠시마 님."

소시츠가 얼른 그에게로 향했다.

"설마 이 각서 내용을 잊은 것은 아니겠죠?"

목소리는 부드러웠으나, 그는 엄한 얼굴로 품안에서 각서 한 장을 꺼내 다다미 위에 펼쳐놓았다.

1. 요시토모는 앞으로 소시츠에게 다른 마음을 품지 않을 것.

1. 요시토모의 신상, 또는 영지에 뜻하지 않은 일이 발생했을 때 사소한 일이라도 지도받을 것. 이에 대해 추호도 숨김이 없을 것.

1. 소시츠의 말에 귀를 기울일 것. 다른 사람에게 발설하지 말 것.

1. 소시츠가 하는 일에 이의를 제기하지 말 것.

1. 요시토모 문중에 소시츠에게 불만을 토로하는 자가 있으면 마땅히 소시츠에게 사과하며, 다시는 그런 일이 없도록 조치할 것.

이상의 사항을 준수할 것이며, 만일 위반했을 때는 제석천帝釋天°, 일본의 크고 작은 모든 신사의 신, 이 츠시마의 여러 신, 하치만八幡 대보살°, 텐만텐진天滿天神°의 벌을 받을 것임을 서약하고 각서를 쓴다.

텐쇼 18년 5월 30일

츠시마노카미 요시토모 수결手決

시마이 소시츠 귀하

소시츠는 싸늘하게 소 요시토모의 무릎 앞으로 밀어놓고 나서 천천히 입을 열었다.

"잊지 않았겠지요, 이 각서가 있다는 것을?"

요시토모는 가냘픈 여자와 같은 얼굴을 빨갛게 물들이고 굳은 목소리로 대답했다.

"잊었을 리가 없지요."

"잊지 않았다면 한 성과 한 영지의 주인 소 요시토모도 오늘만은 소시츠의 가르침을 받아야 할 것이오. 어째서 이 각서를 위반하고 이번 교섭의 전말을 이 소시츠에게 속였소? 자, 설명해보시오. 대답 여하에 따라서는 용서하지 않을 수도 있소."

5

요시토모는 부들부들 떨기 시작했다.

쇼안은 모른 체하고 각서는 보지도 않았다. 아마도 요시토모는 밀서와도 다름없는 이러한 문서가 남 앞에서 그대로 드러나 여간 굴욕적이지 않았을 것이다.

"걱정할 것 없소."

그런 요시토모의 기분을 깨달은 듯 소시츠가 말했다.

"내게 각서를 쓴 사람은 당신만이 아니오. 쿠로다 나가마사, 츠쿠시 히로카도筑紫廣門도 썼소. 그리고 당신이 체면을 세워야 할 마당에 이걸 끄집어낼 정도로 이 소시츠 무분별하지는 않소. 이 자리에서는 당신 이야기를 듣고 나서 나야 님 지혜를 빌리려고 하오. 그래서 나야 님에게 우리 두 사람 사이를 이해시켜드리려고 각서를 꺼냈소."

요시토모는 가만히 한숨을 쉬고 입을 열었다.

"이번 일은 노인장께 의논 드리지 않아도 별일 없을 것 같아서."

"그래서 칸파쿠 전하를 속였다는 말이오? 전하의 기질을 코니시 님이 모르기라도 한다는 말이오?"

"아니, 그런 것은 아니지만……"

그래도 요시토모는 장인을 감싸려고 했다.

"코니시 님을 비롯하여 이시다 님과 마시타 님도, 마에다, 도쿠가와, 모리 등 여러분도 모두 반대하시므로, 코니시 님과 이시다 님 선에서 반드시 이 계획은 중단시킬 수 있다고 하셨기 때문에……"

"이시다 지부 님도 말이오?"

"예. 모두 반대하고 계시므로 아무리 전하라 해도 실행하지 않을 것이다, 그저 술자리에서 나눈 농담섞인 호언장담이었을 뿐이라고."

"그런데 현실은 그렇지 않소. 벌써 전국에 동원령이 하달되었다고 합디다. 이제 당신은 어떻게 할 작정이오?"

"그래서…… 그래서…… 묘안이 없을까 하고 이렇게……"

"여기 온 것은 당신의 뜻이오, 아니면 코니시 셋츠 님 의견이오?"

다그쳐 묻자 요시토모는 당황했다. 코니시 유키나가와 상의하고 왔을 것은 틀림없다. 그러나 양쪽 모두 이제 와서는 이렇다 할 묘안이 없었던 모양이다.

"소 님, 이것은 츠시마만의 문제가 아니오. 일본 전체의 위기일 뿐 아니라 자칫 잘못되면 조선과 명나라 백성들까지 고통에 빠뜨리게 되오. 그토록 중요한 일인데 왜 거짓말을 했소? 어째서 분명하게, 조선왕은 길 안내 같은 것은 절대로 하지 않는다, 출병하면 반드시 해전이 벌어질 것이라고 말씀 드리지 않았소? 그랬더라면 전하도 그렇게 많은 희생을 감수해야 한다면…… 하고 단념하셨을지 몰라요."

"불……불찰이었습니다."

"이제 와서 당신을 나무란들 푸념만 될 뿐. 어떻습니까, 나야 님, 무슨 묘안이 없겠습니까?"

"글쎄요……"

쇼안은 부들부들 떨고 있는 요시토모를 다시 한 번 바라보았다.

"소 님 혼자라면 무리한 일이겠으나, 코니시 님도 동의하신다면 방법이 없지는 않을 것 같은데."

"어떤 방법인지 알고 싶군요."

소시츠의 말에 요시토모는 체면도 자존심도 버린 듯 쇼안 앞에 머리를 조아렸다.

"소시츠 님이 그대로 보고 드리면 저와 코니시 님의 파멸은 정해진 일…… 제발 그 방안을 말씀해주십시오…… 이렇게 간청 드립니다."

6

쇼안은 소 요시토모의 태도가 몹시 불쾌했다. 그러나 그를 증오할 수만은 없었다. 누가 보아도 히데요시의 언행 중에는 취중의 호언장담이라고 여겨지는 허황한 면이 있었다. 인물의 그릇이 다르다고 생각할 수도 있겠으나, 히데요시 자신이 지나치게 허풍떠는 성격인 것도 사실이었다.

그러한 히데요시에 비해 소 요시토모는 소심하고 선량하며 약간 교활하기도 한 평범한 인간이었다. 이 정도의 기량밖에 안 되는 인간을 단지 조선을 잘 안다는 이유만으로 사신으로 보낸 히데요시의 실책도 마땅히 지탄받아야 한다는 생각이었다.

"소 님, 만일 소시츠 님에게 당신의 체면이 설 수 있는 보고를 하도록 부탁하고 싶거든……"

쇼안은 반쯤은 소시츠에게 말하는 어조였다.

"당신이 한발 먼저 칸파쿠를 만나도록 하시오. 아무래도 그 후 조선의 사정이 달라진 것 같다고……"

"한발 먼저…… 사정이 달라진 것 같다고 말입니까……?"

"그렇소. 그러므로 대군을 출동시키기 전에 코니시 셋츠 님과 저를 선발대로 파견해달라고. 우리가 무사히 상륙할 수 있는지 아니면 적의 공격을 받는지, 그 점을 분명히 확인한 뒤 결정하시라고. 만일 저희들의 보고와 다른 결과가 나온다면 큰일이므로 이 말씀을 꼭 들어주시기 바란다고 말이오."

소 요시토모는 똑바로 쇼안을 쳐다본 채 눈도 깜박이지 않았다.

우선 코니시와 소의 군사만으로 상륙을 시도한다. 과연 그렇게 하면 히데요시에 대한 변명은 성립된다. 그러나 선봉에 나서면 자기들은 어떻게 될 것인가……?

그가 생각해도 상륙하면 전쟁이 벌어질 것은 확실하다. 전쟁이 벌어지면 코니시나 소의 군사만으로는 원군이 오기도 전에 전멸할 것이 분명하다…… 전멸하게 될 것이라면 군이 거기까지 가지 않더라도……

쇼안은 말을 계속했다.

"생각해보시오. 지금까지 소 님은 칸파쿠의 말을 그대로 상대방에게 전하지 않았소?"

"그렇습니다……"

"그러므로 상대방은 이쪽 결심을 잘 모르고 있을 것이오."

"사실입니다."

"따라서 코니시와 소가 바다를 건너왔다, 설령 군사를 거느리고 왔다는 사실을 안다고 해도, 반격 준비를 갖추고 기다리고 있을 때와는 사정이 다릅니다."

"과연 그럴까요?"

"당신들도 조선에 대해서는 아무런 적의도 없다고 하면서 상륙하시오. 다른 사람보다는 훨씬 수월하게 상륙할 수 있을 것이오."

"……"

"그렇지 않습니까, 소시츠 님?"

"옳은 말이오, 나야 님의 말이 맞소."

"일단 상륙하고 나서는, 사실은 이러저러하다고 칸파쿠의 생각과 일본 사정을 자세히 왕에게 전하라는 말이오. 그러면 전쟁이 벌어지게 될지 어떨지 결판이 나지 않겠소?"

그러나 요시토모는 당장 대답하려 들지 않았다. 상대가, 그렇다면 히데요시의 편을 들어 명나라로 길 안내를 하겠소, 할 리가 절대로 없다……는 것을 잘 알고 있었기 때문이다.

"어떻소, 그렇게 하지 않으면 안 되오. 그런 결심을 할 수 있겠소?"

쇼안은 부드럽게 대답을 재촉했다.

7

"그렇게 되면 당신도 코니시 님도 끝장이라 생각하는 모양이군요."

쇼안의 말에 소 요시토모는 체면도 자존심도 잊어버리고 푹 고개를 떨구었다.

“틀림없이 그런 생각을 하고 있을 것이오. 그러나 세상에는 죽음 속에 삶이 있기도 하오.”

“죽음 속에 삶……?”

“지금까지 당신의 외교는 무력한 아첨으로만 일관해왔소. 그러므로 상대는 더욱 강해질 뿐이었으나 이번에는 달라요. 이제는 당신들도 결사적이니까.”

“결사적이어야만 하겠습니까?”

“소 님……”

마침내 쇼안은 웃음을 터뜨렸다.

“결사적으로 나오면 상대도 냉정히 생각하게 됩니다. 모든 것은 여기서부터가 시작이오.”

“……?”

“그런 뒤 상대가 명나라 편이 될 것인가 히데요시를 도울 것인가, 만일 명나라 편이 된다면 즉시 농성하시오. 당신들도 무장이 아니오? 농성하면서 서둘러 사자를 보내도록 하시오. 그리고 원군이 도착할 때까지 버틸 생각을 하라는 말이오. 목숨을 잃지 않을까, 지지는 않을까 하는 것만 생각했기 때문에 당신들은 오늘날과 같이 중간에 끼여 고민하게 된 것이오.”

“……”

“이번 일에 대해 칸파쿠의 생각이 옳다고 말하는 것은 아니오. 그러나 양쪽의 의사를 올바로 소통시키지 못한 죄는 당신들에게 있소. 칸파쿠는 조선 왕 정도는 문제가 되지 않는다고 생각하고 있고, 조선 왕 쪽에서도 히데요시쯤은 문제가 안 된다고 강력하게 나오고 있소. 양자를 이처럼 강경하게 만든 것은 모두 당신들의 죄요. 칸파쿠의 군사가 얼마나 강한지를 조선 왕에게 충분히 설명하고, 당신들은 어디까지나 양국을 위해 일을 도모한다고 호소하시오. 그러면 사정이 달라질지도 모릅니다."

지금까지 묵묵히 듣고만 있던 소시츠가 고개를 끄덕이며 마침내 입을 열었다.

"그 밖에는 다른 방법이 없겠군요……"

"나도 그 이상의 지혜는 없소. 이렇게 하지 않으면 한꺼번에 바다를 건너가는 일본군과 조선의 군사가 상륙하자마자 큰 충돌…… 양쪽 모두 엄청난 희생만 있을 뿐 대화의 길은 영영 열리지 않아요. 쌍방 모두에게 돌이킬 수 없는 큰 손해를 끼치는 결과를 피치 못할 것이오. 양쪽 모두 멸망할 때까지 싸워야 하는 무익하고도 어리석은 전쟁 말이오."

"소 님."

소시츠는 요시토모 쪽으로 향했다.

"결심하시오. 마침내 죽음 속에서 삶을 찾을 때가 왔소. 그러면 이 소시츠도 조선의 사정을 보고 드릴 때 당신이나 코니시 님 이름은 입 밖에 내지 않겠소. 당신네들 이름은 말하지 않고 전하의 의향만 여쭙고 물러나오겠소."

그래도 소 요시토모는 얼른 대답하지 않았다. 부산에 상륙한 자신들이 조선 왕을 만나기도 전에 무참히 섬멸되는 최악의 사태만이 머리에 떠올라 사라지지 않았다.

소 요시토모의 이러한 태도에 소시츠가 쇼안보다 더 강경해졌다.

"이것으로 이야기는 끝났소."

소시츠는 말했다.

"나는 내일 오후 오사카 성에 가서 전하께 보고할 수 있도록 측근에게 연락해두겠소. 그렇게 알고 계시오."

"내일 오후에…… 말씀입니까?"

"그 이상 더 기다리게 할 수 있는 상대가 아니오!"

딱 잘라 말하고 소시츠는 다시 담뱃대를 집어들었다.

8

"그럼, 그렇게 전하께 말씀 드리겠습니다."

두 사람의 설득을 받고 소 요시토모는 아직 마음을 결정하지 못한 듯한 모습으로 물러갔다. 물론 지금부터 장인 코니시 유키나가를 찾아가 상의를 거듭할 것이 틀림없다.

코노미에게 요시토모를 배웅하도록 했을 뿐 두 노인은 일어서려고도 하지 않았다. 당시의 큰 상인에게는 이런 오만한 면이 있었다. 군소 다이묘들의 자금원資金源임을 자부하고 있었기 때문에, 표면적으로는 어떻든지 속으로는 그들을 대수롭지 않게 여겼다.

"어떻소, 소시츠 님, 과연 소 님이 선봉에 나서려고 할까요?"

"물론 코니시 셋츠의 동의가 있어야만 하겠지요. 그러나 코니시는 앞을 내다볼 줄 아는 사람이기 때문에 그 의견에 따를 거요."

"약간 지나친 듯한 생각은 들지만, 다른 방법이 없으니 도리가 없습니다."

"그렇소. 이 일은 자칫 잘못하면 소나 코니시뿐만 아니라, 칸파쿠 전하의 생명까지 앗아가게 될 거요."

"그러면, 소시츠 님은 이제부터 어떻게 하시겠소? 여기 들르셨다는 것은 이미 사방에 알려졌을 텐데요."

"흐흥."

소시츠는 웃었다. 그의 생각으로는 자기가 여기 왔다는 것을 알면 코니시 유키나가도 찾아올 듯한 느낌이 들었다. 그러나 그런 일에는 신경을 쓰지 않기로 했다. 만일 찾아온다고 해도 소 요시토모에게 한 것과 똑같은 말을 할 수밖에 없었다.

코니시와 소가 선발대로 간다고 해도 조선과의 협상이 원만히 타결되리라고는 생각지 않았다. 그렇게라도 하지 않고 몰려간다면 그야말로 일본군은 전멸을 면할 수 없었다.

"오늘은 여기서 자도록 해주시오. 어쩌면 이것이 나야 님과의 마지막 상면이 될지도 몰라요."

"으음, 그럼 소시츠 님은 코니시나 소에 대해서는 아무 말도 않고 칸파쿠와 담판을 벌일 생각이시오?"

"시마이 소시츠도 사나이이니까."

소시츠의 말에 쇼안은 미소를 떠올리며 손뼉을 쳤다.

"말리지는 않으리다. 말린다고 해도 그만둘 분이 아니니까. 그러면 오늘 밤엔 한잔 나누면서 천천히 이야기라도 합시다."

쇼안은 코노미에게 명해 술상을 가져오게 했다.

"어떻소, 소시츠 님은 요즘 유행하는 노래를 들어보셨나요?"

"아니, 아직 한 번도 듣지 못했소이다마는."

"류타츠隆達라는 풍류객이 류큐琉球에서 전래된 쟈비센蛇皮線°을 켜면서 간드러지게 노래를 부른답니다. 그 류타츠를 불러올까요?"

"예, 좋습니다⋯⋯ 어디 한번 들어보고 싶군요."

쇼안은 다시 코노미에게 류타츠를 부르도록 명하고 새삼스럽게 바닷바람에 그을린 소시츠의 얼굴을 바라보았다.

내일 히데요시를 만나 목숨을 걸고 간언하려 결심한 사나이. 그런데도 전혀 긴장한 기색을 찾아볼 수 없었다. 상인이기는 하나 바로 이런 사람을 정식으로 조선 왕에게 사신으로 파견했더라면 하는 아쉬움이 간절했다.

"자, 한 잔 더 드시오."

"오, 이거 참 훌륭한 술이구려."

"칸파쿠는 기를 쓰고 있는 모양이오. 벌써부터 큐슈에 성을 쌓기 위해 카토 키요마사를 파견할 예정인 모양입디다."

소시츠는 이런 말은 귀에 들어오지 않는 듯했다.

"술 맛이 그만이군!"

소리 내어 입맛을 다셨다.

이미 결심을 굳힌 사나이의 표정이고 기백이었다.

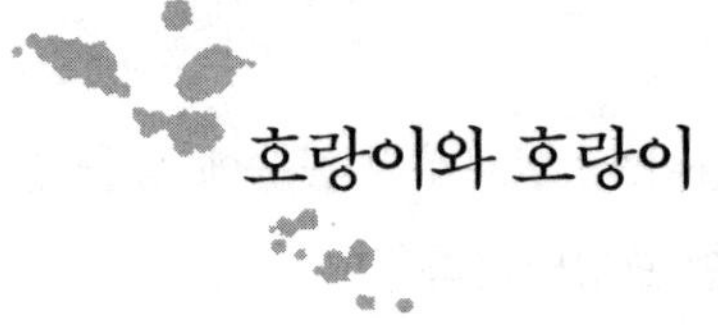

호랑이와 호랑이

1

이 부근에서는 요도야 죠안을 상인 칸파쿠라 부르고 있었다. 상인이면서도 히데요시에 못지않은 기량을 가졌다고 하여 칭찬하는 말이었다. 그러나 담력의 크기로는 하카타의 시마이 소시츠가 요도야를 능가할지도 모른다.

이전부터 유타니 일족과 손을 잡고 교역만이 아니라 광산 채굴과 제련, 선박업, 금융 등 다방면에 걸친 사업에 손을 뻗쳐 거부가 되었으면서도 그 생활은 아주 소박했다.

처음부터 큰 그릇으로 태어난 사나이가 아니라 엄격한 단련을 거듭한 끝에 연마된 사나이로, 요도야를 히데요시로 비유한다면 소시츠는 이에야스에 비유할 수 있다고 쇼안은 생각하고 있었다.

“남이 한 거짓말의 뒤치다꺼리. 이것도 소 가문과 선대 때부터의 인연이니 어쩔 수 없는 일이지.”

소시츠는 태연한 표정으로 불쑥 내뱉고 쇼안의 별장을 나와 겨우 세 사람의 점원만을 데리고 야마토바시大和橋 선착장으로 향했다. 자기 배는 요도 해변에 정박시켜두고, 요도야의 배로 오사카에 가려는 것이었다.

양쪽 기슭에는 이삭 팬 갈대가 무성했고, 그 가운데에 물오리 떼가 점점이 내려앉아 있었다.

요도야의 30석짜리 배가 그를 위해 붉은 융단을 깔고 뱃전에는 장막을 치고 있었다. 배에 오른 소시츠는 장막을 걷게 하고 가늘게 눈을 뜬 채 주위의 가을 경치를 바라보기 시작했다.

원 안에 '요도淀'란 글자를 물들인 옷을 입은 선원이 오늘은 40명 남짓 동원되어 있었다.

소시츠는 상인이란 존재가 참으로 기묘하다는 생각을 하면서 저도 모르게 입술을 일그러뜨리고 웃었다. 싸움은 무장들에게 시키면서 돈벌이는 상인이 한다. 한쪽은 많은 무사를 양성해야 하는데도 한쪽은 그럴 필요가 없으므로 돈이 모일 수밖에 없다.

그러한 모순을 깨닫지 못하게 하려고 히데요시에게 교역의 필요성과 광산 개발을 권했던 것이 결과적으로 이번 일의 원인이 되었는지도 모른다. 히데요시에게 채굴하도록 한 금광에서 너무 많은 금이 쏟아져 나왔다.

'그 일도 역시 조금은 여의치 않게 했어야 좋았을 것이야……'

무장은 너무 부유해도 안 되고, 그렇다고 굶겨놓으면 이리처럼 대든다…… 이런 점에 어려움이 있다고 소시츠는 생각했다.

속죄하는 의미로 히데요시에게 광산을 파도록 했던 것인데, 바로 그것이 오늘날 소시츠를 비롯한 상인들을 이런 입장에 몰아넣었다. 요도야로서도 대군을 조선에 파견할 것이니 그 식량을 준비하도록…… 하는 요구를 받으면, 이번에는 벌이보다도 지출이 많아 여간 난처하지 않을 것이다.

무장이란 계산에 밝지 못하다. 각자의 녹봉은 계산할 수 있어도 거상의 재산이 얼마나 되는지는 짐작도 하지 못한다.

이런 생각을 하면서 강어귀 선박 검문소에 이르렀을 때 뜻하지 않은 인물이 기다리고 있었다.

"오오, 지부쇼유 님이시군요."

소시츠가 자리에서 일어났을 때, 하카타 도시건설 때부터 알게 된 이시다 미츠나리가 배로 건너왔다.

"소시츠 님, 이번에 수고가 많았습니다."

"원, 별말씀을. 이것도 봉사하는 일의 하나지요."

"실은 전하를 뵙기 전에 노인께 긴히 부탁할 게 있습니다."

그 말을 듣고 소시츠는 짐짓 시치미를 뗐다.

"아니, 그게 무슨 말이오? 하늘을 나는 새도 떨어뜨릴 전하의 부교께서 나에게 부탁이라니……"

2

미츠나리는 배 한쪽 구석에 있는 소시츠의 점원들을 보았다.

"자네들은 잠시 배에서 내려 흙이라도 밟고 있게."

그리고는 가볍게 말했다.

"나는 노인께 할 이야기가 있어."

점원들은 정중히 고개를 숙이고 소시츠의 눈치를 살폈다. 소시츠는 내려도 좋다고 고개를 끄덕였다.

"강변의 가을 경치는 정말 마음에 스미는군요."

"그렇습니다."

미츠나리는 지난번 하카타에서 보았을 때보다도 훨씬 더 성숙한 느낌이었다. 세상에서 흔히 말하는 관록이 붙은 모양이었다. 그는 약간

살이 찐 몸으로 칼을 들고 천천히 소시츠 앞에 앉았다.

"이제 부탁 드릴 사람이라고는 노인밖에 없습니다."

이렇게 말하면서 눈으로 웃었다.

"이 늙은이에게 부탁이라니요……?"

"전하는 눈에 넣어도 아프지 않을 도련님을 잃으셨습니다."

"이야기는 들었소이다."

"그것이 원인이 되어 한때는 속세를 버릴 생각까지 하셨을 정도로 크게 비탄하셨습니다…… 그런데 그 비탄의 반동이 엉뚱한 방향으로 돌려졌습니다."

"허어, 어떤 방향으로 돌려졌나요?"

"명나라 정복입니다. 처음에는 농담이신 줄만 알았는데, 농담이기는 커녕 내 평생에 걸친 사업의 마무리라고 정색을 하고 말씀하시는 게 아니겠습니까?"

"그래서……"

소시츠는 미츠나리가 무슨 말을 하려는지 잘 알면서도 여전히 시치미를 뗐다.

"이 일만은 만류해야 합니다. 겨우 천하가 태평해졌다고는 하나 백성들의 걱정과 불안은 뿌리 깊습니다. 지금 그런 전쟁이 일어난다면 나라가 파멸하게 될지도 모릅니다."

"허어, 그것 참 큰일이군요. 그래…… 부교 님은 반대하셨나요?"

"노인께서도 전하의 성격을 잘 아시겠지만, 저희가 간한다고 들으실 분이 아닙니다. 노인께서는 이번에 전하께 조선을 구석구석 살피고 왔는데, 앞길에 난관이 산적해 있으니 출병을 단념하시는 게 낫다고 말씀드려주십시오."

소시츠는 빈정대듯 웃었다. 그리고 손을 크게 흔들었다.

"그런 일이라면 사양하겠소. 부교 님이 간해도 안 되는 일을 어찌 이

늙은이가…… 그런 일은 부교 님이 하셔야 합니다."

"시마이 님!"

"나는 그런 일을……"

"제 부탁을 거절하신다는 말입니까?"

"지부 님."

소시츠는 목소리를 낮추고 가만히 그의 이마에 시선을 고정시켰다.

"지부 님 혼자의 생각이오, 아니면 소시츠에게 그렇게 말하라는 코니시 님의 지시도 포함되어 있소?"

"이거, 묘한 말을 다 듣게 되는군. 코니시 님도 내 생각에 동의하셨다면 어떻게 하겠소?"

"하하하…… 그런 지시는 받아들일 수 없소이다."

"뭐라구요?"

"코니시 님에게는 이 소시츠가 선후책을 이미 말씀 드렸어요. 그런데도 또 지시를 내리려 하다니. 이 시마이 소시츠는 전하의 명령을 직접 받고 조선을 자세히 살피고 돌아온 사람, 따라서 그 보고에 누구의 지시도 받지 않을 것이오."

딱 잘라 말하고 소시츠는 다시 웃었다.

3

미츠나리의 눈에 무서운 증오가 깃들이기 시작했다.

'고작 장사꾼인 주제에!'

이러한 감정이 노골적으로 드러나 있었다.

"그래, 이 미츠나리의 부탁 따위는 들어줄 수 없다는 말이군요. 나는 지시한다는 말은 하지 않았소. 자세를 낮추고 간절히 부탁한다고 말했던 것이오."

"그 부탁이 지시나 다름없다고 한다면 어떻게 하겠소?"

소시츠도 지지 않았다. 도리어 젊은 미츠나리를 야유하는 듯한 어조까지 곁들인 말이었다.

쌀쌀한 강바람이 두 사람 사이를 뚫고 지나갔다.

"흐흐흐……"

미츠나리도 싸늘하게 웃었다.

"부탁을 들어줄 수 없다면 이쪽에서도 생각이 있소…… 이렇게 말한다면 무뢰한의 폭언에 대해 폭언으로 맞서는 격, 그러니 잠자코 물러갈 수밖에 없군요."

"지부 님."

소시츠는 다시 한 번 껄껄 웃었다.

"지부 님도 그렇고 코니시 님도 이기적인 분이군요."

"그렇다고 생각하시오?"

"자기들이 의견을 말씀 드렸다가 혹시 전하가 노하시기라도 하면 할복 아니면 처형…… 그러므로 간언은 소시츠를 시켜 드리게 하자…… 하지만 소시츠 역시 전하가 노하시면 생명이 위태롭소. 이렇게 하는 것이 측근의 역할이라면 무사란 참으로 이기적이군요."

미츠나리의 안색이 더욱 창백해졌다.

이렇게까지 상대가 강하게 나오리라고는 생각지 못했다. 코니시 유키나가의 부탁을 받고 왔다는 것까지 알고 있다고 조롱하는 투로 말하는 게 여간 비위에 거슬리지 않았다.

"그럼, 부탁은 취소하고 그냥 돌아가야 한다는 말이오?"

"그렇소. 코니시 님이 목숨을 걸고라도 조선에 가는 선발대가 된다…… 이런 결심은 하지 않고 나더러 간언하라는 등의 부탁은 받아들일 수 없소이다."

"뭣이, 코니시 님이 조선에 선발대로……?"

"지부 님, 그것말고는 다른 방법이 없소. 전하는 코니시 님과 소 님의 말을 곧이곧대로 받아들여, 조선 왕은 일본군의 길 안내를 맡는다고 믿고 대군을 출동시키신다…… 그러나 내가 본 바로는 달라요. 그 결과가 어떻게 될 것인지 잘 생각해보시오."

미츠나리는 깜짝 놀란 듯 몸을 앞으로 내밀고 목소리를 떨구었다.

"그럼, 노인께서는 그런 말씀을 코니시 님에게 하셨습니까?"

"그렇소. 잘 알고 계실 거요."

"그러니까 코니시 님이 선봉에 설 각오가 되어 있다면 노인께서도 우리 부탁을 들어주시겠습니까?"

소시츠는 고개를 끄덕이고 다시 웃었다.

"지부 님도 만약의 경우 코니시 님을 선봉으로 내보내 그쪽 군세를 파악하도록 하겠다……고 약속하신다면, 이 소시츠도 사나이입니다. 일부러 부탁하지 않아도 처음부터 목숨을 던지고 간할 생각이었오."

"소시츠 님!"

미츠나리는 비로소 소시츠의 참뜻을 알고 얼른 무릎에서 손을 내려 바닥을 짚고 깊이 고개를 숙였다.

"이렇게 부탁 드립니다. 코니시 님에 대해서는 이 미츠나리가……"

"하하하. 고개를 드시지요. 남의 눈이 있습니다. 부교 님이 그런."

소시츠는 다시 소리 내어 웃었다.

4

미츠나리는 부디 잘 부탁한다고 소시츠에게 거듭 당부하고 난 뒤 배에서 내렸다.

그 뒷모습을 바라보며 소시츠는 또다시 생각했다.

'무사란 기묘한 것이라니까……'

의리라는 기묘한 사료飼料로 사육되고 있으면서도 주인에게 약간만 틈이 보이면 당장에 상인 이상으로 교활한 수법을 사용한다. 돈벌이도 철저하지 못하고, 그렇다고 의리에도 투철하지 못하면서 무기를 갖지 못한 백성들만 들볶으며 살아간다……

배는 그 부근에서부터 물이 가득한 수면을 미끄러지듯 달렸다.

요도야의 다리 옆에 배가 도착한 것은 여덟 점(오후 2시)이 가까워서였다.

그곳에도 소시츠를 위해 상인들이 마련한 가마가 기다리고 있었다. 소시츠는 자신을 마중 나온 요도야에게 가볍게 인사했다.

"용무가 끝날 때까지는……"

그리고는 가마에 올라 곧장 오사카 성으로 향했다.

히데요시 역시 새로 쌓은 후시미 성에서 오사카로 와서 소시츠를 기다리고 있었다.

양쪽에는 아까 강어귀에서 만났던 이시다 미츠나리를 비롯해 마시타 나가모리, 마에다 겐이, 오다 우라쿠, 나츠카 마사이에長束正家, 오타니 요시츠구 등이 배석하고, 정면의 히데요시는 사방침 아래 무릎을 들이밀고 보랏빛 두건 밑에서 부드럽게 눈을 뜨고 있었다.

"오오, 소시츠인가. 수고했네, 고생이 많았을 것일세. 오랜 바다 여행으로 얼굴이 까맣게 탔군."

두 손을 짚고 있는 소시츠 머리 위에 히데요시는 전과 다름없이 꾸밈없는 말의 소낙비를 퍼부었다.

"소식은 들었습니다마는, 전하께서 소중한 도련님을 잃으셔서……"

"그 말은 하지 말게. 그만 됐어, 소시츠. 겨우 잊어가는 중일세. 자, 이리 더 가까이 오게."

"황송합니다."

"……그런데 어떻던가, 그곳 상황은? 구석구석까지 자세히 살피고 왔을 테지."

"예. 전하께서 직접 명하셔서…… 우선 부산에 상륙하여 변장을 하고, 경상도에서 강원도로 들어갔다가 다시 경기도를 거쳐 황해도, 전라도순으로 두루 살폈습니다."

"정말 수고가 많았어. 그럼, 지형, 도로, 역참 등의 상태를 낱낱이 기록해왔겠지?"

"예, 이것이 그 지도입니다. 이 지도에 군비가 충실한 곳과 허술한 곳, 백성들이 용감한 곳과 비겁한 곳, 강우량의 많고 적음, 산물의 수량 등을 가능한 한 상세히 기입했으니 한번 보시기 바랍니다."

"좋아, 나가모리, 그것을 이리 가져오게."

"예."

마시타 나가모리가 지도를 받아들고 히데요시 앞에 펼쳐놓았다. 그는 싱글벙글 웃으면서 들여다보았다.

"역시 병력은 부산에 상륙시켜 거기서부터 경기도로 나가게 하는 편이 좋겠지?"

"병력……이라 하시면?"

"오오, 아직 자네한테는 말하지 않았군. 실은 카토 키요마사를 이미 큐슈로 출발시켰네."

"큐슈에 카토 님을……?"

"그래, 히젠肥前의 나고야名護屋에 성을 쌓는 것이 좋겠다고 해서 즉시 그 정지작업을 명령했어. 그곳을 근거지로 하여 대군을 속속 부산으로 보내려는 것일세. 진군을 시작하면 단숨에 명나라 수도까지 공격이 가능할 거야. 내년 우란분재盂蘭盆齋° 때는 나도 거기 가서 팔백여 주를 호령하게 될 것일세. 정말 수고가 많았어. 소시츠, 내 지금 자네에게

술을 내리겠네."

봇물이 터진 듯이 퍼부어대는 히데요시의 말에 이어 소시츠의 말이 우렁차게 좌중에 울려퍼졌다.

"황송합니다마는, 그렇게는 되지 않습니다."

5

"뭣이, 그렇게는 되지 않는다고?"

히데요시는 자기 귀를 의심한 듯 되물었다.

"도대체 뭐가 안 된다는 말인가. 내년 우란분재 때까지는……"

"그렇지 않습니다. 가령 조선 왕이 쌍수를 들어 환영하고 안내를 한다 해도, 그렇게 빨리 진격할 수는 없습니다."

소시츠가 열띤 목소리로 가로막았다.

"소시츠, 그대는 이상한 소리를 하는군."

"아닙니다. 자세히 조사해온 정보를 보고 드리고 있습니다."

"그대는 가령 조선 왕이 쌍수를 들어 환영하여 안내를 한다고 해도…… 이렇게 말했지?"

"그렇습니다. 그것은 어디까지나 가정입니다. 조선 왕은 길 안내를 하지 않습니다."

"무슨…… 무슨 증거로 그런 소리를 하는 게야? 지난가을에 사신이 왔을 때 분명히 그렇게 일러두었는데."

"황송합니다마는……"

소시츠는 잔뜩 아랫배에 힘을 주고 히데요시를 쳐다보았다. 그 눈이 무서운 기백을 담고 별처럼 빛났다.

"제가 조사한 바로는, 조선 왕은 오랫동안 친교를 맺어왔기 때문에 명나라를 배신하고 전하 편에 가담하는 일은 절대로 없을 것입니다…… 제 눈에는 그렇게 비쳤습니다."

히데요시는 가볍게 웃었다.

"좋아, 알겠어. 그대는 상인이니 전쟁은 나에게 맡기게. 조선 왕은 반드시 내 명에 따를 것이야."

"그렇지 않습니다!"

소시츠는 고개를 저었다.

"전하의 군사가 바다를 건너면 조선 왕은 즉시 명나라 병력을 국내로 끌어들일 것입니다. 그렇게 하지 않을 수 없는 의리가 두 나라 사이에 있습니다. 그러므로 전쟁이 벌어지면 명나라에 들어갈 때까지 얼마나 많은 비용을 쏟아부어야 할지 헤아릴 수도 없습니다."

"소시츠!"

"예."

"그렇다면, 내 계획에 잘못이 있단 말인가?"

"그렇습니다. 아마 일본 국내의 물자, 황금, 군사의 팔 할 이상을 투입해도 부족하지 않을까…… 이렇게 보고 돌아왔습니다."

"결국 그대는 내가 출정을 포기했으면 하는 의견이로군."

"지금으로서는 중지하는 것이 상책인 줄 압니다."

"하하하……"

다시 한 번 히데요시는 웃었다.

"그대는 누구에게 반대하라는 부탁을 받았군 그래."

"절대로 그런 일은 없습니다. 본 대로, 생각한 대로 보고 드려야겠기에 말씀 드리는 것입니다."

"이 히데요시의 계획에 트집을 잡아도 좋다고 생각한다는 말인가?"

"총명하신 전하께서 그런 말씀을 하시다니 뜻밖입니다. 전하야말로 도중에 결심을 바꾸셨습니다…… 이 소시츠는 제 보고를 잘 검토하신 뒤에 출정 여부를 결정하시리라 알고 있었습니다. 그런데 보고도 드리기 전에 급히 계획을 추진하시고, 더구나 트집을 잡는다고까지 하시니 당치도 않으신 말씀입니다."

"닥치지 못할까, 소시츠!"

드디어 히데요시는 사방침을 치면서 분노했다.

6

"이 히데요시가 일일이 그대의 명에 따라야겠나? 출정은 이미 내가 결정한 일이야."

히데요시의 목소리가 쩌렁쩌렁 천장에 메아리치며, 방안에 있는 사람들의 귓전을 때렸다.

소시츠는 태연히 무릎걸음으로 한 걸음 앞으로 나섰다.

"점점 더 뜻밖의 말씀을 하시는군요. 비록 어떤 분이 결정하신 일이라 해도 이 소시츠의 보고가 그 때문에 변경되어야 할 이유는 없습니다. 또한 이미 결정을 내리셨다고 해서 마음에도 없는 허위 보고를 드린다면 저는 죽어서도 부처님 곁에 갈 수 없습니다. 결정하시는 분은 전하, 보고 드리는 것은 소시츠. 저는 이번 전투에는 비용이 너무 많이 들고, 그 때문에 십중팔구는 실패할 것이라 보고 왔습니다. 이것이 제 보고입니다."

"나……나……나가모리!"

히데요시는 부르르 몸을 떨면서 뒤에 대령하고 있는 코쇼의 칼을 가리켰다.

"이 무엄한 놈의 목을 쳐라. 출정을 앞두고 본보기를 보이겠다."

소시츠는 미동도 하지 않았다. 오히려 전보다 더 조용한 눈으로 격노한 히데요시를 쳐다보고 있었다.

'해야 할 말은 다 했다…… 이 정도만 말하면 히데요시도 코니시나소의 선발대 지원을 허락하게 되겠지. 그렇게 되면 피해는 최소한으로 끝난다……'

"나가모리! 뭐하느냐. 어서 쳐라!"

"황송합니다마는……"

미츠나리가 황급히 앞으로 나섰다.

"전하, 진노하심은 당연한 일이오나, 시마이 님의 보고를 좀더 검토하신 뒤에……"

"닥쳐! 내가 조사해오라고 한 것은 각지의 지형과 민심이야. 감히 출정하는 것이 좋으니 나쁘니, 자기가 칸파쿠라도 된 듯이 지껄이고 있어. 무례하기 짝이 없는 오만한 놈이다. 어서 베어라!"

"아니, 잠시만!"

미츠나리는 책임을 느끼고 다시 말렸다.

"만일 전하가 직접 조사하지 않으시려면 이 지부가 대신 물어보려고 합니다. 시마이 님이 어째서 그런 결론을 내렸는지, 이건 큰 일을 앞에 둔 작은 일입니다. 우선 진정하시기 바랍니다."

뒤이어 마시타 나가모리도 거들었다.

"이시다 님의 말씀이 옳습니다. 만일 조선 왕에게 배신할 기색이 보인다면 충분한 대책을 세워야 합니다. 제발 노여움을 거두시고……"

"그……그대들도 한통속이로구나."

"당치도 않으신 말씀입니다."

"좋아. 그럼 다시 한 번 내가 소시츠에게 직접 묻겠다. 모두들 잘 듣도록 하라."

"고마운 분부십니다."

"소시츠!"

"예."

"그대는 조선 왕이 나를 배신할 거라고 했지?"

"명나라 군사와 하나가 되어 전하의 군사에 대항하게 될 것이라고 말씀 드렸습니다."

"그렇기 때문에 나의 군사는 조선 땅에 상륙한다 해도 진격을 못한다, 이 말인가?"

"무인지경으로 들판을 달리는 것처럼은 되지 않습니다. 낯선 땅에서 농성이라도 하게 될 경우에는 사방 백성들이 모두 적이므로 보급 문제에 뜻하지 않은 어려움을 겪게 될 것입니다. 게다가 명나라 수군이라도 출동하여 원군이 오는 길목을 차단한다면……"

"다……닥……닥쳐!"

히데요시는 다시 큰 소리로 말을 막았다.

7

말을 막으면서도 히데요시는 후회하고 있었다.

자신의 격분에 추호도 동요하지 않는 태도를 보면, 소시츠가 어떤 결심을 하고 나타났는지…… 분노했다고는 하지만, 그것도 모를 정도의 히데요시는 아니었다.

히데요시는 이번 계획에 어째서 모두가 냉담한 태도를 취하는지 도무지 못마땅하기만 했다.

'무리도 아니다……'

마음으로는 이렇게 생각했다. 게는 자기 등딱지에 맞게 구멍을 파는 법이다. 그러므로 히데요시 같은 큰 인물의 구상을 그들이 알 리 없고, 알지 못하기 때문에 이번 원정은 더더구나 자기가 실현시켜야 할 일이라는 확신을 굳혔다.

그런데도 소시츠는 반대한다는 의사를 분명히 밝혔다. 그렇다면 자세히 이야기하여 이해시키기보다는 꾸짖어 입을 다물게 하고 그런 뒤 다시 설득하는 방법밖에 없었다.

소시츠는 입을 다물기는커녕, 앞서 리큐가 그랬던 것처럼 점점 더 고집을 부리고 있었다. 이러한 그를 계속 꾸짖는다면 리큐의 경우와 마찬가지로 이럴 수도 저럴 수도 없게 되어, 또다시 한 사람에게 뒷맛이 개운치 못한 처벌을 내리게 될 수밖에 없었다…… 리큐의 처벌을 크게 뉘우치고 있는 그로서는 참으로 안타까운 일이었다.

"소시츠! 다시 한 번 말하겠다. 그대는 상인, 나는 아직까지 한 번도 패배다운 패배는 한 적이 없는 무장이야."

"잘 알고 있습니다. 그러기에 앞으로 더욱 신중을 기하여……"

"그러한 나에게 전쟁에 대한 지시는 하지 마라. 그대가 알아본 결과 조선 왕이 배신할 가능성이 있다, 이것만 보고하면 그만이야. 대책은 이 히데요시가 세우겠다고 하는데, 그것을 모르겠단 말인가?"

소시츠는 약간 마음을 놓으면서 어깨의 힘을 뺐다.

'이것으로 겨우 나의 목적은 달성되었다……'

이 얼마나 무서운 히데요시의 아집인가. 인간이 이런 움직임을 보일 때는 반드시 큰 짐을 짊어지게 마련인데, 그 반성을 히데요시나 되는 큰 인물이 잊고 있었다……

"황송합니다마는……"

소시츠는 다짐을 주듯 다시 한 번 말했다.

"조선 역시 남과 북은 기후와 풍토가 전혀 다릅니다. 왕성王城에 이르기까지의 전투는 그렇다 해도, 그 이후에는 거기서 겨울을 맞게 될지도 모릅니다. 겨울이 되면 국경을 이루는 큰 강이 얼어붙어, 명나라로부터 보급은 자유로워지고, 반면에 아군은 추위로 고생하지 않으면 안 됩니다."

"그런 일은 벌써 모두 계산이 끝났어!"

히데요시가 조소하듯 말했다.

"이 히데요시는 일단 적으로 돌아섰던 자라도 반드시 아군으로 끌어들이는 능력이 있어. 참, 코니시 셋츠와 소 요시토모를 불러오너라. 그들의 견해와 소시츠 견해 중 어느 것이 옳은지 보고 결정하겠다."

'아뿔싸!'

소시츠는 입술을 깨물었다. 이시다 미츠나리는 왜 이쯤에서 나를 조사한다는 구실로 자리를 뜨게 하지 않았을까?

이 자리에서 소 요시토모가 애매한 대답이라도 하는 날에는 지금까지 소시츠가 고심한 보람은 수포로 돌아간다.

마에다 겐이가 일어나서 코니시와 소를 부르러 나갔다.

"모두들 잘 듣거라. 양쪽 주장에는 차이가 있어. 어느 쪽이 옳은지는 대결시켜보면 알 수 있다. 그때까지 소시츠도 남아 있도록 하라."

소시츠가 가볍게 머리를 수그리면서 미츠나리를 보았다. 유키나가와 연결된 듯한 미츠나리는 창백한 얼굴로 자세를 바로하고 있었다.

"내 작전에 결함이 있다니 그게 어디 될 말인가. 상륙하면 명나라 수도까지 한달음에 쳐들어갈 것이다."

히데요시는 아직도 맹렬한 기세를 누그러뜨리지 않았다.

8

코니시 유키나가와 소 요시토모가 히데요시 앞에 불려왔을 때, 소시츠는 조용히 눈을 감듯이 하고 앉아 있었다.

방 입구 큰 장지문에 그려진 두 마리 호랑이가 갑자기 벌떡 일어나

서로 으르렁거리는 것만 같았다. 코니시는 이름난 웅변가였으나, 소 요시토모는 히데요시의 질문 여하에 따라 당장 꼬리를 드러낼지도 몰랐다. 호령이 머리 위에 떨어지면 제대로 말도 못할 것이다.

"코니시 셋츠 님과 소 츠시마 님이 오셨습니다."

마에다 겐이의 말이 채 끝나기도 전에 히데요시의 질문이 쏟아졌다.

"유키나가, 그대는 조선 왕이 기꺼이 안내에 나설 것이라고 했지? 소시츠는 그렇지 않다는데, 어떻게 된 일인가?"

소시츠는 저도 모르게 마음속으로 염불을 외웠다. 요시토모에게 먼저 묻지 않은 것만도 다행이었다.

"황송합니다마는, 기꺼이라고는 말씀 드리지 않았습니다. 삼가 안내할 것이다…… 이렇게 말씀 드린 것으로 기억하고 있습니다."

"뭣이, 기꺼이라고는 하지 않았다고?"

"예. 전하의 위광은 중국, 천축까지 알려져 있습니다. 그러므로 전하의 명이시라면 삼가 안내할 것이다…… 지금까지도 변함 없는 이 코니시 유키나가의 견해입니다."

히데요시는 혀를 찼다. 기꺼이와 삼가……는 크게 의미가 다른데, 그도 이렇게까지 자세한 것은 기억하지 못했다.

"그럼, 안내하지 않을 것이라는 소시츠의 견해는 잘못이란 말인가?"

"다른 사람의 견해를 잘못이라고는 할 수 없으나, 제 생각과 다른 것만은 사실입니다."

"무슨 소리를 하는 게야! 견해가 다르다면, 어느 한쪽이 옳고 어느 한쪽은 잘못되었을 것 아니냐? 그렇다면, 츠시마!"

"예."

"그대는 어떻게 보고 있나?"

소시츠는 오싹 한기를 느끼면서 눈을 가늘게 떴다.

"코니시 님과 마찬가지로…… 그러나……"

“그러나 어떻다는 거냐? 어째서 똑똑하게 대답하지 못하는가. 그대도 조선 왕이 분명히 안내하겠다는 뜻을 밝혔다고 말했지 않아?”

“그러면…… 소시츠 님은 무어라고 하셨습니까……?”

“그랬을 리가 절대로 없다, 조선 왕은 명나라와 친교를 맺고 있기 때문에 우리를 적대시할 것이라고 했어.”

“그러면……”

“그러면 어떻다는 것인지 분명히 말하라.”

“황송합니다마는……”

다시 코니시 유키나가가 말을 받았다.

“소시츠 님이 그런 말씀을 하셨다면 지금 언쟁하기보다 당장 그 사실 여부를 확인해주셨으면 합니다.”

“그대들은 자기 주장에 그렇게도 자신감이 없단 말인가?”

“자신감이 있고 없고는 문제가 아닙니다. 이것은 전군의 사기에 관한 일, 만약 그런 의견이 나왔다면 그대로 둘 수 없습니다.”

“그렇다면, 출격에 앞서 소시츠를 제물로 삼으라는 말인가?”

“당치도 않습니다…… 소시츠 님도 목숨을 걸고 조선에 다녀오신 분. 그러므로 저도 츠시마와 같이 그곳에 다시 건너가 적의를 품었는가의 여부를 실제로 조사해보는 것이 옳다고 생각합니다.”

과연 코니시 유키나가는 언변이 뛰어났다. 마치 그것이 자신의 지론인 것처럼 매끄럽게 대답했다.

9

상대가 히데요시만 아니었다면, 아마도 코니시 유키나가의 언변은 교묘히 이 자리를 얼버무렸을 터였다.

히데요시는 유키나가의 대답에서 미심쩍은 점을 발견했다. 자신의 명으로 이미 소 가문에서는 네 번이나 조선에 사신으로 다녀왔다. 맨 처음은 선대인 요시시게가 살아 있을 때로, 가신인 유타니 야스히로가 다녀왔다.

그때 요시시게는 히데요시에게 이렇게 말했다.

"조선 같은 것, 굳이 정벌할 필요도 없습니다. 제가 전쟁 없이도 평화로운 가운데 명나라로 안내하도록 설득하겠습니다."

히데요시는 그 말을 곧이곧대로 받아들여 잠시 출병을 보류했다.

"알아서 하라."

그뿐 아니라 이렇게 말하고, 허리에 찼던 칼을 요시시게에게 주기까지 했다.

그 후 조선으로부터는 아무런 소식이 없었다. 그래서 이번에는 조선왕이 직접 와서 조공을 바치라고 했는데도 역시 실현되지 않아 세번째로 사신을 보냈다. 그때 사신이 동반하고 돌아온 것은 왕이 아니라 황윤길을 정사, 김성일을 부사로 한 일행이었다.

지금 생각해보면, 그 사신이 가져온 서한에는 일본의 통일을 축하한다는 말이 씌어 있었을 뿐 명나라로 안내하겠다는 내용은 전혀 없었다. 그러나 그때도 요시토모와 유키나가는 교묘한 구실을 대고 그 사실을 얼버무렸다.

"왕은 충분히 그 뜻을 받아들이고 있습니다. 다만 문서화하지 않은 것은 명나라에 누설될 우려가 있기 때문이라는 생각입니다."

그 말을 듣고 히데요시는 엄명을 내렸다.

"그러면 요시토모가 직접 가서 조선 왕에게 명나라 정벌군의 선봉이 되라고 이르도록 하라."

그리고 요시토모가 직접 부산에 건너갔다. 요시토모와 동행한 사람은 야나가와 시게노부柳川調信와 승려 겐소였다.

그런데 지금에 와서 이 모든 것이 애매해졌다. 히데요시가 의심을 품는 것은 당연한 일이었다.

"유키나가."

"예."

"그대들은 나에게 숨기는 것이 있어."

"아니, 그게 무슨 말씀입니까……"

유키나가는 거침없이 부인했다.

"상대는 분명히 승낙하는 뜻으로 대답했다고 했어. 그렇지 않은가, 츠시마?"

"예…… 예."

요시토모가 떨면서 대답했다.

히데요시는 느닷없이 거칠게 사방침을 쳤다.

"츠시마!"

"예."

"나는 조선 왕이 무어라 대답했는지 알아보고 오라는 말은 하지 않았어. 선봉에 서도록 엄명을 내리라고 했어."

"예…… 예."

"그 명령을 받아들인 것으로 보았느냐, 그렇지 않다고 보았느냐? 사신으로 갔던 그대 자신도 모르겠다는 말이냐?"

"예, 그것은……"

"그것이 어쨌다는 말이냐?"

"받아들인 것처럼도 보이고…… 그렇지 않은 것처럼도……"

"닥쳐! 형편없는 멍청이 같으니라구. 유키나가, 이것은 그대의 간사한 훈수임이 틀림없어."

"무슨 그런 뜻밖의 말씀을……"

"뜻밖의 말이 아니야. 그 얼굴에 씌어 있어. 괘씸한 놈."

10

일단 의심을 품으면 히데요시의 두뇌회전은 무서울 정도로 빠르다.

"이 히데요시를 속일 수 있다고 생각했단 말이지, 유키나가!"

"당치도 않습니다. 절대로 그런 무엄한 생각은 하지 않았습니다."

"듣기 싫어!"

히데요시는 다시 한 번 사방침을 탁 때리고 몸을 내밀었다.

"그대들은 네번째에야 비로소 히데요시가 출병할 것이다, 출병하면 너희 나라도 결코 재앙을 면치 못할 것이다, 그러므로 선봉에 서라고 했을 테지?"

"아닙니다, 그런 일은……"

유키나가가 말했으나 그 이상은 구실을 댈 수 없었다. 그가 요시토모에게 일러준 훈수는 바로 그것이었다. 츠루마츠의 죽음이라는 뜻밖의 사건만 없었다면, 충분히 상대의 기분을 손상시키지 않고 또한 소 가문의 무역에도 별다른 지장을 가져오지 않으리라는 것이 유키나가의 계산이었다.

그러나 더 이상 변명하면 그 훈수의 경과를 완전히 자백하는 것이 될 뿐이었다. 요시토모는 어떤가 하고 보았더니, 그는 비참한 모습으로 안전부절못하고 있었다.

"발칙한 놈들."

히데요시는 이미 화를 내고 있기보다 자기 추측이 옳았다는 것에 실소失笑를 참고 즐기고 있는 것 같았다.

"내가 그 다음을 말해볼까. 그대들은 네번째에야 겨우 사실을 조선 왕에게 고했을 거야. 그렇지, 츠시마?"

"……"

"그러자 세 번에 걸친 거짓말이 걸림돌이 되어 이번에는 조선 왕이 곧이듣지 않았겠지. 명나라와의 사이에 다리를 놓게 하려고 허풍을 떨고 있구나, 단순한 위협에 지나지 않는다고 틀림없이 상대도 하려 들지 않았을 테지."

이번에는 소시츠가 깜짝 놀랐다. 자신이 탐지한 정보와 히데요시의 추측은 정확히 들어맞았다.

'일단 빛을 발하기 시작하면 무서운 눈이다!'

내심으로 감탄하면서도 아직은 말을 할 수 없었다. 지금은 돌아가는 형편을 잠자코 지켜보는 수밖에.

"어때, 내 말이 과녁을 꿰뚫었지, 츠시마?"

"황송합니다마는……"

유키나가가 다시 집요하게 끼어들었다.

"저도 츠시마로부터 조선 왕의 속마음을 도무지 모르겠다는 말을 듣고, 그렇다면 부산에서 츠시마 사람과 그 가족들을 일단 철수시키는 것이 좋겠다고 조언했습니다."

"뭐, 부산에서 일본 사람을 철수시키라고……?"

"예. 그러면 조선에서도 일의 심각성을 깨닫고 당황할 것입니다. 게다가 우리 두 사람이 선봉을 맡게 되면 전하의 위광으로 반드시 사정이 호전된다고 생각했습니다."

유키나가가 청산유수靑山流水처럼 여기까지 말했을 때였다.

"잠시 기다려주십시오."

다시 소시츠가 입을 열었다. 이대로 두면 물 흐르듯 하는 유키나가의 언변이 히데요시를 더욱 분노하게 만들 것 같은 생각이 들었다.

히데요시가 화를 내면 할복을 명령받을 자는 소 요시토모…… 그렇게 된다면 요시토모의 장래를 보장했던 소시츠의 체면이 서지 않는다.

"황송합니다마는, 소 님에게 그런 훈수를 둔 것은 바로 이 소시츠였습니다."

"뭣이, 그대가 훈수를 두었다고?"

히데요시는 깜짝 놀라 시선을 소시츠 쪽으로 옮겼다.

11

"하하하……"

갑자기 히데요시는 웃기 시작했다.

"소시츠, 거짓말을 하면 못써. 히데요시는 속이지 못해."

"황송합니다마는 거짓말이 아닙니다. 이 소시츠는 선대인 요시시게 님과의 우의를 생각하고 여러모로 지혜를 빌려주었습니다."

"요시토모, 그게 사실이냐?"

"예…… 예."

요시토모는 도움을 청하듯 소시츠를 쳐다보고 또 유키나가를 바라보았다.

"좋아, 일단 말을 들어보겠다. 진실인지 거짓인지는 히데요시가 판단할 것이야. 그렇다면 그대는 요시토모에게 명나라로 안내하는 문제는 조선 왕에게 말하지 말라고 했다는 것인가?"

"그렇습니다."

"무슨 이유에서인지 말해보라."

"전하에게 무리한 전쟁을 하시게 해서는 안 된다…… 오직 이 마음 때문이었습니다."

"나에게 무리한 전쟁…… 그대는 다시 전쟁 이야기를 꺼내려는가?"

"그렇습니다…… 언젠가는 이것이 무리한 전쟁……임을 전하도 깨닫고 중지하실 것이므로, 처음에는 말씀 드리지 않는 것도 좋겠다고 충고했습니다."

"소시츠!"

"예."

"그게 사실이라면 누가 뭐라건 그대의 목숨은 살려둘 수 없어. 그것을 각오하고 하는 말인가?"

"물론입니다. 소시츠도 이미 오십 고개를 넘겼습니다. 이 목숨 하나 바쳐 전하께 도움을 드리고 싶습니다."

"으음, 그대도 또한 리큐 녀석과 똑같은 말을 지껄이는군."

"저는 전하가 모르시는 사실을 이것저것 많이 알고 있습니다. 그 모두를 종합해볼 때 이번 원정은 비록 실패로 돌아가지는 않는다 해도 결코 이득이 될 리 없습니다."

"멋대로 지껄이는군, 이 방자한 것이……"

"전하는 이번 원정을 진심으로 찬성하는 사람이 있다고 생각하십니까? 모두 전하의 위광이 두려워 말은 못하고 있으나, 내심으로는 큰일 났다고 걱정하고 있습니다."

히데요시는 갑자기 눈을 크게 뜨고 숨을 죽였다. 더 이상 소시츠에게 말을 계속하도록 할 것인지 아닌지 결정하지 않으면 돌이킬 수 없는 일이 벌어질 게 틀림없었다.

이미 동원령은 내려져 있다…… 그리고 큐슈의 나고야에 성을 쌓기 위해 키요마사를 파견해놓았다. 여기서 중단한다면 천하의 웃음거리가 될 뿐 아니라, 히데요시의 성격상 절대로 그렇게 할 수 없었다.

'화살은 이미 시위를 떠나지 않았는가……'

소시츠는 여전히 담담한 표정으로 말을 이었다.

"이처럼 큰 원정에서 무엇보다도 중요한 일은 모두의 마음이 하나가 되는 것입니다. 예전에 원구元寇°가 침략해왔을 때도 적의 내침을 막기 위해 상하가 한마음으로 대처했기 때문에 카미카제神風°가 불었다고 들었습니다. 그때와는 달리 이번에는 우리가 나가 싸우는 전쟁…… 모든 사람의 마음이 하나가 되지 않으면 반드시 차질이 생깁니다. 지금은 전쟁은 피하시고 느긋하게 교역을 통해 진출하십시오……"

"그것뿐인가……?"

히데요시는 의외로 부드러운 어조로 말했다.

"미츠나리, 이자를 끌어내라. 이제 허튼소리는 끝난 모양이니까."

12

미츠나리가 무어라 입을 열려고 했다. 그러나 이보다 먼저 히데요시가 웃으면서 다시 퍼붓듯이 말했다.

"시마이 소시츠는 사나이 중의 사나이라고 하더군. 미련 없이 목숨을 내던지고 히데요시를 적으로 돌리다니 우러러보아야겠어. 부랑자 감옥에 처넣어라."

소시츠는 흘끗 미츠나리와 요시토모를 바라보고 나서 일어났다. 마치 소시츠 쪽에서 조용히 미츠나리를 재촉하여 데리고 나가는 것같이 보이기도 했다.

좌중은 물을 끼얹은 듯 조용하기만 했다.

"하하하……"

히데요시가 큰 소리로 웃기 시작할 때까지 기묘한 살기가 실내에 감돌았다.

"셋츠, 어떤가, 그대는 소시츠를 벨 수 있겠나?"

이 질문은 꽤나 코니시 유키나가를 당황하게 만든 듯했다.

유키나가와 요시토모를 곤경에서 구해주기 위해 소시츠는 거듭 거짓말을 하여 이 위기를 초래했다.

"베지 못하겠습니다."

유키나가는 잠시 주저하다가 대답했다.

"좋아, 나는 그 한마디를 듣고 싶었어. 내 부하들이 소시츠의 동정을 받다니 차마 눈뜨고는 볼 수 없단 말이야."

"……"

"츠시마! 가슴에 와닿는 것이 있느냐?"

"예…… 예."

"좋아. 그대들은 이 자리에서 소시츠를 살릴 방법을 강구해보도록 하라. 그 말 여하에 따라서는 용서하지 못할 수도 있어."

"황송합니다."

유키나가는 때를 놓치지 않고 머리를 조아렸다.

"시마이 소시츠의 무례를 사죄하기 위해 저희 두 사람은 선봉이 되려고 합니다…… 그 은혜에 대한 보답은 조선에 건너가 전쟁터에서 하겠습니다."

"그럼, 그대들은 소시츠처럼 출전을 중지하라는 말은 하지 않겠다는 것이냐?"

"그렇습니다…… 칼은 이미 칼집을 떠났습니다."

"조선 왕이 명나라 쪽으로 돌아서더라도 공격할 자신이 있느냐?"

"그렇게 하지 않으면 전하께도 소시츠 님에게도 면목이 없습니다."

"하하하…… 좋아, 그럼 미츠나리가 돌아와 무슨 말을 하는지 그의 말을 듣고 소시츠를 처벌하기로 하겠다."

"감사합니다."

히데요시는 안도하는 것 같았다. 그 역시 소시츠를 죽이고 싶지는 않았다. 화는 났지만, 소시츠의 태도는 훌륭했다. 칭찬할 만했다.

미츠나리가 부리나케 돌아왔다.

"황송합니다마는, 청이 있습니다."

"한통속이로군. 소시츠를 용서하라는 말이겠지?"

"그렇습니다…… 소 츠시마에게 훈수를 한 행위는 방자한 일이지만, 전하를 생각하는 일념으로 그랬던 것이니……"

"자네에게 살려달라고 부탁하던가?"

"아니, 그런 것은……"

"알고 있어. 소시츠는 그런 사나이가 아니야. 그런데, 지부!"

"예."

"그대도 소시츠에게 무언가 부탁한 일이 있겠지?"

"그것은…… 아니……"

"하하하…… 그 호랑이는 아주 마음에 드는 호랑이야. 오늘 중으로 석방하도록 하라. 다시는 사기에 영향을 끼칠 말은 하지 말라고 단단히 주의를 주고."

히데요시는 벌떡 자리에서 일어나 그대로 내전으로 가는 복도 쪽 계단을 내려가기 시작했다.

13

히데요시가 치미는 감정을 억제하기 위해 얼마나 노력했는가는 뒤에 남은 사람들도 잘 알고 있었다. 어떻게 될 것인가 하고 나가모리도 겐이도 요시츠구도 숨을 죽이고 있었다. 그들도 코니시 유키나가와 소 요시토모를 감싸려는 소시츠의 심정을 간파하고 있었다.

"아무튼 용케 처형을 면하게 됐군."

겐이가 중얼거렸다.

"칸파쿠 전하 앞에서 그처럼 대담하게 말한 사람은 시마이 소시츠가 유일할 것이오."

"과연 그렇소."

미츠나리도 동의했다.

"분명히 시마이는 상인이 되기에는 아까운 인물. 코니시 님도 간담이 서늘해졌을 것이오."

코니시 유키나가는 흘끗 미츠나리를 바라보았을 뿐 잠자코 있었다. 미츠나리의 말이 자기들의 거짓말을 꿰뚫어보고 내뱉은 예리한 빈정거림으로 들렸기 때문이다.

"이미 대륙 진공은 기정사실이 되고 말았소. 결국 시마이 소시츠가 전하께 마지막으로 결심을 다지게 한 결과가 되었소."

미츠나리의 자조적인 뜻이 담긴 중얼거림이었다. 그러나 코니시 유키나가나 소 요시토모의 귀에는 그 반대로 들렸다.

'당신들의 허위 보고가 도리어 이러한 결과를 초래했다……'

이렇게 나무라는 것처럼 들렸다.

"지부 님."

유키나가는 이마에 흐르는 땀을 옷소매로 닦았다.

"이 유키나가의 결의를 다시 한 번 전하께 전해주시오."

"두 분이 선발대가 되시겠다는 것 말이오?"

"그렇소. 소 님의 교섭에도 분명히 허술한 점이 있었던 것 같소. 그 책임은 나도 같이 질 수밖에 없어요."

미츠나리도 이번에는 정말 빈정대고 싶었다. 언변에 능한 자는 언변에, 병법에 능한 자는 병법에 의존한다는 좋은 본보기를, 시치미를 떼는 이 유키나가의 말에서 발견했던 것이다.

"코니시 님, 아직도 방법이 없는 것은 아니오."

"그렇다면?"

"선봉이 되실 각오라면 차라리 명령이 내리기 전에 조선에 건너가 왕의 목을 베는 것이 어떻겠소? 그쪽 태도도 알 수 있고, 코니시 님의 체면도 설 것 같은데요."

유키나가는 씁쓸한 표정으로 고개를 저었다.

"지부 님이 조선의 왕성을 모르고 하시는 말이오."

"허어, 과연 그럴까요?"

"조선의 도읍은 도읍 그 자체가 거대한 하나의 성곽이오. 어떻게 우리가 그 안에 들어갈 수 있겠소. 오사카 성에 들어가 전하의 목을 노리는 것과 같이 무모한 일이오."

"하하하…… 그렇다면 더 좋은 방법이 있소이다. 전하가 명나라 정벌을 포기하셨다…… 이렇게 말하면 그들은 기뻐하며 성문을 열고 두 분을 맞이할 것 아닙니까."

이렇게 말하고 나서 미츠나리는 그 이상 코니시를 조롱한다는 것 자체가 무의미하다고 생각했다.

"아니, 이건 농담이오. 코니시 님의 부탁은 전하께 잘 말씀 드릴 테니 안심하시오."

오타니 요시츠구가 자리를 떴다. 이어 마시타 나가모리가……

오늘의 사건은 안도의 숨을 쉬게 하는 동시에 무언가 석연치 않은 일말의 어두움을 모두의 마음에 남겼다. 대륙 출병은 이미 아무도 반대할 수 없는 '확정' 의 길로 치닫기 시작했다……

아미타불阿彌陀佛의 빛

1

이에야스가 오슈의 일로 이와테자와岩手澤까지 출정했다가 코가古河를 거쳐 에도로 돌아온 것은 10월 29일이었다. 그는 쿄토에서 돌아온 지 얼마 되지 않아 자기 대신 히데타다秀忠를 상경시켰다.

그 히데타다를 히데요시가 산기 우콘에노츄죠參議右近衛中將로 추천했다는 것을 알고는, 히데요시의 명나라 정벌은 이미 움직일 수 없는 사실이 되었음을 깨달았다. 히데타다를 우콘에노츄죠로 추천했다는 것은, 드디어 조카 히데츠구를 가문의 후계자로 삼아 나이다이진內大臣°에 앉히려는 사전 준비라고 볼 수밖에 없었다.

이에야스가 오슈에서 에도로 돌아온 지 얼마 안 되어 쿄토의 챠야 시로지로로부터 세 차례에 걸쳐 은밀한 보고가 들어왔다.

오슈에서 돌아온 히데츠구가 드디어 나이다이진이 되었다는 것. 그리고 12월 중순에는 쿄토에 있는 히데타다가 에도로 돌아가고, 그 대신 이에야스가 쿄토로 소환되리라는 것. 이어서 세번째는, 마침내 조선 왕이 명나라에 사신을 파견하여 명나라에서도 히데요시의 야심을 분명히 알게 된 듯하다는 보고였다.

출처는 모두 공경이나 거상, 오사카 성과 요도 성 등 확실한 소식통으로 그 정보가 틀릴 리는 없었다.

히젠의 히가시마츠라고리東松浦郡에 있는 나고야에는 카토 키요마사의 손으로 9월부터 축성이 시작되어 내년 2월에는 완성될 것이라는 이가伊賀 첩자의 보고도 들어와 있었다.

그렇다면 2월까지는 나이다이진이 된 히데츠구에게 칸파쿠의 자리를 물려주고, 히데요시 자신은 나고야 성으로 가서 원정군을 지휘할 생각이 분명했다.

“이달 중순에는 츄죠 님이 돌아오시겠군요.”

아직 여기저기서 산을 깎거나 해자를 만들고 있는 에도의 거리는 서리가 녹아 진흙탕처럼 질퍽거렸다. 눈은 한 번도 내리지 않았으나, 섣달의 바람은 흰 재목과 검게 그을린 낡은 목재가 뒤섞인 에도 성 본채에도 거친 개척지의 냄새를 흩뿌리고 있었다.

촛대 하나에 화로 하나, 그리고 탁자 하나밖에 없는 이에야스의 거실. 오늘은 카와고에에서 문안차 찾아온 텐카이와 혼다 사도노카미 마사노부 이렇게 세 사람이 허연 입김을 뿜어내면서 마주앉아 있었다.

“그래. 중순에 내려온다고 했으니 정월 초부터는 군사 이동이 시작되겠지……”

“그런데, 주군은 이 일을 어떻게 생각하십니까?”

“어떻게 생각하다니?”

이에야스는 흘끗 텐카이와 얼굴을 마주보고 쓴웃음을 지었다.

“자네답지 않은 말을 하는군. 그렇지 않소, 텐카이?”

“후후후.”

텐카이는 웃었을 뿐 대답하지 않았다.

“주군은 처음부터 이 일에는 반대하시지 않았습니까?”

"반대했기 때문에 어떻다는 말인가? 칸파쿠가 결정한 일, 어쩔 도리가 없어."

"그러면 칸파쿠가 패배할 때까지 계속 머리를 숙이고 때를 기다리겠다……는 생각이십니까?"

마사노부가 여기까지 말했을 때 이에야스의 눈썹이 치켜올라갔다.

"사도, 텐카이 님도 듣고 계시다. 부끄럽지도 않느냐?"

엄하게 꾸중을 들은 사도는 당황하여 이에야스로부터 텐카이에게로 눈길을 옮겼다. 텐카이는 못 들은 체하며 천장을 노려보고 있었다.

2

"부끄러운 줄 알아야 한다……고 꾸짖으시는 겁니까?"

혼다 사도노카미는, 이에야스가 텐카이를 꺼려할 리 없다……는 표정으로 고개를 갸웃했다.

지난번에 만난 이후 때때로 초청받거나 스스로 찾아오기도 하는 텐카이와 이에야스 사이에는 '천하의 일' 에 관한 대화가 이어지고 있었다.

불법의 깊은 이치를 터득하고 신도神道에도 조예가 깊은 듯한 텐카이는 이에야스에게 끊임없이 '천하인' 으로서의 마음가짐을 일깨워주고 있었다. 이에야스 역시 그런 입장에서 여러 가지 질문을 하고 있었기 때문에 텐카이 앞에서는 어떤 말을 해도 괜찮다고 무의식중에 생각하고 있었다.

그런데 지금 이에야스는 텐카이가 듣고 있는 자리에서 그런 말을 하다니, 부끄러운 줄 알라고 꾸짖고 있다. 마사노부는 뜻밖이었고, 그래서 쉽게 납득되지 않았다.

"그래, 부끄러운 줄 알아야 한다는 말이다."

이에야스는 다시 거친 어조로 말했다.

"자네는 언제나 나와 동석했으면서 텐카이 님의 말씀을 어디로 들은 건가?"

"그러면, 군사적 문제가 이 자리에서는 금물이란 말씀입니까?"

"멍청한 것. 텐카이 님이 조금 전에도 말씀하셨어. 아미타불의 마음으로 백성을 대하라……고. 여기에 천하인의 염원이 있고 불교의 진수가 있다고……"

"그 말씀은 분명히 들었습니다마는……"

"그렇다면 어째서 칸파쿠가 패할 때를 기다리라고 말했는가?"

"예……?"

"다른 사람의 몰락을 바라는 마음…… 그런 마음을 신불이 기꺼이 받아들이리라 생각하느냐?"

"그러면…… 그러면…… 반대는 하지만 마음으로부터 칸파쿠를 섬긴다……는 말씀이십니까?"

"아직 그런 말을 하다니 마음이 잘못됐어. 그래서는 이에야스의 싯세이執政° 일은 못해."

"또 잘못되었습니까……?"

"마음에 깊이 새겨두게. 이에야스가 섬기는 것은 칸파쿠도 히데요시도 아니야. 그 너머에서 빛나고 있는 아미타불이야. ……아미타불을 섬기려는 마음이지 칸파쿠를 섬기는 마음이 아니야."

혼다 사도노카미는 다시 한 번 고개를 갸웃거리고 도움을 청하듯 텐카이를 바라보았다.

"후후후."

텐카이는 다시 웃었다.

종종 듣곤 하는 그 웃음소리가 사도노카미는 마음에 들지 않았다. 그가 말하는 고원한 이상과 교의가 이 웃음소리 속에서 지워지고, 사사건건 도발해오는 오만한 인간의 체취가 풍겨왔다.

"사도 님."

텐카이는 여전히 짓궂은 미소를 떠올린 채 마사노부에게 말했다.

"사도 님은 지금 이 텐카이에게 화를 내고 있군요?"

"아니, 그런 것은……"

"그렇지 않다면 사도 님은 나무 인형, 목석이나 다름없어요. 텐카이를 화나게 하려고 조소하고 있어요. 주군은 이런 일을 하지 않으나 사도 님은 하고 있소. 텐카이를 아첨꾼이라 생각할 텐데, 그렇지 않소?"

"그것이 지금 주군이 하신 말씀과 무슨 관계가 있습니까?"

"하하하…… 역시 목석은 아니었군, 화를 내고 있으니 말이오. 사도 님은, 그렇다면 칸파쿠를 섬길 것이냐고 묻는 대신 칸파쿠를 마음으로부터 도와줄 생각이냐고 물어야 했소. 그랬더라면 꾸중은 듣지 않았을 텐데. 아니라고 생각되거든 여쭈어보시오."

텐카이는 아직도 사도노카미를 어린아이로 취급했다.

3

사도노카미는 입술을 깨물고 겨우 분을 참고 있었다. 감정이 치미는 대로 반응한다면 텐카이는 다시 조소할 터. 아니, 그보다 역시 그는 이에야스의 눈이 무서웠다. 충분히 자기 역량을 인정하면서도 꾸짖는 이에야스, 이런 자리에서 반항한다면 점점 더 자신은 하찮아진다.

"죄송합니다. 그럼 말씀하신 대로 여쭈어보겠습니다."

사도노카미는 퉁명스럽게 텐카이에게 말했다. 그리고는 이에야스 쪽으로 향했다.

"그러시면, 주군은 칸파쿠를 마음으로부터 도우실 생각이십니까?"

이에야스는 웃지 않았다. 여전히 엄한 표정인 채 물음에 답했다.

"아미타불은 어떤 경우에도 중생을 제도하려는 큰 마음을 가지고 계신다. 깊이 새겨두게."

"어떤 경우에도……?"

"그래. 악인까지도 구하려 하신다. 자네가 말한 것 같은 마음으로 내가 칸파쿠를 대한다면 아미타불의 빛은 나를 비추려하지 않아."

"황송합니다."

"이 일은 대륙 출병에 찬성하느냐 반대하느냐 하는 것과는 관계가 없어. 출병이 결정되었다면 허심탄회하게 그 성공을 기원할 뿐…… 앞으로도 이런 일이 있을 테니 말을 할 때는 각별히 조심하도록."

"알겠습니다."

사도노카미는 공손히 머리를 숙이면서도 마음속으로는 이에야스와는 거리가 먼 것을 생각하고 있었다.

'과연 내가 어리석었다……'

이에야스는 어디까지나 신중을 기하면서 히데요시를 돕다가 그의 후계자가 되려는 계산을 하고 있다. 과연 그게 상책인지도 모른다고.

텐카이는 그러한 사도노카미를 무시하고 이에야스에게 말했다.

"인간의 마음이란 참으로 이상한 것입니다. 도쿠가와 님이 칸파쿠에게 호의를 가지고 대하시는지, 아니면 다른 의도를 가지고 대하시는지 대번에 판단하는 힘을 가지고 있으니까요."

"그럴 것입니다. 누구의 마음에도 신불이 들어 있을 테니까요."

"그렇습니다. 각자의 마음속에 있는 신불이 판단하는 것이지요. 그러므로 도쿠가와 님이 신불에게 부끄럽지 않은 마음으로 대하시면, 도쿠가와 님은 신뢰할 수 있는 분이라며 칸파쿠 주위에 있는 사람들도 따르게 될 것입니다. 그렇게 되면 천하는 자연스럽게 도쿠가와 님의 손에 들어오지요. 아케치 님 같으시면 안 됩니다. 그런 무리한 방법은 신불이 도와주지 않습니다."

"마음에 새기겠습니다, 언제나 염불을 외면서."

이에야스는 어린아이처럼 순순히 고개를 끄덕였다.

"사도."

이번에는 부드럽게 말했다.

"이제 나는 결정을 내렸네. 내가 찬성하지 않았다는 말은 가신들에게도 하지 말게."

"그럼, 칸파쿠의 명령이라면 주군도 조선에 가실 생각이십니까?"

"말할 나위도 없는 일. 동생 야마토 다이나곤도 세상을 떠난 지금, 명령이라면 선봉도 마다지 않을 것이야. 그러므로 사기와 관계되는 일은 자네 가슴속에 묻어두고 입 밖에 내지 말라고 한 것일세."

"알겠습니다. 크게 조심하겠습니다."

사도노카미와 이에야스의 심경 사이에는 여전히 큰 벽이 가로막고 있었다. 그러나 이것으로 이에야스는 히데타다가 쿄토에서 돌아오기를 기다렸다가 군사를 이끌고 상경하기로 결정했다.

4

히데타다가 쿄토에서 돌아온 것은 12월 17일이었다. 이들 일행에 의해 그 후의 쿄토 사정도, 이에야스에 대한 히데요시의 의중도 확실히 알게 되었다.

히데요시는 자신이 나고야 성으로 떠날 날짜를 내년 봄 3월 1일로 정했다고 했다. 이 3월 1일은 히데요시와 인연이 깊은 좋은 날이었다. 텐쇼 15년 3월 1일의 큐슈 정벌, 텐쇼 18년 3월 1일의 오다와라 정벌 등의 과거 예가 그랬다. 이번에도 역시 그 두 번의 대승을 생각하고 날짜를 그렇게 정한 모양이었다.

출병의 규모는 이에야스가 상상했던 것보다 훨씬 더 컸다.

총 병력을 제1군에서 제16군까지로 나누어 편성했다. 수군水軍 부대, 제1예비대, 제2예비대 외에 히데요시의 하타모토旗本°들을 합하면 내년 봄에 출전할 총 병력은 28만 1,800여 명이 될 것이라고 했다. 여기에 병사 이외의 하인과 일꾼들까지 더하면 아마도 100만에 가까운 대인원의 이동이 될 것이다.

이에야스에게는 제16군의 지휘자로서 직접 5,000군사를 거느리고 오라고 했다. 의외로 적은 병력이었다. 제16군은 칸토의 군사라고 할 수 있었는데, 도쿠가와 직속의 5,000 외에 사타케 요시노부의 2,000, 우에스기 카게카츠의 3,000, 우츠노미야 쿠니츠나의 300, 나스那須의 무리 150, 모가미 요시아키의 300, 다테 마사무네의 500, 사나다 마사유키의 500, 난부 토시나오南部利直, 사노 료하쿠佐野了伯, 사토미 요시야스가 각각 100명인 편제로, 모두 1만 2,050명이었다.

결국 제16군은 열여섯번째로 바다를 건넌다는 의미였고, 히데요시가 전위부대가 될 것 같았다.

"제일군 역시 삼월 중에 바다를 건너겠군."

이에야스의 말에 츠치이 토시카츠土井利勝와 혼다 마사즈미本多正純를 제쳐놓고 히데타다가 분명하게 대답했다.

"제일군은 코니시 셋츠노카미, 소 츠시마노카미, 마츠우라 교부쿄호인松浦刑部卿法印, 아리마 슈리노다이부有馬修理大夫, 오무라 신파치로大村新八郎, 고지마 야마토노카미五島大和守 등 여섯 명의 대장에 그 병력은 일만 칠천이라고 들었습니다."

"그 병력이 한 번에 바다를 건넌다는 말이냐?"

"아닙니다. 코니시 셋츠노카미 님과 소 츠시마노카미 님이 먼저 정월 초에 상륙하여 조선 왕의 향배를 확인하고, 그때 제이군 카토 카즈에노카미加藤主計頭 님은 이키壹岐에서 출격을 기다린다고 합니다."
"그럼 카토가 축성이 끝나면 이번에도 출진한다는 말이지?"
"예. 코니시 셋츠노카미에게 선봉을 양보하는 것은 분한 일이라고, 키타노만도코로 님을 통해 선봉이 되기를 청원한 모양입니다. 참으로 용감한 일입니다."
"그래, 카토 카즈에노카미는 무용이 뛰어난 사나이니까. 그런데도 선봉은 코니시 셋츠노카미로 결정됐다는 말이냐?"
"예. 코니시는 전에도 약종상藥種商으로 두 번이나 조선에 갔기 때문에 지리에 밝을 뿐 아니라, 소 츠시마노카미의 장인이므로 츠시마노카미와 함께 선봉을 허락하셨다고 합니다."
츠치이 토시카츠가 이 말에 덧붙였다.
"코니시 셋츠노카미 님은 카토 님과 경쟁하기 위해 요도 부인을 움직여 운동을 벌였다는 소문이 자자합니다. 원래 두 사람은 별로 사이가 좋지 않았던 모양인지……"
츠치이 토시카츠는 아직 코니시가 선봉에 나서게 된 진상을 모르고 있었다. 이에야스는 웃으면서 고개를 끄덕였다.

5

5,000의 병력으로 제16군을 맡는다면 도쿠가와 쪽으로서는 아무 불만도 없었다. 열여섯번째로 바다를 건너는 것이므로 그 이전에 조선에서의 승부는 결정날 터였다.
고전을 면치 못할 것인가, 큰 승리를 거둘 것인가?
큰 승리를 거둔다면 히데요시의 하타모토에 앞서 선봉이 되고, 고전하게 되면 히데요시를 설득하여 군사를 돌이키지 않으면 안 되었다. 그것을 할 수 있는 자는 마에다 토시이에도 아니고 모리 테루모토도 아니며…… 이에야스만이 가능하다고 굳게 믿고 있었다. 그런 만큼 이런 각오는, 전국의 추세를 알 수 있을 때까지 깊이 마음에 담아두고 절대로 내색해서는 안 되었다.

이에야스는 일단 쿄토의 사정을 보고받은 후 히데타다에게 자기가 없는 동안의 각오를 단단히 일러주려고 몸을 앞으로 내밀었다.

"히데타다, 그럼 너도 이제는 산기 우콘에노츄죠란 말이지?"

"예. 서임된 것은 십일월 팔일입니다. 그날부터 칸파쿠 전하는 츄죠, 츄죠 하고 제후들 앞에서 여간 체면을 세워주시지 않습니다."

"쥬라쿠 저택에서 히데츠구 님도 만났겠지?"

"그렇습니다. 츄나곤 님은 나이다이진이 되셨습니다. 칸파쿠의 지위를 계승하면 이번에는 사다이진左大臣에 오르실 것이라고 합니다."

"칸파쿠 사다이진 도요토미 히데츠구 공이 되시겠구나."

"예."

"너는 이 아비가 바다를 건너 출정한 뒤, 그 새로운 칸파쿠 님과 사이가 좋을 것 같으냐?"

"그렇지 않아도…… 히데츠구 공이 일부러 저를 초대하시고, 동생처럼 생각하겠다고 말씀하셨습니다."

"동생처럼 말이지. 그래서 너는, 무어라 대답했느냐?"

"고마우신 말씀, 앞으로 잘 이끌어달라고 했습니다."

이에야스는 씁쓸한 표정으로 고개를 돌렸다.

히데타다는 아사히히메朝日姬가 죽을 무렵 상경한 이래 복장도 태도도 완전히 쿄토의 귀공자로 변해 있었다. 이에야스가 두려워하는 것은 그 외모와 함께 마음까지도 공경처럼 관습이나 형식의 포로가 되는 일이었다. 이에야스가 볼 때 관직 따위는 인간의 허황한 장식품에 지나지 않았다. 무인의 삶은 관직 따위가 아니라 대지에 뿌리내린 근성 여하에 달려 있었다.

"츄죠."

"예. 아버님까지 그렇게……"

"네가 좋아하는 것 같아 그렇게 불렀다. 아니, 앞으로는 가신들에게도 그렇게 부르도록 하겠다. 그러나 츄죠가 장식품이 되어서는 의미가 없어. 타이쇼大將가 된다 해도 마찬가지야. 이름만으로는 아무런 의미가 없어. 그런데 너는 히데츠구 님이 칸파쿠가 되기에 부족함이 없는 분으로 보았느냐, 아니면 부족한 분으로 보았느냐?"

"저어, 그것은……"

"다른 사람은 입을 다물고 있어라. 지금의 칸파쿠에 비해 어떻다고 생각하느냐? 어느 쪽이 훌륭하다고 생각하는지 말해보아라."

"그것은 지금의 전하가……"

"지금의 전하보다 못한 칸파쿠가 될 것으로 보았다…… 그런 칸파쿠에게 츄죠는 앞으로 잘 이끌어달라고 해도 좋다고 생각하느냐?"

히데타다는 깜짝 놀라 츠치이 토시카츠를 돌아보았다. 도움을 청하는 눈빛이었다.

6

"토시카츠에게 묻는 것이 아니야. 츄죠에게 묻고 있다."

이에야스는 엄한 목소리로 히데타다를 꾸짖었다.

"지금의 칸파쿠는 히데츠구 님에게 지위를 물려주면 타이코太閤° 전하라 불리게 될 것이다. 그 타이코 전하를 모시고 이 아비가 바다를 건넌다. 그러면 국내 지휘는 새로운 칸파쿠인 히데츠구 님이 맡게 된다. 그렇지 않느냐?"

"그렇다고…… 생각합니다."

"알겠느냐, 이번 전쟁은 외국과의 전쟁이야. 만일……"

이에야스는 히데타다 양쪽에 앉아 있는 토시카츠와 마사즈미에게도 잘 들으라고 눈짓을 보냈다.

"조선에서 아비가 전사했다는 소식이 온다, 새 칸파쿠로부터 네게 도쿠가와 전군을 거느리고 즉시 바다를 건너 아비의 원수를 갚으라는 명령이 내려진다면 어떻게 하겠느냐?"

"그때는 곧 조선으로 건너가 아버님의……."

여기까지 말하다가 히데타다는 아차 하고 입을 다물었다. 아버지가 원하는 대답은 이런 것이 아님을 깨달았기 때문이다.

"아버님의…… 그 다음은 뭐냐?"

"……원수를 갚아야 하는 것은 당연한 일이지만 전군을 거느리고 가지는 않겠습니다."

"허어, 어째서?"

"전군을 거느리고 출전하면 칸토 여덟 주의 수비가 허술해집니다."

"알겠다. 그럼, 칸파쿠에게는 무어라 말하겠느냐?"

"전군을 거느리고 갈 수 없다고 있는 그대로 말씀 드리겠습니다."

"그 이유를 묻는다면?"

"그것은 안 될 말이라고……"

"출전한 동안에는 칸파쿠가 지켜주겠다, 츄죠는 즉시 출발하라고 명하면?"

히데타다는 얼굴이 빨개졌다. 이런 질문을 아버지가 할 줄은 상상도 못했던 듯. 히데타다뿐만 아니라, 토시카츠도 마사즈미도 깜짝 놀랐다. 다만 마사즈미의 아버지 혼다 사도노카미만은 흥미 있다는 듯 치뜬 눈으로 웃고 있었다.

"대답을 못하겠느냐, 츄죠?"

"아버님! 가르쳐주십시오. 그럴 경우에는 어떻게 해야겠습니까?"

히데타다는 순진했다. 그러나 의지하려는 마음이 좀 지나치다고 이에야스는 생각했다.

"모르겠느냐?"

"생각이 떠오르지 않습니다."

"그럴 때는 아미타불 앞에 앉아라. 합장하고 크게 염불을 외면서."

"아미타불이 가르쳐줄까요?"

"가르쳐주지 않으면 가르쳐줄 때까지 염불하면 된다."

이 대답에 사도노카미까지도 당황했다. 그 역시 토시카츠나 마사즈미와 같은 표정으로 눈만 껌벅거리며 이에야스를 바라보고 있었다.

"말씀대로 하겠습니다."

히데타다는 진지한 얼굴로 아버지를 쳐다보다가 이윽고 분명한 목소리로 대답했다.

"알겠느냐?"

"알겠습니다. 아미타불의 뜻은 중생의 제도에 있습니다."

"그래서, 츄죠는 어떻게 하겠다는 것이냐?"

"아버님에 대한 보복은 나중으로 미루고, 영내 치안을 공고히 해야 하므로 전군 출진은 불가하다고 몇 번이라도 반복해 말하겠습니다."

이에야스는 아직도 고개를 끄덕이지 않았다.

7

"츄죠."

이에야스의 목소리에는 히데타다의 마음을 크게 누르는 무게가 실려 있었다.

"예."

"이 세상에는 너 못지않게 고집스러운 사람이 얼마든지 있다. 그 점을 생각해본 적이 있느냐?"

"그것은…… 분명히 그럴 것입니다."

"너는 칸파쿠에게 전군의 출진은 불가하다고 몇 번이라도 반복해 말하겠다고 했지?"

"예. 몇 번이라도……"

"상대 역시 너에게 지지 않고 끈질기게 요구해오면 어떻게 하겠느냐? 네가 다섯 번 반복하면 상대는 여섯 번 요구한다, 여섯 번 반복하면 일곱 번이나 엄하게 명한다. 그러면 어떻게 하겠느냐?"

"그러면……"

"어느 쪽도 상대의 의견을 받아들이지 않는다, 양쪽 모두 한발짝도 물러서지 않는다…… 츄죠, 이럴 경우에 세상에서는 전쟁이 일어나는 게야."

"예…… 분명히 그렇습니다."

"더구나 나라 밖에서는 명나라를 상대로 한창 전쟁을 하는 도중…… 게다가 그 전쟁에서 아비를 잃었는데도 다시 내전內戰을 해서야 되겠느냐? 아비가 묻는 것은 바로 이에 대해서다."

이번에는 히데타다보다도 사도노카미, 토시카츠, 마사즈미가 긴장하여 숨을 죽였다.

'가능성 없는 일은 아니다. 만약 그랬을 때 과연 자신들은 히데타다에게 무어라 진언해야 할 것인가?'

지금까지 이런 경우를 생각해보지 않았다니 확실히 모두의 불찰이었다. 이에야스는 그것을 알고 히데타다에게 훈계하는 형식을 빌려 모두를 시험하고 있었다. 아니나다를까, 히데타다의 대답이 막히자 이에야스의 시선은 맨 먼저 혼다 마사즈미에게로 옮겨졌다.

"마사즈미, 너 같으면 어떻게 하겠느냐?"

마사즈미는 흘끗 아버지를 바라보았다.

혼다 사도노카미는 당황하여 아들의 눈길을 피했다. 아들에게 가르쳐주기는커녕 자기 자신도 아직 대답을 찾지 못해 허둥대고 있는 형편이었다.

"마사즈미, 너도 대답을 모르겠느냐?"

"황송합니다. 무어라 해야겠습니까? 가르쳐주십시오."

이에야스는 계속 조용하게 물었다.

"토시카츠는?"

츠치이 토시카츠는 무릎걸음으로 한 걸음 앞으로 나왔다.

"안팎에서 동시에 전쟁이 벌어지면 모든 것은 끝장입니다. 그러므로…… 이 토시카츠는 단신으로 찾아가 무리한 명을 내리는 상대를 즉시 처치하겠습니다."

이에야스는 천천히 고개를 저었다.

"그렇게 하면 도리어 전쟁이 벌어져. 그래서는 안 된다. 또 그렇게 하려고 해도 할 수가 없어."

"아닙니다. 그때는 물론, 물론 그만한……"

"그만 됐어. 작은 다이묘들이라면 몰라도 일본 전체를 상대할 자라면 그런 생각을 하면 안 돼. 만일 실패할 경우에는 그야말로 국내는 벌집을 쑤셔놓은 듯 시끄러워질 거야. 더 이상 그런 말은 하지 마라."

이에야스는 토시카츠를 가볍게 나무라고 혼다 사도노카미에게 시선을 옮겼다.

"사도, 자네가 젊은이들에게 말해주게. 그런 경우 어떻게 할 것인가, 어떻게 하면 무사히 수습할 수 있을지를."

"그것은……"

사도노카미는 결국 눈을 감고 말았다. 자기마저도 대책이 없다고 대답하면 자신의 지위는 흔들릴 터. 이 얼마나 사람을 난처하게 만드는 짓궂은 질문이란 말인가……?

8

"어서 자네가 생각하는 바를 그대로 젊은이들에게 말해주게. 미진한 부분이 있다면 다시 내가 보충할 테니까."

이에야스가 다시 한 번 재촉했다. 사도노카미는 문득 깨달았다.

'이것은 처음부터 나를 시험하려는 말이었구나……'

그것을 깨닫는 순간 겨드랑이에서 식은땀이 줄줄 흐르기 시작했다. 싯세이라면 경우에 따라 이에야스를 대신하여 일을 처리하지 않으면 안 된다. 그러한 자기에게 이에야스는—

"각오는 어떠냐?"

이렇게 묻고 있었다. 당연히 생각해두었어야 하는 일이었다……

"그러면……"

사도노카미는 더욱 궁지에 빠졌다. 더 이상 머뭇거릴 수는 없었다. 막다른 벼랑 끝에 몰리고서야 비로소 그는 활짝 마음이 열렸다. 잔꾀를 부려 당장 위기를 모면한다 해도 이것으로 끝날 일이 아니라는 사실을 깨달았다. 애매모호하게 대답한다면 이에야스는 이 자리에서 그를 버릴 것이다.

'겸허해야 한다……'

"우리가 사는 세상에는 사람의 힘만 가지고는 해결하지 못할 일이 있습니다……"

"그래서?"

이에야스는 조용히 재촉했다.

"평소부터 자기 힘이 미치지 못하는 곳이 있다는 것을 알고 염불을 해야 합니다. 아미타불의 힘에 의지하는 것입니다."

"대답이 되는 것 같기도 하고 그렇지 못한 것 같기도 하군. 마음가짐으로는 그래야겠지. 타력본원他力本願°을 위한 염불이라는 점에서는 나와 같지만, 그것으로는 젊은이들의 눈이 뜨이지 않을 거야."

이렇게 이에야스가 유도했을 때 사도노카미는 힘 있게 이야기하기 시작했다.

"문제는 그런 궁지에 몰리지 않도록 미리 준비하는 평소의 마음가짐이 중요하다고 생각합니다. 아까 주군께서도 말씀하셨듯이 상대가 다섯 번, 여섯 번이나 자기 주장을 굽히지 않고 요구해온다…… 이쪽에서도 전혀 양보하지 않는다는 막다른 데까지 사태를 몰아넣어서는 안 됩니다. 막다른 길에 다다르지 않게 하는 준비…… 이것이 가장 중요한 평소의 마음가짐이라 생각합니다."

"그럼, 이야기는 다시 이전으로 돌아가는군."

"돌아가지 않을 수 없습니다. 황송합니다마는, 그런 무리한 명령을 상대가 내리지 못하도록 평소부터 대처하는 것이 외교의 철칙…… 다시 말하면 그런 무리를 강요할 기회를 만들어주지 않는 조심성이 긴요하다고 생각합니다."

이에야스는 가볍게 웃었다. 역시 목적은 젊은이들만이 아니라 사도노카미 자신에게 생각할 기회를 주려는 데 있었던 모양이다.

"좋아, 자네는 깨닫게 된 것 같군. 그러면 사도노카미, 자네가 히데츠구 님에게 대응할 주의사항을 츄죠에게 일러주게."

"예."

혼다 사도노카미는 이때 비로소 이에야스의 마음을 번개처럼 깨달았다.

'그렇구나, 그랬었구나! 바로 이것이었구나……'

"츄죠 님, 지금 제가 깨달은 바를 말씀 드리겠습니다. 상대가 자기 동생으로 생각하겠다……는 말을 액면 그대로 받아들여 호락호락 넘어가시면 안 됩니다. 에도의 츄죠는 이치에 닿지 않는 명령은 절대로 받아들이지 않는 사나이……라는 생각을 갖게끔 만드십시오. 그러면 상대도 조심하여 무리한 명은 내리지 못할 것입니다. 명령을 내리기 전에 상의를…… 하는 형식을 취하게 될 것이므로, 아까 말씀 드렸듯이 절박한 입장에 놓이지 않고 해결될 것입니다."

9

이에야스는 눈을 가늘게 뜨고 사도노카미와 히데타다를 번갈아 바라보고 있었다.

'사도 녀석, 드디어 내 마음을 알게 된 모양이군.'

이렇게 생각하는 동시에, 그의 말을 곧바로 히데타다가 이해했는지 확인하려 하였다.

사도노카미에게는 진정한 신앙을 일깨워주고 싶었다. 인간의 재능이나 지모에는 한계가 있다. 그러나 이 지혜가 신앙과 하나가 되면 그것은 불가사의한 힘이 된다. 신념이란 여기서 태어나고 여기서 자라는 마음의 형용——

지금 이에야스는 사도노카미가 그것을 터득하고 히데타다에게 충고해주기를 바라고 있었다.

"아시겠습니까, 츄죠 님? 아버님 말씀은 히데츠구 님에게 너무 고분고분하게 대하지 마라, 그렇지 않으면 중요한 일을 당했을 때 무리한 명령을 내리게 될 것이다…… 이렇게 말씀하시는 줄 알고 있습니다."

"으음. 고분고분하지 않으면 명령이 아니라 상의를 하게 될 것이란 말이군요."

"그렇습니다. 상의를 한다면 이쪽 의견이 통할 여지가 있습니다. 모름지기 모든 일을 상의하고 상의받는다…… 이렇게 되면 파국은 면할 수 있습니다. 그런데 아랫사람들을 설득하고 그들의 설득을 받는 것이 번거롭다 하여, 명령이니 절대니 하고 밀어붙이면 사태를 파국으로 몰아넣는 결과가 됩니다. 아버님이 보시기에 히데츠구 님은 상대가 친밀감을 나타내면 무리한 명령을 내리실 분, 그러므로 충분한 거리를 두고 대하시기를…… 이렇게 분부하시는 줄 알고 있습니다."

히데타다는 순순히 머리를 끄덕였다.

"아버님의 교훈도 사도 님의 말씀과 같은 것입니까?"

"다른 점이 있다고 생각하느냐?"

이에야스의 반문에 히데타다는 고개를 저었다.

"그 이상의 의미가 있는데도 지레짐작을 하지 않았나 하여 여쭈어본 것뿐입니다."

"츄죠."

"예."

"너의 가치는 그 겸허한 솔직함에 있다. 오늘의 일은 사도가 말한 대로, 네가 받아들인 그대로야. 터무니없는 명령을 받지 않도록 평소에 주의하도록 하라."

"예. 깊이 마음에 새기겠습니다."

"그런데, 사도……"

이에야스는 사도노카미와 그의 아들 마사즈미, 그리고 츠치이 토시카츠를 똑같이 바라보았다.

"자네에게 한 가지 더 묻고 싶은 것이 있네."

"예……"

"다름이 아니라, 자네는 아미타불의 빛을 본 적이 있나?"

"아미타불의 빛……?"

"그래. 어쩌면 이런 말은 하지 않아야 좋을지도 모르겠네. 신앙의 경지란 말로는 설명할 수 없으니까. 그러나 자네가 아직 보지 못했다면 설명할 수밖에 없어."

"가르침을…… 받고 싶습니다."

"아미타불은 말일세, 나를 제십육군에 편입시켜주셨어."

"그것은…… 칸파쿠 전하가……"

"아니, 아미타불의 빛이 칸파쿠의 마음에 비친 것일세. 내가 제십육군이라면, 잘못된 일이 생긴다 해도 최소한 국내만은 무사할 것일세. 물론 아미타불도 그런 생각을 하셨을 거야. 나무아미타불……"

젊은 마사즈미와 토시카츠는 고개를 갸웃하고 서로 마주보았다.

10

"마사즈미와 토시카츠는 아직 모를 것이야. 억지로 생각하려 할 것은 없어. 이에야스 정도나 되는 사나이가 어째서 매일같이 염불을 하고 있는지…… 때가 되면 알지 말라고 해도 알게 될 것이야. 그때까지는 적당히 알고 있기만 하면 된다."

"예."

두 젊은이는 엎드리면서 다시 한 번 얼굴을 마주보았다.

"그러나 사도는 이미 알아야 할 나이일세."

"예."

"아미타불의 빛을 우러르지 않고, 신의 모습을 깨닫지 못하고, 인간 세상의 이런저런 일을 처리하겠다는 것은 기초가 없는 모래땅에 기둥을 세우는 것과도 같아. 책략은 될 수 있어도 주춧돌은 되지 못해."

"그렇다고 생각합니다."

"알겠나, 아미타불의 빛은 내가 마음으로부터 칸파쿠를 도와야 한다고 결심했을 때부터 비치기 시작했어."

"으음……"

"내가 칸파쿠와 다투고 있으면 나라가 위험해져…… 어쨌거나 감정은 버리고, 우선 칸파쿠를 도와 무슨 일이 있어도 이번 시도를 파멸에 이르지 않도록 힘쓰지 않으면 안 돼. 이렇게 생각하고 이에야스도 전력을 다해 싸우겠다는 뜻을 전했네. 이 마음이 그대로 칸파쿠에게 통했어…… 이렇게 만든 것은 바로 아미타불의 빛이었네. 그 결과 칸파쿠는 나를 제십육군으로 편입시켰어. 이에야스의 가문과 군사가 다치면 일본이 위태로워진다고 칸파쿠는 스스로 깨닫게 된 것일세…… 제십육군이라면 만약의 경우에도 이에야스의 손으로 충분히 파국을 막을 수 있다고."

"예."

갑자기 사도노카미는 기묘한 소리를 내면서 머리를 조아렸다. 두뇌 회전이 빠르기로는 결코 이에야스에게 뒤지지 않는 혼다 마사노부였다. 그런 만큼 이에야스가 지금 한 이야기가 말의 의미 그대로 받아들여지기도 했고 아미타불의 빛으로도 받아들여졌다.

"잘 알겠습니다. 눈앞이 갑자기 밝아졌습니다."

"보았는가, 아미타불의 빛을……?"

"예! 분명하게……"

"좋아. 칸파쿠를 대할 때 국한된 것은 아닐세. 무엇 때문에 쌀을 비축하고, 무엇 때문에 금은을 저축하는가. 무엇 때문에 꾸짖고, 무엇 때문에 칭찬하는가…… 모든 일을 지시할 때 그 뒤에서 항상 합장하고, 바라보아야만 하는 빛일세."

혼다 사도노카미는 머리를 조아린 채 상반신이 마비되는 듯한 느낌이었다. 지혜로는 자기가 이에야스보다 한 단계 위……라 생각하면서도, 언제나 그에게 압도되어 꼼짝도 못하는 영혼 속에 무언가 부족한 점이 있었다는 것을 비로소 발견한 전율이었다.

'그렇구나, 바로 이것이었구나……'

상대는 아미타불의 빛을 짊어졌다는 마음으로 움직이고 있었다. 그러고 보면 이에야스의 일상생활도 한치의 빈틈도 없어 그러한 자신감을 무너뜨리지 않는 것이었다.

"좋아, 알 것 같은 모양이군."

이에야스가 말했다.

"나도 안심하고 출진할 수 있겠군. 내가 없는 동안 자네가 충분히 지킬 수 있을 것일세. 자, 그렇다면 나도 몸을 좀더 단련해야겠어."

"아니, 그 이상 단련하신다는 말씀입니까?"

"그래. 모처럼 아미타불의 빛을 받고 살아 있는 몸일세. 더욱 몸을 소중히 하여 전쟁터에서 앓는 일이 없도록 해야겠네. 사도, 내일은 에바라荏原에 매사냥을 나가겠어. 물론 말을 타고. 말을 달려 땀을 흘려서 쓸데없는 이 군살을 빼야겠어."

11

인간이 완성되기 위해서는 반드시 몇 가지 큰 계기가 있다. 이에야스가 만일 49세에 에도로 옮기지 않았다면, 그리고 여기서 텐카이를 만나지 않았다면 그의 생애는 이미 한계에 달했을 터.

에도로의 이전은 결코 그에게 안일을 허락지 않았다. 신천지의 개척과 북부 일본의 평정이라는 무거운 책임을 그에게 지웠다.

더구나 그는 50세에 이르러 텐카이를 만났다. 텐카이는 그에게 자기 자신이 전생애를 바쳐 배운 모든 것의 정수를 전할 생각으로 대하고 있었다. 만약 히데요시 출병이 먼저 단행되고 텐카이와의 만남이 그 후였다면, 훗날 이에야스의 운명은 크게 달라졌을지도 모른다.

인생의 묘한 인연은 위험한 고비에서 텐카이와 이에야스를 먼저 만나게 했다. 텐카이의 의견에 따르면, 이 출병이야말로 신불이 이에야스의 기량을 시험하는 '제삼의 기회' 였다.

"나고야 성에서 칸파쿠와 군사 회의를 연다…… 그 깊은 뜻을 생각해보셨습니까?"

텐카이가 이렇게 말했을 때 이에야스는 그 말을 이해하지 못했다.

"칸파쿠는 코마키 전투 때 도쿠가와 님의 군사가 강하다는 것을 절감했습니다. 이것이 첫번째 기회…… 다음에는 아사히히메 님의 결혼 및 오다와라 전투를 전후하여 도쿠가와 님의 생각이 범상치 않다는 것을 알았습니다. 이것이 두번째 기회…… 이번에야말로 그 두 번에 걸친 수확을 살리느냐 죽이느냐 하는 제삼의 기회입니다."

진지한 표정으로 하는 그의 말에 이에야스는 그만 자기도 모르게 당황했던 일을 기억하고 있다.

"제삼의 기회라고 말씀하셨소?"

아직도 확실하게 이해가 되지 않아 반문했을 때, 텐카이는 꾸짖는 듯한 어조로 말했다.

"전쟁에 강하고 생각도 깊다…… 그러나 이것뿐이라면 경계의 대상은 될지언정 진정한 열매는 맺지 못합니다. 이번에 칸파쿠 진중에 계시면서, 칸파쿠에 못지않은 인품을 그의 중신들에게 확실하게 인상지워야만 칸파쿠의 뒤를 이을 분은 도쿠가와 님밖에 없다고 인정하게 될 것입니다. 신불이 원하는 후계자는 반드시 칸파쿠의 아들이나 양자라야 하는 것은 아닙니다. 신불은 넓은 시야를 가지고 항상 보다 더 훌륭한 후계자를 찾고 계시다는 것을 아셔야 합니다."

이에야스는 무릎을 쳤다. 그리고 한동안 텐카이의 얼굴을 물끄러미 바라보았다.

'텐카이야말로 아미타불의 화신이 아닐까……'

이런 생각과 함께 갑자기 심장의 고동이 빨라졌다.

이번 출진은 이에야스가 전국의 유력한 다이묘들과 직접 접할 수 있는 더없이 좋은 기회라 할 수 있었다. 더구나 히데요시의 타이로大老°로서, 군사와 정치 양면에 걸친 지도자 입장에서 교제할 수 있었다.

전쟁과정에서는 여러 가지 불평불만과 미비점이 반드시 노출된다. 그때 성심껏 히데요시를 보좌한다면 당연히 다이묘들은 이에야스에게 심복할 것이다.

'그렇구나…… 이를 신불의 시험이라 하는구나.'

이 시험에 이에야스는 어떤 일이 있어도 합격해야만 했다.

이에야스는 겨울부터 초봄에 걸쳐 근신들의 눈이 휘둥그레질 정도로 몸을 단련하기 시작했다. 그리고 칸토 이북의 군사를 거느리고 선두에 서서 쿄토에 온 것은 2월 16일이었다.

— 18권에서 계속

《 주요 등장 인물 》

나야 쇼안納屋蕉庵

사카이를 대표하는 상인. 조선을 정탐하고 온 시마이 소시츠의 얘기를 듣고, 히데요시가 생각하고 있는 조선 침략의 무모함을 알게 된다. 히데요시가 대륙 출병을 결심하게 된 원인이 소 요시토모와 코니시 유키나가의 잘못된 보고라는 것을 알고, 그들에게 조선 출병의 선봉에 서서 자신들의 잘못을 바로잡으라고 권유한다.

도요토미 히데요시豊臣秀吉

텐쇼 18년(1590)에 호죠 가를 멸망시키고 동북 지방의 다이묘들을 복종시켜 전국 통일을 달성한 히데요시는 대륙 진출의 뜻을 은연중에 내비친다. 다도의 대가인 센 리큐의 거센 저항을 받고 당황하지만, 결국 리큐에게 할복을 명하고, 이어 자신의 첫아들인 츠루마츠가 뜻하지 않게 죽음을 맞이하자 히데요시는 깊은 슬픔에 빠진다. 이것이 계기가 되어 히데요시는 가신들의 반대를 무릅쓰고 대륙 출병을 결심하게 된다.

도쿠가와 이에야스徳川家康

히데요시의 계략에 의해 칸토 지방으로 옮긴 이에야스는 황폐한 에도를 보고 실망의 빛을 감추지 못하지만, 곧 신도시 건설 계획을 세우고 이에 박차를 가한다. 신도시 건설 중에 에도로 찾아온 텐카이를 만난 이에야스는 그의 조언을 듣고 히데요시에게 협력하는 것이 참다운 길이라는 것을 깨닫는다.

센 리큐千利休

센고쿠 시대의 다인茶人으로 텐쇼 13년(1585) 히데요시가 주최한 다이토쿠 사의 다회를 관장하여 천하제일의 다인으로 칭송받는다. 히데요시의 신임을 받아 정치에도 관여하고, 오사카 다회에서는 제1석을 맡는다. 텐쇼 18년(1590) 히데요시의 오다와라 정벌에 수행하여 하코네에서 다회를 연다. 강직한 성격에 히데요시와의 마찰이 잦아지고, 다이토쿠 사에 자신의 상像을 안치했다는 이유로 히데요시로부터 질책을 받는다. 나중에 쿄토의 자택에서 히데요시의 명으로 할복한다.

시마이 소시츠島井宗室

사카이의 상인으로 조선 무역에 관계하고 있었다. 히데요시의 명을 받아 대륙 출병을 위해 조선을 정탐하고 온 소시츠는 히데요시 앞에서 조선의 정황을 보고하며 대륙 출병은 잘못된 것이라고 반대의 뜻을 분명히 한다. 이에 히데요시의 격렬한 분노를 사서, 죽음의 문턱 앞에 서지만 끝까지 자신의 뜻을 굽히지 않는다.

오긴お吟

리큐의 양녀. 친아버지는 마츠나가 히사히데. 리큐를 시험하기 위해 자신을 소실로 요구할 것이라는 히데요시의 뜻을 알고, 아버지를 위해 자신은 희생해도 된다고 생각한다.

요도淀 **마님**

챠챠히메라고도 불린다. 아사이 나가마사의 장녀로, 어머니는 오다 노부나가의 여동생인 오이치. 스물세 살에 히데요시의 측실이 된다. 히데요시의 첫 혈육인 츠루마츠를 낳아 히데요시의 총애를 받지만, 츠루마츠가 이름 모를 병으로 어린 나이에 죽게 되자 다시 후계 문제를 둘러싼 갈등의 중심에 서게 된다.

코니시 유키나가小西行長

관직명 셋츠노카미. 사카이 상인 출신으로 자신의 주 수입원인 조선과의 밀무역을 지키기 위해 히데요시에게 거짓 보고를 하여 히데요시가 조선으로 출병하는 데 결정적인 계기를 준다. 시마이의 보고로 자신의 잘못이 드러나자, 이를 무마하기 위해 조선 출병의 선봉을 자청한다.

키타노만도코로北の政所

네네라고도 불린다. 히데요시의 정실로, 첫아들 츠루마츠의 죽음으로 상심에 빠진 히데요시를 보고 안타깝게 여긴다. 츠루마츠의 죽음을 계기로 대륙 정벌에 대한 계획에 박차를 가하는 히데요시를 만류하지만 결국 무시당한다.

텐카이天海

하늘과 바다는 하나. 괴승 즈이후가 바꾼 이름으로 이에야스가 칸토로 옮기고 나서 에도에 신도시를 건설할 때 에도에 나타나, 우연히 만난 이시데 타테와키의 마음을 읽고 그를 설득하여 이에야스의 수하로 들어가게 한다. 이에야스를 만난 텐카이는 좀더 큰 것을 보고 히데요시에게 협력하는 뜻을 보이라고 한다.

《 아즈치 · 모모야마 용어 사전 》

구사종俱舍宗 | 불교 여덟 종파의 하나로 구사론俱舍論에 의거하는 소승 불교. 구사俱舍는 범어 kosá의 음역으로 일체의 지식을 포유包有한다는 뜻.

나이다이진內大臣 | 다이죠칸의 장관. 사다이진, 우다이진과 거의 같은 임무를 맡았던 대신. 정2품.

노바카마野袴 | 옷자락에 넓은 단을 댄 무사들의 여행용 하카마.

노부시野武士 | 산야에 숨어살면서 패잔병 등의 무기를 빼앗아 무장한 무사나 토민의 무리.

다다미疊 | 일본식 주택의 바닥에 까는 것으로 짚으로 만든 판에 왕골이나 부들로 만든 돗자리를 붙인 것. 일반적으로 크기는 180×90cm이며, 일본에서는 현재도 방의 크기를 다다미의 장수로 나타내는 경우가 많다.

다이나곤大納言 | 우다이진右大臣 다음의 정부 고관으로, 다죠칸太政官의 차관.

다이묘大名 | 넓은 영지와 많은 부하를 둔 무사의 우두머리.

렌가連歌 | 일본 고전 시가의 한 양식. 보통 두 사람 이상이 단가의 윗구에 해당하는 5·7·5의 장구와 아랫구에 해당하는 7·7의 단구를 번갈아 읊어 나가는 형식. 대개 백구百句를 단위로 한다.

민부쿄 호인民部卿法印 | 민부쇼民部省의 장관. 호인은 승려의 최고위를 말한다.

바쿠후幕府 | 무신 정권 시대에 쇼군이 집무하던 곳, 또는 그 정권.

반야탕般若湯 | 사찰에서 술을 일컫는 말.

법상종法相宗 | 해심解深, 밀교密教, 성유식론性唯識論 등을 근거로 하여 세운 종지宗旨. 우주의 본체보다 현상을 주로 하여 분류하고 설명했는데, 모든 현상은 오직 마음의 변화에 불과하다고 주장한다.

부교奉行 | 행정, 재판, 사무 등을 담당하는 무사의 직명.

사무라이다이쇼侍大將 | 무사의 신분으로 일군一軍을 지휘하는 사람. 무로마치 말기에는 무사 일조一組를 통솔한 사람.

삼륜三輪 | 삼업三業. 불교의 우주관으로, 지하에서 대지를 받들고 있다는 세 개의 층層, 즉 금륜金輪, 수륜水輪, 풍륜風輪.

스가와라 미치자네菅原道眞 | 학문의 신으로 추앙받는 10세기경의 학자, 귀족. 요직을 역임했으나 모함을 받고 유배지에서 죽었다.

스즈구치鈴口 | 다이묘의 저택 등에서 내전과 바깥채의 경계에 빨간 줄이 달린 방울을 매달고 줄을 당겨 용무를 알리는 방울.

싯세이執政 | 로쥬老中 또는 카로家老를 이르는 말.

아시가루足輕 | 평시에는 막일에 종사하고, 전시에는 병졸이 되는 최하급 무사.

아즈마카가미吾妻鏡 | 카마쿠라 바쿠후鎌倉幕府의 사적을 일기체로 기록한 책.

역연逆緣 | 어버이가 자식보다, 노인이 젊은 사람보다 오래 사는 인연.

엽상선葉上禪 | 풀잎 위에 앉아 참선하는 것.

오노노 오츠小野のお通 | 아즈치 · 모모야마 시대에서 에도 전기까지 살았던 사람. 여류 작가.

오시이타押し板 | 실내에 놓고 물건을 장식하는 대.

오타 도칸太田道灌 | 시와 학문에 뛰어난 15세기 초의 무장.

오토기슈御伽衆 | 다이묘나 귀인의 말상대가 되는 사람이나 그 관직.

온죠 사園城寺 | 천태종 문파의 총본산.

와비侘 | 다도의 극치로, 검소하고 차분한 아취.

요리토모賴朝 | 미나모토노 요리토모源賴朝. 카마쿠라 바쿠후의 초대 쇼군將軍으로 무신 정권의 창시자. 1147-1199.

우다이진右大臣 | 다죠칸의 장관. 사다이진 다음의 직위. 여기서는 오다 노부나가를 가리킨다.

우란분재盂蘭盆齋 | 음력 7월 보름에 조상에게 제사지내는 불교 행사.

우마지루시馬印 · 馬標 | 전쟁터에서 대장의 말 옆에 세워 그 위치를 알리는 표지.

우치카케打掛け | 띠를 두른 여자 옷 위에 걸쳐 입는 긴 옷.

원구元寇 | 일본을 원정하려 했던 몽골을 가리키는 말.

쟈비센蛇皮線 | 오키나와沖繩의 민속 악기. 산신三線의 속칭. 뱀가죽을 몸통에 댄 삼현 악기. 원元나라에서 류큐琉球를 거쳐 일본에 전해졌고, 이것이 개조되어 샤미센三味線이 되었다고 한다.

제석천帝釋天 | 불법佛法을 지키는 신.

죠루리히메淨瑠璃姬 | 전설 속의 인물. 미카와 지방 야하기 숙소의 부잣집 딸(약사여래가 점지한 아이). 「12단 이야기」로 각색되어 유명.

지세이辭世 | 임종 때 지어 남기는 시가詩歌.

츄나곤中納言 | 다죠칸의 차관. 다이나곤의 아래.

츠지기리辻斬り | 옛날, 무사가 칼을 시험하거나 검술을 닦기 위해 밤길에 숨었다가 행인을 베던 일. 또는 그 무사.

카미카제神風 | 신이 보낸 태풍.

카이샤쿠介錯 | 할복하는 사람의 뒤에 있다가 목을 치는 것. 또는 그 사람.

카치徒士 | 도보로 주군을 따르거나 선도하는 하급 무사. 카치자무라이와 같다.

칸가쿠인勸學院 | 헤이안平安 시대 사립 교육시설의 하나. 821년 후지와라노 후유츠구藤原冬嗣가 일족의 서원書院으로서 집안의 자제들을 위해 창립하였다. 한때는 코후쿠 사興福寺나 카스가春日 신사 등을 관할하여 정치에도 관여했지만, 창립 후 약 4백 년에 건물이 황폐되었다.

칸쇼죠菅丞相 | 스가와라 미치자네菅原道眞의 별칭. 미치자네는 학문의 신으로 숭앙되는 10세기의 고위 관직자였으나 모함을 받아 유배지에서 죽었다.

칸파쿠關白 | 천황을 보좌하여 정무를 담당하는 최고위의 대신.

코쇼小姓 | 주군을 측근에서 모시며 잡무를 맡아보는 무사.

쿄카狂歌 | 익살과 풍자를 담은 짧은 시.

타력본원他力本願 | 아미타불이 진정으로 바라는 소망.

타이라노 키요모리平清盛 | 1118~1181. 겐지源氏를 대신하여 정권을 잡고 딸과 외손녀를 왕에게 출가시켜 전횡을 일삼은 12세기 무장.

타이로大老 | 무가 정치에서 도요토미 히데요시 및 도쿠가와 가문을 보좌하던 최상위 직급. 히데요시 시대에는 다섯 부교 위에 다섯 타이로를 두었고, 에도 시대에는 당시 로쥬老中 위에 타이로 한 명을 두었다.

타이코太閤 | 본래 셋쇼攝政 또는 다죠다이진太政大臣의 경칭敬稱. 나중에는 칸파쿠의 직위를 그 자식에게 물려준 사람에 대한 높임말. 여기서는 히데요시를 가리킨다.

태공망太公望 | 중국 주周나라 초기의 정치가. 강태공으로 유명하다.

텐만텐진天滿天神 | 학문의 신으로 추앙받는 스가와라 미치자네菅原道眞의 별칭.

파사현정破邪顯正 | 부처의 가르침에 어그러지는 사악한 생각을 깨뜨리고 올바른 도리를 뚜렷이 드러내는 것.

하치만타로八幡太郞 | 11세기의 무장 미나모토노 요시이에源義家의 별칭.

하치만八幡 대보살大菩薩 | 하치만구八幡宮에 모셔진 하치만진八幡神의 칭호. 나라奈良 시대에 신과 부처가 섞이면서 생긴 칭호.

하타모토旗本 | (진중에서) 대장이 있는 본영. 또는 그곳을 지키는 무사.

후다이譜代 | 대대로 같은 주군, 집안을 섬기는 일이나 또는 그 사람.

후타오키蓋置 | 다도에서 솥뚜껑 또는 국자를 올려놓는 도구.

《칸고勘合 무역》

• 칸고 무역

일본 무로마치 시대 바쿠후와 중국 명나라 사이에 칸고후勘合符를 사용하여 이루어진 무역. 1401년 무로마치 바쿠후의 3대 쇼군 아시카가 요시미츠가 명과의 국교를 회복하고 1404년 일본과 명 사이에 칸고후에 의한 무역이 시작되었다. 이 무역은 요시모치 시기에 한때 중단되었으나 요시노리 때에 재개되었다. 처음에 견명선遣明船은 바쿠후가 파견했지만 점차 사찰, 신사나 여러 다이묘의 배가 많아졌으며 표면상으로는 바쿠후 · 사찰 · 신사 · 다이묘의 배일지라도 사카이, 하카타 상인의 청부에 의한 것이 많아져 바쿠후 등은 명의를 빌려주고 그 대가를 징수하는 데 지나지 않게 되었다. 오닌의 난 이후 오우치 가문과 호소카와 가문이 무역의 이권을 다투다가 결국 오우치 가문이 독점했다. 오우치 가문은 16세기 중반에 멸망할 때까지 무역을 통해 막대한 수익을 거두었다. 수입품은 주로 생사 · 서적 · 약재 등이었으며, 유리 · 검(칼) · 구리 등을 수출했다.

◈ 견명선

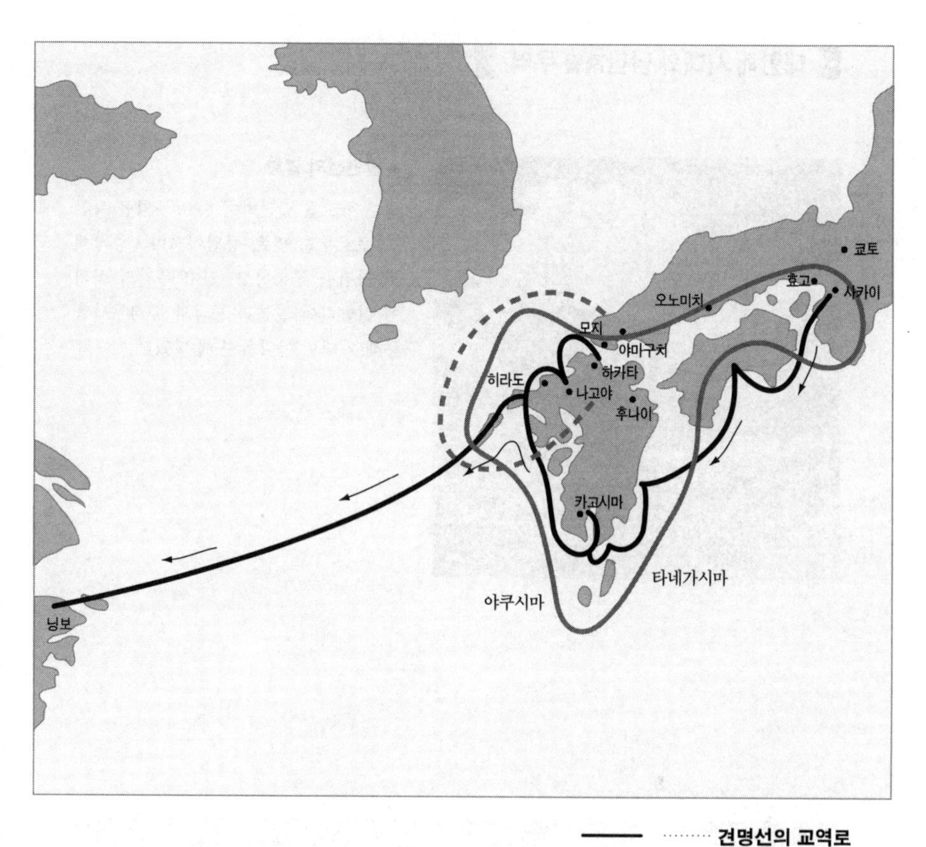

견명선의 교역로
전기 왜구의 근거지
후기 왜구의 근거지

◈ 견명선의 교역로와 왜구의 근거지

칸고후에 의한 상행위의 제한은 자연스럽게 약탈자 왜구를 발생시켰다.

《 대항해 시대와 남만南蠻 무역 》

◈ 남만선의 입항

인도 항로를 발견하여 향료 무역을 독점한 포르투갈 인은 동남아시아 · 중국에도 거점을 구축하고, 칸고 무역의 쇠퇴에 편승하여 일본과 중국의 중계무역을 통해 막대한 이익을 손에 넣었다.

◈ 남만인 교역도

········ **바르툴로메우 디아스**(1486~1488)

········ **바스코 다 가마**(1497~1498)

········ **콜럼버스**(1492)

········ **마젤란**(1519~1522)

◈ **대항해 시대의 해상 무역로**

《 남만 문화 》

◈**「남만 병풍」** | 주로 남만선의 입항 · 교역을 제재로 한 풍속화로, 대부분 카노狩野 파 화가에 의해 그려졌다. 현재 약 60점 정도 남아 있다.

◈**「남만 병풍」 중에서 정장 차림의 남만인**

● 남만 문화란?

총포와 천주교를 포함한 문화로, 센고쿠 시대 후기부터 에도 시대 초기까지 동남아시아를 경유하여 일본에 들어온 포르투갈 사람이나 스페인 사람(이들을 남만인이라 부른다)의 영향을 받은, 이국 정서를 가진 문화를 말한다.

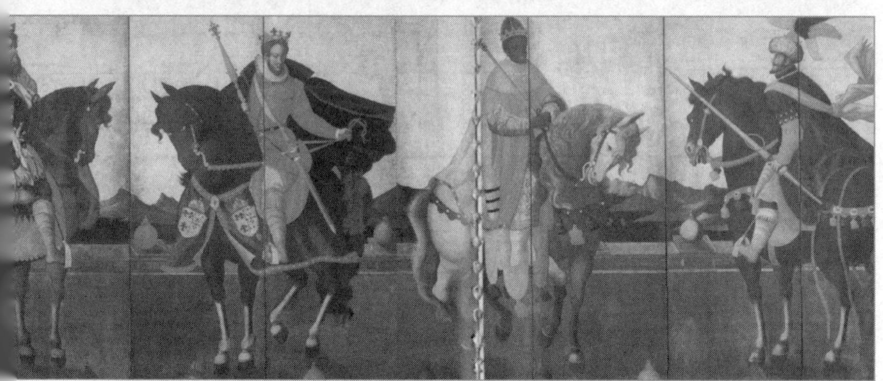

◈『**태서왕후기마도 병풍**泰西王侯騎馬圖屛風』

아이츠 지방에 전래된 병풍. 박력 넘치는 이국 왕들의 모습은 다이묘들을 매우 기쁘게 했을 것이다.

묘사된 왕들은, 상단 오른쪽부터 타타르 칸汗, 모스크바 대공, 터키 왕, 로마제국 황제 루돌프 2세. 하단 오른쪽부터 페르시아 왕, 이디오피아 왕, 프랑스 왕 앙리 4세, 한 사람은 미상. 모두 천주교와 이교도 왕의 대결을 표현하고 있다.

《 슈인센朱印船 무역 》

분로쿠 초기부터 나가사키, 쿄토, 사카이 등지에서 쇼군의 특허를 받고 베트남, 필리핀, 타이완 등을 대상으로 한 해외 무역.

◈ **슈인센**

해외 통상을 특허하는 문서인 슈인죠를 가진 무역선.

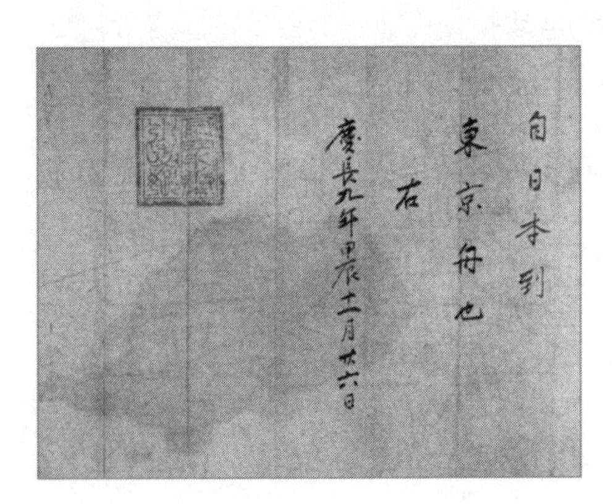

自日本到
東京舟也
右
慶長九年甲辰八月廿六日

◈ **슈인죠朱印狀**

무가武家 시대 쇼군의 주인朱印을 찍은 공문서.

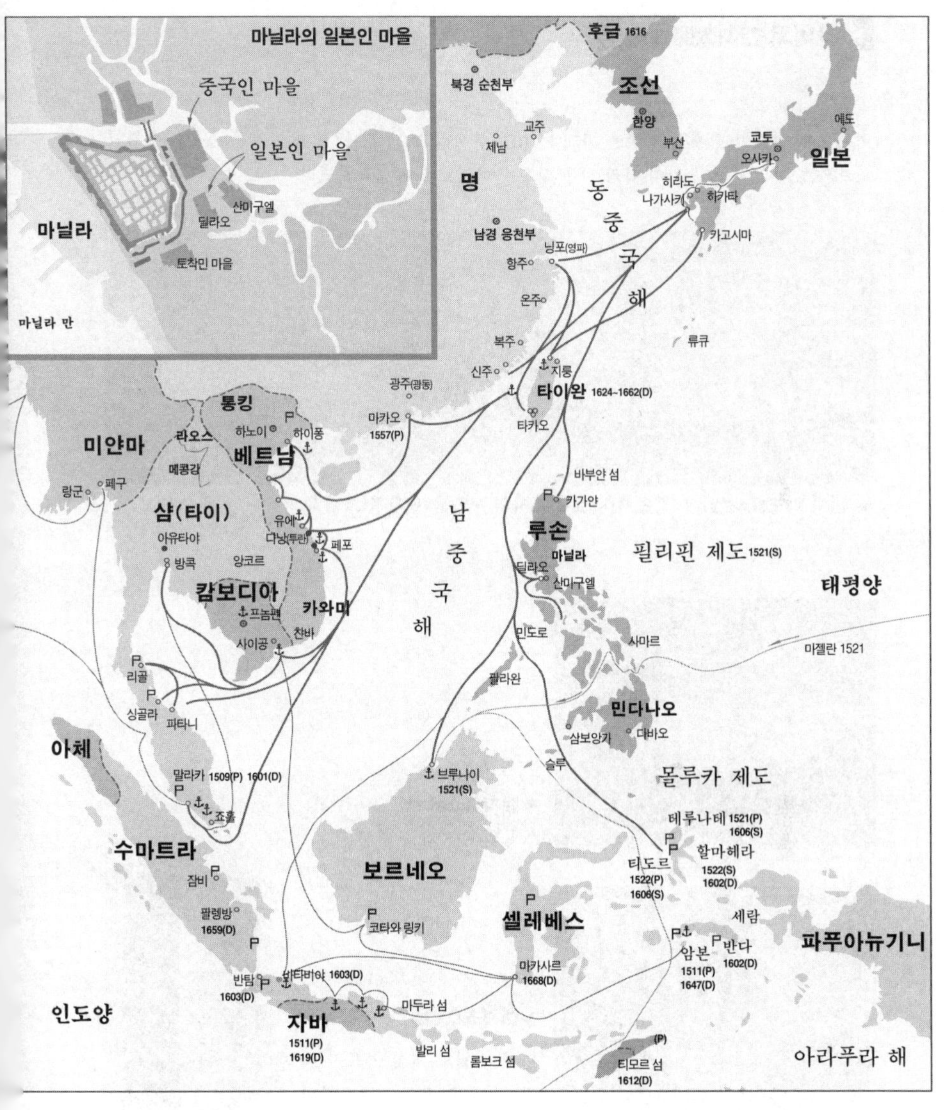

● **일본인의 해외 진출**

(16 ~ 17C 전반)

●	…… 일본 마을 소재지	━━	…… 슈인센의 항로	(S)	…… 에스파냐 령
⊏	…… 일본인 거주지	──	…… 기타 항로	(D)	…… 오란다 령
⚓	…… 일본선 무역항	(P)	…… 포르투갈 령		◆숫자는 각국의 발견 또는 점령 연도를 나타낸다

《 타이코 켄치太閤檢地 》

히데요시 정권이 경제적 기반을 다지기 위해 실시한 토지 조사. 이를 통해 연공年貢 수입의 확보와 증대를 꾀했다. 야마자키 전투 직후 야마시로에서 시작하였다.

◈「**켄치 회도**檢地繪圖」| 에도 시대 토지 조사의 모습을 묘사한 그림.

◈ **켄치마스**檢地枡
곡물의 수확량을 재던 되.

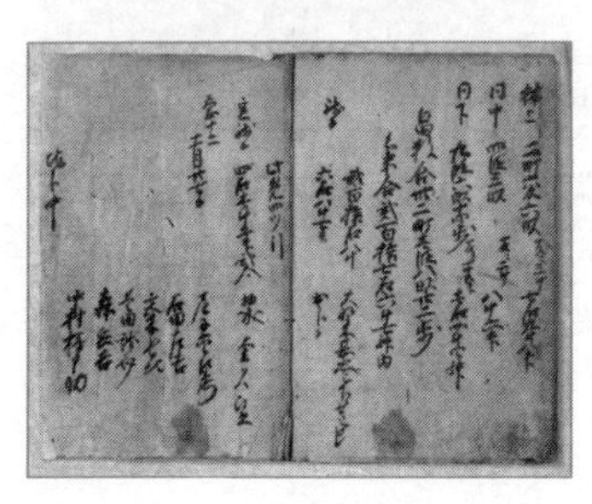

◈ **켄치쵸**檢地帳
마을 단위로 작성된 토지 대장. 등급과 면적, 경작자의 이름이 기재되어 있다.

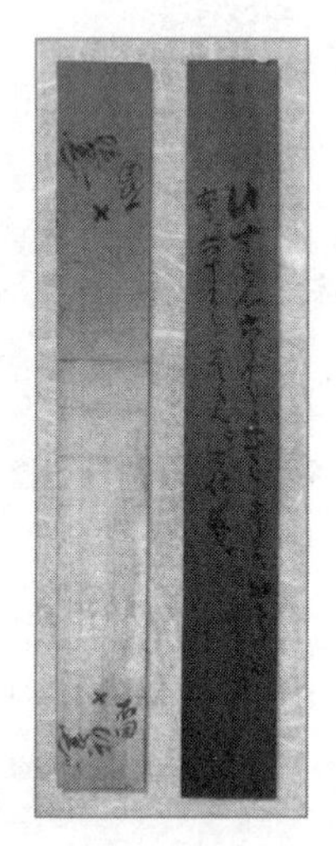

◈ **이시다 미츠나리가 토지 조사에 사용한 자〔尺〕**

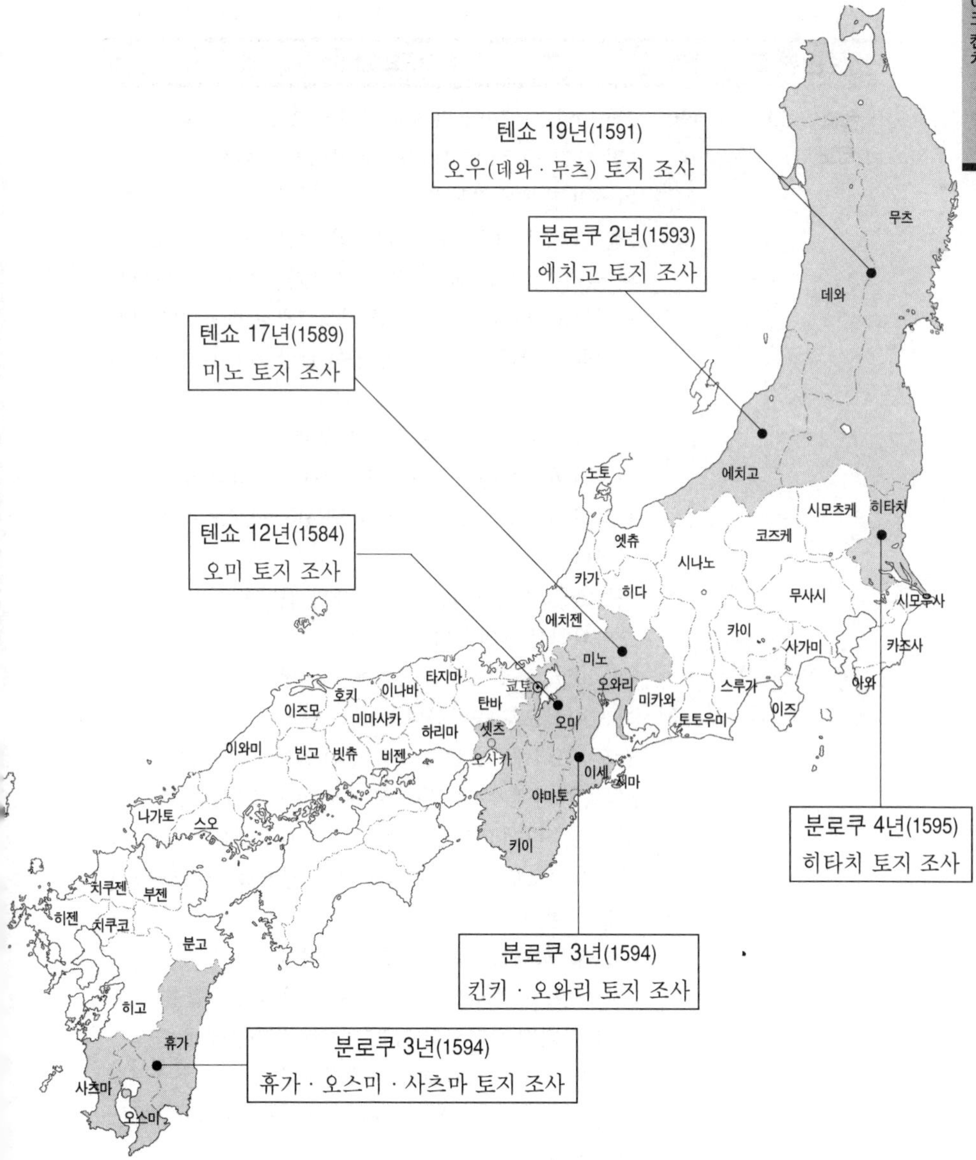
텐쇼 19년(1591)
오우(데와 · 무츠) 토지 조사
분로쿠 2년(1593)
에치고 토지 조사
텐쇼 17년(1589)
미노 토지 조사
텐쇼 12년(1584)
오미 토지 조사
분로쿠 4년(1595)
히타치 토지 조사
분로쿠 3년(1594)
킨키 · 오와리 토지 조사
분로쿠 3년(1594)
휴가 · 오스미 · 사츠마 토지 조사
무츠
데와
에치고
노토
시모츠케
히타치
엣츄
코즈케
시나노
카가
히다
무사시
시모우사
에치젠
카이
미노
사가미
카즈사
타지마
교토
오와리
스루가
아와
호키
이나바
탄바
미카와
이즈
이즈모
미마사카
오미
토토우미
하리마
셋츠
이와미
빈고
빗츄
비젠
오사카
이세
시마
야마토
나가토
스오
키이
치쿠젠
부젠
히젠
치쿠코
분고
히고
휴가
사츠마
오스미

《 도쿠가와 이에야스 관련 연보(1590~1591) 》

◈—서력의 나이는 도쿠가와 이에야스의 나이

일본 연호		서력	주요 사건
텐쇼 天正	18	1590 49세	7월 10일, 이에야스가 오다와라 성으로 들어간다. 7월 11일, 호죠 우지마사 · 우지테루가 의사 타하라 안자이의 집에서 할복한다. 7월 13일, 히데요시가 오다와라로 들어간다. 이에야스의 영지 미카와 · 토토우미 · 스루가 · 카이 · 시나노를 넘겨받고, 히타치를 제외한 칸토 7개 지방과 이즈 1개 지방을 포함하여 오미 · 이세 등 11만 석을 이에야스에게 준다. 같은 날, 히데요시는 오다 노부오에게 미카와 · 토토우미 · 카이 · 시나노 · 스루가를 준다. 그러나 노부오는 오와리 · 이세의 옛 영지를 요구하다, 시모츠케로 추방당한다. 7월 16일, 히데요시는 무츠 · 데와 정벌을 위해 사가미 오다와라를 출발한다. 7월 20일, 호죠 우지나오 일행 약 3백 명이 오다와라에서 코야산으로 출발한다. 같은 날, 이에야스는 정식으로 칸토 이전을 포고한다. 8월 1일, 이에야스는 무사시 에도 성으로 들어간다. 같은 날, 히데요시는 우츠노미야에서 사타케 요시시게 · 요시노부 부자에게 히타치의 영지를 그대로 유지하도록 한다. 8월 8일, 히데요시가 아이즈로 들어간다. 8월 15일, 이에야스는 칸토 8주에 여러 장수들을 책봉한다. 사가미 오다와라 성을 오쿠보 타다요에게 준다. 9월 1일, 히데요시가 쿄토로 개선한다. 11월 7일, 히데요시는 쥬라쿠 저택에서 조선의 사자를 접견한다. 12월 15일, 히데요시는 하시바 히데츠구 · 도쿠가와 이

일본 연호		서력	주요 사건
텐쇼 天正			에야스를 무츠로 출진시켜 반란을 진압케 한다. 12월 29일, 도쿠가와 히데타다가 종4품 지쥬가 된다.
	19	1591 50세	정월 22일, 히데요시의 아우 종2품 곤노다이나곤 하시바 히데나가(야마토 다이나곤)가 사망한다. 향년 52세. 윤정월 8일, 이에 앞서 큐슈의 오토모 · 오무라 · 아리마 가문이 로마 법황 그레고리 13세에게 사절을 보낸다. 사절의 귀국과 동시에 예수회 선교사가 내조한다. 사절과 선교사는 히데요시를 알현하고, 포르투갈 인도 총독의 서간을 올린다. 2월 12일, 히데요시는 센 리큐에게 이즈미 사카이로의 추방을 명령하고, 14일 다이토쿠 사에 있는 리큐 목상을 이치죠 모도리바시에서 처형한다. 2월 28일, 센 리큐가 할복한다. 3월 3일, 이에야스는 쿄토를 출발하여 에도로 향한다. 3월 13일, 히데요시는 여러 봉지의 토지를 측정하고, 새롭게 여러 다이묘에게 슈인죠(공문서)를 준다. 3월 20일, 히데요시가 조선 군역을 발령한다. 6월, 히데요시는 츠시마의 소 요시토모를 보내 조선 왕에게 명나라와의 화친을 도모해줄 것을 의뢰한다. 요시토모는 귀국하여 조선 왕이 거부한 사실을 히데요시에게 보고한다. 7월 1일, 텐카이는 에도 성에서 문안을 드리고, 이에야스를 만난다. 7월 25일, 히데요시는 포르투갈 인도 총독에게 답신하고 천주교를 금지하는 뜻을 전하고 무역을 요구한다. 8월 5일, 히데요시의 아들 츠루마츠가 사망한다. 당시 나이 3세.

일본 연호	서력	주요 사건
텐쇼 天正		8월 7일~18일, 히데요시는 아리마에 온천을 하러 간다. 9월 16일, 히데요시는 명나라로의 출병을 결정하고, 여러 장수들에게 준비를 시킨다. 10월 10일, 히데요시는 큐슈의 여러 다이묘에게 히젠 나고야의 축성을 명하고, 카토 키요마사에게 이 일을 감독하게 한다. 11월 8일, 도쿠가와 히데타다는 산기 우콘에노츄죠가 된다. 12월 4일, 하시바 히데츠구가 나이다이진이 된다. 12월 17일, 히데타다는 쿄토에서 에도로 돌아간다. 12월 20일, 하시바 히데츠구는 히데요시의 규칙에 따를 것을 서약한다. 12월 27일, 히데요시가 칸파쿠 자리에서 물러나고 나이다이진 히데츠구가 칸파쿠가 된다. 이해에 이에야스는 후다이의 여러 장수들에게 영지를 할당한다.

옮긴이 **이길진**李吉鎭

1934년 황해도 출생. 1958년 서울대학교 사회학과를 졸업하였다.
일본 문학 작품 및 일본 문화에 관련된 많은 책들을 유려한 우리말로 옮겼다.
주요 역서로는 가와바타 야스나리의 『설국』, 이마이 마사아키의 『카이젠』,
오에 겐자부로의 『사육』, 기쿠치 히데유키의 『요마록』,
야마오카 소하치의 『오다 노부나가』, 『사카모토 료마』 등이 있다.

| 부록의 자료 제공 및 감수는 고려대학교 일어일문학과 최관 교수님께서 해주셨습니다.

도쿠가와 이에야스 제17권

1판 1쇄 발행 2001년 3월 25일
2판 3쇄 발행 2023년 5월 1일

지은이 야마오카 소하치
옮긴이 이길진
펴낸이 임양묵
펴낸곳 솔출판사

주소 서울시 마포구 와우산로29가길 80(서교동)
전화 02-332-1526
팩스 02-332-1529
이메일 solbook@solbook.co.kr
홈페이지 www.solbook.co.kr
출판 등록 1990년 9월 15일 제10-420호

ISBN 979-11-86634-42-4 04830
ISBN 979-11-86634-22-6 (세트)

• 잘못된 책은 구입한 곳에서 바꿔드립니다.
• 책값은 뒤표지에 표시되어 있습니다.

五
五
井

코마키·나가쿠테小牧長久手 전투(1584) 병풍도 뒷부분.
오다 노부오·도쿠가와 이에야스 연합군과 도요토미 히데요시 군의 전투 장면.